严歌苓 作品

GELIN YAN WORKS

补玉山居

B U Y U S H A N J U

北京联合出版公司

Beijing United Publishing Co.,Ltd.

图书在版编目（CIP）数据

补玉山居 /（美）严歌苓著. -- 北京 ：北京联合出版公司，2018.6
（严歌苓作品集）
ISBN 978-7-5596-1673-9

Ⅰ . ①补… Ⅱ . ①严… Ⅲ . ①长篇小说－美国－现代
Ⅳ . ①I712. 45

中国版本图书馆CIP数据核字(2018)第025398号

补玉山居

作　　者：严歌苓
出版统筹：新华先锋
出版策划：新睿世纪
选题策划：木易雨田
责任编辑：牛炜征
特约编辑：宋亚荟
封面设计：王　鑫
版式设计：朱明月
营销统筹：章艳芬

北京联合出版公司出版
（北京市西城区德外大街83号楼9层　100088）
北京联兴盛业印刷股份有限公司印刷　新华书店经销
212千字　620毫米×889毫米　1/32　12.5印张
2018年6月第1版　2018年6月第1次印刷
ISBN 978-7-5596-1673-9
定价：59. 00元

周在鹏一共有三个。第一个是个瘦子，是个作家，跟补玉握手时，笑不露齿，因为他认为自己那一口浅黑的牙是不配露给补玉的；第二个是个胖子，是个由作家变成的老板，牙变得煞白，笑呵呵的没一句实话，因为补玉后来发现他来她的山居住宿并不是生意太忙偷空歇歇，而是为了躲债；第三个是个小老头儿，是个除了补玉之外人人都知道的电视剧编剧，见了补玉就往树丛后、墙拐角躲，因为他怕补玉发现他住进别人的现代化度假庄园不住她的山居。

周在鹏由第一个人变成第三个人历时十多年。连全村三十四户人都认为永远不会老的曾补玉都老了。所以补玉看见迎面走来的小老头儿突然一闪，闪进葵花丛里没了的时候，她首先想到的是自己老了，连变成了小老头儿的周在鹏都躲开她，不再跟她纠缠不清了。她笑着在心里骂："这个驴做（念'揍'）的！"

发现周在鹏躲她的真正原因后，补玉才伤心了。假如他是嫌她老，怕她知他根底而躲他，她才不在乎。她背过身，跟几个坐在石凳上的老太太们说了两句话，想证实他是否真在躲她。果然他走出来了，往新铺的柏油路尽头看看，以为他把补玉躲过去了。他顺着崭新的路走了一会儿，再次回头，还是担心补玉盯他的梢。发现身后没有补玉，才猛一拐进了"卢浮琉璃庄园"。站在槐树后面的补玉心碎了，这负心汉的喜新厌旧不是冲她来的，而是冲着"补玉山居"来的。

从背后看，只能看见周在鹏的大半个后脑勺，因为他的背驼成一个丘陵，还因为他灰白的卷毛留得太长，把脑袋和后颈的界线遮没了。补玉看着这么个背影走进了号称法式的"卢浮琉璃庄园"的铁栅栏门，顺着夹竹桃中间的小路上坡。一座一座的"琉璃屋"坐落在山坡上，让落山前的太阳点着了似的。每个屋都是尖尖的三角形，补玉的儿子说，它们叫"金字塔"。琉璃屋不拉帘子可就完蛋了，里面人干什么外面都看得见。补玉现在看见周在鹏走进一幢琉璃屋，在里面走来走去。其他琉璃屋里的人也有动有静，像给养在一个个三角形巨大玻璃鱼缸里。来这里旅游休闲的多半成双结对，据说晚上一对一对在床上，一个面朝星星，一个背朝月亮，特别得劲儿。所以"琉璃庄园"在这个季节夜夜客满，价钱涨到两千一夜也客满。警察要是扫黄，搭梯子爬到琉璃顶上，一抓一个准儿。补玉解恨地想。

琉璃庄园的老板起初是"补玉山居"的客人。那时，村子里三十四户、一百四十六口人只有曾补玉一人突然穷够了，开起小客栈来。不知北京人是怎么顺着河道找到了这里，把这个夹在笔陡的山缝里的小村庄说成"仙境"。村里人后来知道了，当时北京不让"黄"，一对对男女坐三小时（有了高速公路后就变成了俩小时）的长途车，再搭驴车、马车或者干脆来一次小长征到这里来"黄"。他们瞅准干净些、宽敞些的门户，就去问能不能借一间屋宿一两个晚上。他们给十块钱。这里的人哪里见过不出汗就到手的十块钱？马上扫地抹土，把墙角里、房梁上至少有几十年老、和着灰土都织成了布的蜘蛛网都挑了，让一对对北京男女好好"黄"一两夜。

那时的曾补玉背着儿子牵着女儿，把她二十五岁的笑脸朝着河道边走来的北京人："上俺们家，俺们家房多，干净，八块钱，管饭！"那时的补玉不知道，她是头一个懂得广告效应的人。她靠自己腿脚勤快，跑出村两三里，把北京人从全村人那里截到自己家。她还靠自己洁白无瑕的衬衫，石磨蓝牛仔裤打出她如何干净的告示。当然，也靠她难得的窈窕身材，罕见的妩媚脸蛋，高中生水平的用词造句为自己做了好招牌。

很快，全村人的客源都是补玉一个人的了。全村人没什么不服气的，因为补玉确实有一院最像样的房。一共九间，干净得耗子都不去。并且村子里一百四十六口人，连男带女，无论老少谁都服气补玉挣钱的本事。要像补玉那样挣钱，他们宁可穷着。补玉的钱他们是亲眼看着补玉怎样费了吃奶的劲儿才一点点挣出来的。从补玉嫁到村里，人们就没见她跟其他女人那样，坐在一块打打牌，搬搬口舌。四五月她四点钟就上山。山尖一带的香椿芽是没人去摘的。她一早上能摘四五十斤露水漉漉的椿芽，走三十多里山路，把它们卖到山那边一个部队的老干部休养所。一早上她就能把二十多块钱揣回来。回来的路上她也不空闲，掐下几十斤野黄花菜，摊到屋顶上晾晒一天，晚上收下来，都干得能打包了。补玉的黄花菜不卖给收购站，她要等到过年前，才背着它们乘长途车到北京，去敲正在办年货的北京人一笔。一年能攒出三千元是补玉的一个大秘密。她对此守口如瓶，连孩子爸都不知道。嫁过来第三年，补玉跟婆婆、公公说："咱们盖房吧。"公公婆婆都没理她。补玉并没有征求他们的意见，也没有问他们要钱的意思，因此是不必理会的。即便问他们要钱他们也不怕：他们得有啊！

补玉把原先的三间房接出六间，大致盖成一个简陋的四合院。补玉就是把北京来逛山逛水的人从两里路之外截住，带进这个四合院的。

一九九三年秋天，补玉又站在离村子两里的地方。右边的河在这里宽了，山上来的水特野，到了这一带突然就平和起来。补玉轻轻颠着背上闹瞌睡的儿子，手上在绣虎头枕的一张虎脸。一对北京来的男女爱上了她的虎头枕，跟她订购了五十个。然后她看见一个人骑着摩托车过来了。补玉看见他只是一个人，没有带伴儿，所以就没那么大劲儿。倒是来的人老远就问："有个叫曾补玉的在哪里？"

补玉使劲儿看他一眼。他卷头发卷鬓角，脸色白里泛灰，很爱漂亮，摘下头盔不停地拨拉头发、鬓角。

"你找她干啥？"补玉笑眯眯地问道。

那人也笑了，暴露了他的一嘴浅黑牙齿。"你就是曾补玉吧？"

"谁说的？"

"不然这三十几户的小山窝还能出第二个美女？"

"你也长得不错呀！"

那人吓一跳，好像从来没有女人当面这样评论一个男人的。他那感觉像让她倒吃了一口豆腐，一时还不能决定自己喜爱不喜爱这感觉。接下去就是相互介绍姓名，免贵姓周——周在鹏；补玉——意思是以玉补天。

"一个人来玩儿？"补玉问道。

"怎么了？"老周反问。

"来这儿的男的都带个女的。"

"你检查结婚证不？"

补玉让这句话自己过去了，没接话儿。万一这是个便衣警察，她不是害了自己也害了那些野鸳鸯家鸳鸯？补玉那天是坐在周在鹏的摩托车后面回村的，碰见人她就招手呐喊地张扬，因此她前脚进门，丈夫后脚便跟进来。丈夫在别人家做木工活，全村人的嘴接成一条线，把话已经传过来："曾补玉在村外拉客，抱着那客人的腰骑摩托车回来了！"

那就是补玉丈夫想没天没日揍周在鹏的来由。补玉的丈夫叫谢成梁，当过三年武警，回到村里，就像从来没出过村一样，心满意足又过起跟其他村邻一模一样的日子来，唯一的变化是走路走好了，背笔直，头端正，两脚一二一，迈的步子都是尺量出来表掐出来的，饿着走看上去都是营养好，劲头足。他二十六岁才娶上补玉，所以媳妇儿就是补到他命里的一块玉。补玉却常常对他说："你疼我，就让我爱干嘛干嘛。"劳累挣钱，那是她一大"爱"，所以他也不拦着她。

村子里开玩笑说补玉"拉客"，补玉自己不在乎，谢成梁也就不在乎。因为给拉回来的通常都是结对儿的，或者三五一伙的。这天傍晚补玉拉回的客是个单个男人，谢成梁使劲儿瞪了她一眼。山峰在河两侧形成犬牙交错的廊壁，小村子五点就没了太阳，因此，可以把事情看成"补玉坐着男客的摩托摸黑进了村"。

周在鹏告诉补玉，他从一个朋友那里得到有关补玉的"黑店"的信息。那朋友带着女友在补玉这里做了两夜野鸳鸯，爽坏了。他还夸了补玉的烤野兔、炖山蘑等菜肴，让周在鹏千万别忘了点这两道天堂美味。

补玉向丈夫一扭下巴，意思是让他去他妹妹家借一只兔子来冒充野兔。谢成梁却不走，两手背在背后，看周在鹏从摩托上搬下一个大帆布包，又看他从包里拿出一个不轻的黑匣子。那是个手提电脑。

"你们这里有电插头吧？"周在鹏问道。

"咱这儿的电比城里贵，一度电贵三倍。"谢成梁说。

周在鹏看看谢成梁如同警察一样没表情的脸。

补玉笑笑说："人家把电钱算给你，不就完了？"她又向周在鹏做了个表情，这表情是没有她丈夫份儿的，实际上连她抱在怀里的儿子也是没份儿的。甚至这表情是全新的，谢成梁和补玉认识这么久从来没见过。为这卷毛男人，补玉居然发明了一个新表情，谢成梁觉得离揍他个没天没日的时候不远了。

"你是干什么的？"他问周在鹏。他刹那又是武警了。

"人家是作家！"补玉抢着说，"写书的！给咱这儿写写，咱这儿就火啦！"

谢成梁心里好受了些：补玉是在拉拢利用这卷毛。他像没听见媳妇儿的话，又问："都写过什么书？"

周在鹏笑嘻嘻地说："那你都读过什么书？看看里头有没有我写的。"

谢成梁活到三十岁一共读过三本杂志，课本除外。所以他又转个话题："来这儿住多久？"

"先住几天看看。"周在鹏把电脑放在北屋的书桌上。

"你一人来，你那小媳妇儿放心？"补玉大声在院子里问道。

一听就知道这话是说给两头听的。进村前补玉就知道周在鹏小四十了，有个小他十岁的老婆，英文老师。

果然，谢成梁一听这句就扭头出门，去妹妹家借兔子了。下面周在鹏的回答他幸亏没听见，若听见周在鹏在他眼里更是欠揍。

周在鹏把电脑插上电，才从窗口露出脸，回答补玉："我这么一把岁数，还能老让媳妇儿找着？我老远躲这儿来图什么？"

后来补玉发现周在鹏的话不是真的。他腰上的 BP 机一响，他就会手忙脚乱，从腰带上摘 BP 机比拔手枪还快；只要他一看见上面的一个号码，马上就往村委会跑，去回电话。有一次周在鹏在洗澡，BP 机落在院子中央的餐桌上，补玉马上看了一眼。补玉才不会错过这样一个好机会，对一个人寻根刨底，因为来住店的人从来都告诉你假根底。BP 机上的短信说："速往家里打电话。"碰巧周在鹏那天歌兴大发，洗完澡不出来，关在澡房里大声唱歌，唱了半首忘词了，又起头再唱另一首，又忘了词，再起一个头……所以 BP 机第二次、第三次在桌上嗡嗡打转。补玉看见第二次它说："何故不回电？"第三次它又说："立刻回电！"

周在鹏一看见短信，直着眼跑去回电了，卷毛和卷鬓角上全是水珠。从村委会回来，周在鹏回到屋里关上门，补玉只看见半扇开着的窗子把一股股蓝灰的烟放出来。第二天一早，周在鹏说他去山上走走，走出去半里地，他又回来，对补玉悄声说："万一有人找我，就说我已经走了。"

补玉笑嘻嘻地问："你那小媳妇儿要找到这儿来？"

"不是她。"

"那是谁呀？"

补玉此刻坐在枣树下，儿子横在她跷起的二郎腿上。她总是这样一边奶孩子一边听半导体收音机。

"也不一定会有人找。我是说万一。"周在鹏说。

补玉头一次看见他这么一本正经，目不斜视，连她奶孩子露出

的一小块乳房也不像平时那样让他走眼。看来昨天他媳妇儿一口气
砸过来的三条留言后面真有什么大事。这人说不定不是周在鹏，也
不是作家。没准儿他把那个叫周在鹏的作家干掉了，逃到这里。住
她的"黑店"，她只要人预先付房钱，其他都马虎。这人交的是一
周房钱，却已住了十天，说不定赖掉三天房钱就失踪了。

"你让我说什么我就说什么。"补玉笑着，把儿子掉个头，去
呷另一只乳房。几秒钟里，补玉一对乳房全冲着周在鹏，或者冲
着一个号称周在鹏的人。

她看见他视线猛往下一降，她也看见他的眼睛在她乳头上停
了多久。然后他心情马上有所改善，突然说："你这地方要装修
装修，我给你写几个字，挂在大门上，叫'补玉山居'。保证你发财。"

"装修过了。"

"得再装修一下。外头朴素，里面舒适。电视、空调、洗衣机。
被子得特别干净，走一拨客人就得换干净被褥。"

"那得多少钱呀！"

"我借给你。"他露出满是浅褐色牙齿的笑容。

"我不要。我都不知道你是谁，敢跟你借钱？"补玉的脸通红，
心发疯似的跳。这个人平白无故要借钱给她，钱能是好来头吗？

"不要拉倒。"他逗逗她的样子，转身走了。走了几步，回头
看看她，又笑笑。

"万一有人来找你，我就说你走了，啊？"补玉说。

"千万别让他进我屋，看见我的电脑！"

说完他已经在十多步开外了。

那一次周在鹏在补玉的客栈住了一个月，走时一分钱房钱都没少她的。临走那天，他从村委会借了墨汁、毛笔，又要了些纸，写了几小时大字，最后把"补玉山居"四个字写在一条毛边纸上。补玉在他走后的一天突然心血来潮，往他名片上的单位打了个电话。接电话的人说："打他家去吧，他一般不来上班，除了月底领工资。"

补玉想，至少住她店的客人有一个是真人，用真名实姓，还有单位管着。她隔几天又打了个电话，问周在鹏家里的电话号码。往周在鹏家里拨电话时，补玉汗都出来了。她不知道自己的行为算不算不规矩。但她马上又为自己护短，在心里说："不是他主动提出要借给我钱吗？我只不过想问问他话还算数不算。"

补玉打了好几天都没把那个电话打通，不是线忙就是没人接。后来她才知道，周在鹏谁的电话都不敢接，因为十个电话八个是向他追稿债的。

周在鹏的题字在客栈门上挂出来之后，第二天就来了六个美术学院的学生。他们是来写生的，一住住了七天。他们说"补玉山居"这名字好，但题名的作家他们从来没听说过。美术学院的学生还没走，又来了三对男女，其中一个瘫子坐在轮椅上，由一个年轻女人推着，一下包了三间最贵的北屋。补玉只好求美术学院的学生们挤到西边的一间屋去。从那以后，瘫子常常来，一句话也没有，由人推到河滩上一坐坐半天。推他的女人常常换，但都是一样的年轻貌美、穿金戴银，衣服都是包屁股露胸脯。瘫子在第五次住到"补玉山居"时才头一次直接跟补玉说话。在此之前，那些推轮椅的女人一直做他和补玉之间的传话筒。他那天上午没出门，让推轮椅的女人去帮他买烟去，然后他在大敞着门的屋里叫道："补玉！你来一下！"

这叫声一听就是瘫痪人的嗓音。补玉从来没听过瘫痪人的嗓门儿是什么样，但她这时马上断定，人要是不瘫到那个程度，一定出不来那种叫声。

她走进瘫子的屋："哟！冯哥今天穿这么精神？"

补玉从来没有当面叫过瘫子，因为他不让她捞着机会叫他。他不让任何人捞着机会直接跟他说话。但他今天一嗓子"补玉"！叫得老熟人似的，补玉就放肆起来，把这个老爸岁数的冷峻残废人叫作"冯哥"。冯哥一进她的店她就知道他要是不瘫，一定是人中之王，就是瘫也瘫得风度翩翩，花白板刷头，根根发丝都干净、闪亮、喷香，浅茶色眼镜终日架在端正的鼻梁上是为了别人好，怕人被他锋利得带点儿凶光的眼睛伤着。这天上午他一身白，补玉现在也懂了，那叫"高尔夫衫"。

"补玉，你今年多大？"

"虚岁三十。"补玉半边屁股搁在书桌角上，"冯哥头回来住店，我还不到二十六呢！"

"问你个事，你把门关上。"

补玉想，这家伙是真瘫假瘫？

她笑嘻嘻地说："问吧，眼下这个院子都是咱俩的。"

"关上。"

瘫子做主做惯了，对不服从的人就这样烦躁地一闭眼，一挑鼻尖。他长了个发号施令的鼻子，鼻尖又挺又直。

补玉只好服从，一面说："漂亮小嫂子回来，别打翻醋坛子啊！"她眼睛同时溜到他脚上，看它们是不是真废了。它们套着一双上等皮鞋，给摆成外八字，那脚要是活的，一定怪受罪。

"我问你，补玉，你这店一年挣多少钱？"

补玉的笑容干巴在脸上。补玉自己都知道自己的脸很难看。这是个瘫警察，还是个瘫税务官员？

"要是不想回答，就别回答，不然你回答了也白搭，因为你会给我个假数字。放心，我不是警察也不是税务局的。"瘫子冯哥"嘎嘎嘎"地笑起来。

补玉发现他笑起来很孩子气。这人到底有几副脸，哪副是真的？

"挣不了多少，也就万把块钱吧！"补玉笑着说。

"我说你不会跟我说实话吧！"

"我从来不说假话。"补玉笑的样子就让对方明白：你指望什么呢？我能告诉你实话吗？我又不傻！

"其他那几家开旅店的每年都能挣两三万。我几次来你这儿，算了一下账，你一年至少挣五万！"

"还得开销呢！"

"刨了开销你也能挣三万。"

补玉就看着他笑，不说话。笑着笑着，那种暗自腰缠万贯的得意就露出来了。

"才这几个钱？累死累活的！"冯哥说道，头轻轻摇晃。那是他唯一能动起来自如的部位，所有肢体语言的表达力都集中在那里，因此轻蔑、不屑、怜爱就在那晃几晃上超丰富地表达出来。

补玉老大的不高兴，脸上却还是笑着。她开了五年店，练出了结实的笑脸，受别人气或给别人气受笑脸都撕不破。她认为自己是了不起的，第三年就还了从周在鹏那里借的两万元款（她还硬付了他五分利），第五年把每个屋的空调都换成了新式的，扩建了澡房，添加了卡拉OK歌房和四张麻将桌的棋牌室。凭什么让一个瘫子来可怜她？补玉怕自己再说下去会跟他顶撞起来，就假装听见孩子在什么地方哭，一边叫着："燕儿啊！怎么不看着你弟弟？看他哭什么呢？……"一面就跑了出去，一直跑到大门外。出了大门她气更大：瘫得就剩个头了，还敢冲我摇——我容易吗？把公公婆婆的房子还翻盖了呢！要不是周在鹏让逼他稿债的人逼得差点儿中风，他已经把"补玉山居"写成大篇报道，把补玉吹成优秀农民企业家，登在报纸上了。

第二天帮瘫子推轮椅的年轻女人和一个住店的男客吵起架来，补玉劝开之后，男客人冲着年轻女人的背影轻轻地又是狠狠地吐出一个字："鸡！"

这一提醒，补玉恍然大悟，瘫子冯哥回回带来的都是"小姐"。

原来是个色瘫子，可他怎么跟小姐"色"，补玉想都不愿想。总
之她一直以来对他的敬畏，以及神秘感一下子全没了。再见到他，
补玉说话行动一点儿也没有先前的不自在。

"补玉，你来一下！"冯哥又叫道。

"忙着哪！"补玉笑嘻嘻地从厨房窗口露出脸。

"问你句话！"

"擀面条哪！"补玉这次把两只沾着白面的手从窗口伸出来。

"你过来！"冯哥在轮椅上坐着，鼻尖一挑。不知怎么，他
也明白自己不必在补玉这里继续耍威严了，所以也笑眯眯，似乎
说：你觉得我不是个东西就不是个东西吧！

补玉扭扭搭搭地走出来，谢成梁在对面的丝瓜架下摘丝瓜，
看看她，他明白媳妇儿是个很有谱的女人，一点儿不会让男人们
占她便宜，所以就不会让他暗地吃这些男客们的闷亏，暗地里扛
王八盖子。补玉两手白面，所以只能用嘴把零散在眼睛前面的头
发吹开。

"你推我出去走走。"冯哥说。

"冯哥，咱这儿十几个客人等着吃我晚上的手擀面呢！"补
玉仍然白衬衫，蓝牛仔裤，一大把头发简单地在脑后捆个马尾，
半点儿开店老板娘的江湖气都没有。

"让他们等！"冯哥说，"不走远，就去河滩上逛一圈。今天
风小。来吧！"

补玉想，这个残疾可真叫身残志不残，他让你推他的轮椅，

好像是你捞到了天大的美差！她在围裙上擦擦手，把围裙往院子里一张餐椅上一搭，对丈夫说："成梁，你接着擀面，我陪冯哥遛个弯儿就回来！"

她推着轮椅，把冯哥的脸转向大门，扭头又对丈夫做个鬼脸，意思是："我遛遛这瘫子，你不会吃醋吧？"

她和冯哥到了河滩上，冯哥叫她替他点根烟，又让她替他把某人扔的一个可乐瓶从水里拾起来，先搁到小树丛里，省得他看见讨厌。然后他说："补玉啊，你是我看见的最优秀的女人。"

补玉半笑不笑地从一个弯腰姿态抬起脸，看着他，意思是：你终于要跟我"色"啦？你"色"得了吗？

"真的，你太能干了。你那没心没肺是装的。"

补玉想，这家伙到底想说什么？好像不是想把我曾补玉变成他那一溜儿推轮椅的女人之一。

"我想聘用你。"

"推轮椅啊？"

"那可太大材小用了。推一天轮椅，付她们出台费就行。"

补玉站直了，让他明白她在等他下文。

冯哥："我先要把你的店买过来。你这'补玉山居'创意不错，买过来我让它一年就在北京、天津家喻户晓。买了你的店，我会大大扩充，你就是我聘的总经理，怎么样？"

补玉太意外了。一般来说她的直觉不会让她对任何人的主意太意外。

"那得看冯哥开什么价。"补玉笑着说，笑出精明难缠来。她卖山货、卖香椿芽都是这个笑脸。她绣的虎头枕给收购时，她要求涨价也是这个笑脸。

"我能亏待你？"冯哥说。

补玉等着。他开多少价她会接受？她还不知道。她知道对面这副浅茶色眼镜后面的眼光够毒，看上的东西一定是个宝矿，价值越开采越大。她得把日后那些被开采的价值也算进去，不能让他糊弄了，只付个野矿滩的钱。

冯哥一直不说他到底想拿多少钱来收购"补玉山居"。一直到第二天中午，接他的车来了，他才把补玉叫到他屋里。他果然只想把"补玉山居"当野矿滩收购。补玉笑嘻嘻地说她跟丈夫商量了，两人年纪轻轻，卖了店干什么？还不闲得长毛吗？冯哥把他的打算告诉补玉：他将雇用补玉做总经理，把谢成梁也搭进去，看看大门什么的。但他开的工资数目让补玉差点儿笑出来：也就是他那些推轮椅的女人两晚上的出台费。

事情谈崩了。补玉厉害就厉害在她让它崩得挺漂亮。她打着哈哈说："给您打工我能要您钱吗？真不是钱不钱的事。主要是当老板娘的瘾还没过完，您再让我过一两年吧！"

冯哥那次走了之后，很久都没再露面。后来一条柏油路铺进来，北京人一群群地来了，"补玉山居"天天客满，周末各屋都得搭床，一台洗衣机早就不够用了，现在是三台洗衣机在谢成梁父母家运转，被单晒得遮天蔽日。村里在三四年前有几家效法补玉开店，但因为不是品牌，也因为店主没有补玉的素质，一直邋里邋遢地混，所以生意始终寡淡，但是到了"补玉山居"实在拉不开栓的时候，一些没床位的鸳鸯只好去那些店凑合。柏油路修进村这年，村里已有十二家客栈，什么名字都有，"农家乐""靠山青""山水情"……但没有一家像"补玉山居"这样红火。这是补玉开店的第十年，周在鹏这年来住了几天，一背脸就嬉皮笑脸地对补玉说："补玉呀，你越来越像名牌酒店的女老板啦！"

当柏油路把一个建筑队载进来时，曾补玉意识到她的顶峰时期已经过去。村里把地租出去，租给城里的开发商，在河下游修建度假村和水上乐园。最大一片地租给了一个亿万身价的地产商。那片地在河对岸，地势稍高，一面是水景，一面是山色。破土动工那天全村人都过节似的乐呵：他们的日子从此该不一样了，从此该过上北京的日子了。补玉却满心怅怅的，站在人群最外面观望。这个亿万富翁想把世界变成什么样就变成什么样；让这里人走上北京的柏油路，让河上架了桥，车子从桥上过往无阻，还会让法国房子在山里红林子里站起来——据村里人说亿万富翁要把度假庄园盖成法国式。她看见谢成梁张着嘴大笑，便开始往他那边挤。村长和开发商的代表在讲话、握手，接过一大口袋糖果和几条香烟，村民们全拍起手来，就跟村子和开发商联了姻办起喜事来一样高兴。他们多省事，关在山里见不了世面，现在世面来见他们了。补玉走到丈夫旁边，拉住他的胳膊就往外扯。

"你干吗？"谢成梁说。

"回去拾掇羊肉去，客人等着吃烤全羊呢！"

谢成梁正想跟她走，又站住。他不能当众被媳妇儿扯回去。补玉明白这一点，撒开手自己先走了。五分钟之后，谢成梁必定会跟上她。补玉总在人前让谢成梁做大丈夫。一般来说她走了之后，谢成梁看看时间差不多了，会假装厌倦了眼前的热闹，跟身边的朋友大声说："走喽！"朋友们若问："急什么？"他会说："忙着呢，回家还得打老婆骂孩子！"

补玉还没走到"补玉山居"大门口，谢成梁已经赶上来，"一二一"的脚步在急行军。

"喂，你知道那个亿万富翁是谁吗？"谢成梁问道。

"爱谁谁。"补玉说。

"就是那个冯焕！"

补玉看着丈夫，心想，冯焕是谁？我该知道这个名字吗？她这样看他还想让他明白：管他是谁，把大片土地租到手的这个孙子是他们的灾星，正是他让"补玉山居"的好光景到头了。

谢成梁还是睁大眼看着媳妇儿。补玉看到这几年他老了不少，一个小客栈杂活都是他的。补玉心突然酸了。自己忙得从来都没有工夫好好看看他，否则也该看到这张脸怎么就干巴了，打起那么多皱，眼珠也黄了。

"就是瘫子冯哥呀！"谢成梁眼睛瞪得凸出来，就像他突然发现自家亲戚做了中央委员，他说说都沾光。

补玉好像并不惊讶，她觉得自从她回绝了姓冯的，冥冥中就在等他来这一手。

两人走进了"补玉山居"。刹那补玉觉得这个一直让她得意的地方突然变得寒碜不堪。她在原先的九间房前面又加了一进院子，又是九间房，砖是红砖，而老院子是灰砖，前院的地没有垫平，低处积的雨水沤出一片褐色的苔藓。两棵桃树还小，中间不知被哪个客人牵了根粉红尼龙绳，上面搭着几条洗糟了颜色的三角裤，有男人的也有女人的，绳子带弹力，三角裤们快着地了。还有几根鸡骨头扔在地上，大概是客人们夜里就着酒啃的，现在骨头上黑黑地裹着一层忙不迭的蚂蚁。就是有三个补玉，同样的闲不住，都来不及跟在这些人后面清理。补玉想到亿万富翁冯焕将来的法国式庄园里，肯定不会有人敢随地扔鸡骨头。所以周在鹏在又一次来的时候，告诉补玉花三十万块钱把山居的格调大大提升，形成古朴风雅的风格，住店的人自然不敢造次店里的环境。补玉将会俏皮地白他一眼，说："哪来这么多钱呀？你借给我？"但那时周在鹏将不会像第一次那样慷慨。

现在的厨房在院外，对着大门，这样就不会让炒菜、烙饼、烤全羊的气味飘到客房里了。补玉跨进厨房，吓了一跳，从昏暗里站起一个人，手上拿着一个玻璃杯。

"没开水了。"那人说。

补玉这才看清他。他是昨晚来的客人，姓张，登记簿上他的全名叫张亦武。"补玉山居"开张的第三年他就来住过一次，为了上山找刻图章的石头。后来再来住，就不是一个人来了，跟他一块来的女人比他个头稍高一些，大概也有五十五六岁。两人一把岁数了，只要得空就手牵手。有时吃饭不挨着坐，隔着一桌菜两双眼还那么顾盼传情，假如有人注意他俩的相顾，两人都会害臊，犯了错误的少男少女似的。最奇怪的是两人从来不住一间屋，男的住男客房，女的住女客房。山居共有四间集体客房，垒了大铺炕，年轻人结伙来玩喜欢在炕上疯，尤其天冷的时候，炕烧得暖洋洋的，炕上十来个人能"嘎嘎咕咕"笑到凌晨。住宿登记簿上一向只登记张亦武一个名字，所以补玉后来在心里把跟他同来的老女人叫"蒋雯丽她妈"，因为她和蒋雯丽很像，只是大出一个辈分。有一次补玉问老张"蒋雯丽她妈"叫什么名字。老张告诉她叫"文婷"。补玉又问，是姓"文"吗？老张说是的。补玉再见到"蒋雯丽她妈"时便张口叫她"文婷大姐"，女人却没有反应。补玉并不生气，客人里用假名字的多了。补玉只是可怜他们，上了一把年纪，还扑腾到这大山里来做野鸳鸯，做鸳鸯也不实实在在地做，牵牵手递个眼波，水中月镜中花似的。"补玉山居"的集体客房一个床位四十元，加上每天三餐费用六十元，再乘上二，这一对老鸳鸯一天花两百元就牵牵手递递眼波，在补玉看是很不上算的。

"我这就灌了暖壶给您送去！"补玉对老张说。

"不用了，我们这就出门。"

补玉看看老张的打扮，一顶旧布帽子，一双旅游鞋，胸前挎了个傻瓜相机，很笨重老式的那种，在其他人那儿，早就被淘汰了。老鸳鸯们每回来都爱顺着河道往上游走，有人看见他们挨着坐在石头上吃饼干、喝啤酒，或者捡一小堆石头，用放大镜一个个地仔细打量。他们俭省得可笑，啤酒是从北京超市买的，因为村里小卖部的啤酒一罐要贵一毛多钱。他们虽然寒碜，但不像一般客人的素质，从来都是把出去游玩时产生的垃圾带回来，扔进垃圾箱。补玉注意到老张手里的玻璃杯一直跟着他，好几年没变过。二十年前人们都用这种用果酱瓶子做玻璃杯，外面套个塑料彩线编织的杯套，为装饰也为了防止烫手。老张的果酱瓶外面的塑料线编织套颜色狼狈，看上去超过二十年高寿了。

"您回来吃午饭吗？"补玉问他。

老张已走到门外，槐树影子花碎地洒在他脸上。补玉突然看见了许多年前的老张。不，小张。退回去三十年，叫张亦武的这个男人应该是好看的。应该非常清秀，几乎楚楚动人：一张尖下巴的白净脸，笑起来窝进两颊的嘴角，小巧的鼻子。

"不了……"老张笑着说。

"午餐费可不退哟！"补玉俏皮地说。

"没关系。"

补玉看出老张为二十块午餐费心痛了一下。老张第一次来"补玉山居"时补玉就发现了他的不宽裕。那是五年前，"补玉山居"一个床位才十块钱。他问有更便宜的没有，回答是"没了"。他的脸刹那空白了，能看出他预期的价钱和现实差异巨大，但他又像那种好面子，不愿还价的人。当时是下午三点多，假如赶回镇上，再去赶回北京的长途车是危险的，因为一旦赶不上末班长途车就意味着得花更多的钱在县城住店。所以他痛下决心，就敲自己一笔睡个十块钱的昂贵觉吧。但他那十块钱的一觉睡得活受罪，大通铺上同时睡了半个团小组的男青年（女青年团员们睡隔壁的大通铺），大半夜都在扯着嗓子相互逗闷子，因为他们想让隔壁的女共青团员们听见。女共青团员们果然听得见，不时爆发出大笑。

老张第二次来是和"文婷"一块来的。补玉打招呼："哟，把老嫂子带来一块玩玩？"老张看了"文婷"一眼，笑笑说："这儿风景如画、空气鲜美……"

那一次，老张去河南人开的小卖部买烟，回来问补玉，村里有没有卖便宜烟的地方。补玉问他花多少钱买了一盒"牡丹"，他告诉她十块。补玉说："把烟给我。"她拿着老张刚买回来的烟转身就走。

小卖部开在进村的路边，一共四家，全是河南人。他们中的一个人最初漂流到北京当建筑民工，后来发现了这个不大的旅游点，就开始把河南的烟卷贩过来卖，从一个土坯房发展成六间大屋，用河滩上的石头垒墙，上面盖着橘红色瓦，经销上百种杂货。陆陆续续，这里的百货生意就被四个河南人包了。小卖部通风特差，一股脏脏的男寝室气味——脏袜子、方便面，一个月不洗的头发、张大嘴打呼噜的气味。店铺到了晚上就是卧房，成捆的纸巾说不定就成了"席梦思"。

"老乡，你这烟卖多少钱一盒？"补玉指着河南老板背后货柜上的"牡丹"。

"六块八。"河南人知道"补玉山庄"多有名。

"你是见一个人开一个价吧？"

"我一直卖这价呀！"

补玉从围裙兜里掏出老张的那包"牡丹"，往他面前一搁："那你退我三块二。"

河南人看看烟盒，说："没错啊，这烟是我卖出去的。六块八。"

"太阳还正当午呢，就说瞎话？"补玉话是揭露性的，态度却并不撕破情面。"咱都是做生意的，那些北京人都不傻，挨了坑以后不来了。你一人坑他们，等于咱们所有人帮你受过不是？"

"哎哟，你咋不信我呢？我一分钱没多收，六块八！"

"你卖了十块。卖给了那个瘦瘦的、戴眼镜的小老头儿。"

"有证据吗？"

"到了拿证据的份儿上，你说还有意思吗？"

"没证据你咋就信那小老头儿？城里人有啥好东西没有？我在城里干了两年活，碰上十个城里人九个半是鳖日的！"河南人脸都紫了，微微发福的肚皮一圆一扁、一圆一扁。

补玉知道他是那种对城市苦大仇深的人。他的敌、友界限很简单：城里人、农村人。因此他觉得补玉对于城里人的袒护是叛变行为。

"城里人十个有九个半是鳖日的，那半个就是这小老头儿。

你坑也坑错人了。"补玉说。

河南人不理她了。

"把三块二毛钱拿出来！"补玉口气难听了。她让他明白，要是她曾补玉咬上谁，谁还真得流点儿血落点儿伤。

河南人打算进里间去。

"你要耍无赖我能让你明天就关门。我去告诉住店的每一个人，都别上你这儿来买东西，我说你的烟全是假货，矿泉水全是河里灌的，方便面让耗子撒了尿，我挨个儿告诉他们去，我不嫌费事儿。"补玉双手交叉抱在胸前，打定主意做一个极其讨厌的人。"我还有闺女、儿子，我能让他们帮我跑腿，散布你的坏名声！他们正放暑假，闲着也是闲着。"

河南人看见的的确是个讨厌至极的补玉，这种女人各地的村子里都有，她们让你不死也脱层皮。这时老张从门外进来了，对补玉说："算了，这回我忘了从北京带烟来，下回不在他这儿买了。算了……"

补玉更成了一只护小鸡的老母鸡，一只胳膊伸出去，把老张挡在后面："你是住我店的客人，他让你吃亏就是让我吃亏，因为我的客人在这儿吃亏吃多了都不来了，我挣谁的店钱去？我没钱挣，算谁的？！"

老张不知该走还是留。

河南人说："我就坑他了，你怎么着吧？"

"你听见了吧？"补玉把脸转向老张，"回头给我做证。我去村委会叫人来砸店。这号外乡人跑来败坏咱们村的名声，村里人非给这店砸了不可！"

河南人早就忘了他真正的对头是城里人，把所有仇恨集中在农民阶级的女叛徒身上。他说："你去叫呗！"

"我还得叫民警呢！你这种流窜犯谁知都干过什么，到咱们这儿来没准儿是躲案子的！"

河南人已经把三块二毛钱拿出来了，往收银机旁边一拍："拿走！拿走！"

"怕警察了？！"补玉一把抓过钱，塞在老张手里。

"谁怕警察？你才怕呢！"河南人说，"你那店里住的狗男狗女经得住警察盘查？明里是旅店，暗里就是让那些男男女女奸宿的！你当你瞒得了谁？！"

补玉抓起收银台上的公用电话，递给他说："镇派出所的报案电话知不知道？不知道我告诉你？"

老张这时候使劲儿拽了她一下。她没想到干巴小老头儿劲儿还挺大，把她拽得往后一趔趄。老张乘着劲头把补玉拽到门外太阳下，补玉眼睛的余光还看见那电话在台子边缘上悬吊着，弹簧状的电话线让它一上一下地升降晃悠。

这时补玉看着张亦武和"文婷"肩并肩顺巷子往外走，巷子尽头是柏油路，路的那边是河。老鸳鸯总是顺着河道往上游走，上游更安静，鸟兽多，人少。人要是相爱到他们的程度，这样走走、拉拉手，都是好的，都顶事儿。

女儿和儿子走过来，两人合担一担豆腐，是从村北边的豆腐店买来的。燕儿是大姑娘了，开店离不开她。补玉的"豆腐席"也是她拢得住人心的重要因素。

桃花开得特别早，因为一个暖冬又接了一个暖春。头一个来的客人把灰色帕萨特停在"补玉山居"门外，巷子给堵得满满的。补玉在睡午觉，纳闷儿怎么才三月就有人来这儿旅游。她迅速穿上衣服——一件白毛巾浴袍，从自家院里跑出来，往隔壁"补玉山居"走。村子里的狗还没进入迎接游客的情绪，一听到这辆从柏油路上开来的车往村子里走，全叫起来，当补玉看见车里下来个胖子时，狗们都叫得快呛死了。

那胖子没下车就开始大声喊："曾补玉！"

补玉这才认出成了胖子的周在鹏。卷毛卷鬓角连上了卷胡子，周在鹏的脸是毛毛糙糙的一团。他还没走到补玉跟前补玉就看见他米色毛衣的前襟上布满斑迹：咖啡、茶、玉米糊糊、菜汤。他老婆呢？这么个邋遢男人她也拿得出手？她的谢成梁不舍得穿这么好的羊绒衫，但他什么衣服都穿得干净整齐，武警仪仗队队员似的。一想到谢成梁还把周胖子当成"假设情敌"，补玉咯咯直乐。

"媳妇儿给你开什么好伙食了？发福发得我都不认识了！"补玉跟他握手，感觉到周在鹏使的劲儿有点儿邪，似乎要把她拉到那斑迹点点的邋遢怀抱里。

"有两三年没见了吧？"周在鹏的眼睛在告诉她：咱俩的风流愿还没还呢，我能不来看你吗？

"开车来的？"补玉也用眼睛告诉他：时不时还挺想你的！可想来个邋遢胖子！

两个人面对面，都没听见对方嘴里的话，都读出了对方眼里的意思，于是心知肚明地哈哈大笑。过日子要没有一点儿出轨的危险，还有什么过头？

补玉听见身后来了"一二一"的脚步，大起嗓门儿说："成梁，把老周的行李给他搁进去。"

谢成梁问："搁哪儿啊？"

"就搁我的房间！"周在鹏指指院子里面。

谢成梁不理他，从车后拿出行李往地上一放。他的房间？这儿成他的了？

周在鹏也不在乎，自己拖着带轮的小箱子往院里走，短了许多粗了许多的脖子四面八方地拧，看着原先院子前面又接出来的院子，老首长回乡视察似的。

"怎么把窗子漆成这种绿色？"他皱起眉头，"多难看呀！"

补玉不开心了：谁都没说这些蓝窗子难看。再说它们也不是绿的。

"成梁，你不是会做木工活儿吗？"周老首长问道，"现在北京文化人都用做旧的木头，雕出仿古窗门，你也去学着做做。"

谢成梁不搭腔。不是看在他是今年开张第一个客人的分儿上，他就会顶他了："咱不是文化人！"

补玉感到丈夫很有可能会拿话噎周在鹏，马上接过那个带轮的手提箱，叫周在鹏快点儿走，外头太冷。一路走进去，她向他介绍：这是卡拉OK歌房，那是麻将屋，那间房装了冲浪浴，不过锅炉来不及烧热水，常常空着。她的意思是想让周在鹏看看，现在的"补玉山居"今非昔比，已经功能齐全，相当豪华了。

周在鹏却说："装它干吗？""有必要把城里的坏品位搬到这儿来吗？"……

到了周在鹏第一次来时住的那间北屋，补玉打开门。里面关着一个冬天的寒气。她说她这就去把电暖气搬来。一般来说，这个季节她是不供暖气的，但谁让周在鹏不是一般客人呢？

"我怎么不是一般客人哪？"他盯着她问道，本身有一点儿色眯眯，但他故意把它夸大。

"你当然不一般啊——我们欠着你呀！"补玉下巴一掖，任他挑逗。

"那你打算什么时候还哪？"他把那点儿色眯眯夸大得滑稽起来，成了喜剧。

补玉咯咯地乐了："德行！"

"说真的，这次我来，可得好好帮帮你。"

"我们好着呢，用不着你帮！"

补玉知道周在鹏也是农民出身，所以一句"色"话不用说，意思都"色"到家了。他这个"色"法在城里找不着对手，补玉和他一唱一和，常常让他心花怒放。他在这个岁数，真出动作也麻烦。他是个不喜欢那类麻烦的人，这点补玉看得出。

"我的车开过来的时候，看见河那边在动工？"周在鹏言归正传了。

"去年夏天就动工了。今年开春刚复工又停了。"补玉说道，"还什么仿古雕花门窗呢！那个度假庄园一开门，我就得关门退休，谁都得关门！人家那是法国式的。"

周在鹏走到院子里。太阳已经没了热力。他仗着身体分量倒是一点儿不觉得冷。补玉告诉他，工地停工的原因是有一家的宅基地在工地中间，那家的男人不在，到南方打工去了。女人写信让他回来跟地产商签合同，可他到现在还没回来。周在鹏奇怪了，说开发商没有合同，去年怎么就动起工来了？补玉告诉他，是设计师算错了占地面积。

补玉还在说那个开发商是个亿万富翁，他就是想把整个村子全买下来，也办得到。但她发现周在鹏已经跑神了，两眼空空，嘴也半张开，露出牙齿。这时补玉恍然大悟，她为什么第一眼没认出他来，除了他的发福，还有这一嘴又白又齐的牙，很乱真的。

"要跟这狗日的竞争！哪能让他逼得关门退休啊？岂有此理！"周在鹏突然说道。

补玉心里一动：这个没正经的人刚才是为了她、她的山居怅然若失，两眼空空。

"我给你出的主意准没错！你就按我说的，把这院子房子重新装修一次，保证你能打倒他。"

他接下去告诉补玉，所有的瓦换成黑瓦，墙粉成白墙，窗子、门都换成仿古式样，床和家具换成朴素古老的——要么去附近村里收购，要么就让谢成梁自己制作，连床上的摆设都得变：一色民间"丹凤朝阳"大红花被，虎头枕，本色窗帘，青花瓷台灯，花瓶。外面质朴，里面古雅，但设备得换，要最现代化的。凭这些，"补玉山居"肯定会把那个不伦不类假洋鬼子的庄园打败。

"不发你找我！"周在鹏拍拍沾满斑迹的前胸。

"那得多少钱呀？"补玉发愁地说。她知道这句话一说，离周在鹏那句"我借给你"就不远了。

"要是成梁能自己学着雕花、打家具，也花不了太多……"他边心算边说。

"你估摸呢？"

"有个七八十万就差不多。"

"七八十万？！这么多？！"她细长眼瞪圆了，里面全是警惕。

"你瞪眼干吗？好像是我要蒙你钱，"他笑起来，也紧张起来，"这笔投资是值得的。做什么就往大做。做大了我保你能发……"

就是在这个时候，补玉说了那句将要影响两人关系的话。她说："我哪有那么多钱？你借我呀？"

周在鹏似乎没听见，脸转向西边三间屋，又转向东边，心思都在全盘设计上。补玉赶紧替他圆场，说她得去搬电暖气。

那次周在鹏在补玉山居住了一个月，补玉向他借钱那句话似乎是个急迫的追问，横在两人之间，他不可能一直装聋作哑耍滑头：他有义务给一个回复。每次见到周在鹏，补玉就可怜他：他心病不轻，连平时那副"有贼心没贼胆"的笑容都没了。她想劝他"别往心上去，不愿借钱也还是朋友"，但她怕挑明了说他的心病会恶化。

那一个月周在鹏不像过去那样整天在电脑上写字，他在屋里常常一天一天地读书，手机响了，看看号码，让它响去。有时候他"喂，喂喂！"地喊，说自己听不清对方，因为在海南呢。还有一次他说自己在青海。有时他干脆就狂呼："喂！喂！……哪位？！大声点儿！……"离了几米远的补玉都能听见他手机里的声音。还有两次，他让补玉替他接听手机，告诉对方："老周不在，出差了，忘了带手机。"对方问补玉："你是谁？"补玉反问："那我能是谁？！"

"补玉山居"为住宿客行的最大方便就是对他们的社会活动、真实身份不管不问。周在鹏这一次的突然投宿和投宿期间的奇怪行为，跟张亦武、"文婷"那对老鸳鸯相比，跟瘫子冯焕以及他那群"鸡"相比，也并不更乖张。补玉开店这些年，接待了上千投宿客人，人面兽心兽面人心，她都见多了。她不敢保证那上千个人心隔肚皮的客人们中没有毒贩子、人拐子，北京大酒店里住的人就个个是好的？有地位有身份造孽造的都是祸国殃民的大孽。有身份证说明什么问题？身份证说他是谁他就是谁了？比如刚刚住进来的一个女人，头上包着花丝巾，脸上戴着大口罩，她倒是主动出示了身份证，但补玉觉得身份证照片上那个大方明朗的女子根本就是另一个人。

周在鹏一看到那个女人，就忘了他和补玉之间的紧张尴尬，对补玉说："吸毒的！"

补玉看看那女人拉紧的窗帘。

"你该盘问也得盘问盘问，"老周说，"这种人——渣滓。"

"盘问什么？能把这儿当个戒毒休养所，不挺好？"补玉说。

两人听见那女人把电视的音量开得很响。后来补玉发现这个女人总是把电视的音量开得很响。周在鹏认为她肯定是在屋里打秘密电话。电视剧的哭哭笑笑形成了一座无形小炮楼，她的诡秘声音可以安全地躲在里面。那娇喘微微的声音在手机上指挥贩毒的千军万马，与缉毒警察的游击大战，别看她弱柳扶风，说不定是个害人不眨眼的女中枭雄。

女人来到的第五天，来了个男人，说话动作非常客气恭敬，从哪部老电影里来的人物似的。问谢成梁客人里有没有一个叫季枫的女人，被告知没有时，他不急，笑眯眯地揭露谢成梁不老实，明明看见季枫的红色"QQ"停在门口。谢成梁把客人住宿登记簿拿出来，那人一把抢了过去，谢成梁正要抢回簿子，并且告诉他"本店有义务为客人保密"，男人已找到了他要找的，笑眯眯地指着一行字，说他认识她的笔迹，登记的名字是"柳亚兰"。

谢成梁说："你找的是什么季枫，这儿的客人瞎编名字的毛病也不该我们来治啊！"

那男人已经走开了，边走边端详院子和房子。这时正在厨房做晚餐的补玉出来了，男人回过头，并没有打招呼，但笑脸可人。补玉马上发现此人天生一副笑模样，从狗旁边走过，对狗都笑，趴在地上一脸无聊的狗白了他一眼。补玉问他找谁，他说找老婆，补玉咯咯地乐了。他这时快要跨进第二进院子了，听到补玉的笑声，转过头，看补玉的目光突然有了兴趣。

"您找老婆？俺们这里又不是婚姻介绍所。"补玉说道。她一不当心就会露出山村口音，把"俺们"说成"宛们"。

男人马上双手递上名片，补玉为了尊重他把眼睛停在名片上，停够三秒钟，他老婆连身份证都是假的，名片花十块钱能印一大摞，你想当谁当谁，想多大头衔多大头衔，就是十块钱的事，如今样样东西都贵，就这个便宜。补玉不花心思去猜这两口子之间有什么蹊跷，女的先来，男的似乎费了很大劲儿才找到这里，并且来的时候也没给女的打招呼，把女的吓红了脸。

名片上的名字是"夏之林"，化工研究院所的资深工程师。夏工程师问他老婆住哪间房，补玉刚要指给他看，周在鹏的脑袋从窗口伸出来，只朝着补玉说话。他说补玉应该保护客人的安全和隐私权，没有搞清真正的人物关系之前不应该把客人的住处暴露出去。

补玉有些理短，对自称夏之林的男人笑笑，叫他去接待室坐坐，她这就沏茶并去通知客人。夏之林不在乎窗口周在鹏那个骆驼刺一般的头脸正琢磨他，眼睛问补玉：这个连毛胡子是谁？

"我是她哥。"周在鹏马上懂了他眼睛里的询问，"差不多是我跟她一块儿开的店。"

谢成梁用眼珠子骂了周在鹏一句"臭不要脸"，然后马上去瞪补玉，还是用发黄的眼珠子说话："那我是谁？！店是他跟你开的？！"

就在这个时候，西北角浴室的门开了，季枫（或者是柳亚兰）走了出来。刚蒸了桑拿，她脸不那么阴白了，两腮和嘴唇都潮湿红润，原来她衣服里装的就是一缕幽魂，这时也有了实体感。在"补玉山居"住了五六天，她似乎胖了一点儿。她低着头，塞着耳塞在听歌。这就是她不得不出屋的模样：耳塞把人们的搭讪堵在外面了。

她刚踏上廊沿下的石台阶，残留的阴白脸色立刻被浓重的醉红彻底覆盖。她一只脚往后猛退一步，似乎还来得及躲回浴室。

"你要的杂志，都给你带来了。"自称夏之林的人说。

柳亚兰（或季枫）似乎这才明白自己没了退路：已经被认了出来。自称夏之林的亲切与随意和柳亚兰（或季枫）的突遭暗算的神色显得文不对题，把两出戏不搭界的两个剧情硬拼在一块儿了。

季枫从石台阶上走下来，一步腿一软地走到自称夏之林的人面前。所有人都看见她抿嘴一笑。补玉心想，管他是不是真名实姓，反正这个自称夏之林的男人让她笑了一笑。这还是补玉头一次看见柳亚兰（或季枫）笑。

而周在鹏神经质起来。他说自己瞎了眼，把季枫这样典型的受害者看成了害人者。必须马上救救这个羔羊般的女人，别让她从受害者变成牺牲者。补玉问他会不会再次瞎了眼，人家夫妻间可能就是怄闲气，女人耍耍性子，跑到这儿，好让男人把她哄回去。她说："那时候你躲你老婆，不也躲到这儿来了吗？"

连温强都同意补玉的猜测：这两口子就是找这么个山清水秀的地方来度"七年之痒"的，感情上悲极生乐、乐极生悲。温强也是"补玉山居"的回头客。这是他第二次来住店。温强是自己开着敞篷大吉普来的。头一次不识途，开到村子外的坟地里去了。村里的坟地一共没多大地盘，也迁得差不多了，剩下的是谢家的几位老祖宗，三十几户人都同意让他们原地保佑地上的谢家子孙。温强倒车时撞倒了两棵刚栽的柏树。谢成梁的几个堂兄一听说一个大款横冲直撞，撞进了祖坟地，把他们聊表敬意的树给撞倒了，全围堵上来。他们刚要不客气，温强立刻抱拳，说："我赔我赔！"谢氏兄弟开价一棵树三千，温强掏出一沓一百元的钞票，数出七十张来，说多出来的那一千算做他敬谢家老祖宗的一点儿小意思；他说不定也得托谢老祖宗们的福，承蒙他们在土下保佑。温强的大手笔马上征服了村子里一百四十多颗心。

温强在麻将桌上说夏之林和季枫两口子真有福，还有激情闹这样的小别扭，心如止水就不会闹了。坐在他对面搓牌的周在鹏问温强，心如止水还来这里征地干吗？没有了爱情，其他一切欲望都该死灭。成功和财富，是刺激女人性欲的，你对女人没了兴趣，你还要成功和财富干吗？就像那个正在筑造什么法式庄园的冯瘫子一样可悲。

补玉在客人们凑不齐牌友时也会坐到牌桌上。棋牌室隔壁是卡拉OK歌房，这时没人练歌，朦胧地播放着"文革"歌曲大联唱，女歌手唱着《北京的金山上》，唱得风骚色情。麻将打到第二圈时，隔壁有人唱歌了。是个男声在唱《一无所有》。

温强请补玉去看看，哪一头叫驴在隔壁叫，害得他牌都出错了。补玉回来说，就让人家叫叫吧：夏之林正在向他老婆献歌呢！

温强大声说："看见没有？这种小别扭越闹越有激情！"

第二圈牌打完，隔壁献歌还没献完，调门却越跑越远。温强从裤兜里抽出皮夹子，又从里面抽出新的发脆的五百元钞票，叫补玉拿到隔壁，说是他代全体牌友付的听歌费，让他再来最后一首就谢幕。

补玉说："让他叫吧，叫叫他心里舒服！几瓶啤酒下去，一般都得叫叫。"

温强皱起眉头。他长得五大三粗，一个拳头有茶杯大，头发浓密，黑白各一半。年轻时不会难看，补玉这样判断。这年纪也不难看，就是鼻子眼睛都有点儿发肿，补玉又看一眼温强，心里一阵羞怯。她知道自己，一但出现这种羞怯，就是对某个男人想入非非了。

"补玉，我实在让这驴叫给弄疯了。我耳朵可是挺娇嫩的，只能听成腔的声音。"温强再次把五百元钱推到补玉面前。

补玉经不住他目光的专注，浑身没四两沉了。她噘起嘴说：“要不你也去唱？”

“我最恨卡拉 OK！”温强说，“卡拉 OK 是什么你们知道吗？就是不该唱歌的人唱歌，不该喝酒的人喝酒。”

“温总倒是不喝酒，”补玉说道，眼睛看着自己一双手在麻将牌上圆滑地搓动，一手一只金戒指，右手的戒面上打出一朵梅花，花蕊是一颗绿豆大的翡翠。“温太太管教得好啊！”她这样深思熟虑地“口无遮拦”，是开店以后的自我训练的结果。

“我要太太干吗？”温强说。

“哟，老周，咱们赶紧给温总张罗一个！”补玉说。

“我可不想吃二遍苦受二茬罪。”温强说。

“还有人让温总受罪呢？”补玉说。

“对了，是人家受我的罪。”温强说。

周在鹏看看补玉，又看看温强。补玉这一套他是懂的，他想看看温强懂不懂。补玉开店的乐趣之一就是猜测各种客人的真实面目和真实身份，看真实的他们怎样一点点地露出来。他站起身，拿起温强搁在桌上的五百元说：“我去。”

三分钟之后周在鹏就回来了，先把那五百元搁在温强面前，又拿出两百元，搁在补玉前面。他说隔壁那位不该唱歌的歌手今天唱得高兴，免费请大家听歌，并且掏腰包请大家打牌，谁输了都从这两百元里出。隔壁吼得石破天惊，跑调全往高处跑。温强又掏出钱包，拿出里面全部的钱，劳驾周在鹏再跑趟腿。补玉开店以来，练出这样的眼力，一摞钞票有多少张她一瞄就是点了数。现在她眼睛把温强的那摞钞票点完了：至少有两千。周在鹏两只脚后跟踩在布鞋后帮子上，走到门口被补玉叫住了："老周，你就说，温总今天也高兴，想请他媳妇儿唱两支歌！"说完她看看温强，又说："钱就别拿去了！"

周在鹏自己心里有谱似的，走出去，连他放在桌上的手机叫了也没回头。五分钟之后，他手上拿着两摞钱回来，告诉大家，他跟夏之林谈判，说温总实在太高兴了，一定要花两千块让他唱一支最拿手的，然后就闭嘴。夏之林坚决谢绝温总的美意，说他两口子一块住在这个山水小店里不容易，算是又一次蜜月，说什么也得请大家的客打牌听歌。这时一个高音出来了，起码跑了一个半调。"这就是青藏高……原！"

"哇，这跑调跑得比青藏高原的海拔高多了！"温强大声叫道，同时拍手跺脚打呼哨。

隔壁一听，把《青藏高原》的最后一句清唱了一遍，没有伴奏的约束，调门自由得跟高原雄鹰似的，扎到云里又俯冲下来。

人们看着温强，他嘴巴还在强笑，眼睛像什么也看不见似的。他不是像疯了：他就是疯了。

补玉心想，五大三粗的温强，倒真有一对娇贵的耳朵。他是她的重要客人，不能让隔壁那个一次性客人惹了温强。做生意能惹谁不能惹谁得看得清清楚楚，谢成梁笨就笨在这里，连周在鹏这样基础的客人都要惹一惹。她一个劲儿对温强打哈哈，叫他看她的面子，别跟隔壁的人一般见识，她一会儿请大家吃夜宵，她的豆腐酸辣汤是有名的哟！……

温强似乎买了补玉的面子，闷声闷气地摸牌、扔牌。

周在鹏问温强，是不是不喜欢听歌。温强说那得分是谁唱的。他过去有个女朋友是唱女高音的。听了她唱，就是曾经沧海难为水。补玉问，那个女朋友现在不唱了？温强说谁知她唱不唱。补玉在桌下找到了周在鹏的脚，轻轻踢了一下那双据说是名牌的布鞋。这是补玉开店练出的另一手：坐在牌桌上她就马上搞清另外三方的脚的方位、动向，该碰还是该躲，全是她和客人之间的关系增进、疏远的关键。有的男人的脚碰上来，她就随他们去碰，有的男人——比如老周这样的熟客，她偶然会主动去碰，有的男人若对她展开桌下攻势，她会嗔怒瞪眼，立刻展开反攻势，在那脚上踩一下，或踢一下，立刻缩回。只有一次她翻了脸，一个六十多岁的男人，和老伴儿子儿媳一块来游山玩水，坐到牌桌上，脸冲着自己老伴，脚却在桌下追求补玉。那天大家都穿着拖鞋，他的脚趾比手指还灵活有力，在补玉的小腿肚上轻轻一揪，补玉的脚架到另一条腿上，他也跟着架起二郎腿，脚丫在补玉大腿上搔了搔。虽然补玉穿的是厚厚的牛仔裤，让那长鸡眼和老趼的老脚丫一搔，觉得自己连皮都没长，被他直接搔到了肉上，洗都没法洗了。补玉那次狠极了，不动声色地走出去，找了根钉子从鞋里面戳进去。钉子穿过她的海绵鞋底，从另一面露出个尖，回到牌桌上一坐，给老骚客送了个飞快的媚眼，脚在桌下也给他一个最方便的角度。老骚客的脚刚一示爱，她那只带钉子的鞋底就踩上去。

这时周在鹏看看补玉，脚尖同时也轻轻踢她一下：原来温强是位五大三粗的断肠人呢！丑陋的歌喉让他想到失去的那条歌喉和拥有歌喉的丽人有多美好。可是人拥有一条丑陋的歌喉也没办法，瞎跑腔也不犯法，不能因为你有钱就买人家一个屈辱的噤声。

温强再次拍巴掌打呼哨，隔壁吓了一跳似的，因为他刚唱了半句。温强一听隔壁静了，他也静下来。隔壁再次张口，他再次喝彩，把麻将的尺子拿起来，在桌沿上噼噼啪啪地抽。大家知道温强当过十多年兵，丘八闹事，一人顶十。

补玉对息事宁人还没完全绝望，问温强是不是在军队里认识了那个女高音，温强完全疯了，满脸狂喜，两眼暴怒。"补玉山居"的客人打架不是稀罕事，每回打出的损失都是补玉的，所以她全力给温强打岔。

这时门开了，季枫满脸醉意地出现在门口。她说求求诸位别跟他老公一般见识，让他唱着把气撒完把脾气发完自然他就不唱了。温强问他撒什么气发什么脾气。季枫羞愧地说，他本来已经不唱了，现在顶上牛了，一定要唱破嗓子才算完事。她一口南方口音的普通话，好婉转。

"……他这个人，你不能跟他顶牛。"季枫说。

"噢，我这个人就能顶牛了？！"温强说。

季枫非常羞愧。这时补玉才发现她是个挺秀气的女人，五官非得细看才看出精巧来。细看她只有三十岁左右，身材像在抽条中突然老了，干巴了。

"您是老总，跟他顶什么牛啊？他连工作都没有……"季枫说。

看来名片上的"资深工程师"是妄想的结果。

"工作都没有还敢这么狂？！"温强说。

"那您有钱也不该这么狂啊，您说是不是？"季枫转向补玉和周在鹏，以及那个临时拉来的牌友。"您这不是侮辱人吗？您花钱，别人就得住口？！"

"收了我的钱住口的人多了！"

这时隔壁的高音拐变拐得认不得家了，突然停在一个蒙头转向的沉默中。温强哈哈大笑起来。补玉原本不愿入温强的伙，但没克制住，也笑起来。周在鹏原来就居心不良，想看看双方闹起来能不能进一步暴露真实背景，所以他跟着温强大吼大叫，笑得大声往回倒气。临时来的牌友也跟着起哄，喊着："再来一个！"

隔壁的歌手没了动静。补玉想象出一个僵在台上的三花脸。

"都花钱住店，您这样就不厚道了。"季枫。她一点儿也不急。"嫌别人唱得难听，你也可以唱嘛！……"

夏之林出现在妻子身后。他的天生三分笑让酒给夸大了，看上去挺爽的一个人。他拉了一下妻子，同时问她干什么，有必要跟穷得只剩钱的烧包废话吗？

"我穷得只剩钱；有人想跟我一样穷还真不容易！先得找个饭碗，才能一点点穷起来呀！"温强说。

"你这人太不地道了……"季枫指着温强说。

补玉觉得她的家当眼看要受损失，门、窗、茶杯茶壶……她上来轻轻扳住温强的肩膀，劝他算了算了，能一块聚到她的"山居"是缘分。但是太晚了，夏之林已经一巴掌推了出去了。他推的不是温强，而是季枫。季枫向侧后方一趔趄，差点儿坐地下，但马上又跟没事人似的。

"你个女人多什么嘴？！"夏之林对妻子说。

补玉看了看周在鹏，两人明白夏之林指的是季枫把他"待业中年"的真实身份叛卖出来的事。

季枫理亏地扭身走去。夏之林的天生三分笑没了，一张脸变得极苦。也是这一刹那，补玉才看清他有多么俊美，皮肤少女似的细腻，眼睛又大又深。

温强不知怎么一来，也变了个脸，和事佬地笑笑，说他看在补玉面子上，今天就闹到这儿。

第二天温强出去晨跑，看见从菜地拔了葱、割了香菜回来的补玉，迎面就叫："小曾！"对于像温强这样在军队待了小半生的人来说，人只要有个姓就够了，有没有名字无所谓，有个像"补玉"这样别致、意味很好的名字，对他也是浪费，他从来都只叫她"小曾"。

"温首长有事吗？"

温强两腮绯红，一身春风，半黑半白的头发上一层云雾。这村子对他两条飞毛腿是太小了一点儿。他开始减速，渐渐变成原地小跑。

"今天你准会看见一张可怕的脸。"他说。他看她是否吃透他的意思，补了一句："昨天当众推搡的那一下仅仅是个序曲。现在她的脸已经给打成了钧瓷窑变，万紫千红了。"

补玉明白了。温强现在终于信服了老周的判断：夏之林是个文质彬彬的迫害狂。老周听了补玉和温强的讨论，斜起眼睛，意思是：你们这么迟钝？非得他动手才看出他凶残成性？我是什么眼力？小说写过十多本，戏剧写过几十出（虽然一出没公演）里面有多少个人物？有几百个人物！写出几百人物来，至少得观察几万人物！

补玉没时间等着看揭晓；她得去安排客人的早餐。周在鹏和温强坐在葡萄架下，假装喝茶看报，其实是在等季枫露面。季枫一直不露面，夏之林出出进进，打开水、端早餐、扔果皮，天生的三分笑减了两分，但基本上还是亲切可人。他在退房时间把钥匙还给了补玉，补玉一翻登记簿，发现季枫预付了两星期的房钱和餐费，也就是说还剩余一周的房费。

"不住了？五月份俺们这儿最舒服！"

她把多出来的房钱加餐费退还给夏之林。夏之林似乎有些吃惊，蒙了一下才接过钱。补玉明白他吃惊的理由：他没有想到妻子原来打算在这里躲他躲那么久。中午所有人都在餐厅吃补玉的鱼头豆腐时，周在鹏偶尔起身，看见夏之林和季枫拖着轮箱从院子走过。他叫了一声："一块儿来吃鱼头豆腐吧！"

　　季枫的脸色又是那种半透明的阴白，但干干净净毫无破损。夏之林摆摆手，笑笑。

　　温强也跟着站起身，看见的季枫不瘸不拐、不青不紫。他和周在鹏一块落回座位时，相互看一眼。补玉添了一碟香菜末到两张餐桌上，说这是他们又一次错误判断，一个编小说的，一个军人，眼力加在一块还是看错了人物。周在鹏却说不青不紫的脸能说明问题吗？青紫全在她身上呢！高明的虐待狂揍人都在内脏上留伤！温强说也没准儿那一顿暴揍还暂时存在夏之林那里，一回北京就跟季枫兑现。

　　温强住了十多天，突然决定放弃他在这里的宏大企图，一分地也不赁了。他的理由是，一旦冯焕的度假庄园开业，接客量就会超饱和。再说用民宅开店的越来越多，尤其适合来这里的平民游客。能在度假庄园睡得起一千元一晚的觉的人，就会到风景更好，周边设备更完善，当地人素质更高的地方去了。

　　"温总嫌俺们素质不高啊？"补玉娇俏地斜睐着温强，急待温强立刻反驳她。

　　果然，温强笑笑说，除了她小曾之外，其他村民还跟"鬼子进庄了"那会儿差不多。他让补玉放心，多豪华的度假村、度假庄园他都不会去住，他永远是"补玉山居"的忠实客人。

　　温强兑现自己的诺言快得出奇，惊着了补玉。其实补玉从不期待任何客人兑现他们的诺言。店主和客人的关系全是有口无心，好听话、难听话都一个说说罢了，一个听听而已。"老板娘，住您这儿可享了福了，回去让我们亲戚朋友都来！""老板娘，您这一手农家菜烧得绝了，以后我们每月来一次！""补玉大姐，您这锅不好使，下回来我送您一个好锅！""……下回来我给您带一瓶防晒油！""……下回来……""……下回来……"绝大多数人是没有下回的，所以对自己的"下回"践约的人，补玉就十分看重，比如周在鹏，比如那对老鸳鸯，比如眼下这位温强。

温强这回开的是"宝马"，刚一进村口，就有人通风报信给谢成梁。谢成梁骑着自行车便直奔"补玉山居"。

"补玉，温强又回来了，不开吉普了，开宝马。现在人家是温宝马！"

离温强上回离去，不过才三个月。这时是八月，满树林的知了叫声打钻一般打进人们的耳朵、脑子。这是个又热又闹的下午。看着宝马车拐进巷口，补玉赶紧缩回身。她不愿意温强看到她眼巴巴的样子。

她回到接待室，在浅粉色的布裤子上搓搓手心。手心上都是汗。接待室只有八平方米，靠窗放着两把藤椅，中间一个藤几，门右手边，靠墙摆一个长沙发，对面斜摆一张多抽桌、一把木椅。补玉的家当都不值钱，但收拾得窗明几净。她吸收了老周一条意见，就是"枪口抵在你脑勺上也绝不摆设假花"。她在左边的藤椅上坐坐，又挪到右边的藤椅上。隐约能听到宝马开进了停车场，车门打开，关上，又打开……然后是后备厢打开，又关上……温强一向不啰唆的，今天这么零七八碎，停车停了五分钟。

补玉对自己的隐秘喜悦十分坦然。天下有多少女人对电视剧里的男人居心不轨？以他们为怀春对象？她补玉偷偷拿温强滋补一番自己的感情，温强能少块肉？能伤着谁？只要温强别拿她补玉当感情滋补品就行。温强才不会欠缺那类滋补品。他能拍出钞票买夏之林一个"闭嘴"（尽管后者坚决不卖"闭嘴"），他买感情滋补品还会不舍得？

这时宝马车彻底没声响了。半分钟之后，一声"滴"，那是温强在锁车。

补玉从藤椅上站起，慌慌的一颗心让她生自己气了。"贱货！"她对自己小声地骂着，同时却走到门边的穿衣镜前。镜子是三块钱买的处理品，人照在里面直起波纹。浅粉色的七分裤是不难看，但就是透着一股小贱人的样子。三十好几岁还能在少女服装店买到衣服，这一点原本让补玉得意，而现在她恨自己早晨穿衣服时的一念之差，把白牛仔裤、黑 T 恤衫撂开，套上了这身浅粉配嫩黄。

温强的声音先到达了。他吼操令似地吼道："小曾！小曾！"

补玉突然觉得他咋呼得不近情理。心虚、假装不在乎才会这么张扬。她迎出去，看见的不是空身一人的温强，而是自带了"感情滋补品"。

补玉手上的汗顿时干涸。

温强带来的女人比他岁数稍微年轻一点儿，也该有四十五六了。年岁没有毁她的容之前，她应该是倾国倾城的。似乎越是有过灿烂的美丽，越是在老来惨不忍睹。这个女人假如早先眼睛不那么大，现在就不会有如此松弛多皱的眼皮；假如她曾经不那么白晰，现在就不会锈斑满脸；假如她过去没有一对美好的酒窝从而时时不断地笑，现在她两边腮帮上就不会各有一道褶子。

"介绍介绍，"温强指着补玉，"这是曾补玉，老板娘，一流厨师，"他又指着女人对补玉说，"你可以叫她嫂子。"

补玉期待那女人嗔怪温强，甚至连温强自己都觉得自己这句话将刺激一个敏感点或兴奋点，会引起一个戏剧性的反应，但女人只是大大方方向补玉伸出手，同时微微一笑，露出又小又齐的牙。

"我叫李欣，欣欣向荣的欣。"

大方磊落、风度翩翩，松弛多皱的眼皮下，那双眼睛明可鉴心。她的苍老突然碎裂，露出一份奇特的幼稚。补玉把她乍露面时的老相全忽略了。

温强领着李欣往院里走，补玉拿着钥匙跟在一步之外。李欣不高不矮，穿着素色裙子，肩膀上除了两根细细的裙子吊带完全光溜溜的。裙子是好丝料，无风都轻轻扇着身体，一定比光身还爽。补玉越发觉得自己的打扮小气庸俗。

补玉给他们开了北房最靠里一间。过去冯焕一来就拿这一间做主卧室。自瘫子之后，那间屋换了一张铁栏杆大床，铁栏杆被谢成梁漆成了乳白，顶上挂了一个圆帐子。这是"补玉山居"最贵的一间屋，周在鹏来它就归周在鹏，眼下它是空的。从接待室往院子里走的路上，补玉一句话没有，该给李欣介绍的都由温强介绍了。

温强变了个人，傍晚安安静静地搬个小凳坐在院子里，让李欣坐在他身边，两人一坐能坐一晚上。原先他的手机三分钟一响，这天晚上它也跟着他安静了。补玉估计他一定关了手机，人为地制造一份与世隔绝。

他俩住进来时预付的是一晚上房钱。第二天上午，温强找到补玉，又付了一晚房钱。他垂着眼皮，嘴角挑起，一张似哭似笑的脸，不给补玉一丁点儿机会对他旁敲侧击："睡得好吗？……怎么？没住够？再来一晚上？多一晚上肯定管够？……她是谁呀？能让一颗止水般的心又动了……"依着补玉不饶人的性子，就是问出这些话来报报仇也是要问的。她是为自己报仇！温强终于明白地告诉了她补玉：他有了自己的"感情滋补品"，不需要补玉暗暗提供了。

第二天晚上，补玉特地烤了一只嫩羊，盛待温强和李欣。她得告诉自己："我曾补玉可没那么小气，为不沾边的男人妒忌。"晚餐先是啤酒就空了两箱，还有两瓶"二锅头"。就算"补玉山居"没别的好处，总是能惯使人们忘形几天。所有客人吃着喝着，自然就想到了卡拉OK。谢成梁干脆把电视机和卡拉OK机器接到葡萄架下面，每个人都东倒西歪地上去献歌，每条嗓子的难听程度都不输给那位夏之林，每一位歌手都值得温强花两千块钱去买个"闭嘴"。

　　但温强那晚上很慈悲，拿出他一副娇嫩的耳朵让人们可着劲儿暴虐。他和李欣坐在离众人稍远的地方，不时用纸扇替李欣拍打光溜溜的小腿。天上星星繁密，北京的生活再豪华也没有这一片豪华的星星。

　　一个人唱起一支老歌，《我们的家乡在希望的田野上》。李欣要求再来一遍。她拉拉裙子下摆，朝话筒走去，走走又转过身，翘起下巴看看坐在人群外的温强。这晚上她那一脸斑给酒醉的红晕冲淡了，灯光打在她皮肤上，皱纹没了，却油亮得像熔化的蜡。她涂了唇彩，勾了眉，眼睫毛上刷了黑色，脸上笔画清楚多了。补玉觉得无论她自己怎样不服，对面站着的仍是个老美人。全体观众都觉得她是个风度高雅的美丽女人，全都被她震住了，觉得自己和她比相形见绌。

　　李欣唱起来很会抒情，唱得很有表达力。她声音属于圆润窄小的那种，高音上不去，她便双手抱着话筒咯咯地笑。

　　补玉突然想起了温强提到的那个女朋友。但是他说听了她唱就"曾经沧海"了。这位李欣不会就是温强的"沧海"吧？她唱得毫不跑调是没错的，音色也优美，表达力胜于嗓音，但仅此而已。来"补玉山居"客宿的人里，可是有比这位李欣唱得好的。假如这就是温强的沧海，那温强就太缺见识了。她走到温强旁边，蹲下来，低声说："煮了酸梅汤，冰镇的，喝不喝？"

　　温强魂都在李欣的歌声里，补玉一开口，他转过脸，没魂地笑了笑。

"问你喝冰酸梅汤不喝？别嚷嚷，啊？就煮了一小锅。"补玉说。

温强点点头。等补玉端了一杯冰镇酸梅汤回到他身边时，李欣的第一支歌唱完了，大家正哄着她唱第二支歌，要新歌，不要老掉牙的。李欣说她唱一首老是老，牙还没掉的歌：《橄榄树》。

"不要问我从哪里来……"李欣一张口，成了另一个歌手。

趁温强接过杯子的时候，补玉问道："是她吧？"

温强马上明白她指的"她"是谁，眼睛一躲，紧接着摆出一脸坏笑——是，或不是，由着你猜。

"你怎么找着她的？"补玉追问。

"找着谁？"

"这位呀！"补玉朝台上一抬下巴。

"她呀！"他做出"我当你说谁呢"的不在乎模样，其实在拖延时间，让自己想出一句最聪明的供词："那还不好找？就这么找着了。"

"上次你不是说，跟她早就失去联系了吗？"

"又联系上啦！"

台上第一段歌结束，温强马上"噢"的一声喝彩。补玉知道他这是结束和她的谈话；若要再没眼色追问下去，说不定他也会掏出钱来买她补玉一个"闭嘴"。

谢成梁跑到里院，说老周把电话打到接待室，问他什么事，他不肯说，一定要直接跟补玉说话。谢成梁一口一个"鳖日的"，十多年了，还是对他谢成梁的媳妇儿贼心不死，贼胆见大！

补玉一听老周的声音，就知道他在病中。她问他怎么了，周在鹏说没太大事，有点儿小中风，舌头不太顶事，医生说再打一阵针就能恢复。他说他躺在床上没事干，为补玉想出一条毒计。补玉吓一跳，看了一眼站在门口不肯走的丈夫，心想她还算能经事，没有给吓得脱口就重复："毒计？！"

"补玉，你不是怕冯瘫子那个法式度假庄园开门吗？你可以叫他开不了门。"周在鹏说。

谢成梁看见他媳妇的神色一变再一变，耳朵恨不能伸到电话听筒上。补玉捂上话筒，对丈夫说："老周病了。"她一看丈夫的反应就知道他心里说：你开的是旅店又不是医院，他病了往你这儿打什么电话？补玉听老周用不太顶事的舌头说他如何观察了那个法式庄园的地形地貌，如何地发现它可笑愚蠢，她眼睛却看着丈夫；看他转身出门，一二一的步伐由近而远，一切都装得跟真的似的。话筒里周在鹏讲到庄园如何绕不开村民的那块宅基地时，补玉又一次捂住话筒，说道："谢成梁，那盏灯装错地方了，正好把你的影子打过来！"

谢成梁只好从窃听的位置站出来。

"亏你还当过武警！"补玉说着，指指藤几上另一台电话说："要听就光明正大地听！"

谢成梁站在那里，向左转向右转都不是，补玉却背过身，一心一意听周在鹏说话。老周没能借给她钱，却送给她一条"毒计"，连小中风落下一条半残废的舌头都不顾，就赶紧把计献给她，补玉心里漫过一股温热暗流。尤其在温强自带了"感情滋补品"到来后，补玉发现其貌不扬，窝里窝囊的老周十分"滋补"。老周激动得口水四溅，似乎从这一头都闻得到他那烟鬼特有的口臭。他的计策是让补玉在那家宅基地赁出去之前先把它赁下来，不惜血本，砸锅卖铁也得把这块地弄到手。这样就能建立"敌后根据地"了。敌后根据地？对呀——在那法式庄园腹地插一杆子，冯瘫子能从轮椅上起来跪地求饶。

"你想开什么价，就由你啦补玉！明白没有？"老周激动得气息奄奄，几乎又要来一个小中风。

"那他该开什么价？"

"啧，算算看哪！你装修一个传统中式大宅院得花多少钱，就跟冯瘫子开多少价！把仿古门窗、仿古木床、仿古大柜子、脸盆架、青花瓷瓶统统算进去。我看你先打个一百万出来。"

补玉心里越来越温暖：老周一直为没能借给她钱完成他为她绘制的"补玉山居"新前景而不安，一直在为她谋到这笔装修费用而费神。他让她跟宅基地的女主人出价二十万，那女人准愿意，因为全村的地都是一万六千一亩赁出去的。可是二十万是一笔大钱，她补玉砸锅卖铁、卖血卖脏器也卖不来二十万呀！凑凑啊，说什么也得凑出来！小谢的妹妹家、姐姐家、街坊邻居、七姑八舅，一人一万都凑来了！……

补玉沉默着。

"小谢不是有个战友做肉鸡生意吗？"周在鹏提醒补玉。

谢成梁忘了自己在用另一支电话窃听，突然冒出一句："你让他少打我战友的主意！"

老周在那头一下子愣住，再开口，舌头更加残障。"你他妈小谢，吓我一跳！……"

补玉哈哈地乐起来，一只塑料拖鞋朝丈夫飞过去，丈夫一躲，手里电话从机座上挂下来，在高高的藤几边沿下荡悠。这时老周又接着刚才的话说下去。他认为村子里开店的不少，也有开餐馆的，凭补玉的人缘和信用，一家借点儿，怎么也能凑出二十万。再不行，还有银行抵押贷款一条路：把"补玉山居"抵出去，向银行贷二十万一定没问题。补玉的担忧是万一一逮不着冯焕，又把那块宅基地用自杀的价贱过来，她曾补玉找谁哭去。

"找我呀！"周在鹏说，"我要是有钱我这一会儿就给你！"

补玉想，他从来不承认自己没钱，这一承认可是自己撕了自己面子。他是真心为补玉好。为她补玉好，虚荣心、面子都不要了。上次他在"补玉山居"住了一个来月，在手机上跟人家什么都说就不说实话，现在看来他显然在躲什么大祸。

"我一直没告诉你，我媳妇让我开了一个广告公司，好几年了……摊子铺得太大，战线拉得太长，周转不灵，所以……"周在鹏的舌头偏瘫得厉害。下面的词句全站不起来了，在补玉这头的听筒里连成肉乎乎的一片。她想他的意思是表示歉意，在她的重大关头只给予她软件支持，硬件拿不出。他还说等他身体稍一恢复，他就会来"补玉山居"疗养，顺便把跟她把那个计谋付诸实施，成功地敲一大笔，敲得瘫子都能跳起来！

"老周，你就别操心我的事了，好好养病吧，我已经特领情了。"补玉动感情地说。

"在北京谁能养病？！就是在北京把我给弄中风的，要不是保姆发现得快，我现在也成瘫子了……"

补玉悟到他那个英文教师媳妇儿不在身边。为什么？她哪儿去了？难怪他上好的衣服上全是污渍，皮鞋带子一根黑色一根棕色……你以为他跟你交往十年来，从一开始就让你当他的户籍警，家庭、人口、身份都让你抠了底，你看到的就是在你那里如实备案的，你认识的就是一个百分之一百二十的周在鹏，其实呢？其实那是个大误会。百分之一百二十的周在鹏都只是周在鹏的局部，而没有在她曾补玉这里"备案"的那部分周在鹏在外面惹祸，各处躲祸，把老婆孩子丢了，或者让老婆孩子给丢了。

补玉想着一个被老婆孩子丢了的周在鹏，心里很不得劲儿。她想他上回来的模样，怎么看怎么落荒。这时她已不知不觉走回了院子，站在李欣圆润的歌声里。今晚星星月亮都好，李欣唱起了《十五的月亮》。好夜晚成了李欣的独唱晚会。这个有着一大截她补玉看不见来历的叫作李欣的女人真美。补玉看看坐在葡萄架下面的观众们，一个个都有一大截她看不见的来历。也许她看不见的那一大截，并不好，或许很苦，或许罪过，而让她补玉看到的这一小截是最好的，或者是"补玉山居"让他们生命的这一小截好起来的？……

至少在温强脸上能看到"补玉山居"的好作用。就连他五大三粗的那份粗气都在李欣的歌中消退了。补玉看见的只是温强的侧影，黑暗的一个侧影，但补玉能看见他在那一个个老掉牙或没老掉牙的歌里享受着什么。他成了个做白日梦的孩子。他在梦中漫游过去，他跟这个来历不凡的李欣第一次见面，他在舞台下，她在舞台上；她倾倒一城人，他是一只想吃天鹅肉的痴憨蛤蟆。也许不在舞台上？她那么小小一股泉眼的嗓音上了大舞台谁听得见？早被一片大沙漠似的观众吸干了。

温强果然证实了她的判断：他和李欣的确不是在剧场里认识的，不过李欣当时绝对是小小一股甘泉，从几千男人的性干旱大漠中冒出来。补玉问温强，那时他在哪里，他说在一个长满仙人掌、土地赤红的地方筑铁路。补玉又问：那是哪一年。他笑了，说补玉那点儿鬼心眼儿他明白，不就是想猜他俩的岁数吗？

补玉和温强是在冯焕修的那条柏油路上说话。温强照样是五六点晨跑，这天是在柏油路上来回跑。补玉猜想他不愿绕着村子跑，惹得全村的狗叫而吵醒李欣。补玉一听他"踏踏踏"的脚步声跑出巷子，就推着一车垃圾去倒，拐回来时正好能碰见他。他跑到补玉前面，改成原地跑，两人就这么在空空的柏油路上，在他年轻矫健的脚步在河两边的山壁上碰出的回声中完成了上面的聊天儿。

在"补玉山居"住过的客人里，要数温强坦率。有时补玉觉得他找自己交底不完全是信赖她，这和信赖没有关系。他是把这小山村看成了个底，对它呕吐什么都算落到了底，这个底翻不起来。

"还续一晚上吗？"补玉问道。

"得等她起来问问。"温强原地跑着回答。

补玉看着他。这个给谁都当家的人现在甜甜蜜蜜弃权了。她嘴上却不停地说话："续不续你都甭预付房钱了，住到哪天走，算到哪天。走的时候结账。"

补玉说完就从他身边错过去，往前走了五十米，回头，见他已经跑到小桥边了。过了桥就是冯焕那个度假庄园的工地，总是开开工又停停工。

比补玉设想的竟容易许多——二十万块钱她三天就借到了。谢成梁去跟他那位肉鸡大亨的战友张了口，大亨借了他五万，说是看在两人当武警时一块偷过连部录像带的情分上。就是谢成梁赖账，他也只当几万只肉鸡瘟了。其他的钱她是跟村里邻居、娘家亲戚一万五千地凑的。有了钱，补玉找到了那块宅基地的女主人。她是从张家口嫁过来的，村里人在她面前便以北京人自居，所以她嫁来五六年还被当成陌生人。补玉在村里是大名人，一进了门那女人便大声臭骂拴在院里咬个不停的狗，同时大声地叫自己四岁的女儿拿笤帚、簸箕来，把门口的鸡屎扫了。

补玉心里有点儿不安：这个叫小崔的女人在村里是自卑的，而自己似乎是来利用她的自卑占她便宜的。但补玉刚张口问到那块宅基地，小崔立刻趾高气昂，叫补玉趁早别动这份心思，动也白动，因为那个瘫子亿万富翁派人来了几回都没搞定她。补玉问小崔，冯老板出多少钱租赁那块地，小崔说他一上来就拿她当张家口蘑菇蒙，想出两万就把地赁到手。小崔给丈夫打了电话，丈夫说问他要五万试试。冯老板很痛快就接受了五万的价钱。但小崔把消息告诉丈夫时，丈夫说那不能让他痛快，得让他出个不舒服的肉疼的价。于是就梗在了十万上。冯老板最后屈服了，肉疼地说十万就十万。小崔想等丈夫一认可这个价钱，她就跟冯老板签合同，而她的丈夫手机停机了，两个月没一点儿消息。急得冯老板自己主动又加了五万。小崔对补玉说："恐怕我跟他要二十万他都会考虑。"

"那你干吗不跟他要？要啊！"补玉说，手还在小崔胳膊上杵一下。

"我得等孩子她爸的话。他手机准是让贼偷了。南方人个个是贼！丢了手机，一时没钱买，他这就联络不上呗！"

"他在哪里打工？"

"深圳。他舅介绍他去干保安，一月一千二哩！"

小崔圆圆的娃娃脸一阵满足，做了殷实人家媳妇儿的满足。

"哎哟，我正要去深圳看个亲戚。病了，让我照顾两天。有什么东西给你闺女他爸带没有？"

"有有有！把合同带给他看看，他同意，就让他先签个名。"小崔跑进黑洞洞的屋里，拿着几张纸跑回来。

　　补玉接过合同。合同下面的公章印着"焕然房地产开发公司"。她告别小崔出来，走得步步游移。她去深圳？去深圳就能搞定一切？搞不定呢？她的投资越来越大，搞不定把现在的"补玉山居"都砸进去了。补玉羡慕年轻的小崔，一千二的月薪就让她满足成那样。满足、安分，该有多好。她曾补玉怎么就不满足、不安分呢？可是人家冯哥瘫了都那么不安分，那么不耽误他志向远大，瘫在那里都一片片地起高楼，守着自己的地盘，还惦记着人家的地盘，自己一步步棋走好走赢不算，还得确保对手的棋一步步走臭走输——这是多么高大魁梧的志向？全都是缘于不满足、不安分。她得跟冯哥拜师：以她的力量她确保不了自己步步棋能走好走赢，但她能防止对手的棋走得所向披靡。冯哥一旦所向披靡，她的"补玉山居"就没饭吃了。所以说到底她曾补玉也就是想把自己的一碗饭吃好、吃长远。风险当然有，她不相信冯焕那么一个瘫子从发家到现在面临的风险会少。人家瘫子坐着轮椅都从一个个大风险里闯过来了。就是把"补玉山居"砸进风险里，她无非回到二十五岁，一无所有，只有两只爬起山来胜过猴子的腿脚，两只采摘香椿、山里红、黄花菜不输于猴子的手。她能再来个开始。她不到四十，再开始还开得起。她曾补玉要跟冯哥学的多了，瘫倒了都不算倒，不服"倒"，比站着的、走着的、跑着的人心气高多了。

　　补玉去深圳是头天晚上去，第二天晚上回。她把几餐饭照样安排得很丰盛，菜和鱼肉都洗好切好，放在冰箱里，又把谢成梁的妹妹从她婆婆那儿借来一天，替她主厨。她回来头一件事就是让女儿给周在鹏发电子邮件，告诉他她成功了。老周马上就能读明白她的"成功"。

谢成梁问补玉，下一步干什么。补玉回答他，什么也不干，等着从冯焕那里搂钱。她早早就把跟冯大老板对擂的笑容摆在脸上了，心里一遍遍过台词，不断修改编辑她将要跟冯焕说的话。这样她就进入了一个和亿万富翁对打的壮烈角色，没人的时候就非常入戏地在心里排演。

住了五天的温强先发现了补玉的怪异：一根胡萝卜她能切五分钟。

"曾补玉在家吗？"他说着把五根手指放在补玉眼前晃晃。

"啊？"补玉的脸往后猛一让。

"你是曾补玉吗？"温强看着她。

补玉的神志刚刚出差回来，恍然地笑笑。

"你怎么把手指头切成片啦？"温强接着逗。

补玉马上低头看案板上一堆胡萝卜片。

温强哈哈大笑。那种丘八式大笑。笑完他说他今天结账，叫补玉别让脑子出差少算了房钱。补玉说她现在亏得起，就是他一分房钱不交她也请得起客。他还是笑意不散地打量她，似乎想弄明白她是否在消失的那一天一夜劫财去了。然后他拿出一根项链，坠子是一颗白珠子，说是李欣让他送补玉的。他叫补玉别紧张，不是什么贵重东西，但是日本的设计和做工，比较细气。补玉问她自己有什么功德受如此的礼禄。温强告诉她，李欣很喜欢这个地方，她在这里住的五天是她一生中最开心的五天。然后温强又很局外地小声说："有点儿夸张？是不是？从国外回来的人特会讨人欢心。"

"她从哪国回来？"

"哪国都去过。"

"一看就是见过世面，吃过洋饭的！"

"也受过洋罪。"温强还是半真半假的一张笑脸。

"我看也是。"她乜斜眼睛，"要不然她可是个大美人儿。"

所有的嬉戏都停止了。温强满脸不解，甚至还有愠怒："她看着不老吧？"

"不老。看着也就五十出头一点儿。"补玉也装得一本正经，似乎还很照顾他心情。她想激一激他，说不定他会在反驳中说漏嘴，漏出那个满脸沧桑、神态幼稚的女人的来历。

"五十岁还出头？她看上去有那么老？"温强简直要捶胸顿足了。"我和她认识的时候，她还是个小丫头。现在我看她还是个小丫头。"

"受了洋罪，脸上都写着呢！你们男人哪懂女人受罪是怎么受的！"补玉暗示温强，她和李欣没见面前就是天生密盟；天下女人一出娘胎就成了同盟，就比她们和男人知心得多，看一眼知己知彼，一句话、两句话就知根底。"你们男人懂什么呀？"她在进一步激他。

"我怎么不知道她受罪是怎么受的？不然她能从国外回来吗？我能把她带到这儿来吗？"温强说。

补玉心想，这小子咬钩了。

"她告诉你的，恐怕只是一点儿。女人受了罪就受了，说都懒得说。特别是碰上过去的相好儿。"补玉说。她心跳得厉害，脸还是漫不经心的脸，手还是驾轻就熟切胡萝卜的手。她对李欣有什么兴趣？没什么兴趣，她就是对温强有兴趣。

她发现温强不吭气了。眼睛抬上去，看见他的脸。他是那种侥幸自己没吐真言的笑脸。

"好哇，你套我话。"他说着往厨房外面走。"你放心，啊？"他在早晨的阳光里半脸阴半脸阳地笑。

"我有什么不放心？"她也笑了。

"你不用使套子，我也会告诉你实话。"

她和他都知道他们的交情就止于此，他没义务对她彻底老实诚恳，就像所有住店客人一样。他们来这里图的就是跟他们真实的人格和身份拉开一下距离。无论补玉怎样探索他们留在"补玉山居"之外的那一大截生命和生活，无论她怎样和盘托出地把自己的生命和生活展露给他们，都是徒劳。他们不把真实的人格、身份完全展示给她，也许是为她好。

中午李欣才起床。她专门来和补玉告别，还拥抱了她一下。李欣的身体是幽香的，头发在阳光中干净得一丝丝闪亮。

补玉硬夺过她拉着的小旅行箱，让她空着两手走在自己和温强中间。李欣一点儿也不躲太阳，这是她和北京女客人们最不同的一点。李欣表面上是个一看就看透的女人。补玉也是个一看就让人看透的女人，可让人看透的是个真补玉。遗憾就在于此，一看就看透的李欣也许不是个真李欣。温强"哇啦、哇啦"地叫着："小曾，别送啦！还来呢！……"

补玉一直送他们上车，送他们倒车，送车子顺着巷子出去，拐弯。送到"宝马"卷起的尘土散尽，补玉还站在那里，感觉到李欣在自己身上留下了擦伤般的香气。这对男女是在一九八四年认识的？不，算起来应该是一九八三……

曾补玉永远也无法知道的那段有关温强和李欣的故事也开始在一个夏天，也是八月。二十二年前的太阳比现在要干净、要清亮，却没有二十二年后的太阳伤人。走在赤红土地上，两脚生红烟的年轻军官当然不会知道，太阳在二十多年后会变，变得不干不净，热也热得黏糊稠浊。当然，他不会知道那时候对变了的太阳有个解释：地球暖化。暖化的地球让城市人不老老实实做城市人了，开始往山里往水边跑。他也会在二十二年后跑到一个山村，在一个叫"补玉山居"的农家客栈躲那"暖化"。

二十二年前的温强二十七岁，已经是连长，是一个以当兵摆脱山村，以当兵出人头地的年轻汉子。当兵第二年，他就以他关中大汉的身高被选进了师篮球队，第三年他就以杰出篮球中锋的地位提了干，第四年他自伤了脚踝回到连队去带兵修铁路。他从村里出来，不是为了吃篮球那碗轻巧饭的。篮球队是首长们的自留地，种不出像样的庄稼。他走出村子是为了走得很远很远，师里的篮球队能让他走多远？篮球队员们个个是士兵眼里的公子哥，而公子哥到头来是废物。所以他很快就成了全师有名的"阎王连长温强"。这是他当连长的第一年，到处都有窃窃私语，说新兵千万别分到阎王连长手下，因为阎王连长正在挣分数，准备竞争副营长的席位。

温强听到这样的窃窃私语装着恼怒，但他的兵都显出他其实特别得意。他的加强连一百五十个兵是一百五十条硬汉，营里提升连长都是从他的连选排长。他得意的还有一点，就是他手下的兵嘴上叫苦，心里明白，连长之所以阎王，就是要他们跟他一样，吃苦中苦，做人上人，出了穷村子，就把退路忘掉。

两里多的峡谷走起来有二十里长似的。连里的吉普送两个重病号去师部，还没回来。营部的一辆车坐不下野战医院派下来的医疗小组，所以温强徒步去接他们，然后再带他们徒步到连里。峡谷两边的山坡上什么也不长，只长着张牙舞爪的仙人掌。不，是仙人树。就连他的阎王连也没有多少人愿意在夜里走这条小路：月光里一人多高的仙人掌会高大许多，浑身两寸长的刺像是耸立的鬃毛，越发张牙舞爪得狰狞可怖。

温强的连队刚刚驻扎下来，一百五十个兵就病倒一半。病因似乎挺神秘：吃的食物、喝的水都做了抽样检验，没一点儿问题，战士们却一个个泻得从茅坑上站不起来。

　　温强亲自到到营部接医疗组还有个秘密动机：向营首长打听铁道兵集体转业的传闻有几分真实。

　　营部的帐篷和一连的帐篷扎在一起，离温强的三连只隔两里多路，井打得比三连还浅些，却没一个人泻肚。营长和教导员见了汗湿到大腿的温强就开玩笑，说阎王连长催战士们的命，逼狠了，战士们只有蹲在茅坑上才能歇口气，所以就都在蹲茅坑。温强说那么多人歇在茅坑上，三连的作业面也还是按原计划打开了，进度也不次于其他连队。他一面和两位连首长胡侃，一面打量正在喝冰酸梅汤的五个医护人员：一男四女，男的显然是医生，配搭了四个年轻女护士。看把这些男军人们馋的，一个个往营部跑，什么芝麻事都成了他们请示营长、教导员的理由。营长和教导员也未见得不馋，风趣话其实都是讲给四个女护士听的，笑也笑得声东击西。

　　营长把温强介绍给医疗小组的四女一男。温强的眼睛在五张脸上一扫，马上忘记了四张，只记住了一张脸，并且他知道，这一记住，就麻烦了，想忘都忘不掉。这是一张桃子形的脸，也像桃子一样粉白透红，带着新嫩的细茸毛。营部帐篷的窗子透进的光线很有限，但他看清了她脖梗湿漉漉的，露在军帽外的微黄的头发湿得打成细绺。营长特地把这个年轻的女军人单挑出来，说她是李军医，从军医大分到野战医院三所不久，主动要求随医疗小组下连的。

　　"李军医，到我们这个鬼都不下蛋的地方，委屈你了。"温强发现自己的手已经让李军医给握住了。

"叫我李欣就行——欣欣向荣的欣。"李军医说,"我还刚开始实习。"

营长笑着说:"下连队,不兴叫名字,连老兵都是军阶:王老兵、张老兵。"

这是临时成立的医治小组,头头儿是姓蒋的军医,三十来岁。他马上明白他们五个人中的李欣是这台戏的当家花旦,所以在一边说:"我们医院费了好大劲儿才把小李这样的军医大学高才生挖到!"

其他几个女兵一老二少,老的是个护士,另外两个是十六七岁的护理员,属于玩心很重,去哪里逛逛都比原地待着好的小姑娘,一个比一个胖,知道下到连队一天三顿首长伙食,凭这一点也乐意下来。温强领他们在仙人掌森林小道上行军时,两个小女兵走在最前头,指着夕阳中姿态凶猛的一棵棵巨大仙人掌尖声咋呼,打着各种比喻,一旦比喻到什么不雅的东西,两人便交头接耳,然后放声大笑。

温强和蒋军医走在中间,一面向他介绍战士们的病情和伙食、饮水情况。傍晚时分气温马上下降,一阵阵风全是红的;细如雾的红土被扬起,不一会儿六个人脸上都是一层胭脂。温强回头看一眼李欣,她像是跟这个集体和这一趟任务没什么关系,小声哼着歌,东张西望地跟在五六步之外,也不好好看着脚下的路,走得高一脚低一脚,一双挺好的黑色皮凉鞋不时被红土埋住,又不时地出土，连军裤下半截都让土染红了。温强当"老铁"当了这么多年，开山掘土上千里，从来没见过红得这么邪的土地。

李欣自得其乐地哼唱着，声音很小，但哼得挺入味。温强没听过那个调门，似乎是外国歌曲。温强觉得有一点儿反感：这个女军医既然是如此想下连队，就别把自己弄那么各色，那么曲高和寡。后来温强把他记住的一小节旋律哼出来，连部的文书说那是个苏联歌曲，叫作《山楂树》，很多年前在大城市就流行过了。

医疗组到达的当天晚上，全连的人都知道那个女军医爱唱歌。再唱的时候是四个女兵一块儿唱的，但战士们马上就打听，谁是唱得最像远波的那个。四个女兵总是在洗澡房里唱。洗澡房是活动板搭的，没有水龙头，要靠战士们给她们挑热水和冷水进去，她们一人一个塑料桶，就着桶口往身上泼泼水罢了。这是个没有水的地方，打一百多米深才打出一口浅水坑，还是无奈地把它叫作井。这一坑水就是全体一百五十人的饮用水、洗脸洗脚洗衣水，周末才多一盆水，一百五十多个身子才能褪一褪红色泥垢。战士们现在心甘情愿宠着四个女兵天天浴洗。炊事班的人悄悄开玩笑，说女兵们再多住两天，就把全连人的蛋花紫菜虾皮汤给洗没了。还有更大胆的炊事员说，不如叫她们洗了澡别泼水，大家可以喝蛋花紫菜美人汤。温强听到"美人汤"，马上明白他们指的美人就是一个。每天白班的战士下了工，都躺在帐篷里的铺位上竖着耳朵，因为他们知道女兵们在晚饭前一定会洗澡，洗澡时一定会唱歌。她们一唱，他们就能把其他三条嗓门儿剔除出去，单单听那个像远波的歌声。他们很快发现，这歌喉不仅仅可以和远波相似，它和李谷一、郑绪岚、郭兰英都可以酷似。它可以千变万幻，愿意像谁就像谁。有一天这歌喉模仿起邓丽君来，也是酷似。

温强和战士们一样好奇：一个不高不矮、不胖不瘦的美丽躯体里，怎么附着了这么多个不同的歌手？

第五天，战士们的神秘腹泻不仅没有痊愈的迹象，连两个十六七岁的卫生员也开始了。蒋军医跟温强说，他和李军医讨论了很久，是李医生突然打开了他的思路。她说这样绝无仅有的红土地也许含有什么稀有矿物，也许是那种矿物质导致了这种不紧不慢的腹泻。李军医建议把水和土送到省矿研院去分析，与此同时用卡车到营部去拉食用水。

温强把这些话告诉了指导员。指导员说那就意味着全连都要搬迁，那还谈什么进度？

这天晚上十点，各个帐篷在熄灯号音中一刷齐地沉入黑暗，只有连部的灯还亮着。一个声音在门口问温连长在不在。温强赶紧往赤裸的身上披衬衫。他已认出这嗓音了。

李欣站在离帐篷十多步的地方，军服裙短短的，一定是她自己在长短上做了手脚。她一边扇着折扇，一边说她星期天得先走一步，直接去师里搭车进省城，温连长可以把水和土的标本让她带到省矿研院。

温强请她进连部办公室，怕她在外面被蚊子咬。李欣问方便不方便。温强说方便得很，指导员回营房睡觉去了。这句话刚说出口，温强马上在心里骂自己混账：难道指导员不在他们才方便？女军医倒是浑然不觉，快步走进连部办公室的帐篷。发电机在不远处响着，因而帐篷顶上吊着的灯泡细细地哆嗦。温强赶紧打开长桌上的摇头电扇，以嗡嗡作响的风招待女军医。长桌在全连开干部会议时是会议桌，平时供战士们打乒乓球——假如有谁还嫌累不死，还打得动的话。

温强正搬着一把椅子，打算请女军医坐，李欣一欠屁股已经坐在了乒乓球桌上，一只脚搭在另一只脚上，在空中当啷。裙子一坐更短，短得温强无法站到她对面和她谈话。关中汉子哪见过这样两节大腿？露得理所当然。她一边轻轻晃着腿，一边说假如凭关系去矿研院催一催，说不定一星期之内化验结果就出来了。温强抽着烟说不麻烦李军医了，他们会尽快派人把水样送到大军区。李欣说万一碰上吊儿郎当的参谋干事，这事一拖能拖一两个月。就算慢性腹泻，一两个月也能消灭阎王连的一百五十个好汉。她说话不紧不慢，一张孩子脸怎么看怎么跟"军医"不沾边。

"一两个月，我们这一段路基就铺完了，该起帐篷了。"温强说。他尽量把眼睛弄得颇麻木，对美丽的女军医似乎就像对其他三个女兵一样一视同仁。

医疗组到达三连后，每个排抽出一个人，凑出一个接待组。营长的指令。温强心里骂营长"事比婆姨多"！但他明白这就是部队的老一套，感情表达得又大又空，形式越花越好。五个连抽出的五个兵负责伺候医疗组，一清早给他们灌五个暖壶，打洗脸水、漱口水，晚上给他们挑五桶水洗澡，三餐饭给他们端菜、盛饭、倒茶，睡觉前给他们清查帐子里的蚊子，同时在他们床边点蚊香。温强很快发现五人接待组每一回都换新面孔，向排长们一打听，才知道排长们拿伺候医疗组做战士们的犒赏。光是那五个人天天不干活天天跟女兵泡一块儿？不公道，早、中、晚三班，各个都轮上一班，眼福艳福大家有份。

温强看着五个排长。他以为自己会有很强硬的理由反驳他们，却嘿嘿地笑了，说："蹿稀还有那劲头？"五个排长说那可不，不然更没劲头了。温强不久又听到反映，说战士们都想轮上八点钟打水那一班。早晨医疗组的医生、护士都去吃早饭了，只有李军医睡懒觉。年轻女军医早上的一觉睡得那份香！比首长伙食标准的午餐肉夹芝麻烧饼、绿豆粥就咸鸭蛋还香！李军医是个懒觉虫子，一觉睡到八点半。所以给她把一盆温热的洗脸水和暖壶送到她床边，必须是八点以后，不然水就凉了。水也不能放在帐篷外面，因为风一吹水面就落一层红色粉尘。拿到替李军医打洗脸水、漱口水的战士会在其他四个战士眼巴巴地等待中，把水放在她床下。四个战士会在那个战士从帐篷出来后，一块向他出击，说他进帐篷待了至少有两分钟，问他都看见了什么。这个战士一定会脸红耳赤脖子粗地反击，说挂着帐子盖着毯子还严严实实裹着圆点点的花睡衣，能看见什么？！其他四个战士会越发对他下手狠毒，说连圆点点花睡衣都看见了还说没看见！那个被恶毒打闹弄恼了的战士会驴打滚一样满身红色尘土地踢打不休，以证明自己清白。后来五个战士便把这趟"美差"一拆为二：两个人先进去，一个端洗脸水，一个捧漱口水，然后三个人再进去，把四个暖壶放置到四个女兵床边（那三张床上的人都在早餐桌上）。这样有利于相互监督，不往李军医的蚊帐里偷看，偷看也极其有限，只是飞快地瞄上一眼两眼。即使这样，战士们还是把给酣睡的美丽女军医送水当成美差。早晨那一个帐篷里都是她美丽的睡眠，十八九岁的士兵宁愿在那睡眠里待上一会儿，晕然一下——温强是这么想象的。

这时的温强看着李欣，他想，她这样美又这样坦荡无邪地露胳膊露腿，那能怪谁？她还对自己的歌声毫不吝惜，每个战士都可以用耳朵录制下来，用记忆收藏起来，那她能怪谁？小伙子们为她火烧火燎，夜里湿裤头、白天挤青春痘，这不能怪小伙子们。她什么都占全了：美丽、地位，还把歌唱成邓丽君、远波、李谷一，她能怪战士们为她上火吗？

温强嘴上很领李医生的情，请她一定放心，他们自有办法把水质的问题尽快检验出来。李欣说她已经跟师部要了车，车会到营部来接她。她说水质早一天弄清楚，战士们就早一天恢复健康，不是吗，温连长？温强说只要每个人再节省一点儿食用水，从营部运水也够坚持到路基落成。

李欣沉默了。

温强让她沉默得浑身难受。他怀疑她看清了他和指导员的意图：对水质问题保密，全连抗渴，凑合饮用从营部拉来的一车水，这样就不会被迫搬迁，拖慢进度。

　　李欣从乒乓球桌上跳下来，一只脚软了一下，人一歪，自己咯咯地笑起来，说腿都坐麻了。温强看她抬起一条腿，一手扶桌沿，另一只手去给麻了的腿舒筋活血。他问她是哪里人。重庆人。温连长呢？猜猜看。绥德人吧？能听出绥德口音？听不出，不过知道一句话——"米脂的婆姨绥德的汉。"错啦，"是米脂的婆姨关中的汉"！

　　温强心里想，别看这个女军医唱唱哼哼，傻乎乎得可爱，她挺有心眼儿，似乎并不是她自己在夸他，而是自古的俗语在夸他。

　　然后她站直了。好像刚刚看见墙报，快步走过去。一面看一面说："什么年代了，还批判穿花尼龙袜子哪？"

　　温强笑笑说："总得批评点儿什么吧？"

　　"这一篇，是讽刺小品，讽刺打牌赢香烟！这也算大事？"

　　温强在旁边陪着她看墙报。然后她长叹一口气，小孩装出大人的惆怅似的。"这地方待一个月我就疯了。"

　　"我们老铁待的都是这种地方。鬼都不下蛋！"

　　"鬼能下蛋吗？"她侧过脸，看温强一眼，笑话他语言贫乏。"用不了一个月，一个星期就会疯！像我这种夜猫子，晚上早睡睡不着，在这儿完了——不睡觉玩什么呀？"

　　温强问她在省城玩什么。

　　"嗯……"她两个眼珠动起来，似乎在一大堆好玩的事物里迷乱了，一下子莫衷一是："看电影，看录像，看足球赛……还有歌会、舞会，多了！"

　　温强突然明白了。假如不让她去省城送水样、土样，她就不能从这里脱身，她跟医疗组下来是图新鲜，而这个地方一天就能把人的新鲜感消磨尽。对于这样一个贪玩贪睡的年轻女子，一小时就能耗尽她的新鲜感。剩下的时间，就是度日如年，数着分秒地熬。终于她给自己找了个好借口：为此地战士的健康当一趟苦差，去省城送水样、土样。

　　原来他和她都有不可告人的动机。

　　也许"水质含稀有矿物"是她的异想天开。也许她的突发奇想有几分道理，但检验结果什么问题也不能说明。温强笑了，对她说："你别担心，我保证会告诉医疗组，你去省城就是为了送水样去化验。"

　　她愣了一下，也笑了，说："化验的结果我也保证不告诉别人。只告诉你一个人。"

　　他想，她果然看破了他的阴谋。她果然面傻心不傻。

　　"你那些大兵还要带病保持进度？"她还在继续揭露。

　　"都少喝一口，营部运来的水够了。再说，也不一定就是水质问题。"

　　"少喝一口？现在一人一天才一水壶水！干活出那么多汗！泻肚泻出去那么多水！……"

　　"我一天只喝半水壶水。"温强说，"我也一天干八小时活。"

　　"不能因为你喝半壶，别人只准喝半壶水呀！"她皱眉笑道。

"您就别操他们的心了。我这些战士都苦惯了。"他的意思是说，我也是苦过来的，生下来就吃苦，哪能有你这样的福分？一天三顿首长伙食都留不住你，五个排战士轮流给你打洗澡水、洗脸水都讨不着你的好，还是要"疯了"。

这次是真要分手了，能聊的都聊完了。再说温强这样的人和李欣能有什么话可聊？李欣走到连部帐篷外，温强说："他们说你唱歌唱得不错啊！"

他马上在心里骂自己不是个东西，这不更让她美滋滋了？

"他们说不错？你没听见啊？"她问道。一副撩起人心火不负责的样子。

温强说他没听见她唱歌。他笑眯眯的，眼睛告诉她，千万别把他这个基层军官当好东西。

"真的？"她看着他，好像她没看出这个基层军官脑子里走着什么花念头。好像她真不知道男人们因为她会在脑子里过花念头，而她该为此负责。

"那在你走前给我唱一个好不好？"

"不好。"她说。

"明天晚上是周六，开个联欢会。我叫文书去布置场地。就算我们欢送你。"温强毫无商量地说。

"哎哟，你饶了我吧！我这嗓子只敢在洗澡堂、洗衣房之类的地方唱唱！不信你试试，嗓子一沾水就比平常好听！军医学院里很多人一进厕所就唱，一进水房也唱！我就是这么练出来的！"

　　她这傻乎乎太逼真了。连里一百五十条汉子有一百五十颗心是相信她的傻乎乎的。大概有疑问的只有温强一个人。星期六晚上的联欢晚会上，李欣穿一条米色便装裤，一件白底小碎花衬衫，腰身紧紧的，领口系个蝴蝶结，跟另外三个女兵一块唱女声小合唱，又独唱了一支"李谷一"、一支"远波"、一支"郑绪岚"，唱得嗓子也破了，站在台上就说："不行不行，我跟你说过吧温连长？我这嗓子只配在澡堂里唱！……"下面的大兵们一片笑声。她又说："行行好温连长，给口水吧！你一天半壶水的榜样太感人了，可我学不了你……"她接过战士们递给她的水，一边喝一边敬了个军礼，就下台去了。

　　当天晚上，已经快到熄灯时间了，女军医似乎要证实她告诉战士们的话是真的：她在澡堂里唱歌才会动听，亦似乎要把断在台上那首歌完成，她在浴室里唱起来。唱得好亲啊，唱给她心目中一个宝贝儿似的。那是她在三连的最后一晚，一百五十条汉子要在连长带动下进入抵抗干渴的恶战之前，最后再宠着她挥霍一大桶洗澡水。联欢会一结束，温强就看见她跟接待组的一个战士说，她刚才唱得一身汗，要一桶水冲澡。

　　那个战士姓董，叫董向前。如果谁不懂得"丙种兵"是怎么回事，看看他就明白了。甲种兵仪表堂堂，个头高大，拉出去就能在天安门前升国旗，接受外国首脑检阅，几十个人跟一个人似的，英俊挺拔到了失真的地步。乙种兵是作战部队和军队机关的警卫部队，脸不能麻背不能弯，出现在城市乡村，形象体魄不能让老百姓太失望。丙种兵的标准非常宽容：六腑五脏齐全，五官四肢够数，就行。像董向前这样的弯腿塌胸，又矮又黑，全不碍事，点炮眼、推石头远比仪仗队的甲种兵方便。

温强后来知道，小董本来轮不上进接待组的。那天正当班的一个接待组组员要代表战士们在联欢会上演节目，便临时抓了小董的差。全体战士在连部门口的空地上看演出，小董一个人在连部（暂时当后台）倒茶添水。倒的几杯茶全漫出杯沿，在乒乓球桌上泛滥得一摊摊茶渍。这是个有人派活他就往死里干，没人派活他每一分钟都闲得受罪的人。所以李欣派给他打水的活他立刻精神了，从自己的一小团黑影里站出来，拎着桶向炊事班的锅炉跑去。

出事后温强听炊事班说，小董是在九点四十分拎着热水离开炊事班的。在此之前，他把饮水的保温桶里剩余的开水全倒进塑料桶，又把大锅里给夜班战士下面条的水舀了几瓢。炊事班长上去拦他，他理都不理，把塑料桶舀到十成满，走一步泼一摊，泼一摊就被炊事班班长追在背后骂一句。

后来据一些战士说，他们在熄灯号吹响之前确实听到李军医在唱歌，唱得确实比她在台上好，尽管声音不太大，远没有她那一声惨叫嘹亮。李军医的惨叫又是一副全新的嗓音，跟"远波"、"郑绪岚"、"李谷一"都不一样，跟她自己平时的嗓音更不一样，是个陌生音色，毛乍乍的，芒刺丛生，像是一枝老了的仙人掌。老仙人掌一样扎人的嗓音伸进战士们的耳朵："一张大脸！……狗

日的流氓！……"正在宿舍门口刷牙的温强挂着满下巴白牙膏沫
向喊声跑去。他已经预感到出了什么样的事。

连干部的帐篷与连部相隔一条五米多宽的巷子，连部再过
去，又是一条五米多宽的巷子，然后便是所谓"招待所"的帐篷
（连干部或排干部万一来了家属，就住在那里），招待所对面，那
座叫作"浴室"的活动板房一分为二，一小一大，小的归干部用，
大的是战士澡堂（所谓"澡堂"现在仅供人们擦身或晾衣服，因
为衣服晾在外面到晚上就成红的了）。澡堂顶上装着太阳能仪器，
要是有水它可以是个挺现代化的浴室。浴室后面，一块不大的空
地上搭着一个棚子，用来堆放机械班修不过来的机器设备，还有
几十包没拆封的水泥。假如站在那些水泥上，澡堂上方小小的窗
子所提供的画面就足够了。

温强不知道那是谁在呼救，因为这呼救的嗓音他从来没听
过。但他下巴上的牙膏沫还没甩掉他已经跑完了一两百米。在跑
的过程中，那喊声继续着，字眼儿都模糊了，只有刺拉拉的嗓音
还在攀爬音阶。他一面跑一面对各班帐篷里冲出来的战士喊叫：
"都回去！没你们的事！"

事后他想，当时他的反应很奇怪，不太合常理；他难道不应
该喊："二排长、三排长，带上人，看看出了什么事？"

在事情出来之后，温强还想，自己在事先就一直是不安的。
那个美丽年轻百灵鸟似的女军医让他极度紧张。似乎一颗定时炸
弹埋在某处，他找不着它，却只听它"滴滴答答"地逼近引爆点，

其实那每一"滴答"已经在索人的命，只不过没法知道谁的命正被它一秒一秒地索走。

就在他呼吸着自己留兰香牙膏的气息向浴室跑去时，他心里反而松弛了：反正它爆炸了，局面不会再坏了。但他在跑的那一刻绝没有想到局面还会由坏而更坏。

温强跑到浴室附近，医疗组的蒋医生穿着白汗衫，趿着鞋正从招待所的帐篷出来，那个年长的女护士已经到了浴室门口，正在企图和门内取得联系。她一边敲门一边问："咋个了？小李？开开门啦！"

温强直接往浴室后面跑，他要去那里堵截那个"狗日流氓"。他扑了个空，棚子里站着、坐着、躺着、卧着的就是半报废或待修的机器。还有就是一摞没拆封的水泥。一袋水泥的包装纸袋裂了，周围撒着灰白的水泥粉。浴室上方那一孔小窗把一百瓦的灯光漏了出来。因为电力不足，所以灯光最多只有六十度，但也足够他看清水泥粉上的脚印。一双穿军用胶鞋的脚大概是五号尺码。脚印够乱的；朝前，朝后，朝两边，似乎脚的主人从小窗享受了二尺见方的美妙景观，乐得原地舞蹈、团团打转。不知为什么，温强不是特别恼火，倒是有点儿想笑。他反而为自己想笑的冲动恼火起来。

"二排长！"温强听见自己火极了的声音。

二排长远远地大吼一声"到"！

"通知各排排长，清点人数！"温强认为自己的声音载足了怒气，李欣一定听得见。其他几个医疗组成员也一定听得见。现在他温连长就是一家之长，孩子惹了祸事，打骂首先是给告状的外人看的。"给我把各个帐篷门都堵上，不让狗日流氓钻回营房去！……"

各排先后吹起哨子。远远近近，哨音往黑夜中连续扫射，指挥员们以一模一样的破锣嗓叫喊："在铺位上各就各位，各班长把住门口，不准任何人进出！……哪个乱钻乱跑，就当狗日流氓绑起来！……"

住得远一些的五排、四排开始听不清喊话，只听见紧急的哨音，全都套上军装往帐篷外面冲。他们的帐篷扎在坡上，仙人掌没砍光，一面坡上人类植类全都是黑黝黝的影子，看上去大军压境。

"咋回事儿！……咋了……"

黑影子们问着，似乎并不求回答。

他们的排首长、班首长已经听到远远传来的命令，继续以哨子连发扫射，一面喊道："回铺位上！……嘘嘘嘘嘘……各班长清点铺位上的人员！……嘘嘘嘘……"

半小时后，清点人数的结果才报到温强那里。温连长现在不是一个人了，身边一条阴沉沉的黑影是指导员。那是一条正在蓄集怒火和训导词的黑影，对半小时才完成的人数清查忍无可忍。这哪里还是军人？简直就是一帮穿军装拿军饷的民夫，亏他们吃饭集合还口口声声唱："铁道兵战士志在四方！"

各排都有铺位空缺。就是说，那些铺位上缺席的人员之一不是那个在水泥灰上留了不亦乐乎的脚印的人。再说从李欣的头一嗓子呼叫到各帐篷戒严，中间有七八分钟时间，短跑成绩好的话，那个"狗日流氓"能够在戒严前混进无辜的人群。

温强拿出跟排长们一模一样的凶恶破锣嗓子，叫各排排长把所有缺席的人报到连部，他要连夜审讯。又是二十来分钟，排长们把名单交上来了。缺席的人现在陆续冒了出来：有几个战士躲在司务长办公室打牌，他们和司务长是老乡，所以司务长办公室就是他们的同乡夜总会；还有十多个战士开完联欢会偷偷留在连部帐篷附近，等温强一回宿舍他们就进去，摸黑喝酒。温强知道几乎每天晚上，各排都有摸黑的同乡串门，摸黑的老乡俱乐部。这个闷死人、苦死人的地方，温强由着他们把家乡村邻延伸到连里，由着他们的"同乡夜话"尽兴谈论女人。他一面用破锣嗓子叫喊："都得给我找证人，证明九点半到十点钟，你在哪里！听见没有？！"他好不容易才培养出这条破锣嗓子。基层军官一张口出来一条唱歌似的浑厚光润嗓音是要让人大大意外的，也会缺乏镇压力。他的嗓子在这个时分让李欣远远一听，一定是不护短的，是替天行道，替她做主的。她不会听出他的装腔作势。

但李欣的眼睛告诉他，她听出了他的装腔作势。她的眼睛也能美得六亲不认。他问她什么时候发现那"狗日流氓"把"一张大脸"贴在窗子上的，她冷冷地看着他肩头后面——她宁肯看十一点左右的黑夜。她连劳驾自己说普通话的力气都不想费，用很适合吵嘴的重庆话说她怎么会知道"什么时候"？温连长这样问她是想难住她吗？仅仅几十分钟，他们从熟人变成了生人。他从来没让女人如此抢白过，闷住了，一再在心里催自己开口，因为不开口真成了理亏，但他开不了口。女医生又说，想不到下连队会出这种事。他嘴一松，说道："我代表全连向李军医深表歉意。"

李欣顿时不去看黑夜了。她看着他，黑暗中目光湿淋淋的。那个年长的护士代她陈述了事情始末，蒋医生唉声叹气，娘家大哥似的，有怨有恨也羞于启口似的。女护士告诉温强和阴沉沉的指导员，李欣正在用水从脖子往下冲时，偶然抬头看见窗子上白白的大脸。那是个太受屈辱惊吓的李欣，一时都没了反应，跟大白脸面面相觑了一会儿，才喊起来。"大白脸"胆子好大，听见喊都没有马上跑，把蹲着抱住身子的李欣又看了一会儿，才逃走。两个年轻的小女兵说她们从屋里跑出来，忘了拿手电，又一起回去拿手电。手电照到了那个"狗日流氓"飞奔而去的背影。小姑娘们检讨自己的不英勇，不然可以跟着追一段，至少把他的身材、步态看清楚，记下来的。

现在站在温强面前的是另一个李欣，冷艳收敛，漂亮的眼睛谁也不看，因为看出去没有一个好东西。温强赔着小心问她，是不是记得住"大白脸"的模样。她点点头，爱答不理，意思是她看错了一个连的人，包括他连长。指导员隔一会儿打一个包票：事情一定会查个水落石出，清白的战士们是一锅雪白的粥，还能允许一颗耗子屎弄得人家没法下马勺？

半夜十二点，五个排所有人把自己的证词写了出来，并列出了证人。除了上夜班的人，没有一个人涉嫌。

从十二点到一点，是顺着另一条线索追查：所有穿五号鞋的人全站到连部的日光灯下，让李军医辨认。这下搜索圈子迅速缩小，一共三十六个人列成三列纵队，执勤排长破锣一响："向右转！"三十六个人全都转向了两手搁在腹前，手指编织手指的李军医。李军医还是台上的打扮：便装裤，小花衫，头发松散，脸容白而透出蜡光。直到这一刹那，温强才觉得自己是很向着她的，是很想为她去伤害一下那个"目光强暴者"的。

他让指导员做开场白。指导员说的都是天下所有指导员的话：不会冤枉一个好人，不会放过一个坏人；组织上其实知道你是谁，只不过给你一次机会，让你自己站出来……温强在看这三列士兵。他突然发现全连的最典型丙种兵都列在了这里。他们的身姿、面相都是一股苦相，一个比一个黑瘦，一模一样地弯背屈腿，一刷齐地五短，一定是从小家穷，母亲们让他们凑和穿小鞋，穿成了小脚男人。

但董向前在这个队伍里还是丑得耀眼，虽然他脸色不黑。他站在第一排最后一名，从侧面看他向前伸着脖子，嘴唇不时抿一抿，把四颗上门牙抿进去一两秒钟，不行了，似乎气也喘不出来，嘴唇又进开，放出那些牙。这就是为什么别人总误认为小董在无端傻笑。

指导员已转换了人称，一口一个"你"：告诉你，坦白从宽，抗拒从严！你忍心吗？同志们被慢性腹泻消磨体力、战斗力，你一颗耗子屎还要来影响大家的名誉？也影响大家睡觉嘛！睡不了觉，明天到作业面上出事故，统统要算在你头上！

温强看一眼李欣。他发现李欣也在看董向前。董向前可经不住一前一后两双眼盯，嘴唇和牙齿互不相让：前者把后者关家丑似的关进门，后者不断破门而出。他那傻笑的脸莫名地让温强把心提到了嗓子眼儿。

指导员向李军医转过身，轻声说了一句什么。医疗组另外四个成员围在门口，不进来，脸都拉得颇长。他们想让两个连首长明白，李欣背后还有他们呢。他们不停地交头接耳，每一回交头接耳，他们目光的命中点就换一个靶子，换到一个新的丙种兵身上。他们的交头接耳让丙种兵们很不好受。让他们的连长也很不好受。

李欣在指导员轻声和她说话时点了几次头，摇了一次头。温强想走过去问问指导员，是否马上结束这场僵持，先回营帐去睡觉，反正还有明天，这三十多个兵反正在押，一个也跑不了。他刚走到指导员旁边却听李欣说："我当然能认出来。"

她的声音又更新了一回。这是个有着好多种嗓音的女子。

温强又飞快地看了一眼董向前。他五号尺码的脚站得一直一偏；他连"稍息"都稍息不来，是花了功夫学的，所以当兵这么久还稍息得那么生硬。

指导员说那就没办法了，我们已经仁至义尽，你偏偏要糟踏我们给你的最后机会。他停顿下来，看着众士兵。然后他突然停止了运用"指导员语言"，改用本色的农家话说："那咱就使张纸把这颗耗子屎给它捏出去！"

指导员这句话就像给董向前喊了"立正"！矮小的丙种兵突然一换脚，站得笔直，站高了半厘米。连部帐篷的帆布窗帘给风吹得"扑啦嗒、扑啦嗒"直响。这鬼地方中午和半夜的风一样有劲儿。所有的丙种兵开始偷偷左顾右盼，看指导员指的那个"你"到底是谁。

指导说："好了，那李军医就不客气了。你帮我们连把这颗耗子屎捏出去。"

三十多个士兵你看我、我看你，有的人被看急了，咬人一样骂出一两个脏字眼儿，或狠狠给出去一脚一拳。只有一个人一动不动。董向前似乎已经明白他的下场，只要对面那个美丽的女军医一张嘴，他就成了一粒耗子屎。

"我看这样吧，"温强说，"这事先搁下，明天一早还要上班，先回去睡觉。"

指导员的三角眼目光如炬，从微红的眼皮下放射出来，定在他脸上。指导员不会当着下级顶他，他也正是利用这一点。指导员要做风度很好的政治干部，他温强干吗拦着？他正是要利用指导员的好风度，把对一个丙种兵置于死地时间延缓。对于那个丙种兵来说，当上穿军装的民夫就是他一生能企求到的最美的事。不当这穿军装的民夫，他能跟这样漂亮年轻、有着地位前途和九条嗓音的女军医碰上？能看见她白嫩的身体？……

"我们不能让一个败类夺走全体战士的睡眠和健康，对不对？这败类跟慢性腹泻一样讨厌，到半夜一两点还折磨这么多同志，连累得大伙儿没法睡觉。我们绝不能让腹泻和败类拖垮！大家说，对不对？"

丙种兵们不敢说"对"，也不敢说"不对"，肉头肉脑地吭了一声。

就在温强向执勤排长打手势，让他上来喊"立正——解散！"时，李欣开口了。

"就是他。"她说。

人们顺着她的指头尖，看见了站在队伍末尾的董向前。她的语气并没有多大爆发力，也没有雪耻的冲动；她已经默默地爆发过了，这时的她相当隔膜，依然是冷冰冰的高姿态。

正是李欣这种高姿态让温强心里一寒。他在她的高姿态面前木头一块，站了很久，一点儿反应也拿不出来。在他无反应的那段时间里，他隐约听见指导员问董向前承认不承认。又隐约听见董向前说不是他、不是他、不是他……再接下去，他听指导员大吼，叫董向前少抵赖，脸都让人认出来了，还抵赖什么？！……

温强的反应来了。他走到还在说"不是我"的董向前身后，膝头一顶，飞速使了个坏，董向前跪趴在地上了。他使坏很有一手，别人看不出，以为董向前是畏罪心虚腿软，自己跪下来的。温连长见跪趴在那里的丙种兵突然回头，牙根都在嘴唇外面。那傻笑有点可怕了。可怕还在于丙种兵刹那什么都接受了：一个突然从身后中弹的人反应都来不及，害怕都来不及，就接受了死亡、毁灭，永诀于世。

　　温强把执勤排长叫过来，让董向前跟执勤排长走。他说先关到司务长办公室隔壁堆食品的帐篷里，等他温连长睡醒了再来细细地审。董向前站起身，手还不停拍打裤子上的红色灰尘，一面看着李军医，热切巴望她改口。李军医根本不再抬眼睛，没一个人配让她抬起眼去看。董向前终于喊了出来："你看错了呀，小李医生！……"

　　董向前这一声喊十分凄惨，两三个字都在嗓子眼儿里撕碎了。温强听不得这个，一个包、废物，喊得跟娘们似的。他上去再一次使坏，丙种兵再一次跪趴下去，裤子上的红色尘土也白拍了。

　　事后温强一想到他对董向前使的坏就惊讶。因为他发现自己在某种程度上是做给李欣看的。不完全是讨她欢心而恶治董向前，动机不那么简单；他似乎是以那个阴狠毒辣的小动作来告诉李欣和其他人：他是我的人，再不成器也是我的弟兄，我打我杀是我自家的事，打完了也就给你摆平了，你就这儿说这儿了（liǎo）吧。似乎还有一层意思，那层意思温强简直不愿去看透：他恶治董向前是因为他理解这个丙种兵，他理解他是因为两人对换位置的话，温强不能担保自己不做董向前。男人受情欲所累，这是男人最可怜的地方，正如生命不可能抵御饥饿、干渴，这是生命之所以脆弱、之所以宝贵的原因。

　　第二天李欣在营地出现时，谁都不理了。她的哼唱从临时搭的厕所里飘出来，温强听到心里有种莫名的痛苦。他想全连一百五十名战士都会像他这样苦滋滋的：他们先惹了她，现在她又在得罪他们，连唱歌都是在气气他们。人们都知道李军医在等师部来车接她走，去省城。一去永不返。整个连的人都欠着她一场情分，或说整个连都受着她的冤枉。就这样让她走了。原来好好的情谊，一刀两断了。李欣穿着短短的军服裙和白色针织衫，一身都没有闲笔，不凸就凹，好看得很，可是一身都是"谁看谁负责"的警告。为了一个人独贪的那份"看"，全连都在受过。所以全连都要求严惩食品仓库里的独看者。

而被禁闭的独看者始终不承认自己爬到水泥袋上，独贪了浴室小窗提供的美景。夜里是指导员审，早晨换了温强，又是一审再审，他就是三个字："不是我。"

"那人家咋就认准是你？"

丙种兵无话可说地看着自己的连长。

连长和士兵各坐一把折叠椅。审训台是椅背，温强跨骑着倒坐在上面，两胳膊肘架在"审讯台"上。对面五尺之外，受审人发出淡淡的汗酸，从小就被迫穿小鞋的脚放成内八字，两个粗糙苦相的大孤拐露在外面。一清早温强就被电话铃闹醒，营长在电话里脾气很臭，说也不知道丑事出门怎么这样快，连师首长都知道小李医生让阎王连的色鬼给看了。温强回答营长，一定是他的连队有内奸，利用"老乡网络"把事情告诉师部的同乡了。营长脾气更臭，对温强说他奶奶的，毙了他！温强说色鬼也不犯死罪呀！营长说他误会了，他要毙的是"内奸"。

温强现在眼前的色鬼就像个死罪犯，什么都认了，毙了也认了，就不认罪。

"那你说说看，不是你是谁？"温强问道。

董向前没听懂连长的中国话，眼睛里是大大一个"嗯？！"

"不是你看的，小李医生为啥谁都不点，就点你呢？！你个浑蛋，你以为在村子里看大姑娘小媳妇儿下水沟洗澡？"

董向前就那么看着他，越来越不懂他那口西北味道的中国话。

"你要不承认，我就叫保卫处来人，把你带到师里去。"温强把这句威胁讲了多遍。

董向前低下头看着地上，想在红泥土上看清自己结局似的。红泥土被夯了几遍，又在来去的脚步下渐渐紧实，红色皮肉般的光润，帐篷下透出薄薄一片白色阳光，刀似的把红泥土切出浅红与深红。五号尺码的脚动也不敢动。是个老实的小脚男人。胆小色大，色胆包天。

"我没有看。"他说。红泥土地面上，他看到自己的下场了，承认不承认都一样，不管什么样的下场他都接受。

温强想到早晨看到的李欣。她吃早餐出来，迎面碰上温强。温强说了几句"吃过早饭了？昨晚没睡好吧？……"之类的扯淡话，渐渐把话转入正题。他说董向前一直是个品行端正、老实肯干、三脚踹不出屁来的四川山里人，她李欣有没有可能看错人。李欣垂着眼皮，长而密的眼睫毛和眼皮上深深的褶皱都使她比睁大眼更可人。她淡淡地笑了一下。温强当然明白自己的话又惹了她。

他马上说自己并不是为自己的战士强辩，这个连出了如此不是玩意儿的兵他当连长的要负很大责任，不过一百五十个人数过来，可能最后一个才数得上这位董向前犯事。李欣还是垂着眼皮，她说她和那个兵无冤无仇，她何苦屈他呢？温强提了个建议，让小董再站到那一摞水泥上，她再从澡堂看一眼，假如再次证实他就是那张丑陋罪恶的"大白脸"，他们马上叫保卫科把他铐走。李欣垂着眼皮好美好美。她就这样很美地发出一声冷笑来。笑他护短心太切，亏他想出这么馊的主意。笑完她说，温连长真是爱兵如子啊，就绕着他走了过去。他不死心，又叫她一声，她说她还要收拾行李，师部的车在路上了。

他想着她的话：爱兵如子。这句古来的溢美之词怎么听上去成了一句恶毒攻击？

温强把董向前留在帐篷里思过，告诉他只要他坦白，他连长绝不扩大事态，只给他记一次大过算拉倒。如果他不坦白，那也没关系，保卫科的人会让他坦白。

他急匆匆去了工地。所有机械比平常吵闹一倍，一个个安全帽下面都是汗淋淋的脸，五官都热得要化了。战士们的动作比平常大很多，手脚也重得多，抬什么挑什么老高就撒手，摔摔打打，这里那里都是"哐当！哐当"！整个工地就是一场巨大的牢骚。

他还没从工地回到连部，好几个电话都要到指挥台。都是责问他小李医生遭人耍流氓的事件。事件成了大案件。团长、政委全都成了李欣的长辈。政委说看来温强是爱隐瞒的人，瞒了士兵们的身体健康，又企图隐瞒他们的道德思想健康，而后者更可怕，远远比隐瞒水质更可怕。

突然之间，他开了窍。看来把秘密报告打到师里的不是他连里的战士，而是医疗组的人。他应该给自己脑袋几大锤：这些医生护士当然认识师部的人！一个电话，几句悄悄话，丑闻赛战报。就在他跟团政委在电话上道别时，政委冒出一句："李欣上军医大学是谁保送的你知道吗？"

"……谁保送的？"温强觉得自己这样问很傻，蠢驴开口才会这样问。

"算了，不告诉你了。"政委说。

不知为什么，自从这个电话之后，他再见到李欣就不觉得她那么美了。他看出她的脸偏宽，腿嫌短，肩膀太方。美丽的东西美就美在它为美而美，没有目的动机，一旦美丽有图头，图上军医大的保送，图后台，这美就显出腿短、肩方、脸宽来了。他明白自己这样认为很可笑，因为李欣的美给一个后台大的男子占去了而没他温强的份儿，他才这样认为。姓董的倒霉蛋想以眼睛去对这份美丽占有小小的一份儿，一闪即逝的一份儿，还将有个不可想象的下场在等他。

温强对着这份腿不够长、脸形有些遗憾的美丽说："我代表全连向你道歉。真的，全连战士干部都觉得特别对不住你。"

接她的车在路上出了点儿故障，团部派了一辆车出来，先接她去团部招待所住一夜。出了偷看大案，她觉得在这个连受了十面埋伏，绝不能再住一夜。李欣此刻坐在铺位上，跷着不长的二郎腿，偏宽的脸上一点儿表情也没有。患腹泻的战士们原先进到帐篷里面来打点滴受诊疗，现在都挪到连部去了。他又一次艰难地开口，请求她再好好回忆回忆，那窗口上的大白脸是否就是董向前，因为董向前一直咬定自己没有干那下流事。李欣说，他当然咬定没干啦，换了你你也会咬定嘛。温强想，原来李谷一、郑绪岚、远波的嗓音里还能包藏一条很泼的嗓子。他忍了忍，更加低三下四了，请求她看在他的面子上，再考虑一下，要不要收回对董向前的指控。她的指控将是一颗子弹，会消灭老实巴交小伙子的下半生。

她又是那样垂着眼皮笑笑。当然还是笑他，妄想什么呢？收回指控？！她的一小份贞操还被那双贼眼消灭了呢！

温强全线溃败，在正午后的烈日下顶着含尘量极大的风踱步。他完全不理解自己究竟为什么要去为那个倒霉蛋求情。为了连队的名誉是一方面，剩下的呢？他怎么这么婆婆妈妈妇人之仁？在太阳里走了一大段路，背上能烙馍了。他发现卷起袖子露出的胳膊被划出白色道道，过了一会儿，白道红了，细小的血珠一串一串冒出来。仙人掌像一个个疯人，指天骂地，撒野撒泼。站在坡上，能看见远处的筑路工地。有了距离，就看得出一条轨迹正在地球上形成。将来从那里掠过的火车窗口里，一双双眼睛会怎样看这个可怖的仙人掌森林？无数窗口飞掠而过，无数双眼睛看着张狂的荒野，进攻性极强的寂静；那些眼睛后面的脑浆会怎样翻腾？会有个浪漫的家伙想到：原野也有欲望，仙人掌们正在欲火中烧。

温强跟指导员碰了个头。指导员告诉他，董向前的交代总共只有三个字："不是我。"指导员的主攻佯攻、招降纳叛都不灵，两三个小时的对峙，还是溃退下来。他的溃退比温强还窝囊：是在嫌疑犯的鼾声中溃退的。董向前昨夜被指导员审了两小时，缺觉缺得狠，所以坐得笔直就大睡过去。

温强走到门口，听见董向前正睡得好，进气出气地直拉风箱。气流从他只有鼻尖没有鼻梁的鼻孔进去，给挤压得"嗞溜"一声，再通过他嶙峋的门牙出来，形成一股冲击波。睡得真是好。

他在门口蹲下，掏出烟卷。一个火苗伸过来，他扭头一看，是司务长。司务长小声问他会怎样处理董向前。他回答说那不是他的事，他等着师保卫处的干事们来带他走呢！保卫处会怎样处理？该怎样处理就怎样处理呗！本来就丑，回老家探亲几次，找对象都没找着，现在就更找不着了。那能怪谁？眼睛大会餐也得让它们吐出来！咋吐？处理他回老家到村子里慢慢吐去。肯定要处理他复员？那是最宽大的……司务长不吭声了。

温强想起来了，司务长也是川北人，跟董向前同乡。

司务长又问李医生未来的公公是不是北京的某大首长。温强说他不知道。瞒什么瞒？全师都知道了。全师知道你问全师去！

温强突然发现帐篷里的鼾声停了，也不知道什么时候停的。他走进去，看见董向前歪过身子，脊梁对着门，似乎还在睡。

听见汽车马达声，温强走出去。远远看见两边山坡的仙人掌夹道中，一大团红烟渐渐近来。慢慢地，红色尘烟中出现了一辆越野吉普。温强见指导员帮李欣提着旅行包从招待所的帐篷出来。吉普在陆地上乘风破浪，走得高一波矮一波。

从吉普上下来一个保卫干事，系着武装带，别着手枪。他告诉温强和指导员，他先要看看现场，再进行第一轮审问。

这时一个尖厉的声音说道："我不跟那个流氓坐一辆车去团部！"

温强一看，李欣一手叉在腰上，凶悍而美艳。他奇怪了，这个女人有多少不同的嗓子？连重庆贫民小巷里收购废品旧货的嗓子都有一条。

保卫干事马上说，当然不会让她跟臭流氓坐一辆车；他还要在三连待一两天，了解了解情况呢！

指导员不知从哪里变出一个塑料袋，里面装了沉甸甸一包东西，先用报纸裹了千层万层，再装进塑料袋的。他把塑料袋捧给李欣，说那是炊事班的土特产：泡仙人掌心子。炊事员们观察到小李医生特别爱吃这道菜，原来是只在早餐上这道菜，后来三餐都为小李医生上这道菜。李欣接过礼物，白蜡一样的脸软和了一刹那，马上又凝固了，她说难为炊事班了，观察真够细心的。温强在一边站着，觉得自己笑得比指导员还忍气吞声，李欣的言下之意梗在他感觉中。他们都是基层指挥员，不擅长猜言下之意，但她这句话的言下之意太难听了，就是在骂人：洗澡有人看，吃饭也有人看，这不是落到色狼群里了？！

李欣把那个被报纸和塑料袋的襁褓包成了宝贝儿的一罐泡仙人掌心交给了司机，叫他别弄翻了，泡菜卤味道大，一洒出来他们等于乘坐在泡菜坛里回团部。

指导员还在装迟钝，说肯定翻不了，洒不出来，报纸外面包了至少十个塑料袋。温强却忍不下去了。他走上前，说人家李医生到这里是没东西吃才吃那玩意儿的。有东西吃谁吃它呀？就别让她带了。路上那么颠，屁股都颠得碎，何况坛子？泡菜汤又酸又臭，还不把李医生泡成泡菜？他嘻嘻哈哈，但李欣却全听明白了，眼睛看着他，委屈和伤心都在目光里。她当然是受害者、牺牲者，难道这位连长还不认账？

医疗组的人去了工地，只留下一个小卫生员。她说她好想跟车和李欣一块儿走哟！温强叫小姑娘别急，不是明天就是后天，他温强就是开铲车也得把他们送出去。

李欣上了吉普之后，拉开车窗，叫了一声温强。她说一旦他到铁道兵部机关办什么事，或者去北京玩，千万去找她。她不久会调到兵部的门诊所去。

温强谢了她，说一旦去兵部出差，一定找个毛病让小李医生瞧瞧。但他的笑容含着歹意和取乐：你拿这么个遥不可及的邀请赏我？我不领情。

他看出李欣的无趣。那是她自讨的。她关上车窗，目光却还留在车窗外，留在温强脸上。温强这时才意识到，这个天鹅般的年轻女医生对他这蛤蟆连长始终是暗暗倾心的。那有屁用？它不会对两人的人生造成一丁点儿改变。

就在这时，一声枪响来了。

吉普车在红色尘烟里停了停，又向前行驶，乘驾着红土的浪涛，起起伏伏远去，半个天都红了。

温强和指导员相互对视一眼，一块儿转身向枪响的方位跑去。这正是下午风最大的时候，天上的鹞鹰们都给刮得直偏斜，醉了酒似的。温强和指导员对视的一瞬，两个人的潜语是一点儿不差的：妈的这个连还能出什么事呢？！他们一块儿去寻找枪声的源头时，从来没有如此相依为命，所有的不和都在刹那消失。

董向前倒在红色地面上，给了帐篷口一个背影。现场是一把倒了的折叠椅，几乎跟那上面刚才坐着的人倒的姿态一模一样：侧身曲背，一摊血在倒下的人和倒下的椅子周围艰涩漫延：红泥土夯得够紧实，居然一时没有完全吮吸那年轻黏稠的血。

帐篷外响着"踏踏踏"的脚步声，像是一个军团的人都来了。温强叫指导员马上拦住人们。指导员很听话地就去照办了。温强感到肩被撞了一下，然后一个身影已超过他走到离倒卧的人体很近的地方。保卫干事刚要向人体俯下身，温强说还看他妈什么呀？哪还能有气儿？！

保卫干事回头白了他一眼。保卫干事已经发现董向前从哪里得到的枪。他从司务长办公室的一箱备用武器中偷到了那支"五四"手枪和子弹。保卫干事向温强白眼是有资格的：你一个连长，既看不住人也看不住枪。

温强这才想起来：董向前一直是在装睡觉，他被审问得腻烦了，或是想躲在佯睡里避开回答问题，因为他从头到尾就只有三个字的回答，"不是我"。他还躲在佯睡里偷听温连长和司务长的谈话，谈有关他的丑陋，还谈了有关他名誉扫地的下半生：连穿军装的民夫都没得干了，即将作为不名誉复员军人回村，背着铺盖卷和攒下的几套新军装、五号军用鞋和一口大黑锅回到山窝里的茅屋前。母亲看到儿子除了相貌丑陋又添了相貌之外的丑陋：这儿子会把光棍儿耍到老、耍到死。

温强后悔，他从来没有问过董向前，他的父母怎样怎样，是否有兄弟姐妹。后来司务长告诉他，小董没有亲父亲，作为拖油瓶随母亲从云南改嫁到四川。后来四川兵们还告诉他，小董听说了铁道兵整个兵种集体转业的传言，高兴地龇着大牙直乐，因为他再也不用担心复员回原籍，复原成一个成年拖油瓶了。他的拖油瓶心理使他特别能忍受欺侮、冤屈，可谁都没想到这一回他不忍了。谁都没想到他那么有种。温强在多日后一直想着小董自杀的现场。温强从当兵到当官，亲自送走的牺牲者不下十个，铁道兵死人不新鲜，但董向前的死是不同的。他自己洒出自己的血给你们看。有没有干丑事，那都是有血性的血。

许多年之后，温强在"补玉山居"小住，老板娘小曾问他怎样和李欣认识的，他差一点儿就把实话告诉她了。

一天，成了兵部文化科温干事的温强在电话上听出一个熟悉的嗓音。这是李欣愿意做个礼貌乖巧的女人时的嗓音。她问张主任在不在。温强问哪个张主任。就是"外办"的张主任啊！没有什么张主任。哎哟对不起，总机班插错电话了。她没在电话上跟温强相认。那是一九八五年的春天，北京春风扬沙，细沙打在玻璃上"嚓嚓"响的季节。温干事在董向前事件后托老乡给他活动到师里，又托在兵部的老乡把他活动到政治部文化科，管俱乐部的业余球队比赛。在温强从黑瘦英勇的阎王连长变成细皮嫩肉、懒洋洋的干事期间，铁道兵们也变成了一帮铁道建筑工。一个下雪的新年早晨，起床号哑了，人们从营房、宿舍走出来，还是绿军装，却没了"三点红"。人们奇怪了，没了"三点红"的绿军装多么臃肿丑陋！而穿着这种绿衣服的人也都丑陋了几分。丙种兵全靠那三点红打扮呢！

温强耳朵里全是李欣的甜美嗓音："对不起……"

他突然抓起电话，把电话要到通信科的总机室，四个月前还是电话兵的女孩们现在都是电话小姐，一副含气半哑的流行嗓音："要哪里？"

"刚才谁接的文化科？"温强问。

小姐们相互打听了一番，一个小姐说是她接的。

"怎么老接错电话？脑子整天想什么呢？"温强说道。他在错怪小姐们，但错怪就错怪吧！

"没接错呀？刚才那个女的是要的文化科呀！"那个电话小姐最多十八岁，奶声奶气从流行嗓音下冒出来。

"人家要的是外办！外办该他妈装十部电话！装十部都不够他们忙的！……"他还想说外办忙着把丙种兵们当"猪崽"卖出国，去国外那些鬼都不下蛋的地方出苦力、修铁道，赚的钱外办的人先滋润。但他及时管住了舌头。虽然他已从一个雄心勃勃的温连长变成了胸无大志的温干事，他还不能把吊儿郎当的话说过头。胸无大志的人有一大共同点是过头话不说，过头事不做。

电话小姐再次说她没接错电话，刚才那个从门诊部打出来的电话确实是要她接文化科。

那就是说李欣打电话来文化科买电影票或办借书卡或讨要球类比赛的票，没料到在电话上跟他温强撞了个满怀，随口胡扯说要找什么张主任。从温强离开了连队，他只在师部生过一次值得吃药的病。一年后从师部调到北京，头疼脑热都没发生过，所以他连门诊部的门朝哪开都不知道。万幸他体健如骡子，否则他免不了跟李医生在走廊里撞个满怀。他不是怕她，他是怕自己。小董死后的第二个礼拜，有两个战士从夜班下来，到澡堂去擦身。那是凌晨三点，风息了，月亮特别好。也是偶然间的一瞥，一个兵看见了高高的小窗口上一张"大白脸"。玻璃蒙尘，又是月光灯光朦胧，所以"大白脸"看去既滑稽又狰狞。那个兵推搡一下同伴，同伴眯着肥皂沫下面的眼睛，倒是马上把"大白脸"看清了。一只猫头鹰，颈子像断了似的左边转、右边转。

或许真相就是：董向前做了色迷迷的猫头鹰的替死鬼。董向前的遗体当时被粗粗掩埋在仙人掌丛林里，一个像他鼻子一样扁平的坟丘象征着一场轻如鸿毛的死亡。可是到头来人们发现他死得比原先定义得还不值，为一只猫头鹰替罪而死，不是比轻如鸿毛还轻？那就是温强决定离开连队的时刻。他最终调到这个曾经的兵部大院，跟那个受着百般宠幸的李欣同在一圈围墙里，是不是认定自己也将轻如鸿毛地终其一生，他不是完全明白。是否因为那漂亮的面孔对他发出一个邀约，他是应约而来，他也无法确定。连他自己是恨那女人还是爱她，他都不知道。

电话小姐问他是不是温干事。他反问她怎么知道的。小姐说她当然知道。然后神秘地笑起来。再逼问一句，她就供了出来：她经常看见他在总机房外面一个人玩篮球，有时上班时间也看他在玩，可又从来不跟别人玩。总机房的女孩们一打听，知道他是管俱乐部的，玩和上班区别不大。

他叫起来："你个小丫头，拐着弯儿骂我！"

小丫头咯咯地笑了。不知为什么，她的嗓音笑声都讨他喜欢。所以下午四点，他提前让自己下了班，到总机房外面的球场上又是投球、又是阻截，风沙都挡不住他的威猛。

五点左右，几个复了员的女孩子出现在门口。她们大多数穿着暗淡的旧军装，不军不民，看起来一般齐的没有曲线、没有魅力。只有两个穿便装的。一个穿红黑格子呢外套，另一个穿白色厚毛衣。他向她们叫道："来玩呀！我当免费教练！"

他希望穿白色厚毛衣的就是在电话上讨了他欢心的女孩。这女孩是她的群体里最打眼儿的一个。那个站在最前面的高个子女孩开口了。她一开口他就认出了她。这是个北方农村女孩，当兵三四年，村姑的单纯加上女兵的单纯，细看确实讨人喜欢。她剪了齐颈短发，眉毛上漆黑的刘海儿，旧军装干干净净，谈不上漂亮，但那个岁数的女孩没有不美的。

"你个儿高，不打球是浪费！"他拍着球说。

"你个儿高，快上去吧！"其他女孩起哄，把那女孩往门廊外面推。

"讨厌！"高个儿女孩真的又怕又急，而不是忸怩作态。

"小方说'讨厌'！温干事听到没有？"一个河北口音浓厚的女孩叫道。

温强想，她到底是"小方"还是"小芳"？不久他知道她叫方小芳，玩字眼儿游戏似的。小方和他正式交谈，是在电话上；他心血来潮地给小方打了个电话。她当了夜班，白天在宿舍睡觉，被他的电话叫起来，跑到走廊上接的电话。温强问她是河北哪里的人。唐山附近。哟，没有口音嘛。当兵那阵儿就改了，唐山口音招人乐，再说，电话兵得练普通话呀！

小方反过来问温强，为什么不留在下面基层，其实机关挺没意思的，难道他不觉得？那基层又有什么意思？大家处得近呗，和首长都能天天见面，吃得也比机关好——基层都自己生产。温强觉得她真的单纯极了，单纯却还装得挺老道、挺有见解。第二次电话，小方就问他难道还没成家，都多大了。他说基层千好万好，就是没女兵，没有像她小方这样的女兵。第三次电话，他说他要送她两张电影票，她可以请她最好的朋友一块看。第四次电话是小方主动给他打的，说她买了两张话剧票，文工团演的话剧，问他有没有空。到了晚上，他老远就看见小方站在俱乐部礼堂门口，穿了一件长风衣，大红色，傍气十足。他差点儿想转身逃掉，但小方从台阶上跑下来，火炬似的一身红。从她脸上都能看出她飞快的心跳。

"俺俩坐一块儿！"小方心跳得喘气都浅了。

她的快乐让他心里怜爱。他接过她给他的戏票，跟在她后面入场。她的大红风衣新崭崭，布料被折叠压挤出道道硬伤，还浮着一层蜡光。她似乎给自己刚上了一层红漆。

进到场内，小方往左走，他看看自己的座位号，是双号，便叫住她：说他俩的座位该在右边。小方说不对吧，该在左边呀！他把她的票根拿过来，一看，两个号码是紧挨的"47号"、"48号"，但两个座位一个在礼堂最左边，一个在最右边。小方愣住了。他说售票员捉弄了她。小方快要哭出来，说是她自己要求买47号和48号的，她捉弄了自己。

到了温强和小方的关系密切起来，小方一提这件事就要笑死。他们用了三个月才开始遛马路。七月的一个傍晚，小方和温强在遛马路时闲扯，扯到了李欣身上。小方说门诊所的小李大夫早晨吃西餐呢。温强装腔作势问是哪个小李大夫。就是某副总长没过门的儿媳妇儿李欣啊！温强又问小方是怎么知道人家早饭吃西餐的。她们全体电话小姐都知道！因为小李大夫太漂亮了，太奇怪了，大家就乐意知道她的事。总机合法监听只有三秒钟，三秒钟听一个句子都听不完整。小方笑起来，说她们监听小李大夫电话，那"三秒钟"可以很长很长。还听到什么了？多了！说来听听。

从小方嘴里听到的李欣几乎是个外国人，接电话的时候，"喂"完了就说"你好"，不管对方是谁。熟人生人她都先"你好"。有一个跟李欣熟得起腻的男人，一天她至少接他三次电话，每次还是"你好"。那个男人是个记者，要不就是报纸的编辑，姓霍，就是这位霍记者早晨用电话把小李大夫叫起床，说："小兔子，大灰狼走了，该起床了。"把很长很长的三秒钟连接起来，小方她们拼凑出小李大夫的生活图景，她有个在国外当武官的未婚夫，时不时也会从国外打电话回来。未婚夫的任期一满，就回来和李欣结婚，然后就把她作为中国的国色天香带出国去。在小李大夫变成武官夫人之前，李欣不愿意住到某总长的城堡里去，就在门诊所宿舍占了一间房，装了一台电话。给李欣接电话的女孩们都常常为李欣赔不是，说："她还在线路上，真对不起，您等一会儿再打吧！"小李大夫的电话线路常常让武官和记者狭路相逢，一个总是把另一个堵在外面，堵得另一个心焦上火。记者先生人短话长，总机姑娘们见到过李欣和一个矮个男人并肩出门。但他一个人能把一群人堵在线路外面，常常把武官的母亲都堵急了。副总长夫人打电话总是那一件事，就是问未来儿媳周末"回不回家"，回的话就让小车绕一绕，接大孙子、二孙子的路上捎上李欣。李欣总是"谢谢阿姨"，告诉未来婆婆她乘地铁非常方便，用不着车子来捎她。编辑先生的话可真长，好像听不出李欣一边接他电话一边在织毛线、看电视、烫脚，或者吃饭、记笔记，给未婚夫写情书。记者先生在早晨总是先问："吃早饭了吗？"李欣"嗯"一声，懒洋洋、娇滴滴，都在那声"嗯"里面了。"吃的什么呀？"李欣懒得回答，又"嗯？"一声。霍先生便问："又是吐司抹黄油？……我给你买的老莫的水果蛋糕爱吃吗？""爱吃啊。""那我一会儿再去给你买。""不用了，太多奶油，该胖了。""把吐司烤一烤，夹一片起司、一片汉姆，可以当三明治吃啊，不然抹点儿沙拉酱，代替起司……这样又营养又好吃，又顶饿。""就是在吃三明治啊！"于是总机姑娘们得知，小李大夫天天拿西餐当早餐。霍先生三十来岁，团头圆脸，鼻梁像个木偶，眼睛又圆又亮，一天到晚脸蛋赤红，心里总揣着高兴事似的。对于霍先生的存在，武官是不知情的，而霍记者却清清楚楚知道他正与之"慢性决斗"的是谁。所以他会替李欣掩护，比如提醒她，在去未来公婆家之前，千万别忘了把手表掉换过来。电话小姐们猜测出来的局势是这样：霍先生送了李欣一块"浪琴"坤表，18K黄金表面，武官先生从国外带回一只女式"欧米嘎"，所以李欣一定不能错戴了手表去探访未来的公公婆婆。小李大夫有一次露出坏脾气来：霍先生堵着线路，连一个求她治病的电话都被堵在了外面。那个病人是个十七岁的女孩，从四川乡下到北京西郊一个沙发工厂做工，怀了身孕。小李大夫是在地铁上碰到她的，当时她用了土药堕胎，在地铁上突然出血，李欣让一个男人用自行车把她驮到门诊所妇产科。后来的三天，李欣让那个小同乡和她住在一起，脱离了危险才让她走的。十七岁的小同乡打电话找李欣，正碰上霍记者嘘寒问暖，一直挤不进线路，等了半小时，在高烧中站在酷热的公用电话亭里等了半小时。为了十七岁的小老乡在高烧酷暑里等待的半小时，李欣跟霍记者提高了嗓门儿："什么都不想吃！天热得烦死人了！"监听的总机姑娘对同伴们说，小李大夫特别会借题发挥，骂天烦死人，其实骂的是人。骂的是人短话长的霍记者。

也是从那些被延长的"三秒钟"里，总机姑娘们得到一个隐隐约约的"李欣小传"。她父亲是个工厂的厂长，在重庆江北，母亲生了六个孩子，李欣是老四。

在小方对李欣流长飞短时，温强漫无边际地想着，他和这个漂亮女人命里注定是怎样一种遭遇。

从那之后，温强对傍晚的遛马路无比期待。他带着小方往西走，西边的天颜色好看，马路也都是情人的马路，宁静私密。他的话讲讲、讲讲便讲到李欣身上。他总是装作漫不经意地问小方，是不是又利用合法的漫长三秒钟，听到了什么给自己解闷儿的事。小方也总是李欣长李欣短。这天武官先生打电话到李欣宿舍，惊险地跟记者（或编辑）先生失之交臂。他们谈了几句，武官先生说他好久没听李欣唱歌了，李欣说那她就唱一支给他。她唱的是一支《阿哥走我也走》，武官在欧洲（或非洲或美洲）轻声跟着哼。李欣问他难道在国外也能听到这么新的歌？武官说比这更新的他们都听过呢！然后武官对李欣说，哎对了，你到我家的时候，少吃点儿零食。李欣问这是谁告的状。武官说甭管谁告的状，吃零食总是坏毛病。李欣说她一共就想保留两个坏毛病，一是吃零食，一是睡懒觉，还让大嫂那么挑眼。武官说不是大嫂不是大嫂！……李欣说只因为大嫂二嫂是门当户对的将门之后，她李欣就怎么看怎么有坏毛病。武官说等李欣做了武官夫人，想保留多少坏毛病就保留多少坏毛病。李欣说那她有那么多好毛病他怎么不提？比如她爱读书，讲卫生，跟人打招呼不说"吃了没有？"或者"出去呀？"而说："你好！"武官先生说好毛病在婚后必须痛改，因为见了中国人你打招呼说"你好！"把人家吓一跳。听上去武官那个三十分钟的越洋长途把李欣从记者先生那里拉回来一点儿。

听完小方这类学舌，温强总是在她肋骨上或肩胛上杵一记，说她们这些电话小姐太没有职业道德，偷听人家电话像听书似的。

有一次遛马路，小方问温强什么叫"便士"。温强想了想，说大概是英镑的单位。小方说霍记者电话里问李欣，喜欢不喜欢《月亮与六便士》，李欣说喜欢极了，三晚上就读完了。他又问是否比《一个陌生女人的来信》更好看。李欣说那倒不是，各是各的好看。霍记者这一次在线路上一堵堵了一小时，接线的女孩听他堵在那儿讲这个作家那个作家，都是死了的外国人，没兴趣了，所以那回的监听比较短。后来有电话找李欣，她几次插播，又是几个"三秒钟"，发现那位霍先生还堵在线路上，一定是口水四溅，脸蛋赤红地讲着《月亮与六便士》和《一个陌生女子的来信》的妙处、不同处、深刻处……女孩不断向要求她接电话的人赔礼道歉："对不起，还在讲话，能告诉我您是谁吗？我可以问问她要不要先接您的电话？"对方总说没关系，他们一会儿再打。那个女孩到后来实在为那些人抱屈，插播进去问小李大夫："有一个紧急电话，给您接进来吗？"这才让霍先生歇下来。

星期天温强到书店问了问，是否有卖《月亮与六便士》。得到的是售货员一连两个炸耳的"什么？！什么便士？！"第二个星期日，他在王府井终于买到了这本由一个死了的外国人写的书。故事和人物非常遥远，怎么也跟他的一切搭不上边界，因此他上百次打开书，上百次地放下。李欣特别喜爱的东西对于他怎么这样陌生？她爱吃的什么起司，对于他也像毒药。那次他请小方一块去开洋荤，在新侨饭店点了一个菜叫"起司馅儿饼"，那味道毒杀了他一顿饭的胃口。

夏天被一场大雨收了尾。再出去遛马路小方又把自己变成一柄火炬，大红风衣在寂静的马路上鼓满秋风。小方说那位武官从国外回来了，已经定了跟李欣的婚期。小方的这次监听三秒钟比真实的三秒钟长不了多少，因为她只听到武官说："咱们下星期一去登记拿证吧！"就结束了监听，忙着把"号外"告诉同伴们。

温强第二天上午到了门诊部。李欣一见他就从办公桌后面站起来了，偏宽的脸一喜，又一悲。然后说："病了才来找我？"

温强和她之间隔着一个真正的病号，怀里停着小李大夫的听诊器。

温强愣了一会儿说："我没病。"

李欣脸上的兴奋可瞒不住他。他掩上门，等那病号出来，才又走进去。

"调到机关一年了，都不打个电话？"李欣说。

"调来刚九个月。"

"刚九个月？！"她背着身洗手，从水池上方的镜子看他。

温强接过她为他倒的一杯水。她又转过身，从身后小柜里拿出自己的小皮包，从皮包里拿出两块蜜饯，先是自己含了一块在嘴里，把剩下的一块给温强。怎么得了？快要做武官夫人的她很大一部分幸福还在吃零食上。他在进门的头一瞥中，已看见她身后小柜里全是书。这时他走过去，看见那书有一半和她的行当无关。《月亮与六便士》也在其中。

"你过得不错嘛。"温强说。

"不好。"她歪着头，眼神荡漾。

她的天真无辜和小方不一样。完全不一样。她的天真比较可疑。她可以在十个追求者面前做十个李欣。正如她一根颈子里藏有十多种嗓音。

她刚才起身时，温强把她的体重大概估摸了一下：她比过去瘦了一点儿。这回她不是展露她那两条不太长的腿，而是在脖子那里开了"天窗"，三角形"天窗"：白大褂的领子翻到胸口。她可真白。他在想怎样把话题转到那个"偷窥"的猫头鹰上，怎样开始这一场"清算"和"索赔"，而不使彼此敌对。他觉得话在嘴里含热了，含烂了，又给吞咽回去，几番反复。他们谈东谈西，很快发现彼此是最无话可谈的人。找不出任何一点共鸣。

"你还是一个人？"他装作脱口而出。

"你也是一个人啊。"她说。

"什么时候打算不一个人啊？"他拿出一种基层军官的粗糙笑脸。

"一辈子一个人才好。"

门被推开，一个母亲领着一个十来岁的小女孩进来。母亲嗓门儿像个广播喇叭："大夫给看看！腰疼了一夜，睡不了觉！你说这才多大呀？哪就有腰了？……"

她还没"广播"完，李欣已助了女孩一臂之力，把她放到诊断床上去了。李欣从吃零食的年轻女人到肃穆的大夫，切换得如同电影画面。她在小姑娘胃部又敲又捺，又用听诊器听。那个母亲在一边播送她得病经过、用药情况……"早饭前给她吃了两片止疼片，还管点儿用！……"

小李大夫把女孩的衣服拉严实，回到办公桌前，来不及坐下就撅着屁股开了两张化验单，一面让那母亲赶紧把孩子抱到化验室验血，她估计要做手术。母亲一吃惊喇叭嗓音更大，温强几乎要堵耳朵。母亲问小李大夫手术是往腰上做吗？是往阑尾上做，阑尾的疼痛会放射到腰上，极个别的例子是这样。等母亲把女孩抱出去，她对温强解释道。

温强站起身："我走了。"

李欣几乎是同时站起来的。温强意识到他走晚了，该在那个母亲带孩子进来时就告辞。她眼睛充满让男人们误会的意味。即便那个小董真做过"窥艳者",也在某种程度上受了她这双眼的误导。这双眼连猫头鹰都勾。它们勾了你的魂接下去就什么也不管你了。

"今晚有空吗?"她问他。

他今晚跟小方有个约会,要一块去西单买衣服。准确地说,是他要买一件衣服送她,好让他自己的眼睛享享福。那件大红风衣实在太俗了。他说有空。可怜的小方。即便这女人的情感残剩,都能在他温强这里顶饿。

他一步三阶登楼,去文化科办公室上班,脚步比欢庆锣鼓还快乐。他原本去找李欣,清算她惹出了一场轻如鸿毛的死亡,葬送了一份龇着门牙、弯背屈腿、外表丑陋的青春。可他现在想要跟这漂亮女人干什么?他还恨她吗?刚刚跨进办公室,桌上的电话响了,是小方。小方说夜班睡了一会儿,现在补觉反而没觉了。他问她,是不是昨夜总机房没发生太多的"监听三秒钟"?哪能不发生?小方咯咯直乐。

"我听到小李大夫和她未婚夫吵起来了。她想过一阵再结婚,等她实习期结束。"

温强想,这个女人要在她被迫安分守己之前再抓住一切机会彻底不安分一下。他同时想,好,好极了!现在有了个空隙,容他插一脚。插一脚就能占领阵地?他不知道。

傍晚他在等李欣,却又等来小方的电话。她说既然他取消了逛西单的计划，她就答应替一个女伴儿顶晚班。这一班她会从傍晚一直上到第二天清早。整个大楼都空了，水磨石走廊上过往的脚步是勤务员的，他们在取各办公室的空暖壶。他和李欣说好在他的办公室见，然后一块出门，去马路对面新开的四川小馆吃晚饭。他的办公室正对大门，他一面和小方说话，一面急得要把话机砸回机座，虽然满心在为小方鸣不平；小方真心喜欢他，小方和他将是天作之合的一对。这时他听见小方问他，愿不愿意晚上到总机房陪他值班；和她一块值班的两个女孩跟她说好，今晚她们去朋友家跳迪斯科，要到半夜才回来，她一个人顶三个人用。

温强等到七点半，等得天又黑又阴，李欣仍没来。他的满心渴望立刻变成满心仇恨；一个惹起别人妄想和渴望又毫不负责的女人！五分钟后，他已经来到小方的总机房门口。小方狂喜过望，眼泪都汪起来。她拿了一双拖鞋让他换，说机房里都得穿拖鞋。她的脸和眼睛把自己工作的重要性、神圣性大大地夸大了，因为他而夸大的。他的一双大脚四十四号，套着女孩们的拖鞋，前脚掌踩鞋底后脚跟踩地板，跟她走进去。

小方十分麻利快捷地插线，频频扭头对他伸舌头，眨眼睛，或者粲然一笑。她几乎要让他快乐起来，忘掉自己捧出尊严让那女人去践踏这桩悲伤事。

总机房像所有的女性重地一样，挂着明星年历，摆着《中国青年》《大众电影》，椅背上搭着彩色羊毛衫，为了抵御夜间降温。有的总机台前，还竖着彩色塑料框的小镜子。温强一个大男人坐在这集体闺房中，感到异样的温柔。小方渐渐空闲了——越是接近深夜，接电话的频率越低。在越来越长的间隔中，他的断续翻阅转为断续闲聊。过了十二点，几乎没什么电话了，小方见他频频打哈欠，便拉他起来跳舞。温强怎么可能舞得起来？一个回合就回到椅子上，看小方认认真真地"一、二、一二三四，一、二、一二三四"。她不跳舞还算看得过去，一跳舞像一只大笨鹅，上下身脱节，四肢不知在忙些什么，忙得进退两难。这些村姑的单纯加上女兵的单纯的姑娘们一旦走出军营，把社交扩展到社会上，都笨拙得令温强疼爱。并且这些突然之间脱下军装的女孩似乎觉得自己亏了：军营之外，世上已千年，所以就速成恶补，三教九流的打扮可以集于一身。华尔兹、探戈、迪斯科都跳得没什么大区别，全是"兵妹"风格。小方并没有意识到自己这样伸头缩颈，浑身拐弯地舞下去非常危险，马上就要把温强舞跑了。跑了可能就一跑了之了。

一个电话救了小方，也救了温强。她一接电话就朝温强使了个眼色。"好的，外线来了。"然后小方指指插线板，狠狠地比画口型："小李大夫！"她很淘的样子眨着眼，表示她进入了十分精彩的"监听三秒钟"。

她叫温强过去，把话筒飞快套在他头上：正好听见李欣说："……你怎么诬陷好人啊！"那一嗓子音色很不怎么样，温强马上把耳机摘下来了。他突然感到一切都没趣。董向前刚死时，温强也得过这种"一切无趣"的病，好不容易康复。他快速地向小方告别。小方追到总机房门口，说："哎！拖鞋拖鞋！"他两只脚还套着女式塑料拖鞋，已经走到门外。

"你被他俩吵架给吓着啦？"小方问道，小人儿为大人压惊的样子。

在他佝身系皮鞋带时，小方说："我以为你特想知道李大夫的事啊！"

他心里一惊。难道小方知道自己对李欣心怀歹念？小方难道这么可怜，以成全他对李欣的无望痴心（甚至就是那不太光明、不太正当的好奇心）来取悦他？难道这个十九岁的小姑娘善良、自卑，傻乎乎至此？！

"谁他妈想知道她的事？！"温强猛兽似的狠起一张脸。小方身体往后一让。难道她以为他会揍她？！"谁像你们这些人，整天无聊得发霉！"他从矮凳上站起。

"对不起……"

"你有什么对不起的？！"

"我以为……你不是总爱跟我打听小李大夫的事吗？每回跟你讲小李大夫，你都特爱听……"

被人家如此揭了短，温强简直要疯了。他看着小方莫名其妙的脸。他不知怎么在这张十九岁的女性脸容上看到了那死去的董向前的神态，傻乎乎的、自带三分尴尬的笑。他一伸臂，把一生一死两份单纯无辜抱在了怀里。

小方的本能是要挣脱，但马上又是狂喜过望的沉默。在此之前，他从来没有跟小方肌肤亲密的冲动。温强知道自己是个可怕的人，他的意志坚强到什么程度，只有他自己知道。他的意志比他认识的所有男人都坚强。他的意志会使他不可能轻佻地去享受女人。因此这一拥抱，事关重大。

"小方，我的傻丫头！……"他对着她耳鬓悄悄说。

"你和小李大夫不是早就认识？"小方问道，看着他的眼睛。

"没错。"对着耳朵说话远比对着眼睛说话容易。

"你不喜欢她？"她仍然要他对着她的眼睛说话。

他没办法，只好说："人家能喜欢咱这样的？"

小方看着看着，往他怀里一钻。他看见她后脖梗的发际下一颗茸乎乎的痣。它茸乎到他心里去了，舒适难耐，欲罢不能。

"刚才她哭了。哭得可痛了。"小方说道。她怎么也像他连队那一百五十个青年汉子一样宠着李欣？

他不说话，也希望她闭嘴。她却不闭嘴，说那个武官肯定打了小李大夫，肯定因为小李大夫脚踏两只船的事。

这一来温强的心思从小方身上跑了。他竟然对小方说，那再去听听看，是不是打伤了。这个指使会让他事后极其瞧不起自己，也会让小方对他稍许失敬，但他此刻顾不上；他的钢铁意志也拦不住他做蠢蛋了。他让小方再去"监听三秒钟"，只是想确定李欣好好的，完好无恙。

小方果真受他指使，把耳朵插进那未来小两口的打闹中。可刚一戴上耳机，温强听小方对电话中的人说："没有偷听啊！刚才有一个电话进来，我就想听一下，看看线路是不是还忙……"

她说话时不断向温强转过脸，几乎魂飞魄散向他求救。然后，她快速捂住话筒，对温强说："就是那个武官！"再赶紧转向线路上的指控者，"我？……我姓方……我们领导都睡觉了……你一定要我去叫我就去呗！……"她已经带着哭腔了。温强两步冲进门，什么拖鞋不拖鞋的，全不顾了，他冲着小方的话筒就说："我是领导，有什么冲我来吧！"

电话里一片寂静。似乎刚落了一个炸弹，炸完了，现在就是一大团昏黄烟尘，正形成一个听觉真空。然后硝烟散了，被炸晕的那个人清醒过来，问道："你是哪位？！"

"领导。"温强说。他妒忌有十条不同嗓音的李欣。李欣一定听出温强的声音了，挂断她那端的电话。

"总机班怎么会有男的？"武官质问。

温强不吭气。小方的细长眼睛瞪得溜圆。

"我早就发现这个总机班的人不地道！窃听技术很高明，但瞒不住我！这不是头一次了……"武官说。

温强看出小方很想知道武官正说什么。虽然她坐着不动，温强能看出她坐立不安、满心空空，只想着一个词："完了、完了、完了……"他也"完了"，和李欣还没开始，就已经"完了"。见了李欣，一百条舌头也狡辩不了——他半夜三更跑到"女儿国"的总机班干什么。

直到什么都甭废话的时候，小方才告诉温强实情：她在一次

"监听三秒钟"里，窃取到李欣的一点儿真实告白。那还是夏天最后一场大雨之前。也是一次夜班，也是其他总机姑娘利用小方的好讲话让她掩护她们小憩。小方接到武官从国外要进来的长途。李欣宿舍里的电话空响了一分钟，小方只好转过来对武官抱歉，电话没人接。一小时之后，越洋长途又来了。李欣对未婚夫说她和两个女朋友看电影去了。武官说不对吧，是和一个姓霍的记者去北海了吧，姓霍的好像不是女朋友。李欣开始还娇嗔辩解，后来也来了脾气，说要是她"脚踩两只船"，也不会踩到姓霍的船上去；追她的人多的是，姓赵钱孙李的都有，最近还添了一个姓温的！说完她就把电话挂了。三分钟不到，她要总机给她接外线。小方听见霍记者烟熏火燎的嗓音。李欣请霍记者以后别再来找她，这个大院有眼线。再说她和他霍记者只是好朋友；真正让她有了一点儿浪漫想法的一个男人出现了。是谁？谁也不是，普通极了的一个人，一个过去的连长，去年下连队认识的，最近又见到了他。她知道自己可以把他变成自己的追求者。

小方是在北京的第一场雪中告诉他的。初雪把温强刚刚熟识的北京的轮廓模糊了。温强一刹那想到：没了什么都可以；原来他是一个缺失了什么都可以活的人。过去他以为没了志向是不可以的，现在想想很扯淡。过去他还以为没了对爱情的梦想不成呢。一个男人，志向都可以缺失，何况爱情梦想。他和小方一早相约，到紫竹院踏雪。她和他是头一对踏雪的人。雪是好东西，造成空白的假象，一切都能重写重画似的。

那次他在总机房里充好汉，充小方的领导，跟武官叫阵，后果第二天就出来了。小方的班长把小方叫到办公室，告诉她总机班从来没有发生过如此严重的渎职现象，还居然带了个男人到机房。女班长这场谈话后，小方就等着更可怕的事发生。第三天，她等来了。通信中队给了她一张解聘信。军转民之后，赢利成了一桩大事，机关吃饭的人多，做事的人少，各科室已经盯上了那些闲得白白胖胖的干事参谋们。所以裁掉小方这样糟践现有饭碗的人是天经地义的事。小方的出路是"自谋出路"。小方的出路也是温强的一句话："我养你！"准确的说是："什么了不起的？蛋！老子养不起你？"温强当天就打报告结婚。

而他心里说的是："我谁都养得了，养还不起自己一个小女子吗？！"

他养的人都好养：自己的父母、祖母，一个月寄二十元就够他们吃馍喝面汤。他还养董向前的父母，一个月十元钱就喂个大半饱。小董走了，小董每月往家寄的二十元也走了，温强给老两口寄十元钱，从一定程度上说，算是半个小董。每回听小方嘟囔北京的东西越来越贵，他就会想，他寄给小董父母的钱，渐渐变成了小半个小董，一小部分小董，最后只剩了个象征的小董。

小方在出门前跟宣传科的刘干事借了相机，要温强给她照雪景相。此刻她千姿百态地出现在取景框里，头上红黑白三色围巾又做服装又做道具，一会儿就把雪地玩翻了。小方是温强的玩伴；在和她认识前，温强就是想玩也不知道怎样玩。小方让他明白，玩玩是可以年轻的，玩玩也是可以忘却的。现在小方侧卧在雪地上，含情脉脉地看着镜头。那镜头似乎是一条微型走廊，从她的眼睛直接通往他的眼睛。他温强福分可不浅，有小方的青春做伴。李欣的心豪华阔大，各个男人在那里各居一室；小方不丰满的胸脯后面，那颗心是座独宅，只住他温强一个人。他温强将一辈子独霸那里，这一点他很清楚。

　　然而连李欣自己都不清楚，她的心有多大多阔，能容多少男人。或者反过来，有多少男人要去叩门，要硬挤进去。男人们见了李欣这样的女人，想挤进她心里去占据一隅，这由不得她。公道地说，这事由不得他们。

　　在他打了结婚报告之后的一天，他吻了李欣。是她送上门来的。那个下午他有几十个工作电话要打，因为各位首长家订了足球票，他得通知他们的勤务来取。李欣就那样，气喘吁吁，面颊潮红地站在推开的门缝里，她让他的黄白脸也红潮陡涨。她说她打不通他的电话，只好跑一趟了。

　　他的办公室很小，只有两张办公桌。另一张办公桌属于文工团调来的前舞蹈明星，据说跳坏了腰，长期病休。所以温强长期独自办公。他一面请某首长的勤务赶紧来取票，一面看李欣迈着猫步朝他走来。假如她的腿长两厘米，这种时装展示台上的步伐会很好看。李欣在他的办公桌前停住，手指漫不经意翻弄着桌子上的球票，嘴上说着一两句不关痛痒的闲话。具体说了什么，温强当时没听进去，现在更是记不得。她的眼神告诉他：她是来为那天晚上作调研的。就是他去小方的总机房那晚上。正如他猜测的那样，她在他的声音刚从电话听筒里冒出头，就揪住了它，然后顺着它辨认出大院那一端总机房里的温强。

这个人称小李大夫的年轻女人好俏，一件紧身的黑毛衣，薄得微微透出肌肤。她头发永远留有一丝懒觉的感觉（后来温强知道那叫"凌乱美"，也叫性感）。她面对温强时，他感到她一对圆圆的胸乳房十分地有自我意识。温强坐着，她站着，于是他的脸左前方一个乳房、右前方一个乳房。他怎么可能好好说话？他怎么可能不在语气中夹带怨恨？她说好啊，赶她走；他赶紧站起来，给她搬椅子、倒开水。开水有股灰尘的味道，因为杯子闲置了多半年。她说还好，比那红矿土味道好多了。他马上看了她一眼。

李欣到最后也没说明白，她找到温强办公室要干什么。她好像从来不知道自己到男人面前晃一晃，扭一扭是要干什么。她两只眼睛多大多清晰啊，满满地盛着两汪天真，从来不知道自己晃完了扭完了是有后果的，有人为这后果是要付出代价的，反正不关她的事，人命关天的后果也不该由她负责。这天真是什么玩意儿？一份无耻的天真！

董向前被误认为干了的那桩丑事，其实是一百五十个汉子都可能干的。那是他们险些要为这份无耻的天真付出的代价。他看她的嘴唇从白瓷杯沿上挪开。白瓷杯子上一圈红字"铁道建筑总部文化科"，那圈红字在她白白的手指下面，那手指摸什么都能摸得像一片异性的肌肤。但也摸得浑顽天真。

他在心里排列句子。头一句他将说：估计你已经知道了，董向前自杀以后……他马上又想，不好，不够分量。再来一次：我离开连队之前，看了看董向前的坟墓……也不好，她说不定连"董向前"这名字都没在脑子里存过档。那么开门见山地控诉呢？当时你怎么回事？！明明没看清，愣说看清了，让一个活生生的战士为一只猫头鹰抵了命！……更不灵，这事她不也是无辜的吗？谁在恐惧中不会产生错觉认错脸？难道一个年轻美丽的女人在男性群体中不允许她惊慌错乱吗？那就改成这样吧：噢对了，在检查董向前遗物的时候，发现了他没有寄出去的一封信，信里还说到一个小李大夫……是给他女朋友写的信……谁都没想到，那个其貌不扬的战士自己偷偷谈上了一个女朋友，是前一个驻地附近的农家女子……他马上又全盘否定，因为他当时正是在看到这封未写完的情书时，开始心情颓败的。颓败的心情直线恶化，是跟一份报告有关。小董的无辜被证实后，他和指导员一块给营党委打了报告，请求领导给予董向前"意外事故"待遇。最后师政委做了批文，说是"死者不相信组织而轻生，在各连队造成恶劣影响，极不利于部队思想建设……"因此只同意拨发少得可怜的抚恤金。至于追认"意外事故牺牲"，完全不可能，那是准烈士的荣誉，绝对不能授给一名轻生者。现在温强把这一切告诉李欣想达到什么目的？为了那句苦大仇深的潜台词：我们农村兵的命不值什么，一死功劳苦劳都抹了……

所以他的腹稿打了几十篇，一篇都不中他的意。直到李欣起身告辞，他还在心里涂改腹稿。李欣走到楼梯口，他居然送到楼梯口。她叫他别送了，电话响了几回都不接，不好吧？然后她说没想到她和他是那样认识的，起头起得那样不愉快。

他突然明白了。她什么都知道。有关小董和他温强的一切，她全了如指掌。她怎么可能不知道呢？有多少人屁颠颠儿地为她这样的女人提供情报？她知道了董向前二十四岁的一条命白白葬送了。然而她连句道歉的话也没有。他理解这对于她是不堪提及的。提了或许会极度不适或伤痛。但他不能忍受她的无歉意。连他在董向前那扁平的坟前，都痛表歉意，一而再、再而三……

李欣下了两级楼梯，转过脸，说他还傻愣什么？电话快响爆了！她眼眶微微发红。这女人想干什么？真的，这是个摧毁人意志的女人。他一步跨到她身边，狠狠搂住她，吻也是狠狠的。

她满眼惊诧，但那只是一瞬。立刻就闭上了眼，这会儿把她捺倒在楼梯上，她都不推不踢。

他听见楼上有脚步飞快地下来，便松开她，转身上楼梯，回办公室去了。她自找啊，这个生来就是让男人跟她犯错误的女人。温强没回头。他进了办公室半天了，浑身还在发抖。事情过去一年之后，他什么时候想到那个吻，仍然会抖。小方在他身边也无助于事，他照样会想到那吻，那颤抖。

北京的雪渐渐少了，人却越来越多。到了八十年代末，即便下雪，也没什么赏头；当初那种恋人的雪，静谧雪白，已不复存在。大概也因为真正的恋人不复存在。亦或许因为他和小方不再是恋人，他因而失去了恋人的境界，不再看到那种境界所提供的雪景。一切是人心境的投射，这话是他在某一本通俗禅学书里读到的。几年前他到门诊所李欣的诊室里，看到她柜子里的图书收藏，除了《月亮与六便士》，还有这些杂七杂八的书。他把那些书名大致记在脑子里。虽然他无论如何也消受不了《月亮与六便士》，他却与这些通俗哲理书相见恨晚。他读了李欣读过的书，是否想解构她的内心，他不得而知。

当他终于拒绝小方出去玩雪的请求，他已感到中年的迫近。那迫近在渐渐增厚的皮下脂肪中，在不再丰厚的头发上，在他看到窗外落雪而缓慢地翻过身，接着入睡的倦怠里。小方说那么早公园说不定挺安静的，不会有那么多双脏脚片子把雪原耕翻，弄成一块灰白庄稼地。她央求他快起来。他听见自己像猪一样哼哼着，一则表示在享受没出息的舒适，再则表示抗议。

他和小方从此取消了玩雪这项活动。那时他们在等待机关分房子，好生孩子，起小灶做饭，也好有地方晾尿片子。他眼下躺着的双人床放在这间前办公室的角落，和其他区域仅一帘之隔。其他区域包括书房和客厅，以及简易厨房——只是一口大电饭锅，下面煮，上面蒸，要是炒菜，还得一个手指捺紧开关键，免得它跳起来熄火。甚至还有一个简易厕所，一个双节便盂。走廊两头的公共厕所一旦客满，他们可以用它应急。温强的中年征候也在于对生活形式的马虎：刚结婚搬进这座老办公楼时，毙了他他也不肯端着鲜艳的双节大痰盂在走廊游行，和端一锅稀粥或一盘粉蒸狮子头的人擦肩相错。结婚不久，小方迫于经济结据，去一家大宾馆做合同工，也是总机员。那时流行开公司，宾馆套房门上全是"英福特"、"海泰克"之类的洋名字。谁也不明白那些公司根据什么起了那些洋名字，但听上去相当跨国。小方两年之后从电话线上认识了几个洋名字公司的"总"，不是"王总"就是"李总"，最后终于调到公司做秘书去了。一个晚上她从头发梢打扮到脚指尖，同时说有个朱总想雇一个办公室主任，她推荐了温强。朱总安排小方带温强去面谈。温强问这个朱总是不是也是从电话线里爬出来的。小方说那当然，不过比其他从电话线里爬出来的"总爷"们要地道一点儿。

直到温强停职留薪为朱总工作了三个月，他才意识到自己曾经许的诺——那个伟岸男子的诺言："老子养你！"他差点儿给自己一个嘴巴，因为他几乎笑出来。现在小方挣钱比他挣得多，几乎是小方在养他。又一想，他对自己说：管它呢！

"管它呢"也是严重的中年症状。

他是在见到李欣后一一检数自己中年症状的。李欣重现在曾经的"老铁"兵部大院，离温强给她的那个吻，已有五年。文化科曾经属于温强的小办公室里，坐着的是一大摞大鼓、站着的是一排排立式风扇。李欣正从门上的小窗看里面站着、坐着的东西如何挤掉了温强的席位，一个人在她身后问她是不是小李大夫，是不是找温干事。那是一手提溜了四个暖壶的曾经的勤务兵，现在一点儿兵样都没了，说他自己从一楼跟到她二楼。温干事调走喽！调到哪里？调到什么国际大公司去了。

温强听李欣向他描述这段苦寻过程时在观察她。她美还是极美的，又添出贵气来。加拿大、美国都住过了，仍然很大很亮的眼睛添了点儿不以为然。她穿了一条淡蓝的布裙子，头发养得又长又厚，笑的时候头发也是笑的一部分，散了她一脸，再挥往脑后。她留长发是为了显嫩吗？天知道这女人要把少女做到几时。

温强接到李欣的电话，便赶到这家"波士顿海鲜馆"。他不知自己会不会把这餐幽静秘密的午餐告诉小方。武官夫人用抱怨的口气炫耀她的国际生活，她如何的累，因为她成了大使每次酒会的女东道主；她多么的烦，每两年来一次国际大搬家，多少时髦的衣服都在搬家中运输不当而发霉。温强的话很少，看着她涂着粉色唇膏的嘴唇一开一合，他得一次次捺住本能。

"婚后生活怎么样？"她话题一转，突然把泛泛的谈话收了尾。

"挺好啊！"他说。他的声音有这么个意思：不就那么回事吗？

"那时候我还以为你会追我呢！"她装着厚皮厚脸，过来人似的咧嘴笑。这种笑不适合她。

"我也以为我会追你呢！"他浑身一麻。他的本能在让他眼放绿光，他可管不住它。

"那你怎么没追？"

这个女人又来了，惹出事情又全是你兜着。现在她做了人家的老婆，更是单刀直入。

"我追得上吗？"他说。

"不追你怎么知道？"

"拉倒吧！"

"其实你都开始追了。"

她似乎要拿五年前那个吻来赖住他。他一时真糊涂了：自己是爱死了她还是恨死了她。

"我追有屁用。"

"你怎么知道没用？"

"我一个农村娃子，最大的官才当到连级，一月挣那几毛钱还得寄到农村去养两对半老人。"他指的是董向前家一对老人，一对半是他自己的父母、祖母，但她显然理解成他的丈人家。"你说，我追你有用没有？"

她垂下眼皮，嘴角用一点儿力挑起，玩火或走钢丝的那种越刺激越玩的笑容。然后她睁开眼睛，神色凄惶了。她慢慢地摇了摇头。

他想这女人还是天真的，诚实就是她天真的一部分。她曾经在电话上对自己现在的丈夫挑衅，说她的追求者中有个姓温的。虽然有些栽赃的意思，但他不由得还是赞赏她的诚实。

"你看，你承认我即便追求，也没用。"

"什么意思？什么叫'即便'？好像你当时没追我似的！"

"我怎么追的？"他脸上那点儿恶棍笑容他自己仿佛都看见了。

她瞪着他，马上又撩开披下来的长发，同时舔舔嘴唇。她的嘴唇像一朵花。花是植物的性器官。她长这样的嘴唇，人家吻她，她还跟没事人似的。那吻可不是追求。是什么呢？他现在不想向自己挑明。

"你爱我吗？"少女的她从长发中浮出来，问他道。

"爱。"

这个回答太现成了，她怀疑地看看他。他又说："谁敢不爱你？"他心里在说，可怜那个董向前都是爱你的。他不是自取灭亡地爱过你吗？"爱也没用啊！爱也不能把你爱到手，对不对？"他问。

她不说话。她不敢玩火、走钢丝了。

"问你对不对？"他凶起来。要她学会负责任。

她认真地点了点头。有一点儿后悔自己的玩火。

他心里一痛。他是看见了一个小董一样的自己而心痛的。她明知他无望，却偏要逗他。假如他不是意志如钢，说不定真进了她的追求者的编制。那他可惨了，多多少少又会是一个小董那样的牺牲者。他在跟她分手之后，回到公司，从抽屉的一堆名片中找出了一张。是他前些天碰到的一个坏人，海南做地产生意的。坏人靠贪污弄到第一笔钱，用那赃钱买了一片地。海南充满这样的坏人，坏到极处反而不坏了。正是那个坏人贷给温强第一笔款，使温强投机股票，收获了第一批资本。原始资本积累的最初阶段，宗教、法律、道德往往缺席，这是温强在读那些杂七杂八的书中得知的。其实他对于李欣追求的唯一行动，是追踪她读过的书。他对杂七杂八的书的兴趣，就那样开始的。正如他对财富的兴趣，也是李欣刺激起来的。李欣诚实地告诉了他，他赤手空拳，是赢不了武官，也不可能赢得她。美人自古不属于赤条条一份正派的人格、赤裸裸一颗善良的心。

他又像当年带起一个威猛连队那样带起一个公司。任何一个不能像他一样勤奋、敬业、机敏的职员都在公司里活不下去。在海南的几年，他从有老婆变成有老婆、有孩子，渐渐地，又变成有孩子没老婆，因为小方终于受够了他人在心不在或人不在心更不在的日子，更受够了他人不在心不在却只有脾气在的生活，把两岁的儿子留给保姆，自己回北京去了。他和小方也终于舒舒服服做起朋友来。他们原本就该做朋友。一做朋友小方全是真话："你现在财大气粗，再见到小李大夫，她准保跟你私奔。""咳，那时候我就是垫垫饥的，你温强吃不着小李大夫，在小李大夫那吊起的胃口，就拿我垫垫。""我要像小李大夫那么漂亮，唱歌唱那么好，我也不找你呀！"好一个小方，花了六七年守在他身边，把他看透了。这些看透之后的话，只能在双方成了朋友才能被说透。等到小方又嫁了人，生活稳下来之后，来接儿子去和她过，温强给了她一张存折，里面有两百万。小方却不要。她说正常朋友间谁给谁那么一大笔钱？还不负担得慌？一有负担朋友就没得做了。他恨自己放过了一个好女人，更恨自己对如此好的一个女人疯狂不起来。

他的直觉非常好，也算得上心狠手辣，所以在他把公司搬回北京时，资产的数目又多了一位数。他还是吃自己做的面条，住一套舒适而不奢侈的房子，自己给自己当司机，开一辆灰头土脸的吉普。

李欣没有再出现，但他相信她一定会再出现。他太信赖自己的意志了，它坚强到了能承受无期的等待，能把白日梦变成真实。

和北京疏远的雪又飘落起来。但这是一场可怜巴巴的雪，下到地上就被千万双脚踩黑了。温强坐在方向盘后面，眼前是北京的冬天和刚刚进入的二〇〇四年。新年了，他奇怪自己怎么尝不出新的滋味来。路上的雪让那些从东北、西北、山东、山西、河南、河北、四川……各色地方来的脚踩得成了黑色糊糊。这黑色糊糊由那些遥远村落、田野里的泥土搅拌出来。空前的人灾。什么样的人都有。这样大的人群你找什么人找不着？同样，这样大的人群，你找什么人能找得到？

温强头一次感到再也找不着李欣的恐怖。

所以等他找到她，他几乎想就此不再放她走了。

不过眼下离他找到李欣还有一阵。眼下他还被堵在满是雪污泥泞的二〇〇四年的新年下午。这是从北郊通往市里的路。他刚刚去了一个有开发潜力的山村，在一个叫作"补玉山居"的农家客栈吃了一顿野味。那个叫曾补玉的妩媚老板娘给了他一顿可口午餐和第一手的经营资料。小山村是个旅游的好地方。正患人灾的都市正把灾情往远近乡村传播。他在村里碰上一群群的北京学生，一对对的北京恋人，新年放三天假，北京人不想做北京人了，到山里滑雪场伸伸在都市蜷累了的胳膊腿。

就在温强第二次去"补玉山居"考察回来，打算备款赁地的时候，他在一个西餐厅的露台上看见了李欣。他几乎认不出她，八年时间能把一种美丽变成完全不同的另一种美丽，这让他太意外。似乎还有一点儿不甘，因为她现在这一种美丽不那么通俗，超出了他的欣赏范畴，就像《月亮与六便士》。他突然明白了，她一定受过了磨难。

他没有上去招呼她。并不完全是因为她和一桌人在一起。一桌人为首的是一个表情张扬的男人，四十来岁，就是一切不择手段打下一片江山的那类新老财，不比他自己好多少。那人有些面熟，上一期《财富》，或上上期登过这家伙的专访。要说李欣的命不怎么样，这样的岁数还逃不出这类人的手心。

他坐在暗处角落，和他共进晚餐的是个谁也不会拿她当回事的年轻女人。走到他这一步，他有义务成为这类年轻女人的猎取对象。所以他的命也够次，像小方这样的好女人会弃他而去，把他弃给这类肤浅势利到极点的年轻女子。

他们快吃完的时候，李欣一行才进来。露台上有七八张桌子，他们走向靠栏杆的一张，那张桌上始终竖着预留牌，但他在进餐的两小时中，预留牌一直未被撤除，尽管楼下酒吧台坐满等座的外国人，可见宴请李欣的这位东道主的势力和霸气。李欣鞋跟儿超高，使紧挨着她走进来的新老财略矮了一分。李欣走进来，一路没有左顾右盼；她已成熟、沉着，不必以顾盼去核实自己抓住了多少目光。再说，她已经不再是美得别人没法活的年龄。

她穿的是什么？温强离开餐厅后回忆不起来了。似乎是一身黑，胸前和手指上有光芒一闪一闪。温强把小女子差去买烟，自己用手机打了餐馆的电话，请侍应生叫六号桌的李欣小姐接听。她一接电话就听出他的嗓音，那向职员们发雷霆、叫儿子好好吃饭、一次次吼小方"别他妈唠叨！"以及每天被四十支"云烟"熏烤的嗓音只说了一声："什么时候回来的？"她就轻轻狂呼一声："哟，是你呀！……"八年中她温习过他的声音。一定温习过。

"明天有空吗？"他问，"还在这个餐厅的露台上，还是这个时间，成吗？"他放下电话才想到，没有把自己的手机号码留给她，万一她要告假，临时变更，不是会把他变成个傻等的痴心郎？他又一想，她敢变更！假如他傻等，一切也就好办了。

然而傻等的竟是李欣。她说她正好在这一带购物，累了，也没别的地方去，就干脆先在这里坐下来，定定心。他需要她"定定心"才能见？那当然，八年零一个月了，谁知道见了面会不会都吓死。在蜡烛光中，李欣是个语速柔缓、笑容沉稳的中年美女。他问她，自己是否吓着了她，她认真看看他，说他胖了，眼神也变了。他暗暗感慨她的诚实。生意场滋养出来的无耻已经和脂肪一块沉淀在他眼睛里，从永久性微布血丝的眼球后面投射出来。

她又说了一句什么，他没有听进去。

他自己也说了一句什么。连自己的话都和他一错而过。他好久没这么紧张了。不是紧张，是一种感觉的高度提纯，因为感觉浓烈到了什么语言、交流都融不进来。

他注意到她没有坐在自己预订的桌子上，而是在无烟区另找了一张小桌。她把全世界对吸烟者的排斥和迫害带回了祖国。他几次伸手去摸烟，手又空空地抽回。他得尊重她这个"好毛病"。她一直捏着细细的面包脆条在齿尖上咬。她的坏毛病被保留了下来。不知为什么，温强松了口气。光剩下"好毛病"的女人一定很讨厌。

"哎，我记得你是抽烟的？"她说。

"戒了。"

"对嘛，早该戒了嘛！"她露出浓厚的重庆口音。

从今以后，他得执行自己刚才的谎言，戒烟，以实际行动尊重她的"好毛病"。为了得到她，他什么都干得出来。温强知道自己是个可怕的人。

晚餐前，温强做了很好的准备。他在下午两点，去了城北的"宝马"代理店，挑了一辆刚刚到货的"BMW"，又把公司的一个司机调来开车。司机说他得熟悉一个礼拜才敢开这么豪华的车。他告诉司机只有两个小时跟"宝马"相处的时间。司机说万一刮蹭怎么办。那能怎么办？剐蹭就剐蹭了呗！然后他又去国贸买了一块"劳力士"，一套"登喜路"细亚麻西服和白色高尔夫衫，亚麻西服的上装让他穿了一小时，弄出些细腻的高档皱褶，然后再"不经意"地扔在车后座上。他的打扮是一副一点儿脑筋都没花的高档模样。

果然，李欣问他一般在哪里打高尔夫。

他从来不喜欢高尔夫，因为那些假模假式的新老财喜欢它。但他告诉李欣他去哪里哪里打，有时飞到澳洲打，有时飞到新加坡打。他看到李欣把他的话仔细存了档，并对突然阔得要命的小连长不知说什么好。

他们在晚餐中没谈任何实质性话题。谈北京好吃的、好玩的，谈了谈曾经的兵部大院，曾经的熟人，活着的和个别死了的。餐后他坚持让车送李欣回家，让戴着雪白手套、西服革履的司机为她开车门，挡门框，比五星级大饭店还"五星"。他们是在第二天一个长长的电话中对各自现状做详细交代的。

李欣和武官丈夫已经分居，原因是他多次向她动武。为什么动武？不为什么，他属于人类极个别的喜欢向女性动武的男人。总有一点儿口实吧？口实是又多看了一眼法国武官，跟英国武官眉来眼去，把美国大使搁下的酒杯拿起来递给他——下贱卖国。她身上同样的元素——比如美丽、性感、多情、善歌——曾经使武官着迷，后来使武官恶心。武官升了官，对于李欣是大好机会，她提出分居。一场暴揍，武官还是同意分居了。

温强的现状掺了几分假：他把自己的资产和闲暇时间都稍许夸张了一些。他装扮成赚够了钱，半出世的一种人。

他们第二次见面是在一个豪华的卡拉OK包间，他和她都喝了不少酒，她唱了几十支老歌，以瞬息万变的嗓音把两人间需要用多场谈话才能达到的进展，一步达到。

又是几次晚餐和唱歌，他告诉她，要带她去一个好地方。一个有着漂亮山水的地方。他们说好周末出发，去漂亮风景中的农家客栈小住，客栈的名字好雅，叫"补玉山居"。

在补玉的送行目光终点，温强的手轻轻打了一下方向盘，"宝马"识途一般，拐出了巷口，上了瘫子冯焕铺的柏油路。路面溜光，宝马在上面行舟一样无声响前进。温强见李欣白白的手伸过来，搁在他黑黑的膝盖上。她是个欲望旺盛的美丽女人。一直被他自己忽略的欲望被她的欲望开掘出来，越来越深广，越无底无垠。两人在"补玉山居"就是养欲望的，欲望被养得生猛至极，欲望和欲望交锋时六亲不认，连他们自己都不识了。

车沿着河向下游开。房子和人渐渐多起来。河在前方拐了一下，路也拐了一下，但是各拐各的，于是路与河之间的距离大起来。温强听补玉说，河拐向一个水库，就算作这一带的天然游泳场。据说还有一块林荫深处的水域，岸上垫出沙滩来，供胆大的人裸泳。温强也不和李欣打招呼，突然拐下正在插入都市文明的柏油路，沿着沙石小路往水库方向开。

李欣捺了一下DVD开关，两人顿时进入了小型音乐厅似的，浑身满头都感觉到音乐的震颤。李欣放倒座位，躺在音乐中。王菲走进他们的空间……

温强看着她和着王菲的歌一起一伏的腿。这双欠缺一点儿长度的腿太奇特了，一星点儿的疤痕都没有，一颗痣或瘊子都没有，温强想着他对这双腿的认识和熟识过程。李欣的全身也是无瑕的，没有受伤害的痕迹。活到四十多岁没有破过口子？没有磕着绊着过？没有留下任何家庭暴力的证据？……还是愈合力太好？一具不长记性的肉体？她这样一具美妙不可言的肉体男人们当然冒死也想看看，二十年前他手下一百五十个丙种兵想看看这肉体不是他们的错。他们没看上。董向前为他们没敢正视、没能实现的潜暗渴望牺牲了。他和他们一样无辜。

车子在一个歪歪斜斜的木牌前面停下来。木牌上写着歪歪斜斜的字迹："裸泳场"。下面还有一行歪斜小字"不得照相"。他从车里下来，见李欣睡着了。她让欲望挥发出去后就格外能吃能睡。她睡着的样子好年轻，下巴掖在肩头，一绺头发进了嘴角。

他站了一会儿。远处传来浪荡的笑声，水波使笑声如音符。李欣醒过来，"哎呀"了一声，大概以为自己被弃在这荒树林边上了。然后她看见他在那里脱衣服。他脱得一丝不挂。自从那次在露台上见到李欣，他每天只吃一顿饭、长跑距离加了一倍，早晚各一遍哑铃，加上两百个仰卧起坐，两个月来每天身上都像受了重创一样疼。疼着疼着，一块块肌肉从薄下去的脂肪下崛起来。似乎一切都为了此刻做准备。

"你真裸呀？"她笑盈盈地问道，鼻子眉头往一块皱。

他伸展了几下，深呼吸吸了几次，从肩头扭过脸，看着她，笑了笑。

她甜蜜地一歪头。这是她年轻时的动作。她慢慢脱下肩上的一根裙带，然后第二根，摆出只有躯壳没有灵魂的空洞眼睛，像封面女郎那样不要灵魂。她很有模仿天赋。

她脱光之后走到他身边。一对中年亚当、夏娃，地心引力作用着他们每一个皮肉丰厚的部位。他用衬衫围在腰上，她说有种就这样赤条条的。他说他可没种。她咯咯地笑着，把裙子松松在身上裹了裹。

两人走到水库边上，见七八个年轻女子坐成一排，正在抽烟。她们等着给裸泳健将们按摩。按摩床就是地上薄薄一层细沙，猫用来盖粪都嫌浅。不必明眼人都看得出她们实际上以什么为生。

"怎么没人啊？"温强问。

"您不是人吗？"一个十七八岁的女孩喷着烟道。

"都睡午觉呢！一会儿这儿就满了！"另一个女孩说。她二十三四岁。

李欣皱起眉头，似乎上了一大当，原来温强跟她们勾挂好了。

温强对她们喊了一声口令："向后转！"

女孩们高兴疯了。趁她们前合后仰，温强解下围在腰间的衬衫，用皮带把它系在头顶上。走进又冷又清的水中。李欣不理会女孩们对她的鼓动："下呀！下呀！他都下去了！……"慢慢地往前走，小脚进了水，她才慢慢解开裹住身体的连衣裙，用裙带系在头上。她们又大声怂恿她，她慢慢向她们转过身，给了她们一个赤裸裸的正面。她只是看了她们一眼，然后走进水里。

温强领着她向对岸游去。说起来叫水库，其实就是一口塘。温强放慢速度，等李欣跟他游得肩并肩。

他听她开始喘出低吼来，便伸出一只手，抱住她的腰。他们慢慢地漂到对岸，听见七八个女孩一块儿尖声喝彩。

等到他们在此岸站定，看见彼岸来了四个男人，从体态上看都不年轻。女孩们今晚可以改善伙食了。

太阳非常亮、非常清冽，让人想把五脏都掏出来晒晒。把满脑子往事拿出来晒晒。

李欣和温强并排躺在太阳下。阳光在他旁边这具白亮的肉体上反光。他支起上半身，看着这具坦荡荡的美丽肉体。然后他像是自语独白一般，低声说起话来。他的话乍听没头没脑，讲到第二句，李欣把眼睛睁开，但太阳太刺眼，她用手做个松松的凉棚。他说真好看啊，这么好看的身体，难怪小伙子们想看……

李欣问他在胡扯什么。

他说真的，不胡扯，太好看了，二十年前更好看。小董还没看上就死了。肯定觉得他自己对这身体动过肮脏杂念，不完全是冤屈把他屈死的；他也是为了自己心里黑咕隆咚的地方时常冒出的肮脏闪念而处置了自己。

李欣又问他到底想说什么。

什么也说不清。二十年前他就想为小董说清，直到现在都说不清。

李欣坐了起来，自己打量了一下自己的身体，似乎对它还算满意。

两小时后，温强把李欣送到她的居所门口。她两眼飞快地探索他的脸。他的笑容还在，脸却是关闭的。她想看出他回程路上整整两小时的沉默是怎么回事。她当然看不出。因为她无法知道曾经那个二十七八岁的年轻连长多么地爱兵如子，连他自己都不知道自己有这个"好毛病"。走进那个豪华的小区大门，李欣转过身，向他比画了一个"打电话"的手势。

他靠在车门上，正用打火机点一根烟。李欣送飞吻的手僵在空中。他深吸一口烟，终于熬到头了似的畅快地将烟吐出去。他看出她很不解。她不解的是，他在原形毕露还是背叛？……

回到车里，他取出手机的 SIM 卡。

一小时之后，他用新的手机号给小方打了个电话，约她和儿子晚上一块儿吃饭。

风开始发硬了。山里红还没熟，被来度假的一对对家鸳鸯、野鸳鸯们采下来，啃了一口，就扔在路上、河边。补玉常常吃惊这些城里人制造垃圾的本事。她坐在巷口的石凳上，假如走运，能招来一些散客。现在河下游盖起两栋灰楼，乍看是军火库，又高又森严，但里面是带洗手间浴室的标准间。城里来的人都在乎这个"标准"，所以把补玉的客人渐渐截走了。

一个月前，温强和李欣离开之后，她发现床下有一双女式皮凉鞋，九成新。她给温强留的手机号码打电话，却得到停机的信息。他跟那个"哪国都去过的"李欣不知在哪里美呢。看他俩的样子，花了半生时间才终成眷属。

远远看见一辆商务车开来，在路边停下，瞬间冒出五男五女，都是三十多岁，用骂架的嗓音相互开玩笑。补玉赶紧上前去，问他们住不住店，房间又大又干净……其中一个紫红头发女人问是不是标准间。不是，不过洗澡挺方便，还有冲浪浴……不是标准间还问什么问？！

那一车人又回到车上。车掉过头，从车窗扔出一个苹果核，又为小山村贡献一小份垃圾。

太阳离山头一尺的时候，补玉想到还得给四个住店的客人做午饭，就从石凳上站起，一面拍拍牛仔裤上的灰，一面不抱希望地向柏油路上看最后一眼，却看见一辆"奔驰"开来。补玉认识它，所以又坐回石凳。

奔驰车开到她身边，车窗静静落下，露出一张二十一二岁的女孩脸，问里面有没有地方停车。住"补玉山居"就能停进去。是住"补玉山居"呀！……那就进去吧，还有不少车位呢！

补玉心想，这回冯瘫子的小女伴儿怎么是一张真脸？上面没涂着红红蓝蓝的颜色。她跟在车后进了巷子，又跟到了停车场。不知哪来的一辆中巴，也不知它什么时候溜进来的，跨着好几辆车的位置。补玉叫喊着指挥"奔驰"进、退、往左打、往右打……女孩子从车里又露出脸，对补玉说："靠边点儿！不用指挥！"

"奔驰"舞蹈似的几乎原地转了个圈，然后又是几个果断、短促的动作，从一辆"赛欧"和中巴之间穿过去，一点儿没商量地停在了场边上。

女孩子跳下车，把补玉吓一跳：一张娃娃脸下面是一个彪形女力士，运动短衫短裤裹着一串串棱角不含糊的腱子肉。至少有一米七二？不，一米七五。女孩子雄赳赳地走到车后，从后备厢取出冯焕的折叠轮椅。轮椅在她手里轻得像纸扎的。她把轮椅放稳，拉开后车门，腰一伛，上身进了车内，双手再一抄，冯瘫子成了个大婴儿被抱起，再被搁置到轮椅上。这套活路女孩子不是在干，是在玩。

"走啰！"她以心情很好的语调对冯焕说道。

"补玉，不握握手？"冯焕说道，脸费劲儿地向补玉扭过来。

补玉一扭肩膀："谁跟你握手啊？来了也不上俺们的门儿！"

"这不上门儿了？"冯焕还是以那副欠缺丹田气的声音，那副缺乏真诚的爽气，哈哈哈乐起来。

不过倒不再是欠缺真实的快乐。这瘫子上哪儿找着了真快乐？补玉嘴里全是寒暄，怨冯焕来之前也不打个电话，不然她把最豪华的那间房留给他俩。她看一眼彪形女孩。女孩没在听他们说话，瞪着两只单眼皮眼睛东张西望，望了便提问，柿子树一棵能结多少斤？屋檐下的马蜂窝是个空窝不是？给"补玉山居"题字的是谁？……

冯焕照例要了三间房。补玉把女儿叫来，让燕儿打开房门透气，同时扫扫抹抹。瘫子绝不是上这儿来消闲：他没闲可消。肯定是来跟补玉拉扯关系，想把补玉从小曾家赁的宅基地赁过去。

"咱闺女长这么高了？"冯焕看着燕儿说道，"漂亮闺女，一看就聪明！"他可劲儿挥霍好话。

四个客人坐在葡萄架下打麻将。其中一个女客人说她困了，要去打个盹儿，另一个女人问补玉肯不肯顶替她打两圈。补玉问彪形女孩，要不要试试手气。冯焕马上替她回答，她才不玩那玩意儿。瘫子冯哥怎么了？很是以女孩"不玩那玩意儿"自豪？

女孩又粗又长的胳膊腿竟异常灵活，帮着燕儿打扫整理，不一会儿，把家具都掉换了位置，更便于轮椅进出、瘫子起卧。所有物什在她手里都没了分量和体积，在她手到之处起落，连声响都没有。补玉再次感叹，女孩哪儿像在干活儿？就是在"玩活儿"。然后女孩拿了双柔软的黑布鞋出来，蹲在冯焕面前，一下、两下，冯焕脚上的皮鞋变成布鞋了。虽然皮鞋布鞋对冯瘫子来说都没有区别，仅仅是打扮那双废脚的，但布鞋毕竟舒服得多。冯焕瘫了的脚在女孩摆弄下十分乖，眼神也十分的乖。冯瘫子可从来没对任何人乖过。

补玉从厨房出来，端着刚沏好的茶。女孩迎着她说不必忙，冯大哥刚才在村口新开的那家茶馆喝了不少茶，喝多茶他不爱睡。女孩给了补玉一个大正面：短短的脸，圆鼻子单眼皮。冯焕长进太大了，找的这位小姐一点儿不美艳，就是让你看着舒服，像渴了的人看见水、冻着的人看见棉花一样舒服。这年头好看的人不难找，看着舒服的人，绝迹了似的。

得知女孩叫孙彩彩，小名叫"不点儿"，因为她在家排行老小，生下来只有四斤，十岁前都是班级里最矮小的学生。这是晚上八点多钟，冯焕在上网办公，彩彩到厨房来找开水泡草药。那是冯焕擦身用的草药，功效是活血散瘀。瘫了的人最怕血脉瘀结。

她注意到彩彩挪家具时，把三人沙发搬到大床边，又把另一间屋床上的卧具铺在沙发上。这个彪形女孩跟前面的小姐们不同，不与冯哥同床异梦。趁彩彩在炉前调药汤，补玉问彩彩是不是山东人。是啊，这么大个儿还能是哪儿人？彩彩一口牙白极了，又整齐，一笑嘴巴从东咧到西，肚里的念头都看见了。

吃饭的时候，补玉做了几个应季的菜，凉拌南瓜嫩须、鲜黄花炒木耳、半岁童母鸡炒嫩核桃仁、山溪小虾炒尖椒。瘫子一看葡萄架下的一小桌菜，嘴里的话都在口水里跑："彩彩给我把相机拿来，我要剽窃版权！"他指鲜绿明黄殷红的一桌。

彩彩真的跑回房间去了。补玉走过来，把蚊香搁在小桌下，又用手里的竹扇轻轻拍了一下冯焕的头，下巴一指屋内："看你有福气的！"

冯焕当然知道她指什么，笑的时候脸颊竟然红了。五十多岁的瘫子，一向变本加厉地风花雪月，竟还是头一次在补玉面前害臊。

到了第三天，补玉一直等着的话等来了。这是星期一，客人们都走了。彩彩推着冯焕在工地上待了大半天，下午回到"补玉山居"。九月初突然回暑，热得像三伏，一夜间苍蝇四世同堂。冯焕的裤子上不知怎么溅了泥污，被挽了上去，露出一截无动于衷的小腿。当他被推进大门时，那小腿上落了十多个绿莹莹的胖苍蝇。人活着，死去的肢体也会招苍蝇，补玉胃里一阵拧巴。他叫补玉到他屋里去一下，有话谈。

要谈的话补玉全知道，所以她沏了一壶好茶，拿了两个杯子，步子闲闲地穿过院子。葡萄枝蔓耷拉下来，搔了一下她的额头。

她还啐它一下："讨厌！"稳操胜券，她忙什么？

　　冯焕请补玉坐。他腿上那一大群苍蝇跑了一多半，还剩三四只，在他膝盖上爬爬停停，爬得补玉心直痒。她看出彩彩也受不了那几只苍蝇，手提蝇拍，但始终不朝它们下手。在那死去的腿上拍苍蝇不合适。这是个好心的姑娘，补玉对此已经有数了。

　　话从询问谢成梁、补玉的公婆开始，绕到全村若干家开客栈开店铺。有了服务经验的农民将来对他那个豪华度假庄园大有用处，他可以付四星级酒店的工钱雇用他们。至于他们现在那种小农经济的旅店，在不久的将来，不打自垮。一旦这里成了旅游胜地，城里人还是城里人，走到哪里他们都要找城里的生活方式。他可怜城里人，也可怜山里人似的，哼哼地笑了笑："他们对农居的新鲜劲儿已经过去了，村里还在玩命给他们垒土炕、做土布棉被！"

　　所以，他冯焕将要开的五星级度假庄园是正规军来了，来收编所有"土八路"。冯焕说着话，一面接受彩彩给他的按摩服务，所以他说到某个字眼儿，拖长了音，或虚掉一个字眼儿的尾巴，脸还抽一下拧一下，得劲儿极了。彩彩按摩很认真，根本没听见他们俩在谈什么。

　　补玉说那是，那是，谁都知道冯总腰缠亿万。

　　冯焕正在让彩彩捏后脖梗，捏得头探出去老远，下巴颏松下来。他得劲儿得口齿也不清了，问补玉想要多少钱，才肯把那块宅基地出手。补玉问哪块宅基地？冯焕马上斜她一眼，说这样不好，别抵赖嘛，抢先赁了那块地，不就想在他的庄园里做绊脚石吗？

补玉笑嘻嘻的，心却跳得她微微恶心。补玉够惨的，花三十万什么也做不了，只能做块绊脚石。昂贵的绊脚石。挪开它可更加昂贵，她狠狠地想。

"你要多少钱？没事，只管说，你有要价的自由，我呢，有还价的自由。"

补玉看出，冯焕已开始紧张，能走动的话，就是坐立不安、满屋打转。她在心里笑死了：腰缠亿万他也怕补玉这块绊脚石呢！万一这是一块要他破费一百万、两百万才搬得开的绊脚石，对于生意场上常胜的冯焕来说，是多失败的纪录？就是亿万身价，一百万也不能看成小数。

"那我还得跟成梁商量商量。放心冯哥，您又不是外人，外人成梁没准儿真给他来个狮子大开口！"

"现在就把成梁叫来吧！"冯焕说道。正因为他瘫，所以他往往叫谁谁就得到。

"谁知道他上哪家串门子去了。"补玉存心急急他。

"一共三十四户人家，一户一户跑也找来了。你去找找他！"他对补玉说。

正因为他瘫，他发号施令才这么理所当然，这么威风。正因为他是瘫子，人们才心甘情愿被他支唤。不过他今晚支唤不了补玉。

"急什么呀冯哥，我和成梁今晚商量完了，明儿准给你回话。"

"你是拿谢成梁挡我吧？小谢什么时候那么当家呀？"冯瘫虽然还在摆风度，已经有很大的脾气在话音里了。"我上这儿来，你以为我真是休闲的？"

"那您干吗来了？"补玉的脸在说：可怜见的您什么都有就是没"闲"。同时她又想笑：要是他不瘫，他也不会这么忙。

"我就是想住下来，好好跟你谈宅基地的事儿啊！"冯焕气不打一处来。怎么会被误认为是闲得长毛，住到她的山居安享中年来了？一个大忙人，被错看成闲汉，这可让他想不开，因为这等于是抵消了"忙"中的重要性。

"那冯哥您早该说一声！怎么住了三天才张口？我这就去找成梁商量，明天一早一定给您个答复。"

冯焕张张嘴，又没说什么。补玉走出门时，正瞥见那彪形姑娘在给冯焕吹茶水。她的手又厚又大，端茶杯全身小心，就怕不小心把茶杯捏碎了。她给冯焕按摩恐怕花一多半力气在下手轻柔上，用很大劲儿提着劲儿，不然冯焕也会碎在她一双大厚手里。

第二天早晨，天刚亮，补玉到豆腐坊去买刚出来的豆腐。回来见河对岸一个金鸡独立的身影，一脚立地，一脚蹬天，两腿拉成一条线。彪形女孩在干吗？一眨眼，她又换了条腿，碗口粗的腿被她轮番玩，补玉看得让箩筐里的豆腐滴湿了鞋。上午她跟冯瘫子说，没想到他这回找了个女大侠，冯焕朝正在院里跟燕儿捉迷藏的彩彩投了一眼。多少温柔在那一眼里！

"还什么事不懂呢——一个孩子！"冯焕炫耀着。

"从哪儿来的？"补玉轻声问。

"从报纸上来的。"冯焕轻声答。

"吃过苦的孩子。"

"可不。"他突然一愣，"你看出来了？"

补玉笑着摇头："看不出来。来我这儿住店的人，个个的我都看不出来——趁不趁钱呀、是不是夫妻呀、有没有偷我一条浴巾要不就一个烟缸啊，我一点儿也看不出来！"她笑起来。是那种能在男人那里办成很多事的笑。

冯焕一点儿也不笑，要她明白，她笑得多么妖在他这儿也甭想办成任何事。"我可是能看出你来。你在想啊，这瘫子钱包不知有多深，得好好地挖挖。"

补玉的脸不好看了。肯定很不好看。冯焕却哈哈大笑，笑得后脑勺向后一个劲儿仰去，这就是他动作的极限，等于一个正常人笑得四仰八叉。

"说——想在我钱包里挖多深？跟小谢商量好了？五十万？六十万？说嘛！"冯焕的大笑把彩彩惊着了，从藏猫猫的玫瑰花丛后面走出来，朝屋里打探。冯焕朝她摆摆手，意思是"玩去吧"。

"我们成梁说了，赁出那块地，这个店就关门。我们老老小小省着点儿，够吃到孩子们考学校了。"她看到自己的话在冯瘫子脸上收效，她慢条斯理，他五内俱焚。

"你要多少能吃到孩子们考学校？"他紧张地盯着她。

"怎么也得一百万吧！"

"曾补玉……"冯焕急得舌头也要瘫了，"你存心毁我哪？！"

"谁毁得了您呀，冯哥？"补玉现在是一副"唯女子与小人难养也"那种女子模样。

"你们祖祖辈辈的淳朴民风，就是让你这么干的？！"

补玉笑而不答。她的笑其实是说："可不。"

"我们这样怎么谈？"

补玉感到侧后方一股热烘烘的气流。彪形女孩听见冯焕拔高调的话，赶紧来看看，看她那海碗粗的腿、茶杯粗的胳膊能帮她冯大哥什么忙。她热烘烘地一身就绪，冯焕对她摆手她也不走开接着"玩去"。

"那您还价呀！"补玉说着，朝彩彩扭了一下头。彩彩在场，她莫名地不自在起来。

"没事吧，冯大哥？"彩彩问的是冯焕，瞪的却是补玉。她自己那两条又粗又长的腿，她玩得那么好，补玉到她这儿，她两下就能把补玉玩趴下。

冯焕说："你出的这个价就让我生气！"

补玉说："那您还个价，让我也生气呀！"

冯瘫子又对彩彩摆摆手。这次手不是大哥的手，而是主子的手：让你走你就走，没什么商量。

彩彩退了出去，却不再玩耍，站在葡萄架下接着观望这屋的冯焕和补玉。

"您自己说的，开价还价，买卖自由！"补玉说道。

"假如你不是跟我做交易，就是存心捣乱，我干吗陪你玩？还价还有意义吗？"

"冯总，您在我店里住过好几次，我是存心跟人为难的人吗？问问街坊四邻，曾补玉什么时候存心跟人捣乱过？这是我的村子，我在我自个儿地盘上开店，挣一口不干不稠的饭吃，不图别的，只图孩子们长大能考大学，一辈子也有一口不干不稠的饭吃。您在这儿开五星级、六星级庄园，我们再想吃饭要靠您赏，是您在毁我们，还是我们在毁您啊？"

"好，这话说透了，说穿了——你是觉着我要毁你，所以你干脆先毁了我。曾补玉，我不是什么厚道人，你知不知道？"他被自己的话呛住了。

补玉看着他，一点儿表情也没有，但意思却告诉了他：我从来没小看过您把您看成善茬儿。

彪形女孩彩彩再次走进来。她这次顾不上用眼睛来顶撞补玉的眼睛，赶紧替她主子摩挲着胸口。

"有话好好说，别起急，啊？"她轻声对冯焕说。

这种女人！一份体贴、一张笑脸、一记抚摩都不免费，都记在冯瘫子的账单上。冯瘫子欠得多了，最后终归会被这样的账给陷住，给埋了。于是，彪形女孩就将得到一个亿万的账户和一个什么雄性事物也干不了的冯瘫子。就那么回事。没想到她五大三粗，没心没肺，反而比那些浓妆艳抹、水蛇腰流水肩的妖冶小姐们更算计。彩彩嘻嘻哈哈地说过自己体重是一百六十斤，原来是一百六十斤的一个大钓饵。

这时谢成梁走到院里，提着木梯，拿着剪子，一看就是要摘葡萄。他头一偏，看见了冯焕和彩彩，"哟嗬！"了一声。

补玉的背靠在窗台下的书桌，所以他是看不见妻子的。

"冯总！老没见了！……"谢成梁眼睛只是盯着彩彩打量，"每回见您，都换个新的！一个比一个年轻！哪儿修来的艳福？！"

补玉见彩彩的脸一片懵懂，但马上阴冷下来。冯焕飞快瞥了彩彩一眼。

"你瞎贫什么呢？"补玉转过身，从窗口对丈夫喝斥，"该干嘛干嘛去！"

"我这是夸冯总呢！每回来咱这儿，都换个新美女，一回比一回年轻！……"谢成梁还是没领悟补玉的意思。

补玉此刻从门里跨出去，对着丈夫挤眉弄眼，做出恶脸，表示他那张嘴没及时闭住，祸已然从那儿惹出来了。谢成梁看着她，嘿嘿直乐，说："挤什么眼哪？我没说错呀，冯老总招女人爱，不对吗？"

"别理他，他没正经！"补玉又转过身，对冯焕说，其实是让彩彩听的。

彩彩人站在那儿，心不知在什么地方；眼睛看着地，眼神是瞎子的。让晴天霹雳震的，一时满脑子都是嗡嗡声。彩彩再动作的时候，是五分钟之后，她慢慢打开连接冯焕卧室的房间的门，进去了。人们都不说话，似乎听她独自在那间房里做什么。她在那间房里一动不动，这份呆愣补玉和冯焕都听得到。过了一会儿，她又打开与那间房相连的门。门那边，是最靠西的屋；冯焕包的三间屋从东到西，坐北面南。

　　冯焕自己转着轮椅的轮子，转了个圈，慢慢进了中间的屋。他是跟随彩彩的路线走的。补玉突然听到"咔嗒"一声。那是彩彩把西屋的门从里面别上了，把跟她而去的冯焕锁在屋外。补玉接下去听见冯焕的呼唤声："彩彩，彩彩！……不点儿！怎么了，不点儿？……"西屋没有任何动静："不点儿，你信他的话？那人特'二'！你还看不出来？"

　　补玉从来没见识过冯焕的这副慈爱面目。他不是在哄自己的小情人，而是在哄小孙女。

　　"你信冯大哥的还是信他的？"冯焕哄道。

　　反锁的门那边，似乎是个空屋。冯焕又是自问自答了几句，得到的所有回答都是静默。腰缠亿万一点儿都不能帮他改变无趣的处境。补玉从中间屋子的窗口看见他无趣地坐在轮椅上，轮椅无趣地停泊在紧闭的门前，一艘不允许靠岸的孤舟似的。补玉看不清侧脸朝她的冯焕的表情，但他瘫痪的整个身体显得更绵软无力，任人宰割。她心里一阵疼。没用啊你，她气恼自己在最不该的时刻，把怜悯施给了一个最不该施予的人。

　　当天晚餐之前，冯焕问补玉有没有看见孙彩彩。看见她在路边上跟几个游客说话。都说了些什么？那怎么知道？隔大老远，谁听得见。那是几点？大概两点半。

　　冯焕点点头，不甘心所有的问答就此结束。他的嘴唇一层干皮，整个下午都没有喝过茶或水。没有彩彩，他宁可渴死？天下会端茶送水的女人太多了，他冯总爷在葡萄架下随便一叫，从各屋都可能跑出一个愿意提供服务的。哪个女人不想在他深不见底的钱包里狠狠地挖一挖？他是瘫子，不挖白不挖，挖了他和你也没法像正常男女之间那样办公。

他点点头，慢慢转着轮椅往门口去。轮椅上坡上得十分吃力，有一次上去了又退下来。补玉快起步子，赶上去推了一把。他马上回头，眼神亮了一下又暗：他以为推他的是彩彩。补玉问他要不要她来推。他摇摇头。补玉又问他这是要去哪儿。他点点头。意思是哪儿都行？

补玉不放心地跟在他的轮椅后面，出了山居的大门。他顺着巷子慢慢向前去，补玉看着他失魂落魄的脊梁上有一块初秋的夕阳。

晚餐过后很久，补玉才听见冯焕的轮椅进院子。她正在水池前涮一两百个碗，听见冯焕轻声对谁说："谢了，谢了！"补玉伸头一看，他在谢把他推回来的一个村邻。村邻大声叫着补玉，说冯总怎么一个人遛弯儿去了？轮椅的轮子卡在河边石头缝里了！然后又对冯焕说，冯大老板可是给这儿的人造福的，咱可得好好巴结他，以后咱们种的果子蔬菜都上他的度假庄园卖高价儿！女村邻爽人快语，人走了笑声还没走。

冯焕被女村邻丢在葡萄架和玫瑰花丛之间，轮椅停得不斜不正，冯焕也不去管它，只是坐在那里，瘫了的人那种特有的被动消极全都在他的身姿上。他的侧面，三间北屋一律黑着灯。

"冯哥，给您留着晚饭呢！"补玉端着个托盘出来，上面摆着新面花卷、四样小菜、一碗小米粥。

冯焕没听见她的话。

"您是回屋吃，还是就在院里吃？院里有点儿凉……"她一边说话一边骂自己：犯贱犯贱，可怜自个儿的敌人！……

冯焕这才看见捧着一餐晚饭的补玉。

"我不饿。"他有气无力。

这个霸气十足的瘫子在此刻居然变成了个自卑的人。看他笑得多自卑呀！补玉突然恨起那个她一直喜欢的彪形女孩。手段够高明，能勾引得艳史壮观的冯焕害相思病！冯哥他为哪个女人茶饭不思过？

夜里十二点，卡拉OK歌房的灯还亮着，里面还有醉醺醺的歌声和笑声。住大炕的十多个年轻人一晚上叫谢成梁跑了三趟小超市，扛了三箱啤酒回来。一箱子空瓶子出来，厕所的便池边上就越来越多地溢满泡沫丰富的液体。随着月亮爬上小院当中的夜空，一种泡沫丰富的液体变为另一种泡沫丰富的液体的途径越来越快捷。歌房和厕所相隔不远，一个门"吭"地开了，另一个门"吭"地关上，两道门开开关关的过程中，歌声越来越疯狂，调门越跑越远，吐词咬字越来越稀里马虎，吃葡萄不吐葡萄皮似的、喝粥吸面条似的。最后都唱出鼾声来了。光听听歌声，都知道里面的人多么幸福,快乐得一塌糊涂。到这儿来住店,谁不图个一塌糊涂？这是大部分客人最终的、也是最佳的境界。年轻无罪、快乐无罪。

一个瓶子碎了。人们先是一愣，接着便哈哈大笑起来。补玉认为
有必要去看一看，会不会有第二个、第三个酒瓶碎裂的趋势。

推开门，十二三个年轻人在球状的旋转灯光中有卧有坐。谁
都没注意门被推开，以及门口站着的不安的老板娘。连默默地坐
在轮椅上听歌的冯焕都没注意到补玉。冯焕既不能唱也不能喝，
就是想分享一点儿热闹，把没有彩彩的孤独夜晚度完，把时间浪
费掉。一个女青年唱着唱着，突然一声大吼，酒和着晚餐从她嘴
里直喷而出。冯焕的身姿稍微有了一点儿变化，不再是完全彻底
的消极被动了。所有人都笑起来。年轻的女醉汉顺势蹲在地上，
再一软，躺倒了。冯焕的背影振奋了不少。除了把独处的时间浪
费掉，他还在等待，等待彩彩回归，等不来彩彩，等来什么事情
发生也行。任何事的发生都行，好事恶事都行，碎酒瓶子、呕吐，
以至醉酒斗殴，都算是在发生什么，只要有什么在发生着就行，
就能帮他更好地把时间浪费掉。补玉走进来，掩上门。她看见冯
焕突然活了，打开攥在手里的手机，一看，又合上了它。一个不
是来自彩彩的电话。也可能来自他情人团队中的某一个小姐。也
许是生意场上的来电，这类来电弄不好就又给他送来一个天文数
字的收益。现在这统统成了浪费。

补玉悄悄离开了歌房，不知如何给自己的一连串猜测判分。
终究她是不了解冯瘫子的。他一向薄情更应该让她向另一个故事
上猜测——彩彩掌握了他一些见不得天日的财路和生意关系，激
怒了彩彩他有杀身之祸。开店这么多年，杀人放火的大祸没有在

这里发生过，但是她毫不怀疑她的小院一定住过逃犯、凶手、小偷、骗子……十几年的客流，不乏凶险。

所以她一上床就蹬了丈夫一脚，说他"二"得可以，张嘴把冯瘫子的秘密揭给了他的现任小情人。谢成梁早就沉到了睡眠之底，被她那一脚和数落弄醒，问哪个小情人。就那个膀大腰圆的大个子姑娘。她还是小情人？妈呀！他翻身对着墙，"咯咯"地笑起来，笑声和鼾声马上混成一片。

直到周在鹏到达的那天，冯焕还在绝食。补玉每一餐端进去的饭菜，他都说闻着真香，让她就搁在茶几上，容他慢慢享受。而每次补玉去撤盘子时，饭菜基本没动。她撒娇发牢骚地说他太不够意思，一餐一餐的饭菜给她剩下，这不是在骂她？他会说：他吃得不少了，换了别人的厨艺，他才不会吃那么多。

老周又是一个新模样：头发剃短了，胡子刮掉了，肚皮扁平了不少。他不说话看起来大致是正常人，一说话嘴角就往斜下方扯动，扯动得眼睛、鼻子都有点儿斜。你再细看，就发现从他鼓鼓的鼻梁、圆圆的鼻头分界，他的两半脸各干各的。补玉不忍心盯着这张已认识了十几年、一向含着一丝不雅温情的脸看。小中风尚未痊愈，老周就来给她暗中打羽毛扇了。她说等等再说吧，等冯焕开始进食，再继续那场有关宅基地的谈判，再来正经敲诈他。

周在鹏走起路来也有点儿滑稽，左脚迈出去，右脚先把脚尖往里一挪，再抬起，放下时成了外八字。一般人看不出这场病留的这点儿小尾巴，只有很关注他、很在意他的人才看得出。就像补玉这样关注和在意他的人。她断定那个年轻的英文老师早就投奔了另一个男性怀抱。

听了补玉对冯焕失恋经过的叙述，老周连说这事有点儿意思。一个一百六十斤重的彪形姑娘把风月老手冯瘫子给甩了。并且，这女孩还瞧不上他几十处房地产，他的十几处度假村，他那深而又深的钱包。看来她对人品是注重的，对自尊也是注重的，绝不肯成为冯焕那一大群窑姐儿中的一员。尽管是正得宠的一员。

彩彩消失了三天之后，冯焕成了另一个人：面颊苍白瘦削、目光辽远而充满伤痛。你跟他说半天话，他才认出你是谁，你的每一声笑都在他那里引起不解进而是极度的嫉妒：彩彩都没了，你怎么还笑得出？第四天早上，补玉端着托盘走进冯焕卧室的时候，闻到一股极其不悦人的气味。她看见冯焕躺在床上，眼睛朝着帐顶眨巴。彩彩走后，冯焕的起居是几个女村邻照料的。她们轮流值班，值夜班的那个就在卧室旁边的屋里熬着，闹钟一小时一闹，夜班值班员就替冯焕翻个身。但褥疮还是没被避免。一个躺在自己褥疮气味中的男人，在补玉面前已不再有任何自尊。他大声哽咽起来。

补玉放下早餐，束手无策地呆立在蚊帐外。那个值夜班的女村邻一手端洗脸漱口水，一手拎着倒净的夜壶，听见大富翁的抽泣，动作马上贼似的轻。他哽咽地说："你们都出去……"他的"出去"吐字发音很怪。补玉这才悟到冯焕是胶州半岛人。他心碎得伪装也碎了。

她跟老周说，看来宅基地的事且有一阵谈不下来，冯焕根本不是做交易的状态。老周却说太好了太好了，一个人在感伤时心灵是美丽的，会发现亿万产业的最终价值是为了换取一份真实爱情，换不来什么都没了价值。他说服补玉抓紧时间找冯瘫子谈，在一个人心灵美丽时不让他干点儿善事是不对的，对不住他那在爱情的忧伤中纯化了的灵魂。万一他的失恋结束，那个心狠手辣的冯总又回来了，补玉可就错过了一个好机会。这可是对双方而言的大好机会，它让冯焕发展一个温良的自我，它同时让曾补玉充实资金，在这小山村里经营最后一个民俗山居，维护最后一份原汁原味的乡情，坚守最后一个民风淳朴的"原住民保留地"，以对抗一切都市人的庸俗梦想，比如他冯焕的"法式度假庄园"。这个曾经色彩沉着，跟周围绿色植被、浅褐色石头和谐交融的山村现在还能看吗？城里有点儿钱的人都来投资客栈，他都不敢放眼眺望，不然那些橘红色、天蓝色的瓦屋顶一定会把他的视觉刺得流血。那些想当然的西班牙式、意大利式的门窗拱廊，比大红大绿的土地奶奶庙还土，这种不伦不类，简直就在杀他。不为她补玉自己，单单为了爱护她的老周的视觉健康，她也该利用冯焕失恋所造成的良机。补玉被他说动了，从他的屋子出来，又停下脚步，转身对一只脚外八字、一只脚内八字站立的周在鹏说，她怎么觉着这像是乘人之危、趁火打劫呀？老周的一半脸平和超然，另一半脸又是焦急又是唆使，两根手指狠狠朝冯焕的屋甩了甩。

十点钟左右，补玉觉得这是个合乎时宜的钟点。她敲了敲冯焕虚掩的门。没人应声。值白班的女村邻在中间的屋打草帽辫，手里的窸窣声又响又急，没听见补玉敲门、进门。

冯焕跟早晨一模一样，仍然躺在帐子里，对着帐顶的细密纱网眼眨眼睛。

"冯哥？"

冯焕啧了一下嘴巴。

"您这是何苦？为这种女人值吗？"补玉还是第一次说彩彩的坏话。

啧嘴声很响。慢说补玉这种擅长读人家心思的人，就是谢成梁那种"二"透了的家伙，此刻也听得出他啧嘴的意思。那一声"啧"是求饶！求求你别提那名字，疼得慌啊……

补玉更加愤恨那个憨脸鸡贼的彪形女孩：她凭什么折磨冯瘫子？人家瘫着建立丰功伟业还不耽误恋爱，那是容易的吗？她还不就是贪图冯哥的亿万身价，一看他暗中蓄养了一群女人，她们都在惦记他的身份，她就气跑了。其实就是做做姿态，她会真跑？凭她那么五大三粗，她值亿万吗？若不是她把冯哥搬上搬下搬舒服了，冯哥也不会为她绝食。

"要不，我想法去给您找找她？"补玉说，"她倒是跟我提过她父母，老家在哪儿什么的。"

冯焕的消极被动马上荡然无存。隔着帐纱补玉也看出他一动不动地振作起来。

"黑龙江……虎头镇。她跟我说,她老家的榛子比这儿的山里红还大。"补玉心想,好了,振作起来就好。"一个黑龙江会有几个虎头镇?一个镇会有几个叫'彩彩'、'不点儿'的?一打听就打听出来了。她跑得了和尚跑不了庙,谁跑到天边也不能不和自己父母联系。"

她觉着瘫子此刻不只振作,他几乎狂喜了。看来他并不知道彩彩的老家,补玉为他提供了一条致命的线索。

"这种跑到大城市混事由的年轻姑娘,一般都有个老乡网络……"

冯焕马上反驳:"她不是那种出来瞎混的女孩子!"

这瘫子痴迷太深,起码的事实也想改。彩彩五大三粗,什么功夫把他迷成这样?

"我跟她,也不是你想的那回事。"冯焕不知道补玉想的是什么"事",却已经被那"事"狠狠恶心了。

从二十年前,就有各种人从各地跑来混北京。在"补玉山居"里住的,一半以上都是这类让北京户籍警操心又无奈的新北京人。新北京人里混出大出息的不少。包括这位胶州湾的渔民儿子冯焕。这个"混"字没有多少贬意,他怎么这样反感?

"我看也不是那回事。那回事我一眼就看得出来!"补玉恢复了她的促狭语调,"那你们是咋认识的?"

冯焕不吱声。到了他这种地位身份,理会你不理会你都得由着他。

补玉正想趁他情绪好转，提出继续谈判，手机响了，一则短信息清脆到达。他的手机就在枕边，他偏颈子一看就抓了起来。但绝食和激动让他虚弱过度，手机一次次从他手上滑落到他胸口上。补玉看不下去，一伸手替他抓住再次滑落的手机。他却疯了似的吼道："别碰！"同时把补玉的手捺住。

补玉大受惊吓，瘫痪者的手竟比常人更狠，把她的手和手机一块压在那滚烫的瘦胸脯上。可真瘦啊，简直就是一只放大若干倍的病鸡胸脯。体温也是一只病鸡的，高得可怕。原来他一直在发烧，那些雇来的女村邻全是笨蛋，没一个人发现他焦干的嘴唇是被体温灼的。

"冯总，您可是有点儿烧。"她把抽出的手搭在自己前额。

他正在看手机上长长一则信息。看着看着，一行泪从他外眼角爬出来。

补玉赶紧退出门，让他好好品味彪形小贱人的花言巧语，肯定是花言巧语，"冯大哥，对不住，我使了小性子，……惹您生气了……"要不就是："只要你答应再不跟那些婊子联系，我就回来。反正有我没她们，有她们你就妄想再见我……"还有一种可能，就是敲诈："你前两年怎么逃的税，我全有记录……"

中午，补玉见冯焕独自坐在葡萄架下读书。她从厨房窗子盯着他，发现他根本就没有翻过一页纸。她拿了条薄毯子披到他肩上。

"告诉彩彩你发烧了吗？"

"……没。"

"要不我告诉她？"

"……她说她发了那条短信就关机。"

"都说些什么？"

补玉漫不经心地问道，一面把毯子往前拉，企图把他的瘦胸脯多遮盖一点儿。

"她说她找了一份工作，叫我放心……她说她把我的取钱卡带走了，不是存心的，叫我给她发一个地址，她给我寄到北京……"

太奇怪了，彩彩跟冯焕一块那么久，怎么还不知道他的地址？他在北京的住处她没去过？

"你知道我为啥在你这儿住下吗？"冯焕抬起脸看补玉，"她万一想回到我身边，大概只能来这儿找我。"

补玉把目光转开。夜里的风把几个石榴刮到地上，青一半红一半。冯焕其实够可怜的，这一辈子也别想碰到一份真情。他现在非常静，五十多岁的一个断肠少年。正如周在鹏说的，这种伤感挺适合他：略带一丝厌世的眷恋情怀让这瘫痪者有一种令女人动心的东西。老周挤着眼说，补玉可别自我牺牲，去填那个洞——彩彩在那颗黑色心脏上蛀空的洞。因为这颗心脏的坚硬、冷酷、黑暗是补玉这样的山村女子不能想象的。

冯焕在"补玉山居"住了一个月，仍然没等来彩彩。他从来不去度假庄园的工地，有人来找他，他便说："去去去，雇了一大群人，就是为了你们有麻烦来找我吗？！"

周在鹏天天催促补玉，快去把宅基地的事搞定。一旦他从失恋中还阳，他还会是生意场上又一条好汉，跟补玉这样的小家小业寸土不让，大钱小钱都一样兢兢业业地赚，把少赚几十万看成失去一块阵地。补玉千万得抓紧时间，在他怀有人性和人的感情的难得状态中，让他为那块宅基地付一个理想代价。趁他现在正明白的时候，帮他积点儿功德——他此刻正在明白一个真理，像他这样有钱有势也白搭，照样拢不住任何真情。

山村的秋天像北京的初冬，树叶比北京红得早。这又是一个旅游旺季。一车车的都市人大叫大嚷地满山跑着，满山都是照相机镜头，阳光投射上去，似乎一个太阳碎成无数片。挺安静的风景不安起来。

冯焕已经病了半个月了，吃什么都吐。他自己说没大碍，因为前阶段吃得太少，肠胃不能正常接受食物了。但是吃了吐、吐了吃相对绝食来说，是很大的进步。冯焕开始进食，是因为彩彩的一个电话。电话是打到"补玉山居"接待室的座机上的。谢成梁接了电话便冲到院子里狂呼："冯总电话！孙彩彩的电话！"

补玉从厨房的窗子里看见谢成梁把饿小了的冯焕背过院子，一路朝大门口的接待室小跑，比猪八戒娶媳妇儿还欢天喜地。她赶紧洗了手，一面在围裙上擦手一面向接待室跑。这个电话她当然要偷听。这可是事关冯焕生死存亡的电话。她对丈夫使了个毒辣眼色，让他快滚，别在那里妨碍她偷听。谢成梁一走，补玉便拿了把笤帚，在接待室周围东划拉一下、西划拉一下。冯焕说话声音太小，她一句也听不见，便划拉着笤帚朝窗口靠近，慢慢便蹲到了大开的窗下，笤帚梢轻轻刷着地上那块似乎谁也看不见只有她补玉看得见的污迹。还是听不清，冯焕呜咽的时候多，说话的时间少。瘫子的自尊心都瘫痪了。

补玉知道，彩彩之所以不用手机跟冯焕通电话，是怕她的号码留下来。其实接待室的电话也有来电显示。这时她听见冯焕的声音高起来，一连串的"不是、不是"！又过一会儿，他追加一句："我的确是撒了谎。撒谎不对，不过我……"可怜的瘫子，好多天都处于半绝食状态，剩的一点儿元气全用在辩解上了。听上去他的嗓音特别扁——刚才谢成梁一定是把他横搁在长沙发上了，又搁得凑合，让那饿细了的脖子打了个不该打的弯儿，下巴抵在肩膀上。补玉恨透那个半截柱子似的女孩，凭她长的那副德行，她还想要什么？年轻英俊、身价亿万、忠心耿耿，三条缺一不可？连好莱坞最红最漂亮的女明星都不会有这么大的贪图吧？这半截柱子还挺挑剔，只想要冯大款的亿万家产不要他的谎言。正常人不撒谎都难做成生意，何况人家瘫子。一个瘫子能发迹发成那样，你还指望他有多少诚实剩下？一个瘫子成事，他必须比健全人刁十倍，狠百倍。不刁不狠他一个瘫子早让人踩死了。现在冯焕够刁也够狠，还要被你个半截柱子踩死呢！

按照电话中"来电显示"回拨，冯焕只抓住了一个公用电话地址。北京东四隆福寺附近的一个便利店。而这就给了冯焕生还的希望，他开始正常进餐，三餐进去，又给吐出来，忙疯了那些临时雇来的女村邻。

　　孙彩彩又来了一次电话。那是晚上，补玉在陪冯焕和另外几个客人打麻将。冯焕自从接了彩彩的电话就有了什么打算，虽然吃了吐、吐了吃，人是活了。一听接待室的电话铃，他马上抬起脸。补玉赶紧说，她在等炭场的电话，今晚要送炭来，晚上够冷的，该烧暖气了。电话竟是孙彩彩来的。她想再跟冯焕谈一次，因为上次她从他的声音里听出他的病，不放心。病得可不轻，补玉告诉她，冯总哪儿还说得动话？吃了三餐进去，吐了九餐出来，她奇怪他怎么会吐的比吃的多那么多，恐怕肚子肠子都碎了，全吐出来了。大块头丫头一声不吭。补玉就是想把她吓成那样。

　　"咋不送他去医院呢？"彩彩问。

　　"你这冯老总是那么乖的人吗？谁送得动他？"

　　"那……得去医院呀！"

　　"这病去医院也不一定管事儿。我还真怕他在我店里出事。咱这是小本生意，出不起人命。可人家是'总'，亿万身价，咱也不能不尊重他个人意愿你说是不是？他打定主意殉情，咱也得尊重他。"补玉把声音弄得尽量沉重，别让对方听出她的没正经。

　　彪形丫头又哑巴了。

　　吓死她才好。补玉好快活。冯老总要真死了，这丫头使的心眼手腕都白搭。这么大个块儿，长点心眼不容易，差不多都使在冯焕身上。她在电话线那头不说话，肯定被自己弄巧成拙弄出的结果吓死了。

　　"那我来劝劝他，让他去医院。"

"他早就睡下了。褥疮烂了，一直睡不了觉。"

"那就别叫他了。让他睡吧！"

她还挺体贴，挺知道怜惜他的。补玉又一想，她又不是怜惜一个病人，一个碎了心的瘫子，她是在怜惜她未来的钱柜子。她怕钱柜子烂了、倒了，凭她的模样难再找一个。

放下电话，补玉觉得自己渲染冯焕的多情和病情是不智的。那个铁塔似的女孩缺的就是为她寻死觅活的男人。寻死觅活的瘫子也成。她的虚荣心可是给大大地滋补了一下。补玉疯了？让她得意，让她以为天下的镜子全不可靠，歪曲了她的模样，她其实是可以令人倾倒的，至少让一个本来就倒着的亿万富翁瘫得更彻底。

终于在树林完全漫上红色的一个早晨，冯焕求补玉帮他一个忙，按上次的公用电话号码再打个电话，问问对方，彩彩是否又去那里打过电话。补玉有什么办法？只好照办。便利店的人说，那个大块头姑娘在他的便利店打过好几次电话，来的时候都是穿着制服。什么样的制服？蓝制服。开始还以为是个小伙子呢……哪种制服？这年头看厕所都他奶奶的穿制服！好像是保安制服……

冯焕掼下电话。他让补玉给他好好开一顿早餐。不久他吐了好几份早餐出去，然后擦干净身上的污渍，梳理了稀疏的花发，喷足了高级香水，让度假庄园工地上来的一个司机把他载进城去。搜索彩彩的范围已缩小，就是隆福寺一带，彩彩她还想往哪里跑？

冯焕白惨惨的瘦脸上那狠狠的微笑就是这意思。他一副胜券稳操的样子，似乎此一去就会把彩彩和她的下半生以及她的一往深情、忠贞不渝一网打尽。

补玉在周在鹏的目光催促下，小跑着跟在车窗边。窗玻璃落下来，里面是梳着溜光背头、戴着浅茶色眼镜的冯总。他说："那块宅基地我让步：六十二万，怎么样？"

一场轰轰烈烈的失恋让冯大款心软了，愿意多掏两万。

补玉笑了笑，没有接话，只递给他几片"晕海宁"。两小时旅途，她只希望他别吐得狼藉满身，怎么也得有个模样去见那彪形小情妇吧！

冯焕不再有消息了。补玉想，他的信誓旦旦和亿万产业都被"笑纳"了。至于彩彩今后怎样制他，或者他反手怎样报复彩彩，那对补玉不再新鲜；都市男女闹来闹去就那几桩事。当她收捡冯焕落在屋里的东西时，她突然想：这瘫子这会儿在哪里？在干什么？……

他想干的只有一件事，留住彩彩，带她回两小时车程之外的山村去。他的心愿就在眼睛里，茶色镜片都挡不住。就像第一次见面，他对她的好奇以及排斥，全都在眼睛里集中火力，射穿浅茶色玻璃，把阅历单调的彩彩穿透了似的。

孙彩彩的阅历就是一张纸，一页招聘申请表。表格的身份证字号便是电脑网络网定的数码化的彩彩。上面的两寸相片是平面的彩彩。廖廖可数的几行字：某年某月某日在何处，是文字的彩彩。连兴趣、爱好都整齐地被框在铅印的格子里：爱流行歌曲，爱看武侠小说，爱骑马、游泳、射击。逆着"兴趣、爱好"栏目往表格上面看，是她的履历：2004 年，从黑龙江体委女子散打队退役／2003 年，在全国散打比赛中右腿粉碎性骨折／2002 年 1 月，获全国散打冠军。再逆数到第一格：1980-1992 年，在黑龙江省，佳木斯地区，虎头镇。这样逆着读，就读到了表格的第一栏：出生：1980 年 8 月 15 日……

彩彩记得那张从表格后面升起来的脸有多么好奇。这是一间巨大的办公室，在一座三十层高的大厦顶层，一面弧形墙壁全是玻璃。天花板的超常高度，使她未来的老板显得更矮小更无助。

"这天花板咋这么高？"彩彩在他好奇而排斥地看着她时，突然冒出一句不相干的话。傻话。

"我想让它多高，它就得多高。"冯老板说，"我自个儿盖楼给自个儿住，盖什么样，自个儿喜欢就成。"

"我也喜欢。"彩彩说。

冯焕的好奇加剧了：你说这句话怎么一点阿谀我的意思也没有呢？我早被所有人阿谀惯了，成瘾了，没了阿谀，纯粹的夸赞怎么听上去那么对劲儿？

彩彩表情平铺直叙，说起她老家的房子：她拿到冠军奖金如何帮父母翻盖了老屋，特地把屋顶加高了。她说她人高马大，待在矮屋里就想蹲着。

冯老板的好奇直线加剧：她说这些话明明让他开心，可她为什么没有半点儿讨他欢心的嫌疑？

"以前干过贴身保镖没？"冯焕问她。

"没有。"

"那你觉得我给你开多少工资合适？"

"看着开呗！"她突然想到什么，自认为她很聪明似的，笑了笑，"那您给您其他保镖多少，就给我多少呗！"

"我没有其他保镖。"

"就我一人？"

"干不干？"

"那你为啥想起要雇保镖呢？"

"是我面试你呀，还是你面试我？"

彩彩觉得自己的脸红了。挨教练抢白是常有的事。教练嘴损的时候，她都想冲上去掐死他。可她从来没有现在的不安。未来的老板声调平缓，态度不冷不热，抢白起人来有种不把你当人的气度。彩彩想，这人瘫着都这么厉害，站起来还了得！

"您是不是碰着啥事了，忽然想起要雇保镖？"彩彩问道。

"碰见啥事了？"

彩彩眼睛用着一股力，盯着他。他的茶色镜片同样也挡不住她的目光。她盯他的意思是：外面世界天天发生的那些凶险事物，看来是真的？还有另一层意思：假如真会发生那样的事，别怕，有我呢！

正是她一脸儿童模样的勇敢和凛然，让冯焕的锋利目光钝了。似乎他从来没有想过这样一个勇于担待的儿童女勇士会存在，会把他变成被保护者，一个柔弱者，他先是一阵不知所措，接着颇感慨地笑了笑。于是，同一个冯老板、冯董事长、冯大富翁在彩彩眼睛变了，变得没了距离，更没了不可一世。

不久彩彩明白，冯焕的直觉有多么好。一切残疾人的直觉都好得惊人，而天生聪慧的冯焕的直觉简直是神鬼式的。就在第一次面试的大办公室里，她就感到他不是以表格上任何成文的东西评判她，而是以他的直觉给她打分。她发现他的截瘫一直到中腰，定制的办公椅扶手像个精密的小型操控台、开门、开窗、呼唤秘书、打开保险柜，都是他一手操控。她还发现他是个左撇子，写字的姿态很丑陋，左臂从胸前拐个弯，把左手基本围在里面，似乎倒着使劲儿，手推着走，把笔画用力推在纸上。他还有个怪癖，写字用蘸水钢笔，桌子右边搁着一个精致的日历牌加墨水瓶，他的左手斜着跨越桌面去蘸墨水，再跨越回来，回到纸上。彩彩和他谈话期间，他不断捺着椅子扶手上的捺钮，放人进来送文件，或到保险箱取文件，不断在文件上写一行字，或签名。彩彩忍不住上去把那个日历牌和墨水瓶挪到他左边，把一小套茶具挪到右边。再看看，觉得他坐得仍然别扭，从一个沙发上抽下弹簧垫，搁在他两只无知觉的脚下。他和她眼光不时碰一下，她便明白他的舒适度是否有所改善。

后来冯焕问她是不是照顾过瘫子。从来没有。可是学得挺专业的呀！这还用学？有的人学了好几年都学不会。谁这么笨？

冯焕没回答她。

她猜一定是他妻子。跟他认识的第二个星期，她的猜想被证实了。他的前妻是他出了车祸，瘫痪三年之后和他离婚的。他让她走开，别在他身边做个花枝招展的"殉葬品"，什么事也插不上手只是插手到他钱包里。他叫她走得远远的，自由自在合理合法地找个小白脸，别整天向他的生意对手或生意伙伴暗送秋波。

冯焕在面试彩彩的过程中，就在那间四面来光的巨大办公室里一面与她聊天儿，一面就把她的个人背景核实了。他把一个袖珍笔记本电脑打开，显视器竖在彩彩和他之间，却丝毫不妨碍两张面孔直面彼此。他说着自己的女儿，一个艺术体操爱好者和吃零食大王，每回他想见她都会被前妻大敲竹杠。谈话同时，他已经在网上搜索到了2002年全国散打比赛的女子冠军，名字果真是孙彩彩，点开果然看见照片上十九岁的大块头女孩满头大汗的脸，衣服的胸口还被对手撕扯了一个口子。在彩彩对他说起她家早先多么贫穷，姐姐偷果园的果子被打断小腿，她如何在那人回家的路线上设埋伏，要以腿还腿，结果被那人揍得全身的血差不多都从鼻子里流出来。在听她不紧不慢讲述的时候，冯焕已读了记者们对冠军孙彩彩的采访，她对一个记者说，小时候她的伟大理想可不是实现共产主义，而是把看果园的那个男人捶扁。冯焕笑了起来，彩彩停下叙述，问他是不是笑她胸无大志。这志向还小？实实在在地把一个大男人捶成扁的！他笑出瘫痪人深受局限的笑声。接下去，他问她退役下来为什么不当教练？挣得少啊！多少算少？一千多一点儿。这还少？听他这么反问，她不自在了，嘟囔说也不完全是图钱，全国各地比赛了几次，心野了，一个省份的散打队哪儿装得下她？

冯焕在面试结束后告诉她，很荣幸认识全国冠军，但他招聘的是男人。她受了侮辱，感到血全涌到面孔的皮肤下，滚烫，并麻酥酥的。"我来面试之前，啥也没隐瞒，又没说我自个儿不是女的！"

"人才科的小子弄错了。"

"我的名字、性别，写得明明白白！"

"那就算我的过，行不行？我弄错了，我跟你道歉。"

"你没说真话！"

"没错，我确实说的是谎话，一看申请表，我就想见见，一个女保镖什么感觉。挺好奇的。"

彩彩红着一张脸看着他。亏他想得出，就是想见见——让她在陌生的首都先乘地铁，再换汽车，最后为过一道大街当中的铁栅栏两头绕路，最后还是受了一个三轮车的诱劝，上了他的车兜了个大圈子才到达五十米远的目的地。不该绕的路绕了，不该上的当也上了，就为了他能平息他的好奇？

"那你……干吗要说谎话？"彩彩说。

"不是告诉你了吗？挺好奇的。"冯焕说。

"那也没必要说谎话呀！"

他把茶色眼镜慢慢摘下来，似乎想看看她怎么了，闹什么呢？为什么要揪住一个次要恶习不放。

后来她开始为他工作了，他对她说，在他身边工作，时时刻刻得对付谎话，没几个人跟他说的话不掺谎。第一次面试结束后，她回到住处，接到一个私家训练馆的信，说他们已经决定聘用她为教练，两千元起薪。还没开始到训练馆上班，冯焕又把她叫了回去。这回没让她从北郊乘火车换汽车地长征，他派了车到她住处接她。她刚刚走出少了半扇门的楼洞，停在垃圾箱前面的黑色奔驰就轻揿了一下喇叭。司机告诉彩彩，他奉命接她去见冯总。

彩彩一见冯焕就问怎么又想开了，让个女人做他保镖。不为什么，只因为一直没找着男人，找着的都是人渣。

"真话？"她问。

"真话。"他答。

一句不完整的真话。整个真情应该是他想看看按照她留下的地址能不能找到她。找到她就能大致看到她的生活环境，是不是跟她本人一样简单。而且他需要时间让手下去和她曾经的教练、体校领导联系，看她一个人流落到北京是不是真像她自己说的，只是心野了，一个省份装不下她。

正如冯总自己所说，跟着他时时刻刻都得应付假话，也得以假话去应付。上班第三周，彩彩在电梯门口碰见一个中年女人，白白胖胖，跟一个十三四岁的高挑少女手牵手走出来。中年女人和少女都是彩彩见过的，在照片里见过。只不过是十来年前的照片。十多年前的姿色现在在这张平展光洁的中年脸庞上仅留下了废墟。彩彩问她们是不是找冯总。前冯太太说冯焕约她和女儿在办公室见。彩彩一听就知道是谎言，因为冯焕那会儿正在做全身保健按摩。这段时间他不让任何人进出那个大办公室里面的小休息室。小休息室四面装了立体声喇叭，顶上开个大天窗，因此他在按摩时能进入小休息室的就是阳光、音乐、彩彩。

"冯董事长不在。"彩彩以谎言回击。

"可他叫我们来的呀！"前冯太太看看自己的女儿，"是吧，冯之莹？"

冯之莹打量着彩彩，问道："你是谁？"

"我是孙彩彩。"她大大咧咧地说，"你爸爸回来，我转告他吧！"

"行，你转告我爸，我拿了全国艺术体操业余组的名次了——第六名！他答应我的礼物哪？！我取礼物来了。"

彩彩让她们等一等，她打个电话试试，看看冯总眼下在哪里。冯焕在电话里说："我跟女儿天天通短信，她妈妈夹在中间干吗？准有大阴谋。告诉她们我在天津，谈事晚了今晚就住下。"

彩彩把谎话一字一字认真地转达，比真话还诚恳。等她们走了之后，她跟比赛场上被人窝囊地打败似的浑身燥热，情绪败坏。她站在电梯门口，电梯不锈钢的门成了竖在她面前的镜子，这么人高马大的身躯从今往后得装填多少谎话？一米七五、一百六十斤的女孩套在黑色西服里，越看越丑。

　　她走进小休息室，音乐把空间缭绕得烟云蒙蒙，把天窗筛进来的阳光软化了。冯焕熟睡在按摩床上，任凭按摩医师在他身上捶打揉搓。她跟按摩医师用眼睛打了个招呼。医师不知何故瞥了一眼横陈着的身体，从胸脯下搭了一块洁白浴巾。太阳是灰白的，浴巾下的身体死了一多半。

　　按摩医师结束了工作，在休息室里的卫生间洗手。彩彩站在外面，听他一遍又一遍地往手上搓香皂、淋水，再搓香皂，再冲洗，三番五次。彩彩突然把他刚才往那瘫痪者肉体上投掷的目光破解了：他厌恶他手下的病残的肉体，那不过是有着正常思维，准正常新陈代谢的尸首，可如此辛辛苦苦地搓洗他的一双手，一根根指头、手指尖、手指甲地清理，无非是想用肥皂泡和流动的水把那种给尸首按摩的错觉清除掉。

　　她把按摩医师送到走廊上。他摘下口罩要显老一些，有四十来岁，连头顶至脑后那块椭圆秃顶都比一般人的脸蛋显得白净。

　　"你不觉得长久瘫痪的人有股味道吗？"医师说。他明显地要在健康人和残疾人之间拉一条战线。

　　彩彩认为不管他离间她和冯焕的动机是什么，起因无非是被冯大老板得罪过，被冯大老板不当人过。冯焕拿人不当人的时候不少，对发型师、修甲师、按摩医师都一个态度：他们在他的空间里要么被当成会挪动的家具，要么就是有血有肉的工具。

　　她回到小休息室，把音乐声音调低。不能关了它，要不他会醒。洁白浴巾下的身体没什么好肉，惨不忍睹，不堪一击。所有按摩院的按摩室都幽暗暧昧，这里却相反，他在阳光中才能放松，感到安全。这个上了岁数的男人到底怕多少东西？这个死去大半截子的小老头儿找她来是要她来做伴，来壮胆，她看着想着，不明白心里的不得劲儿是怎么回事，是怜悯不是？那她怜悯他什么呢？

冯焕告诉彩彩，女儿冯之莹得了全国艺术体操名次，向他讨礼物的有两个人：一是莹莹，一是前冯太太。莹莹讨的礼物小，一套校园言情小说才不过两百块，而前冯太太要的"培养女儿奖励"就是个抽象的长期勒索：房子不够大，小区邻居素质不够高，统统摆在冯焕面前，没有上千万休想从她那儿买清静。

问冯焕为什么不给自己买个清静，既然有那么多钱。他说彩彩不懂，不懂的事甭插嘴。有时彩彩感觉自己招架不住前冯太太的追问，一辈子的谎言都用透支了，便忘了冯焕的教诲，会对他说：把钱给她，让她称心吧！

"你以为我真有那么多钱？！"冯焕说，"就算有那么多钱，那钱是好挣的吗？"

彩彩心想，自己也没有那么傻，当然听说过这个大款那个富翁的创业史。从杂志、报纸、电视上看见过不少人物故事，彩彩对自己一次次惊呼：这年头罪犯不叫罪犯，叫"大款"了！所以瘫痪了的冯老板一定也有不可告人的创业史，他也是用经不起推敲的手段去创的业。又过了一阵，冯焕对彩彩说：没有一个人致富不用别人的钱，要是没有银行贷款，全中国有百分之九十的富翁得自杀。

她在心里深深地谢了冯焕，他终于把自己最后的假象剥去，剥给她看了。

在冯焕身边工作到第三个月，她把这个残疾男人全弄懂了，没什么假象遗漏在外了。他的衣食住行都在她手里掌握，都被她盘熟了。她的行动总是比他的支派要快，看见他结束一个漫长的电话争论，低下头喘一口气，她就知道下一个指令就是要她往冷了的茶里掺热水，而一杯不冷不热的茶正好递他右手边。只要他跟前冯太太一通电话，五分钟之后她就会去把空调的温度降低，因为烦躁比酷暑还消耗他。有时候他正阅读文件，突然私下里张望，她马上走过去，把窗子打开，因为他憋闷了，需要点儿室外的噪声和质量很差的空气。她从来不会毫无目的地走到他面前，也很少空着手从他身边走开，总是能发现一样事务需要操持或处理：几个被他团掉的纸团需要从桌上拿走，展平，放进粉碎机粉碎掉，或者在他的桌角搁上几枝栀子花。她早就发现他对带香味的东西爱得不近情理。也许出于瘫痪者的自卑，生怕自己分泌代谢不正常而产生令人窘迫的气味。一旦有人来访，尤其来的人超过两三个，客人一走，她就会把地面擦一遍。她知道他不仅仅怕脏，也是出于一种动物似的领土本能，及时清理外来动物的气味和行迹，使他感到安全。瘫痪的人最在乎的莫过于安全。因此不到万不得已，他是不会让人进他的办公室的。他宁可麻烦自己和彩彩以及司机，去对方的地盘谈生意、谈合作、谈贷款，或者谈分手谈毁约谈赔偿谈崩。去人家的地盘，他有一种主动感、攻击感、占领感。三个月过去，彩彩对这位重残的富翁的理解还剩一道题空着没填写：到底是什么突然让他想起雇贴身保镖？

她终于把最后这一则问答题列在冯焕面前。这是去戏院的路上。冯焕坐在车子后排座上，彩彩坐在副驾驶座上。她向后视镜探一下脸，那张戴浅茶色眼镜的脸蜡像似的。所有表情都封在里面。彩彩当然是机灵的：冯老总不愿意这个跟了他五年的司机听到什么。

车停在长安大戏院门口，彩彩把冯焕安置在轮椅上。那是个比一般轿车还贵的轮椅，会上下车，会爬楼梯。冯焕似乎知道自己还欠着彩彩一个回答，突然在她手上握了握。

一直把冯老板当长辈的彩彩明白这一来不好了，辈分变了。

进了剧场第二道门，彩彩看见他们是第一拨入场的观众。冯焕爱好不少，爱看球赛，爱逛古董市场，爱看京剧、昆曲，爱听相声，芭蕾和歌剧他也常常订票。就在他和她往第一排靠拢时，他向后仰起脸说："你见过恐吓信吗？"

"你收到恐吓信了？"彩彩反问。

"小声点。"

他们在第一排和戏台之间行进。他们的座位是第一排五号、七号。垂着的紫红色丝绒大幕看上去重得很，却不知被什么推出一个波纹，又推出一个波纹。从幕后传出胡琴的几声咿呀，不时有"嗵嗵嗵"的闷响——谁在台上翻了一串串跟斗。

"什么时候收到恐吓信的？"彩彩问。

"三个月前，我也回了信，他威胁我，我也威胁他。"

真的走进电视剧的故事里了。整个看戏过程，彩彩微微欠着脚跟坐在座位上。台上唱念做打，又是锣又是鼓，她随时准备蹭着一个锣鼓点飞起来，把来犯者放倒。这时候她知道冯焕挑就挑她是个女的，女保镖出人意料，会让对方麻痹轻敌，因此制胜的把握更大。谁会想到坐在一个瘫痪者身边，穿白色毛线外套，长着大圆脸蛋儿的女孩是个保镖？偷袭者一定会忽略她。他会在他们退场的时候偷袭吗？趁着人多，从老远抢过来几尺长的铁链，头端系一把大锁……或者斜刺里捅出一把短刀，高矮正好达到坐在轮椅上的人的脖子……

散戏时，直到彩彩看着冯焕上了车，坐稳，关了车门，她的牙关才松开。她有个毛病，一打比赛下牙必定去咬上牙。每次记者抓拍的照片上那个瘪嘴兜齿的女孩对于彩彩来说几乎是陌生的，她不能相信自己凶狠起来会那么走样。

彩彩刚要打开前门，冯老板有令了："彩彩，来，坐这儿。"他现在要她保护，要她做伴，要她壮胆，还要她的手。她的手又大又热，冯焕把它翻过来，又翻过去，握得紧而又紧，过一会儿，又放开，轻轻地拍。不再是长辈对晚辈了，肯定不是。彩彩对曾经在冯焕身边做晚辈的那个自己有些缅怀。

在一次听相声的时候，冯焕主动告诉彩彩，他发出去的那封信的内容。内容大致是"反恐吓"。对方恐吓说假如冯焕不出让那个预测六合彩软件的专利，他就会把冯焕在几年前贿赂沿海某省领导，低价购置地产，打着开游乐园的名义开赌场的事情举报出去。冯焕回信进行反恐吓，叫他最好先把老婆孩子都隐名埋姓转移，从此去过幸福的地下生活再举报他冯焕。因为他冯焕也掌握着他们在云南明里开酒店暗里设赌馆的事实。就是那个时候，冯焕开始面试贴身保镖。

又过了一个星期，还是在长安剧场看京剧。一进场冯焕的手机就收到一条短信息："干吗从侧门进？是躲着谁吧？"冯焕马上往后张望，进场的观众不多，个个看上去都若无其事，同时个个都暗含杀机。第二条短信息跟着到了："别回头看，埋伏不在你身后，说不定就在你前面。"彩彩读了短信息之后，不由得也远近看了看。她握了握冯焕的手，让他别怕。第三条信息说："新泡上的妞儿？块儿够足的！对女人的口味变了？"

冯焕飞快地发了一条回信："有种露出狗头来！"

"你这双 Belly 皮鞋够漂亮的，不过白糟蹋在你这双脚上了。"

信息像子弹一样快，不胜抵挡。

"裤子是 POLO 吧？糟践了。你那腿也叫腿？穿什么不一样？"

冯焕又回一条信息："躲在暗处算什么东西！"

对方气度比较大，不跟冯焕抬杠顶真，只是说他自己的。

"让你那妞儿换个打扮，她可不适合穿绿色，跟一棵巨大的大白菜似的。"信息评头论足。

冯焕把手机的信息亮给彩彩，彩彩一眼读完，情不自禁地看一眼自己身上的浅绿色运动外套。彩彩很少买衣服，曾经的运动服够她穿半辈子的。她看看附近几排已入座的观众，没一个人在摆弄手机。

"别往上看了。脖子都仰断了。能这么容易就让你看到吗？"信息说道。特别得意每条信息在他们这边引起的强烈反应。

二楼看台上，稀稀拉拉坐着几个人，大部分成双结对。彩彩向冯焕建议，关上手机。一分钟不到，彩彩的手机来了短信息。这人竟然知道她的手机号码。信息跟彩彩聊起来："手上那块表是瘫子给你买的？太次了。他给他的女人从来没买过这么次的表。"伏击者离得很近，连她戴的表都看得出。表确实是冯焕送她的，是某个公司的赠品，表面是黑色，镶了四块比钻石更亮的莫桑石。彩彩往"太平门"的门帘后面瞅一眼。几秒钟之后，短信息说："怎么往那儿瞅？谁会藏在那儿？还不让灰尘给呛死！"她把轮椅推到第一排的第一个座位，正要拐弯，又来了一条信息："瞧你神不守舍的，留心脚下！"彩彩一惊，已经晚了，轮椅的轮子撞在一个障碍上，冯焕瘫痪的身子太无力被动，被抛起来，又被扔出去。

彩彩赶紧上去把他抱起来，直接抱着出了最靠近第一排的"太平门"。冯焕动弹不得，狼狈不堪，粗口都出来了："肏你妈的彩彩，你把我撂下！我要你带着我逃跑吗？我倒想看看他能干什么？！……"

彩彩随他发脾气。她得把局势好好想一想。对方显然比冯焕下流卑鄙，是个无赖。也许他并没有布置杀手，只想玩垮冯焕的心志。但她怕的是万一。这是个肮脏的游戏，但她既然进来了，不能一招不过就出局。再说冯焕毕竟重残在身，孤苦伶仃，对方玩残废人，那是古老的一大缺德，彩彩那儿童式的保护欲和正义感都不能允许。

出了戏院，彩彩给司机打电话，司机却不接。他一定在某个吵闹无比的小馆子吃晚饭，听不见电话铃。彩彩招了一辆出租车，把冯焕塞上后座，两只宽大的手在他的肩膀上按了一会儿。这一按似乎是有作用的，冯焕的面部肌肉松了下来，浅茶色镜片后面，两个眼睛里都是退让，退让到她的保护后面，由她包办他的一切似的。短信又来了："轮椅不要了，Belly 皮鞋也不要了？"她从窗口一看，一个剧场清洁工拿着一只鞋正站在出租车旁边。那是个六十多岁的清洁工，眼神是武丑的，过分精神灵活，脖子缩在双肩之间，一定是哪回翻跟斗没翻好，把脑袋永久地杵进去了。

"在哪儿捡到的？"彩彩接过鞋。

老清洁工指脚下的地面。

彩彩请老头儿帮忙，去把那个轮椅推出来。老头去得快回得也快，说根本就没有什么轮椅。这时彩彩的手机咕咕地振动，这一条短信息说："能让轮椅消失就能让你也消失。"

彩彩没让冯焕读这条短信。她发了一条回信，说："这样逼一个残废人，能耐真大。"冯焕把后脑勺搁在那每天要搁置上百个后脑勺的出租车座的背上，一句话不说。

　　彩彩看了看他，也是一句话不说。这回是她主动，手碰碰他的手。车子走上春天夜晚的长安大街。她说："没事了。别怕。"

　　不到十秒钟，信息参加到他们的谈话里，说："现在知道怕了？事还没完呢！才刚刚开头。"他见她要删除那条信息，伸过手掌。她只好把手机给他。

　　他读了信息马上去看出租车司机。一个四五十岁左右的司机，和北京成千上万的出租车司机毫无区别，永远默默地发着无名火。如此迅速，对位，准确的回应只可能来自他。而绝对不可能是他。

　　冯焕读了那条信息便往车窗外看。彩彩也看看侧面的窗外，又扭头去看后窗。长安街上，下班高峰接着晚宴高峰，从一边街沿到另一边街沿，满满的都是将动不动的车。前后左右，任何车窗里都可能坐着这个偷袭者。可他离得再近，也不可能听见她刚才的话，怎么就插起嘴了？

　　又是一条信息，直接回答了彩彩和冯焕的疑问。它说："往哪儿找？找不着的。因为报应无处不在。别以为你缺德丧良只有天知地知。"

　　"不用理他。"彩彩说。她把两个手机都关了。

　　出租车的斜后方，一声喇叭长啸。冯焕一个激灵。她再次按了按他的手。另一侧也响起喇叭。两侧的喇叭一唱一和，叫得十分难听。彩彩把窗子打开，想看看恐怖分子到底在哪辆车里。

　　冯焕大声叫道："关窗！"

彩彩已经找到了正在怪叫的那辆灰色"奥迪"。

冯焕大喊一声："彩彩，叫你他妈的关窗！"

司机不高兴了，嘟囔着说有什么病啊，嚷得他差点儿把油门当刹车踩。

彩彩顾不上跟冯焕计较，也不理司机。她在想，也许所有短信息都是自言自语，它插进他们车内的谈话只是巧合。写手可能是把它们事先写好的，现写谁能写那么快？……

快到西单的时候，冯焕让出租车司机把车往金融区一家酒店开。那家酒店的大堂在二楼，一楼只有个不起眼儿的小门廊，其实是个电梯间。门廊里放着长短沙发、仿冒雕塑、绢绸花卉。

冯焕在长沙发上坐下来，让彩彩呼叫自己的司机。在等车来接的时候，他把自己的手机拿出来，尽一个瘫痪者最大的力气往大理石地面上一砸。手机价值四千多，现在那几十种功能都碎了。他让彩彩把变成了好几块的手机捡起来，交到他手里。他接过手机，胳膊往回拉，脑袋向侧面略偏，但他的瘫痪限制了他的动作幅度，使他无法把掷铅球的预备动作做得完美。那手机从他手里再次飞出去，砸在对面的墙上。彩彩看着它从墙上溅起、落地。如果手机有五脏六腑，有头有脸，一定给砸得脑浆四溅，一团糟粕了。

冯焕在司机把他和彩彩送到国际俱乐部酒店时对他说："你回家吧，明天不必来了。"

"您明儿不用车？"司机说。

"用车，但不用你。"

司机还不明白自己跟随冯总鞍前马后的五年已经结束，问冯总后天要不要他上班，如果不需要，他想陪儿子去沈阳的姥姥家玩一两天。

"那你就好好待在姥姥家吧！这月的工资我会让会计寄给你。"

彩彩把冯老总抱起来，背着身把自己和他轻巧地挪出车门。冯老总在彩彩怀抱里向司机伸出手："车钥匙。"

司机还想说什么，冯老总的眼神让他明白不说为好。他把钥匙交出去，瞪着眼，瞪着带污染雾霭的春夜。

换了新手机也没有清静多久。冯焕和彩彩都在新手机上设置了障碍，阻止从那个手机上发来的信息。这可难不倒他（或者是她？），他（或她）以千变万化的手机号照样发信息到冯焕和彩彩的新手机上。他（或她）似乎有无数芯卡，至少半打手机，因此他（或她）可以不断地往那半打手机里填塞不同的芯卡，以新的电话号码把信息发进来。彩彩设想半打手机在对方手中玩得像几门小炮，这门发射完毕，那一门已装填了弹药待发，因此炮弹得以连续发射，此起彼伏地命中。

一条信息说："早晨刷牙别忘了消毒假牙，泡假牙的水可能夜里被换过。"

冯焕干脆连水带牙一块儿泼出去，泼进了马桶。一连几天，他都用缺槽牙的嘴巴用餐，以塌瘪的腮帮子和人微笑合影，以咬字含混的口齿和人谈判。彩彩想，不管他的敌人是否真的在泡假牙的水里下毒（八成是没有），他毒化了的是冯焕的正常生活、正常气氛。

这天晚上，冯焕的新手机收到一条信息："早上起来就听裘盛戎，够壮胆吧？"这时冯焕正躺在床上喝茶，CD放的正是裘盛戎的唱段。屋子四壁就是他气贯头颅的粗莽嗓音的共鸣箱。彩彩读完信息，不愿意败了冯焕的早茶胃口，没有告诉他便赶紧删除了。怎么看都是这个人主动而冯焕和她被动，因为他俩在明处，那人在暗处。接着又来一条信息说："住酒店也没用，北京无非那么几个酒店。"

彩彩于是悟到冯焕居无定所，从一个豪华酒店漂泊到另一个豪华酒店的习惯是怎样来的。他自己有个说辞：一个建筑房屋的人对房屋没什么占有欲，而且拥有什么就腻味什么，见异思迁，喜新厌旧，对此他也没办法。北京和全国大都市天天有新酒店开张，他可以夜夜拥有新居、新床，想怎么喜新厌旧，都随他的便，他过得起这种豪华流浪者的日子。然而现在他漂泊到哪里，信息就跟到哪里，一天夜里他要彩彩在总统套房的书房给他铺地铺，不久信息发过来，劝他别跟自己过不去，这样不舒服对他这样的瘫子太不利了。

他和彩彩都相信，这个人始终近距离地跟着他们。并且非常了解冯焕的性格和生活规律，所以可以预测他的行为。

这天冯之莹打电话到冯焕的办公室，说她收到一条手机短信息，自称是她父亲的老朋友，她父亲托他（或她）把她丢在他办公室的电子英译汉字典送到她学校。她的学校离北大不远，他（或她）正好去北大，顺便可以交还字典，他（或她）让莹莹到学校门口去等一辆绿色"沃尔沃",他（或她）会把东西交给她。莹莹确实在几个月前把那个电子英译汉字典丢了，但她不记得丢在哪里，便又买了一个更新版本的。莹莹读了短信之后，马上给对方打电话回去，而对方关机了。

冯焕在巨大的办公室里坐着，四周都是含着灰沙的阳光，他像是坐在黑暗里。他对彩彩招了招手，眼睛在浅茶色的镜片后面眯上了。彩彩长腿大脚，三两步已从门口走到他身边。他手在扶手的某个键子上一捺，椅子原地转了个九十度，转向正朝着走过来的彩彩。他看着她，看了十秒钟，两只手伸出去，把彩彩往自己跟前一拽。现在是这么个位置：他的头正抵着彩彩的胸口，再往前凑凑，就能把脸窝在跟她高大体魄并不相称的那对小乳房之间。他便再往前凑凑。

就那么一点事，闹得这样你要灭我、我要毁你，多么不值。冯焕有一搭没一搭地把事情的始末告诉了彩彩。他做种子投资人，投资了一个软件。就是那种号称能预测六合彩特码的软件。软件头一次试用，果真让试用者之一赢了一百二十万。冯焕并不知道，他投资的几个的电脑工程师里通外国，暗中联络买家。叛卖就要得逞时，冯焕发现了。那个买家一次次出价逼冯焕转让。价钱好上加好，但冯焕只有一句回话：他不缺钱。价钱被喊上去的同时，对方的语调渐渐变了，时常会漫不经意地提到冯焕那些不经细究的事迹。终于有一天，冯焕的手机接到十多个字的一则信息。那是世界上最短的一封恐吓信。十多个字被最大程度地榨取了中国文字的效率：列出冯焕劣迹，被掌握的证据，同时暗示自己的背景和靠山——中央某首长的亲戚。

战争就是那样爆发的。

他在彩彩胸口那两个不高不陡的丘陵形成的低洼处，以缺了假牙的含混口齿问彩彩，能不能原谅他这样一个前恶棍。他把所有实话都说了，彩彩不该惩罚他的诚恳。彩彩想，来应聘的时候，没想到一万元高薪的这份工作不断地延伸工作区域，以及责任领域。现在再来看看她自己和冯老总的位置：她的胳膊不知什么时候也伸出去了，两手托着他的头，他的白发多于黑发的头。她说："我们不怕。怕他啥？！"

他还是不肯起来。话跑了题。跑到他如何一见她就知道他可以把自己的半条老命托给她。过一会儿，他的话跑题跑得喊都喊不回来，他说他见的美女不少，但她们在他眼里一分钟一分钟地丑下去，半天一天，她们不但不美，而且丑不堪言。有些女孩子不一样，比如彩彩，每一分钟都在他眼前增添美丽。美丽像幸福、爱情一样，全凭你自己衡定，说它有就有，说它没有就没有。因为它们是活的，会成长、会变化、会死亡。

彩彩不太懂他到底要往哪儿说。

然后彩彩便听到了一句她并不期待的话。冯老板说他的半条老命都可以是她彩彩的，他的所有财富都可以是她的。彩彩是本分人，他许诺的这些东西跟她似乎不相干，是本分之外的。钱财也好，大房子大汽车也好，都该属于又漂亮又妖艳的女人，那是在她们本分之内的。彩彩要是也想要那些，就太非分了。她赶紧说她什么都有，有了的正好够，除此之外，她什么也不要。

他听了之后，**把花白的头抬起**。茶色眼镜掉了，眼珠赤裸裸的。他说：**"那你教教我，怎么做你那样的人。"**

"我是啥样的人？"她说着，觉得鼻子特别痒，便抽出胳膊，一只手去抓痒。

"你是知道什么叫'够'的那种人。稀少珍奇啊！"

彩彩脸很不自在，哪儿都在刺痒。她怎么会知道自己以后会不会变？她在体校的同学三个月不见就变得老家也不敢相认。这个年代好就好在变上，不变的人都是坐在水泥板凳上的遛鸟遛狗的老头儿老太。所有话题都是骂这个"变"字，猪肉变得没肉味，人变得没人味。他们骂是因为他们变不动了，变不起了，不然他们也变，也就不骂了。她彩彩一直这样，稍有就够，"够"之外的东西想也不想，那不也会跟老头儿老太们坐一条水泥板凳，骂所有不知"够"的人们？彩彩自认脑子简单，做事做人跟她上赛场一样，全凭正派出击，也凭着天生的好直觉，但她简单的脑子常常懵懂不清地想到：世界好像就是由这些不知够的人推动的。

"不知够"包含着好，也包含着坏。假如坏能推动世界，那么世界是需要这份坏的。

那天冯焕的按摩医师是彩彩。彩彩在那个医师给冯焕按摩时在边上看，把那套程序看会了。她的驾驶技术也是看来的。坐在司机旁边，把每个动作都细细看进眼睛，看进记忆，没车就以记忆来复习。所以她一坐上驾驶座就大致是个见习司机，练了两天就驾车带冯焕出去钓鱼了。

那一阵冯焕和彩彩都不开手机。冯之莹向父亲呼救都无法把电话打进来。那次莹莹收到司机的短信息，说家里的车已经出门，十分钟左右会到校门口。她老远看到自家的米色本田雅阁过来，因此车在路边一停，她拉开车门就坐了上去。但车开出去半里路时她突然发现开车的是个陌生人。女孩子想打开车门跳车，但门从前面锁了。车窗也被锁了。她吓得忘了该干什么，在手机上捺下父亲的手机号码键。

陌生男人说自己接错了人，把莹莹撂在车子的洪流中，然后消失在四环路的混沌尾气中。一小时后冯之莹和母亲坐在警察分局，而警察说上错车、接错人的事每年都有几百起，只要没受人身伤害就不足以立案。可是那辆车伪装得那么像，连车牌号都是假的！有没有可能看错了车牌号呢？肯定没看错，一个数码都不差，全是伪装的！伪装的动机何在呢？那能是好动机吗？……

因为无法打通冯焕的手机，全公司的人都不知道他在哪里。所以前冯太太带着女儿冯之莹去了新加坡，要在那里避到冯焕被对方摆平，要不就是冯焕摆平对方。

天气渐渐有了三伏的意思，风吹上来，烘皮烤肉的。

彩彩关上洗手间的窗，开门出来，看见冯焕在他特制的办公椅上矮了下去。她快步走到办公桌前，抓起他面前的手机，上面的信息是用标点符号拼成的笑脸。她翻开前面一则，字迹出来了："真抠门儿，连盒饭都吃得下去！"他旁边搁着小半盒盖浇饭，榨菜肉丝、鱼香茄子。这天中午他因为在一点钟约了人会谈，所以他让彩彩去拿了两盒员工的盒饭。

她接着再往前翻，再前面的那一则说："你许诺我的钻戒没戴到她手上去吧？她手指头粗得跟雪茄烟似的，得多少金子多大的钻石？……"

冯焕的手突然过来了。她正好打开下一则，是用标点符号拼成的女人裸体。彩彩让冯焕把手机抓了过去。她平直地看着他，眼神非常简单：这都是什么乱七八糟的？！

"彩彩，你要信了这话，就中计了。"冯焕说。

"不是说好我们不开手机吗？"彩彩说。她沏了一杯茶放到他右手边。她早观察到他两只手分工严明。

冯老板摆出老板脸来，不回答。

"这人是个女的？"彩彩指着手机的短信问。

"什么男的女的？根本就是流氓！"

"冯总，您的私事我干涉过吗？"

"叫我冯哥。"

"我从来没碍过您什么事吧？那您犯得着跟我说假话吗冯总？"

"他妈的，直呼我名字！我听冯总听够了，不想听你也这么叫我！这么叫我就是叫我王八蛋！"他把茶杯往桌上一顿。茶溅到他身上。

彩彩不说话了。她本来就是个不太会说话的人。她搞不清自己的位置，没法应招。眼下的局面是怎么了？她在格斗场地的哪一方位，对手和她离着多远？……谁是对手？是发短信息的人，还是这个好里藏坏，坏中有好，好坏难辨的冯老板？格斗时正义在胸是最重要一条，你得相信自己每一拳都出得在理，每一脚都踹出正义。可她现在怎么鼓不起正气来？下面的直拳、摆拳、勾拳怎样出？低边腿、高边腿怎样踢？快摔摔谁？

她的脸上藏不住心的变化。冯老板把那些变化全看清了。他要先发制人。

"你知道我离不开你了，彩彩。所以你别给我来这一套，撇下我一走了之。"

彩彩走过去，把茶杯挪开，又解开他衬衫上的纽扣。刚才那茶是滚沸的。桌面烫得都疼，别说是皮肉，假如那是活着的皮肉。而他毫无知觉自己的腹部皮肤被烫伤了。莫名其妙地看着彩彩从冰箱里取出一些冰块，包进毛巾，压在他打开纽扣的衬衫内。

他还在说他的："你不在听我说话！"

"在听啊！"

"我让你少来这一套，撇下我一走了之！"

彩彩拉起他的右手，放在临时做的冰袋上，压了压。

"你在想什么？"他紧张地看着她的脸。

"想——一走了之。"

他没声了。他把最丑的话讲出来是要听她反驳的。他五十多岁，花白头发，剩了半条命，这他全都认了，而彩彩将撇下他的可能性，他坚决不认。一个人怎么那么快就对一个人无条件交托一切，可见他实在没人可以交托。可见他对自己直觉的信赖。彩彩想不起她究竟做了什么，值得他这样赖上她。四五个月来，她还没有机会为他"远踢近打贴身摔"，还使不上她的一身绝技，更无用武之地给他和他的对手展示她的撒手锏"乌龙绞柱"、"转身鞭拳"、"明拳暗腿、偷身侧踹"，他已经把他的信任压了上来。如大山一般的信任。她才二十五岁。

"您没有对我说实话。我怎么能跟着您？"她说。

"我说的句句都是实话。"

彩彩把那个冰袋挪开，看见被烫伤的皮肤鲜红一片，她用手指尖轻轻触摸，不好，表皮浮动起来，打了皱，再细看，那是一大片燎泡，又被冰镇下去了。她不禁看看他的脸色，突然悟到这一段皮肉不知疼痒，用刀扎它，用火烧它，和他都没关系。多么惨，他的大半个身体可以扔给别人，爱怎么虐待就怎么虐待。不管他那小半截身子怎么不服输，不知够，浩志在胸，它毕竟连接在大半截废了的，任人宰割的肉体上啊！那种没出息的怜悯又来了。她是唯一在乎他痛痒的人。尽管一多半的他不知痛痒。她在替他痛痒。她不一会儿已让秘书买来了烫伤软膏和绷带，整个敷药包扎过程都是她在替他感觉疼痛与缓解。渐渐地，她替他感觉那被止住的疼痛。

"你还是要一走了之吗？"冯老板的老板脸已经收藏起来。

现在这副脸不伦不类，病人倚痛卖痛，老人倚老卖老，情侣玩苦肉计，都有。

"您要是再跟我说假话，我肯定会走的。"彩彩说。

冯大老板释然了。一个保证接一个赌咒，五雷轰顶、碎尸万段、千刀万剐，全咒出来了。他受的教育一到这种时候就露了馅儿。

"那你听我一句话，好不好？冯总？"

"叫我冯哥。"

彩彩认真的样子让冯焕越看越爱，爱都在眼睛里，让她不好意思去看他的眼睛。他拉住她那一旦握成拳就可置人于死地的手，头一偏，逗她似的："怎么了？就不能有个花白头的老哥哥？"

"那你先得听话。"

"保证听话。"

"手机交给我。"她把他的手机拿在手里，它沉甸甸的，黑色的，功能繁多，看上去也像一件凶器。那些坐在马路边水泥板凳上的老头儿老太和冯焕之间隔着的，就是一个手机世纪。他在此岸，他们在彼岸，而彼岸少了多少烦恼、多少凶险？他们坐成一排，以狗和鸟为伴，隔着一个漫漫的手机世纪骂所有的"变"——菜没菜味儿、肉没肉味儿、人没人味儿，连唱戏都没戏味儿：人家这儿唱着戏，那儿手机左响一下右响一下。因此一切的"变"跟手机都有关系。

彩彩把所有信息都删除了。当着冯焕的面儿，读也不读。一眼都不看，把所有危急的、险恶的、下流的，一笼统全部删除。

她把那个武器般的手机放进自己的皮包，脸颊一松，提起的胸脯也顿时放下。她的表情和肢体语言是她童年完成了家庭作业之后的，也是少年时出了考场之后的。更是打了一场艰难的比赛之后的。冯焕一看她这一刻的脸蛋儿，也顿时眉目开朗，没有槽牙的嘴动了动，像是要动出一句两句流行歌来。一切都表明：去它的吧，我们要过好日子了！

好日子是以一副新的假牙开端的。配上牙出来，冯焕要彩彩开车到王府饭店，点了一桌菜。吃了晚饭，他又要去南城听相声。相声听到一半，他们从城南直奔亮马河。他让彩彩推着他沿着河岸散步，他们谈彩彩的各场比赛，谈他的女儿莹莹。一谈到他和彩彩的将来，他就听出彩彩静默中的紧张来，他便心虚地打趣一句，谁知他能不能活到那个将来。他们在河边待到夜深人静，彩彩竟然飘飘然有些浪漫感觉了。看来夜晚跟她的浪漫感觉有关，因为她看不清她伴侣的残疾和苍老。或者说夜晚让残疾和苍老变得楚楚动人。等到彩彩把自己的运动外套披在冯焕身上，表示夜晚一深，温度都降低了，他会问她还想去哪儿。似乎好久没过好日子，好日子攒得太多，过不过来似的。他一直念叨，彩彩一定得教教他，怎样做到"知足有够"，最近几天，正是他开始学习"知足有够"而尝到了真正好日子的甜头。关闭的手机把威胁、恫吓、骚扰关在外面，把生意的好机会同样关在了外面，而后者也不是什么好东西，它会勾引一个像冯焕这样的男人一步步深入"不知足没个够"，直到把他的半条老命也索走。

好日子进行到第二个礼拜，冯焕的劲头小下去。左撇子的手常拿着笔，在纸上写一两个字又停了，似乎思路突然断了。彩彩给他按摩时，发现他两块肩胛骨紧紧抽住，脖子梗梗的，斜方肌死硬死硬。他渐渐又恢复了那种有事忙没事也忙无所事事就活受罪的紧张状态，甚至比他叱咤风云、呼啸来去，在各个建筑工地指点江山更紧张。可怜这是个过不了好日子的人。好日子让他没抓没搔，让他如针扎、如火燎，比收到恐吓信更不可终日。

终于忍受够了好日子，冯焕朝彩彩伸出巴掌。有一点儿理亏的巴掌："把我的手机给我。我得跟山里的度假庄园打个电话。"

"用座机打呀！"彩彩说。每天她都把收到的大堆短信删除。她还是想让那安宁的好日子残延一段。

"座机的号码会落到对方手里。"他自己也觉得这话像借口。

"把号码告诉我，我来拨。"她把自己的手机拿出来。

他的恼火已经拱到眼底。但他想到了前几天的发誓赌咒，又迅速堆出一张可怜的笑脸，把号码告诉了彩彩。拨通电话，她把手机递给他。等他讲完，她马上接过来，关机，再把它放进包内。

"我没撒谎吧？是特重要的事吧？"他说，"我在那山沟里建了一座法国式度假庄园。现在碰到一个农民跟我作梗，还是个女人。她自己也是开旅店的，开了一家店叫"补玉山居"，名字是个八流作家给她取的。坏主意也肯定是这个八流作家给她出的。不然曾补玉那女人我了解，聪明能干不假，绝对没长那份坏脑子。八流作家我在网上查过，写书写不下去了，下海做生意，做生意做不下去了，又给人支坏招儿——就是他给曾补玉支的毒招儿，肯定是他。他是一只跟在曾补玉身边的绿头苍蝇，找缝下蛆一直没找着。你知道他支的什么恶招吗？他让曾补玉把我庄园中间一块宅基地赁下来，抢在我前头从一个傻屄手里用三十万赁到手，要我出大价钱，不然我的庄园就得绕着她建！我没蒙你吧？一个多礼拜关着手机，这么重要的事——上亿的投资呢——我都没去管！"

原本为了他好采取的措施，现在他照办却是为了她好似的。彩彩问他，既然他在山里建庄园，干吗不到山里住住？那样就彻底低调，彻底深居简出，让所有恐吓者、竞争者的恶意好意统统碰壁，自讨没趣。

冯焕眼睛在浅茶色镜片后面亮了，年轻了，变成少年人那样充满想象和希望的眼睛。他想了想，认为这是个绝妙的主意，应该不战而退。他马上着手准备，告诉秘书，通告各部门，冯总要长期休假，事情由各部门经理和几位副总理理，打理不了的，提交董事会，他本人会定期跟各位董事联络。

在冯老板做撤退前布置的同时，彩彩开车到超市，买冯焕必备的药品和卫生用品。一个瘫痪病人的隐居可不简单，卫生用品的储备成了一座山。彩彩推着的车上堆着一小座白白的山，成人尿布、纸内裤、纸抹布。她的肩膀被人猛一碰，从她身边挤过去一个推车的人。一个推车的姣好背影。低腰牛仔裤绣的花、缀的珠子得论斤两估算，露出两指宽的一截漂亮腰健硕，两条肌肉从肩部拉下来，微微隆起，之间形成一个长长的洼荡，藏着脊椎骨。

这是个常去健身房的女子。年龄在二十三四。对体格、肌肉十分在行的彩彩已在几十秒钟之内为前面的姣好身段做了评估。但当她回头一瞥时，彩彩有些失望，她的脸上糊着粉彩，企图填平青春痘疤痕。这个好看却粗俗的面貌转向了彩彩，粲然一笑。彩彩重新估摸了她的年龄，二十八九。

彩彩推着车往药品柜台走。在那里，她俯下身挑选某种油膏，就是供瘫痪病人便秘时用的。冯焕的所有秘密都交给了彩彩，从第七个脊柱之下，一切生理需求都在他和她之间公开。准确说，是在彩彩的两手和一截不能自己的肉体之间公开。她的手和他的肉体在这类接触时十分的公事公办，他可以照样接电话，她也可以在大口罩后面漫无边际地想点儿什么或什么也不想。这种接触跟他抚摸她的手完全不是一个性质，跟他把脸埋进她的胸怀更不能同日而语。甚至远不及他意味深长的一瞥目光来得私密。他对待自己的下半身是无奈的、事不关己的。一段死去的肉体，他只是不得不拖着它活下去而已。那肉体需要排泻、擦洗、上油膏，那是它的事，他也没办法。他只对他活着的上半截肉体负责，只有上半截肉体做出的举动才算数。比如搂住彩彩，把头和脸窝进她两乳之间，或者把她的手占为己有，翻过来看看，翻过去玩玩。彩彩接过药品售货员递给她的药膏，一个字一个字地读着说明书。彩彩在学校读书时是个成绩中等的好学生。她肩头又是一震、一热，接着一股香风。又是那个女子。

女子盯着柜台玻璃下面的药品，似乎对药品也有必要使媚态。她妩媚地跟一个个药瓶照面，紧身上衣和低腰牛仔裤形成的两指宽的裸露加宽了，从后面看，女性最漂亮的那个压腰葫芦曲线正完整展示。彩彩告诉售货员她就要这种药膏，要五管，请她开发票。那女子直起身体，盯着对面。对面是一排玻璃柜，似乎柜子里也有她的中意人，值得她含情脉脉，又捋鬓发又整衣领。等售货员叫来了药剂师，告诉彩彩这种药膏的使用方式、注意事项，彩彩走神儿了，因为她发现那女子不是在当水仙花，顾影自赏，而是在打量她彩彩：从玻璃柜的投影上品评彩彩被一件深蓝色旧运动装包裹的宽厚的肩和不丰满的胸，以及随便拢在脑后的马尾巴。朴素在她的词典里被译成寒碜、丑陋。彩彩的投影跟她的投影较量了一下目光。女子的投影对彩彩的投影笑了，绝不是头一次相识的笑。

"这种油膏是新出的？过去他一直用那种。"女子指着最角落的某个盒子，"他还便秘呀？"

彩彩定住眼睛看着她。哈，太好了，真人终于从手机里出来了。彩彩单刀直入地问，发短信息骚扰、威胁冯总的人是不是她。她反问彩彩，是不是冯总猜到是她？彩彩也不回答她，还是顺着自己的方向往下问。她问这个粗俗美艳的女人叫什么名字。叫什么名字无所谓呀，反正人家冯总也记不清，服侍他的女人太多了。彩彩看见她的紧身针织衫上有两个英文词汇，是用亮片拼绣的，一个在左乳上，一个在右乳上。彩彩在体校的英文成绩是她所有文化课中最好的。不过不用好的英文成绩也能懂得这两个英文词。女子的两个乳峰上各是一个大大的、晶光闪烁的"Kiss"，一步两颤，如同被闪光包装纸裹住的两坨果冻，邀请人们以目光去"Kiss"它们。这是个什么样的女人，也就不必费心深究了。

彩彩付了款，回柜台上去拿药，收银员在她背后"哎哎哎"地叫，说小票和找的钱都不要了吗？急什么呢？！彩彩这才发现自己心神不宁到了什么地步。她几乎想扔了药品，转身就跑出商场，到一个正派的工作岗位上去，什么冯总，什么保镖，统统去他姥姥的。冯焕向她保证了又保证，有什么屁用？！结果他的保证就是最大谎言——他的保证包藏了一切无法细数的肮脏勾当。保证没有被隐瞒的真相了，保证每一个不光彩和光彩的细节都交到了她彩彩手里了，由她保存。这不正是一个谎言的大包袱皮儿，把一切零七碎八的小谎言包藏在里面？！

"孙彩彩！"

彩彩已经走到地下停车场了，又听到那女人撒泼骂街的喉咙。这样的音色唱赞美诗都会唱出骂大街的效果来。隔着十几辆汽车，那女人说她名字叫仲夏，姓谭。彩彩脸上不动声色，心里却在骂：爱他姥姥的姓啥就姓啥，你们这些人渣假得连个真名字都没有。

"我是觉得你人不错，才来跟你谈的。"自称仲夏的女人说着，一面朝她走来。

"你就站那儿。"彩彩手指一点。

"你怕啥呀？"

"我怕我自个儿。怕这老拳一抡，揍死你。"

"你不能。"她笑笑。东北口音越来越重。她还想往前挪。"你一看就是个憨厚人！"

"老实在那儿站着！我嫌臊气！"

"咋说话那么难听呢？"她还在微笑。

自称仲夏的女人被人嫌弃惯了，有着狗一样的宽谅和耐心。

彩彩用钥匙上的遥控打开了后备厢。厢盖自动抬起，她不理会那个女人了，开始把货物往后备厢里装。冯焕只喝一种矿泉水，她怕山里买不到它，于是在超市买了五箱。一箱箱矿泉水在她手里毫无分量，不必明眼人也看得出这是个女大力士。

"孙彩彩，我能看出来，你对他挺忠心耿耿的，挺有爱心的，挺……反正挺那个的……"这个女人大概用五十个词就能应付所有谈话，句子长点儿，就闹词荒，全用"那个"做替代品。

彩彩才不理她，她从小到大都是家里和邻居以及老师们眼里的好孩子，顶不欠夸奖。让一个邪里邪气的女人夸，反而要抵消正派人的夸。她装好了车，自己钻进车里，认真地开始从极其狭窄的汽车"三峡"里往外倒。她看见那女人不打算走。打算长着呢，要把所有脏话灌进她耳朵为止。

果然，她拦在了出去的路上。

两面的车留出来的空间太窄，彩彩怕碰上这个专门来找"碰"的女人，只好停下来。

"有话说，有屁放！"彩彩说道。你以为呢？我粗俗不了？

跟你这种下贱脏人只配这种语言！

"我只想跟你交交心。"自称仲夏的女人说，把头和脸放入驾驶左边的窗框。

彩彩看到的是一张斜出来的，毛孔粗大的脸，个个毛孔填满粉脂。冯焕幸亏有浅茶色眼镜和二百度老花，否则这张脸凑上来时能不走神儿吗？

"我告诉你他是个什么人。"自称仲夏的女人等她那控诉的序曲在彩彩意识中稍微沉淀一下，才说："他是个连农村小客栈老板娘都……那个的人。有一回我陪他去山里一个小客栈。他跟那个老板娘在河边……农村女人呀！"

彩彩头一眼就看出这女子二十岁前都在村里掰棒子，现在她口口声声的"农村女人！"她捺了捺喇叭。她还不让开，贴在车窗上，狗皮膏似的。彩彩又捺了三声喇叭。喇叭骂粗话比人骂得好听些。现在彩彩不怀疑大都市的许多传说了。真有这种找着让人"Kiss、Kiss"她胸脯，以此上班的女人。

"这句话你可一定记住——姐姐我是为你好。我有性病。"她停住口，重大地得逞了似的，看着彩彩。

彩彩可不想问她"什么性病"。她的好奇心和慈悲心此刻都不富余。

"我那病是治不好的。传染（她把'传染'说成'传yǎn'）。从下头传染，他够不上传，从嘴里也传染。"

彩彩心里"轰"地落了颗炸弹。是艾滋病？是梅毒？……

　　自称仲夏的女人能从彩彩脸上看见自己刚扔的那颗炸弹炸得多么准，辐射力和冲击波在怎样扩散。所以她更得逞了。她说她因为顾怜彩彩也是女人，也是受害者，因此特地来告诉她一声：赶紧去妇科医院做个检查，染了病早治。她暗地观察了彩彩好一阵了，觉得彩彩太单纯，跟他那一大帮女人完全不一样，也是真心实意对瘫子好，得了病更冤得慌，所以她冒着饱受一顿散打的危险也要来奉献忠告。

　　开车回去的路上，彩彩吃了闯红灯的罚单。北京在为两年后的奥运会做准备，警察一来劲儿就拿出奥运会期间将会施行的高标准、严要求，所以一天能罚倒小半个城的人。当然她满可以不吃这张罚单，如果她眼前是红绿灯而不是那张得逞的笑脸的话。显然自称仲夏的女人是了解冯焕一切生活规律，一切繁文缛节，一切怪癖诸好的。她被冯焕的对手收买了过去，使一次次的手机短信变得神秘而致命。这个女人本来想把彩彩也拉到冯焕的对头那里去，而彩彩现在只想全身而退，根本不屑于做他们两方任何一方的对头。这么一场大战，越打越丑恶，就是为了一个小小的赌博软件。冯焕点多贵的一桌菜，最终都是一碗小米粥或一碗辣子拌面为宴席做结论。他能穿什么？穿什么都窝在轮椅里。何苦要为赚更多的钱去打呢？也许是她彩彩蠢，彩彩不上进，把这种生意场惊心动魄的无形格斗看成无谓。世界的确是由七分坏的人们推动的。

　　她把车停在地下车库，开始搬运东西，因为去山区得开另一辆车，她先把东西搬到楼上去。她又提又抱，把大包小包搬到电梯门口，然后再定住电梯，把它们一样样码进去。搬得竟比她预计的要快许多。怎么不让她多搬一会儿？一直这样简简单单地弯腰、伸臂、抓握、提起、直身……该是怎样的松快事，该会让她多快乐。就像在体校和散打队的时候，一旦告阴状的、搬是非的事情发生到她头上，她就朝着沙袋打一千拳，或者做一千个仰卧起坐，或者五百个俯卧撑，这样就把最难堪的对质、最恶心的指责，都躲过去了。她一直是个不太会说话的人，特别是冲突的话。

现在东西搬完了，她必须进入冲突了。她要在冲突中全身而退：冯老板，你们的事太麻烦，把我的是非观都麻烦没了。所以就放我走吧。或者，放不放，由不得您冯总，我得走了，不然惹我的就不只是几个藏在手机短信后面的歹人，连艾滋病、梅毒也要来惹我了。我一身功夫也不能跟梅毒、艾滋病过招交锋。

她进入冯总的办公室时，冯总的办公椅朝着弧形玻璃窗的外面。他正在激烈地跟人布置什么谈判——价钱一分不能涨了，让步已经让到头了……耗她一个礼拜，她一定会主动求上门来。开玩笑，前几年那里的农民一亩地才要一万多块。村里人这辈子见过这么多钱没有？给了那女人，她都点不了数，还得请你帮她点！哈哈哈……

这才是他的日子。他上个礼拜口口声声要彩彩教他做一个"知足有够"的人，过那种人的好日子。那是他自己在欺骗自己。他宁可过这种"苦日子"，一分钱一分钱地打呀、杀呀。

外面的空气很浑，从他的立足点看，街道上人如蝼蚁。

冯焕感觉到彩彩的进来，捺了一下捺钮，椅子转过身，和他一块面对她。他马上看出大大的不妙就在彩彩眼神里。他赶紧结束了通话，抬头看着自己的女保镖。

"去了那么久？"他试探地说。

她看出他刹那已把事情猜想到最糟的程度。但他绝对猜不到它比"最糟"还糟。全世界最糟糕的事都糟不过艾滋病。

彩彩把他的手机从皮包里拿出来，捺了开机键。又把钱包拿出来，抽出三张现金卡，都是冯焕交给她支付开销的。最后她拿出门禁卡和车钥匙。

冯焕直觉出神入化，马上知道她这回要彻底解甲归田，再别想拦她了。

"什么都不留也得给我留句明白话吧？枪毙人还得宣读罪状呢！"他板着脸说道。一副要死个明白的执着样儿。

"谭仲夏在超市拦住我，告诉了我一些事儿。就这么回事。车钥匙还有一把在刘秘书那儿。"她说。没出息啊没出息，眼泪怎么冒上来了？

冯焕见她眼圈里两颗泪珠，越憋越大，希望又复活了。他现在是个快干渴死的人，两滴泪水也能滋润他。

"她是我过去的女朋友。怎么了？"

彩彩想，哭就哭吧。受骗、受委屈都会让人哭，不对吗？哭不代表她不舍，不代表她对他还存怜爱。

"我没有撒谎啊！你看，她因为对我怀恨在心，才制造麻烦。其实我已经猜到她被人利用了。她知道我的生活细节，被人套出话去，用来骚扰我。说到底，是个很可怜的女人，人家用完了她也不会拿她当回事。"

彩彩认为这段话基本可信，合乎逻辑。最让她听得进的是他说那个什么仲夏"可怜"。世上可怜如仲夏的女人多得是，是她们自己邀请别人作践她们，不拿她们当回事。对此冯老板没办法，她彩彩也没办法。

"她说她有性病。"彩彩是把那两个字呕吐出来的。她平实明朗的父母，她干干净净的小半生原来离那两字多远？以为它永远也侵蚀不到她的生活中，现在猛地发现，它可以这么近。

"她有没有，跟我都没有关系。你明白我的意思，对吧？"他说。

他是指无法进行实质的男女行为。可仲夏小姐说她的病可以传染的渠道不止一条啊！

"而且，她就是有，已经传给我了，也不会对你有丝毫影响。你也一定明白我的意思吧？彩彩，我对你的需要，不是那些……"

彩彩感觉心脏在有力推着胸胁骨，推得骨头发疼，有些关不住它了。那他对她的需要是什么？可千万别再往深里说。劳驾了，别提"爱"之类的字眼儿。她和他，差着一个辈分。

冯焕把桌面上的现金卡一张张拾起，摞成一摞，两只手来回倒，洗牌似的。一张卡被洗飞了，掉在地上，他想欠身去拾，却无法完成这个动作。彩彩两步跨上去，他却止住她："别捡它。你今天捡了，明天怎么办？明天我又掉了东西，换个人捡，我会想你的。你就别理我。对我坏一点儿，少让我想你一点儿吧！"

彩彩愣愣地站在那里，进退不是。

过了一会儿，她感觉好一些，眼泪也干了，心脏也不起哄乱拱乱推了。

她听见自己说："谁知道明天又碰上个谁，告诉我什么烂七八糟的事！"她听出自己有点儿发作的意思。她心里跟自己说：你是谁，跟他矫情什么？他烂七八糟关你事吗？你发作什么？……

冯焕连说不会的不会的，不可能再出现那么个烂女人了。那样的烂女人，经历一个还不够受？要说他有错，就是眼力的错。但从他见了彩彩，眼力再也错不了了。不撒谎？不撒谎！撒谎也没关系，只要别打着诚实的幌子撒谎。绝对不会绝对不打幌子……

他的手抓住她的腕子。手是软的、虚弱的。世界上的人怎么就这样一物降一物？并非国色天香的彩彩不明白这个残疾人为什么把他的身家性命连同全部信任都交给自己，还连同他的三张现金卡、奔驰车的钥匙，以及清理他私密处的责任。

而冯焕是个连自己亲兄弟都容不得的人。一个月前，在他的生日宴会上，彩彩看见两个跟冯焕长得酷似的中年男人。前冯太太和他俩的关系远比冯焕和他们热烈。她叫他俩"大哥"、"小弟"，催促冯之莹上去拥抱"伯伯"、"叔叔"。宴会桌上，冯老太太问冯焕，他这样一个瘫痪之人，难道不怕公司里的副总们欺负、欺骗？跟谁合伙有跟自己兄弟合伙靠得住？冯老太太说两个儿子都打算辞了高薪职务从胶东到北京，来帮冯焕一把。宴会散了，前冯太太要跟前夫冯焕说几句"自己人的话"，眼睛横了彩彩一眼。彩彩正要知趣退出，冯焕却说自己什么也不瞒彩彩。前冯太太说大哥和小弟可得防着点儿，说不定图的就是钱。冯焕一脸奇怪，看看彩彩，说当然图的是钱，不图钱图他个瘫子什么呢？图他像过去一样帮着母亲搬蜂窝煤？或者像二十多年前那样，打大立柜给大哥结婚？他哈哈哈地笑起来。因此他实在没人可交托那一切。女儿还小啊！

　　一个人有了很多钱对人就变了，或者别人对他就变了。他的钱成了人们唯一靠近他的理由，他本身的价值（比如人品、性格、相貌）都没了，他的唯一价值就是他的钱。所以不是他本人在和人们相处：人们与之相处的，与之亲近的，是他的钱。他怎么能信任，他的钱和人们相处出来的关系呢？他把信任给他们，他们却不忠实于他，而忠于他的钱——大概是这样吧？彩彩想着。这就是为什么他有大堆的钱还是孤苦伶仃。更加孤苦伶仃。

　　一个信息进来的正是时候，正填塞了冯焕和彩彩之间的冷场。冯焕看着桌子上活了的手机"嗞嗞"地原地颤抖，想去拿它却不伸手。彩彩抓起它来，如同抓起一个刚被扔进战壕，滴溜打转"嗞嗞"冒烟的手雷。

　　她目光在短信息上扫一下。果真是个"手雷"。"你没锁车库的门，放进恐怖分子来啦！"

彩彩还来不及作任何反应，冯焕便问道："出什么事了？！"

她把手机递给他。从地下车库进入楼内靠门禁卡。但有的员工说，那个门禁有时反应不灵敏，往往貌似关严了的门，其实用力一拉就拉开了。十分钟前，彩彩显然大意了，关门之后没有再去核实一下。

"别理它，我看看他们能干什么！"冯焕读了短信息，把手机紧紧攥在手里。他的样子可不像他的口气那么不在乎。究竟得罪过多少人，他自己都搞不清。

"一个女流氓，让人给收买了，顶多再勾结我公司里一两个败类。没什么可怕的，他们真敢搞恐怖？我可以报警啊！公安部我有哥们儿！"

彩彩觉得他一定有什么不愿让警察知道的苦衷。搞赌博预测软件还不够非法？所以他找来了彩彩而不是找来警察。彩彩把手机拿过来。

"关上它，谁爱恐吓恐吓去！"冯焕指着手机说。

彩彩手麻起来。又一条信息进来。她发现自己又长又粗的食指举起，对准那个"阅读"键，显得笨拙可笑。突然在她脑子里跑过一个画面，打碎了的体温计里蹿出一颗水银珠，全家几个孩子在它四面围追堵截，手指再稳准狠也没用，摁不住它，水银珠子总是死而复生，失而复现。长大以后，彩彩明白那是两种比重、两种质地的物质在搏斗，窝囊就窝囊在双方永远无法交手。这也是后来她几次在赛场上失利的原因：碰上一个不靠力量、技巧交战，而靠水银般不可捉摸的手段过招的对手，她就会怕，怕两种质地的物质交锋，她的优势全都不算数。她这根又粗又长的年轻手指终于点开"阅读"键——

"逃不了了，你们将葬身火海。"

冯焕从彩彩的脸上也把这条警告读解了。他故作风趣地问"脸黄什么？"

彩彩对冯焕年代的典故毫无知识，所以他的风趣是浪费。她把手机放在他眼前。她下一个动作是去壁橱里翻找，几秒钟之后，她翻找出一大盘崭新的绳索。前一天山里的度假庄园工地要一盘绳子，冯焕打发人去买了回来，打算派某个司机去送一趟。这事彩彩没有经手，但把暂时存放绳索的地方记住了。

"呜"的一声，全楼响起了火灾警报，挺安静的一座楼顿时吵闹无比，连超厚玻璃门都关不住高中低各色嗓门儿："……怎么回事儿？！着火啦！那边有烟！别走电梯！……走楼梯！大家别挤！……别踩我呀！……烟从那边来的！……"

办公楼从二十七层以上归冯焕自己的公司使用，往下全部出租给各种需要产业形象或假形象的公司们。

彩彩两手一抄，冯焕已经在她怀里。她说没关系，如果火堵了楼道，她可以把冯总系在身上，从窗口攀下去。她学过攀崖。但她的话在冯焕耳朵旁边一划而过，毫无穿透力，一个字都没有进入他的耳鼓。他的耳鼓被尖啸的火灾警报包得严严实实，其他什么声音也别想穿透进去。她从玻璃门里出去，往楼梯间跑。冯焕的身体比以往更轻,简直毫无分量。她心里酸痛起来:五十多岁,可就是这样绵软无力地靠在你怀里,生死全交给你,你现在像全公司人那样疏忽他,弃他而去,他也无法表示意见。她发现冯总也在不断说话,而她耳朵同样厚厚地堵着警报的啸音,被堵得石头一样实心儿。这座楼里还有不少外国公司,所以各种音色的叫喊里滚动着浑重、低回的异国语言。某个有经验的人已把电闸拉了,停了电,所以进入楼梯间就等于进了山洞。彩彩听见一双脚有力而迅速地踩在一格格梯阶上,形成"一二三四、五六七八"的强劲律动。这双脚是两阶一步、一步两阶地直奔而下,马上找准了一个令人心定的节奏。这就是她自己的一双脚,是她自己长期以来在比赛中训练出的心理素质使她找准的节奏。一有节奏就好办。她事后会惊讶自己的冷静,原来她是一个有大担当的人,一个真正遇到事情不知怕的人。那要在所有员工嘻哈地相互压惊,相互描述彼此丑态的时候她才意识到。

等彩彩抱着冯总跑下六七层楼,她突然觉得事情蹊跷。那股烟似乎淡了下去,下到二十四层就已经闻不着了。她还是坚持把冯总救援到底,直到从楼的边门出来。

救火车已经远远赶到,显然有人用手机拨了"119"。

冯焕在彩彩怀抱里十分狼狈,浅茶色眼镜歪在脸上,一根腿绊住耳朵,另一根腿支在脖子上。所有的员工这时全想起了每月谁给他们开工资。想起他们刚才顾头不顾腚地大逃亡很可能惹恼这个开工资的人从而下个月得去另找一位开工资的人。他们心还

没有完全死，还想补救，所以高喊着"冯总！"就围拢上来。他
们喊"冯总"其实是某出戏里喊"毛主席！"或"党代表！"的
音调。

二十七八岁的刘秘书因为午餐后去公证处取文件，所以漏过
了这场"忠诚考验"。他此刻从人圈外面挤进来，不管冯总满嘴
的"去去去"，还是执意把老板从彩彩手里接过去，向四面乱叫
着"轮椅轮椅！"似乎轮椅有灵不聋不哑，会应声跑来。

消防人员上去了五个，十分钟不到就下来了。什么失火？！
就是二十七层、二十八层各找到一颗催泪弹！谁吃饱撑的玩催泪
弹？！吃饱了撑的，什么都玩呗！……

轮椅还真的应声而至。仔细一看，是大堂接待员坐的带五个
轱辘的转椅。四双手合作抬起这把并不沉重的转椅，然后更多的
手上来，要把刘秘书抱着的冯总安置到椅子上。冯总的"去去去！"
似乎听着并不刺耳，也不必服从。冯总的惊慌呼叫"彩彩！彩彩
哪儿去了？！"也不必去答理，反正要把他对付到转椅上，再对
付到他脾气发完。冯总说："……要你们瞎插什么手？！早干吗
去了？！……"他们统统听进去，当歌接受，一张张脸反馈出来
的是微笑、关爱、体贴。"冯总，来，喝点儿水！冰镇的！……
这边有点儿树荫，到这边凉快！……"

不远处的彩彩看着人们。人们没错啊，在拼命补救，这可是
事关生计财源。现在个个人都想让冯老板记住他的脸；不管怎样，
那椅子是他（或她）找来的，是他（或她）把他冯老板安置进去的，

阴凉地界也是他（或她）发现的，大当午的为冯老板开掘一块阴凉可不容易，也不能是毫无功劳，有一点儿功劳是一点儿，那一点儿可以抵用到继续在此领工资的可能性中去。彩彩想，这会儿冯焕有多少个亲的热的？可他无辜可怜地坐在椅子里，头扭来扭去，大概还在找她彩彩。她从来没见过比此刻的冯大老板更孤苦伶仃的人了。人们的确没错。以冯焕自己的话说，他这小半条命对谁也没太大价值，正因为他拥有的财富太有价值了。人们现在厚待的不是他而是他的财富。

当冯老板的眼睛找到正在听消防队员介绍情况的彩彩时，他才安静了，似乎这才是他真正的脱险遇救。化险为夷使冯老板马上找回了尊贵和威严，把浅茶色的眼镜再一次扶正，对周围的人说："一场恶作剧把你们全吓成这样？！"他声调低沉，充满怜嫌："看来偶尔得来次把险情，真险假险无所谓，险情一出来什么嘴脸也都出来了。"

当彩彩走回到冯焕身边时，冯焕简直了不得了，露出一丝孩子仗大人势的骄横，对员工们说："该干嘛干嘛去，我还没死呢！"

彩彩知道她不会离开冯焕了，至少眼下她会留在他身边。

到了山里住进"补玉山居"之后，冯焕才对彩彩说了一件事。开口之前，他叫彩彩把他的黑公文包拿过来，然后要她打开。这是他们住进来最好的一个早晨，一夜风雨，早晨刚被洗过一样。乡下好就好这里，一洗就洗得如此之新，从没住过人，没受过人祸害似的。北京可不行，再洗也没用。这时门是大敞着的，冯焕让彩彩把公文包里一个招商银行的信封拿出来，打开，看看，他自己看着屋外，说石榴让风给刮下来了，不刮下来，再有一个月就红了。

打开信封，里面有一份契约式的文件。这是一千万的投资契约，上面填写的内容彩彩一项也看不懂。她只看懂了三个触目惊心的字：孙彩彩。那是投资人的姓名。彩彩抬起头，看着冯焕。冯总这是什么意思？！没什么意思，就是用孙彩彩的名义做了一笔投资，利息比童话还美。

彩彩还是看着自己的老板。她脑子里可是奔腾着自己的一生。这样大一笔钱，就套住她了？她这一辈子，就再也没有可能像正常的女孩子那样，某天在某个场合（地铁上、公共汽车上、火车上、飞机上，都无所谓）不期而遇地看见一个男孩子，仅仅因为他先注意到她才看见他的。然后两人的目光相持得长了些，越来越长。渐渐地，目光的沟通被语言替代。又是渐渐地，语言的沟通被一两下貌似无意的身体接触替代（或者没有替代，只是使语言退到了一个次要层次）。一切就看能否从那里开始了。彩彩有过没有开始起来的那些美好前奏：目光、话语、触碰，仅仅是尚未开始，已让她觉得石破天惊。她是不是从此诀别了那些尚且不知在何方的男孩子们，永远把那些男孩子中可能成为她一生爱人的那个勾销了？还不知道他的名字和相貌以及性格，就得永远把他的名字、相貌、性格从她命运中勾销。

冯焕没有看她，只是看着院子。几只鸟从树上落下来，到处蹦跳啄食，把人的院子变成了它们的。

她手里的投资契约单窸窣一声。冯焕被那声音惊动，扭脸来看她。他问她懂了没有：这是以她孙彩彩的名义做了一笔五年的投资。五年之后，投资本利到期，没有孙彩彩和她的身份证，这笔钱就算支援银行了。那开户的时候用谁的身份证和谁的手去签名的呢？那个好办，送钱进去手续马虎多了，在银行有个把熟人，只要个孙彩彩的身份证复印件就行。可是……哪儿来这么多"可是"？这么办对双方都有利，懂得税务就行了。还是不妥啊……妥不妥的，这是信任的见证。

彩彩看得出他眼睛在浅茶色镜片后面一亮，马上柔和下来。眼睛说的是另一回事。或者它们补充了口头上的表白：除了信任的见证，还有感情。它类似爱，而爱在他这份感情面前显得太甜、太轻佻。

他伸出手，拉住彩彩的胳膊。她的小臂渐渐被他贴在脸颊上，就像一张脸去找一根茁壮的树干去贴。或者一根并不粗大却十分牢固的柱子。彩彩突然明白了什么。冯焕喜爱她、依赖她，是出于一个残疾者对健康的慕恋。她的壮实和健康在他看就是漂亮。他不是对于"美丽"已经表达过通俗哲学观了吗？客观的美丽是不存在的，美丽是主观的，你认为什么美丽什么就是美丽的。一个病弱的人，要的就是他缺乏的健全和强壮。于是，健全和强壮在他看就是闭月羞花、沉鱼落雁。这就是为什么冯焕眼里的曾补玉也是美丽的。曾补玉四十出头，皮肤又黑又光，细腰宽肩，胳膊腿儿动起来很好看，似乎世界上没有她拎不起放不下的物什、事物。在"补玉山居"住下的第二天，连彩彩都喜爱上了这个农家客栈的老板娘。

尽管彩彩一眼看出老板娘可以是个利害女人，可以让你不死脱层皮。你跟她利益不冲突时，她可以倒贴老本待你好，一旦你的利成了她的害时，她可以死缠烂打。彩彩是小镇上的闺女，镇子边上的一个个村子，都会出落出一两个曾补玉。

果不其然，冯焕把这位老板娘和他的利益冲突告诉了彩彩。

彩彩马上能设身处地地为曾补玉想：这个山沟的旅游资源并不丰厚，冯焕这样的"托拉斯"来上两三位，盖上两三处大度假村，那点旅游资源还不够列强瓜分，像"补玉山居"这样的第三世界小国，将来吃什么？因此她做一块昂贵的绊脚石，横在冯焕法式庄园的地域上，要他花一百万去搬开，也不是没有正义之处。

特别是跟补玉有过几句交谈之后，彩彩更加认定她不是那种闭着眼贪财的人。她几乎要劝冯焕想开些，让让补玉了。冯焕和曾补玉正要抢开了讨价还价的时候，冒出个谢成梁来。他无意中一句话证实了叫谭仲夏的女人并没有撒谎。

也就是一瞬间，孙彩彩觉得她终于要辜负一个人、伤害一个人了。这个人的残废和孤独都不再是她的事。谎言已经非一日之寒，积重难返。有了谎言，以千万计的投资契约变得尤其丑恶。谎言使承诺变成了最大的谎言。

彩彩搭了一部中巴悄悄离开了山村。中巴上的乘客全是共青团员。这是一个大学的团支部组织的秋游。彩彩曾经也是共青团员。她蓦然觉得一个共青团员跟那样一个大富翁过了近半年的生活不堪回首。那是什么不三不四的关系？幸好她自拔了。不然她一辈子只能把不三不四的关系持续到底。而彩彩是个非白即黑，最容不得不三不四事物的人啊！

一车的共青团员都在同时说话。他们的话题可不是共青团员式的。什么都扯，从男女扯到"托福"成绩，从某研究生自杀扯到某本科生做"二奶"。什么都扯，语言大胆至极。

但彩彩还是感觉安全。终于找到了组织。下一步怎么办？应该去哪里？不知那家训练馆还要不要她。

到了北京，彩彩找了一个便宜旅店住下来。第二天她去了那家训练馆，发现它已经倒闭了。她把报上的招聘广告揣在包里，一家家的跑。现在她也油了，一上来就把自己当冠军的报章介绍复印件递给对方，然后再让他到网上去查孙彩彩的所有资料，证明孙彩彩不是那种默默无闻，绝望流窜在首都的三百万流动人口的一分子，急需谁赏个饭碗。到了第三天，她终于被隆福寺附近的一个保安公司聘用了，聘请她做保安们的教练。这个薪水不高的职位她打算做它两三个月，为了在北京定定神、养养伤。

难道她也受了伤？她发现从这桩事情中根本无法全身而退。她投入的是全身心，半年来全身心地投入在另一个人的每一份疼痛、每一份舒适、每一点儿喜悦、每一点儿愤怒惆怅悲哀中；她的身心半年来在替他过活，那些投入太深了，已经长在他残疾的生命中，猛地一抽身，她怎么可能是"全身"？怎么可能不血淋淋？

彩彩必须一再克制自己，才不去给冯焕打电话。她觉得没有自己他会长褥疮，会消化不良，会两腿全是蚊子疤而溃烂，因为他不知痛痒的下肢会被人忽略。

直到离开冯焕的第三天，彩彩才忽然发现她走时没把现金卡交还回去。她急出一身大汗，为自己损失了三天的名誉着急，为那三天里冯焕对孙彩彩这个好女孩形象的毁灭而着急。她把冯焕交给她保管的各种卡片，比如某某俱乐部卡、某餐馆贵宾卡和三张现金卡全部放在一个卡片夹里，整个卡片夹被她随身带到了北京。她知道冯焕什么事都能在网上办理，所以她希望他赶紧上网查一下账户，赶紧松一口气：彩彩并不是携财而逃。不管他多么肮脏好色谎言连篇，他轮不上她彩彩来打他一闷棍。那样的话，彩彩跟他谎言世界中的所有人就彼此彼此了。

她给他发了一条信息，但愿他偶尔打开手机时发现它。"现金卡都在我这里。抹药之前，皮肤一定要擦洗得非常干净，让热水敷热更好。红黄瓶子是防蚊喷雾剂，进口的，别人认不出英文字母，千万别弄到眼睛里。请告诉我一个安全的地址，以便我把现金卡和其他卡片寄回给您。多多保重，秋凉了。"她不想责备他，也不想解释自己。他了解她，一开始就了解她，那了解几乎神性，所以他应该了解她的底线在哪里。

可他并没有发回短信息，告诉她把现金卡往哪里寄。他的信息很短，仅仅是问："彩彩你在哪里？"

又过一天，同样的问句又来一遍："彩彩你在哪里？"

她只好彻底关了手机。到了第六天，她在一个便利店买矿泉水，看见柜台上一红一黄两部公用电话。她拿起红色的那部，拨了"补玉山居"接待室的号码。补玉的丈夫谢成梁一接电话，她这边马上自报姓名：是孙彩彩，请问冯总是不是还住在"补玉山居"。在在在，彩彩小姐，冯总绝食好几天了！病了、发高烧！……冯总他能接电话不能？能能能，这就去叫！……

彩彩隔着两小时车程的公路和大半个北京城，听着谢成梁的喊声："冯总……电话！彩彩来的！……"

她听见谢成梁的声音远了，过一会儿，又近来。她听出他说话老是间断：不是推着轮椅就是背着瘫痪者。然后彩彩确信他们已经在离听筒很近的地方了。喘息是一粗一细两条喉咙里出来的，粗的来自谢成梁（因为他背上有沉重的负担），细的一定来自冯焕（那是细而短促的喘息，绝食几天，喘息饿得又细又浅！）。谢成梁还在边喘边说话："坐这儿吧？……这儿舒服点儿……来喽！……好好谈谈吧，有事叫一声，啊？……"

彩彩心里感慨谢成梁的善良。他在弥补自己嘴巴惹的祸。

"喂？……"冯焕先打招呼了。

她一愣，从声音都感觉到他瘦得脱了相。瘫痪似乎也恶化了，从中腰向上延伸，一直瘫到了胸口，因此他的气息和嗓音失去了原先的深度（原先的深度也不怎么样），变得更薄，沙拉拉响得像一张半透明的蜡纸。她在这一阵联想和分析中匆匆地，冷静地，不失礼貌地打了个招呼，然后赶紧道歉，说无意中带走了现金卡和其他一些卡，希望没有耽误他冯总的事。他却不接茬儿说卡的事。

"你怎么……就那么走了呢？"他蜡纸般嗓音在风里沙啦啦地抖颤，抖出委屈怨怒。"彩彩，我自个儿也没想到，我这么……离不开你……"

"冯总，咱们说好的啊，再扯谎就没下回的。"她捺下性子对他说。想象中自己高大的身子佝了下来（年轻的幼儿园阿姨劝慰小朋友那样不怕腰酸地去将就小朋友的高度），跟一个五十多岁的小朋友讲道理。很简单的规章，你得一遍遍带他回忆。

"就算我有过不止一个女朋友……"

"也不止两个吧？也不止五个吧？那你怎么担保谭仲夏说的不是事实——她们那么一大帮，担保没有得病的？"

"你可以去检查呀……"

"冯总您怎么还不明白？我不是在得不得病这件事上跟您矫情，您口口声声说信任我，您就扯谎不断地信任我？我怎么保护您？！我都不知道您到底是谁！"

彩彩一边提高声音指控和辩解，一边听自己在劝自己：得了，何苦呢？你又不打算回到他身边，费那个劲儿较那份真儿干吗？

"好了，我不告而别是不对的，我向您道歉。"自己还是把自己劝住了，彩彩准备交代一下如何交接那些卡片，就挂电话，"饭还是要吃，孙彩彩哪儿值得您不吃不睡呢？天下好人还是有的……"

"你别挂电话，你听我说完行不行？"

"我不听您的解释。我也不接受您的道歉。违反聘用合同的是我。打这个电话就是想跟您道一声歉。"

"别，别……"他说着，大声地就哽咽起来。

"您就说个地点吧，咱们可以见一面，我把该交代的东西都交代了。"

"你愿意在哪儿见都行！"突然他连丹田气都有了，"你想吃什么？"

彩彩被他这句话弄得喉咙发哽。他一定把下次见面当成了她的一个退让，甚至当成了一个承诺。得多无望的人，多痴心的人才会这样！

"过两天再说吧！我刚刚上班，对现在工作还不太熟。过两天您打个电话，再约见面地址。"没容他再说什么，她一口气地说完"多保重等你电话再见"就硬把那个五十多岁的老小朋友甩下了。

走出那家便利店，彩彩就被逛隆福寺的人群夹带走了。走了五分钟，她发现自己周围的人越来越多，左右看看，看不出东南西北。她在打电话之前怎么没注意到这里有这么多的人？她个头高，更加不幸，因为一眼看出去视野里一片攒动的头和脸，好难看的一片视野，哪里像走出镇子，一望无际的红高粱、绿大豆、金黄小麦？她突然找到了冯焕的感觉……曾经那个四十来岁的冯焕，坐在轿车里，笑迎老远跑来的七岁的莹莹。女儿请父亲不必下车来参加她的学校授奖大会，因为她太心疼父亲工作劳累、睡眠不足、身体残疾了。莹莹才七岁呀，那么体谅父亲，让冯焕心都化了。父亲坚持去参加大会，女儿要被授予荣誉学生啊！再说父亲也想弥补一下他从来没尽过的父亲职责，比如送女儿上学、接女儿下课……而七岁的女儿也坚持她的体谅：快回去忙工作吧，能到校门口就很领情了。一大一小两个人，再坚持下去就要吵架了。前冯太太突然冒了出来，挤到车窗边，小声央求冯焕给女儿留点儿面子，女孩子谁不虚荣好面子呢？刚刚入学不到一年，同学中没有人知道冯之莹的父亲是坐轮椅的。父亲看着在马路牙子上踢着水泥裂缝的七岁小姑娘，只说了一句："别踢了，这么好的皮鞋。"他让司机掉头。他的背和车子的背转向学校的大门，越来越远了。一个会让女儿丢面子失虚荣的父亲，尽管这父亲一年给她的学校赞助十多万。钱和他，钱是女儿更亲、更好、更体面、更称职的爸爸。

彩彩并不是听冯焕讲的这件往事。她是听前冯太太抱怨时，从中听出了这个故事。冯焕过强的自尊和自卑都不会让他正视和承认这件事。前冯太太的原话怎么说的？……"我们莹莹没有爸——她爸什么时候去过学校接过她、送过她？七岁那年，在学校得了荣誉学生大奖，她爸到是到场了，迟到了十多分钟！人家家长都在礼堂里坐好了，捐款多的家长——像莹莹爸爸这样一年捐十万以上的，都得主席台上列席。你想大会都开始了，全礼堂大人小孩都要看着莹莹爸爸从礼堂最后面给人推到台下，再让人给抱上台，要不然连轮椅带人一块给抬上去，莹莹怎么受得了？我们孩子要面子啊，本来人家在同学里样样都是最优越的，谁都不知道她的父亲是个瘫子，这下好了，父亲让人抬上台去。他不迟到还好点儿，早早在主席台上坐定了，至少不会当众让莹莹下不了台！"前冯太太的理由是充足的，是为女儿着想的。女儿和她以及其他人对于冯焕都是没错的。那么冯大老板的孤苦伶仃是谁的错？那么冯大老板孤苦伶仃起来随便找个陪伴是谁的错？……人要不是孤苦伶仃到了极点，可能那么随便吗？拽进筐里都是菜？不挑不拣，只要是有血有肉有体温的一份生命在身边绕着，吐着比吐瓜子皮儿还省力的甜言蜜语，好歹能给他自己一个错觉：我被命运糟践成这样了，还能有能供我糟践的东西。彩彩蓦然站在混混浊浊的头和脸中，一动不动，完全懂了作为冯总冯大老板冯焕的感觉。

她给自己的单位领导打了个电话，说临时出了点儿事，必须请半天假。她得到了个音调难听的允许，以及强压恼怒的警告：以后可不准再出事儿，再出了事儿也不必请假，直接卷铺盖。

当她上了北去的长途汽车时，她才认识到自己也许真的完了，真的永诀了那种她从小就开始期待的少男少女间的甜美，那惊心动魄的头一瞥目光、头一句对话、头一次触碰、头一个亲吻……

她眼睛发辣。有资料说北京空气污染得厉害，不习惯坏空气的人会眼睛过敏。车窗外的坏空气稠厚得能用斧子劈，用布口袋装了。但愿她的眼睛也是过敏，而不是感伤。感伤她的少女梦想结束了，所有没来得及出现、但有可能出现并成为她终生爱人的男孩子们都已经被她残酷勾销了。

眼泪流下来。为那些本该有缘认识她、喜爱她的小伙子们？不，这一定是污染造成的眼睛过敏。

城里的坏空气在进山的小公路起端就淡了，渐渐被透亮的好空气代替，好比浑水河流与清水河流的接域处。曾补玉从山上小跑下来，能看见两种空气是如何交而不融的。她到山上去采一些山楂和丁香，用它们烩一锅牛尾巴，做晚上的晚餐。她名为所有住客加餐，实为款待老周（周在鹏按说不该吃这么荤的肉食，但难得吃一次嘛）。小公路是冯焕修的，在高处看跟河水形成两条平行的蜿蜒银线，之间夹一道红黄秋叶，让眼睛一看就不舍得挪开。补玉的脚一踏到山上就自做主张，自己会选好走的也好玩的路，一点儿都不需要眼睛帮忙似的。她的脚从小姑娘开始就把山路走服了，她的脚可以驯化无论多野的山路。娘家的山比这里野得多。因此她走平地走不了太远就累，主要怪平地上的路没什么走头，不会走着走着撞上一丛野花、一只山鸡，或者一只狸子。随着北京城里的人一群群地跑进山，山路上层出不穷，不期而遇的花草动物越来越少，取而代之的是层出不穷的空饮料瓶、烂塑料袋，以及不知是擦过上边还是下边的各色手纸。但补玉仍然总觉得有所期待，什么不可意料的好东西会随着她的一步攀登或一步下降突然出现。她那双脚走山路不知累就因为山路充满不测。

她肩上挎着的包布里装满山里红、丁香和野蒜。野蒜和肥牛尾巴一煨，蒜瓣儿比肉还好吃。周在鹏吃起来可以像村里的任何一个庄稼汉一样吧唧嘴，汗长流，两眼迷瞪。

另外补玉也想用这个拿手菜暗暗滋补一下张亦武和文婷那对老鸳鸯。他们上了一大把岁数，辛辛苦苦到山里来恋爱，舍不得吃舍不得喝，从来就是住最便宜的大通铺，补玉不便用话语去赞美他们这份情怀，就让他俩的伙食费花得货真价实吧！他俩是昨晚住进来的，照样是她住她的，他住他的。一早文婷问补玉能不能给她多加一床棉被，她一夜都没把脚睡热，补玉一面回答："这就给您送去！"一面忍不住想逗她：年纪大了，啥也不图，图他暖暖脚也成啊！搬一块儿住不就得了？店里给您二位打个大折扣！但她顾念他们脸皮薄，折扣的事不敢提。这年头越年轻皮越厚，皮跟着岁数往薄里长，到了老张他们的岁数，反而跟处子一样羞涩。

老周一见这对老鸳鸯就说何苦啊何苦？两人都是一辈子的"错错错"了，临老何苦还往一块儿睡？就这么各睡各的，还美好些。

补玉不同意他，说一辈子都错过了，剩下的时间还有多少？一个人一生要花三分之一睡觉，等于这三分之一的时间还分开过，那才叫不值。

老周特别色地斜了她一眼，他的偏瘫让他的这个表情丑不忍睹。他说上了床玩也玩不动了，挨着不干着急活受罪吗？

　　补玉斥他就知道玩"那件事"。有情男女能玩的多呢，听说老头儿老太太常常玩石头，上山去找各种漂亮石头，又在石头上刻字刻画。只有现在什么也不会玩的男女，三顿饭吃饱就玩床上玩意儿。玩完了就你不认得我我不认得你了。

　　老周听了补玉的话，认真想了一下，微微㖞斜的五官沉浸在感慨中说："补玉啊补玉，你该生在城里，该做个教授夫人。多少教授夫人都不如你。多少城里受了十八年教育的女孩子都一肚子屎半肚子屁！"

　　想着老周这些话，补玉蹦跳着下坡。有时是一步一步地跳，有时几步连成一步地溜。公路那边，噪声一大片，焊接火花一处又一处。那是瘫子冯哥的"法式庄园"建筑工地。机器都是大家伙。你进我退，别说开一片山地，就是眨眼间平了这个山村，也是可能的。冯哥在离开山居时重新出了价："六十二万"。现在她这块"绊脚石"价钱已涨上去了，离周在鹏理想的价格还差三十八万。继续加价！别加了。为什么不加？不加怎么够装修一个古雅的"补玉山居"？能装修成什么样就什么样呗。不行，不达到完美，"补玉山居"很快就会让那个什么狗屁的"法式庄园"打败！这可是民族大节问题啊：坚持正宗的民族文化，还是做不伦不类的"法式文化"的汉奸！……

　　补玉当然不能当"汉奸"。她的脊背上有老周那把无形的刺刀抵着，逼她冲锋，进一步向冯瘫子挺举着"一百万"的价码牌。

她当得了"汉奸"吗？

快下到山脚时，一辆"黑车"引起了补玉的注意。这辆"黑车"缺一扇后门，大概让某车撞掉了，没来得及修理就接上了一笔好生意。一笔紧急的生意。紧急到了连性命都不顾的程度。什么事把搭车人急成那样？……

车门打开，出来一个高大的女子。隔着红色黄色紫色的霜叶，补玉看不清她的脸，但她那壮硬却并非凹凸分明的腰身使她认定这是孙彩彩。

补玉离彩彩十多步远，跟在她后面拐进了巷子。经过停车场时候，她看见彩彩在停车场边上站了一会儿。大概在找冯焕的车。停的车有中巴、商务车，还有几辆桑塔纳、富康之类，住"补玉山居"的大部分客人是桑塔纳，富康阶级。彩彩没有找到冯焕的车，有点儿迷途转向地呆了一会儿，但还是又打起精神往山居走去。她的行李不多，一共就一个双肩背的大帆布包。里面最多只能盛两三套换洗衣服。那么她是住住就要走的？还打算再给瘫子来一次抛弃？还让瘫子再来一轮失眠、绝食、褥疮、发烧、反射性呕吐？……

大概补玉盯在彩彩背上的目光太火辣了，所以被盯的人便感到了那份杀伤力。彩彩回过头，见是补玉，是那火辣辣的目光的发源地，脸上有些不解地站住了脚。

"补玉姐。"

"来啦？"

一向跟人自来熟的曾补玉冷起来是冰。冯瘫子曾经是蝶乱蜂狂花花草草，可连补玉都看得出他多么另眼看待孙彩彩。这位彩彩小姐以为自己是谁呢？真是名门大户的小姐？她不过也是跟那些大小妖精差不了多少的女人。老周和补玉谈到冯焕和彩彩的事，把瘫子身边的女人叫作"青春借贷人"——拿自己的花样年华放高利贷。凭她孙彩彩怎样面相单纯、外表朴素、气质不俗，她不也就是在拿自己的青春换大额利息，换十倍、百倍、千倍的利息吗？孙彩彩和冯哥曾经那些女郎们的区别在于，她不涂脂抹粉，不红头发、黄头发，她更懂得以单纯的假象去收买人心。

"怎么一个人回来的？冯总呢？"补玉笑着说。你可别想在我这儿收买人心。我曾补玉开了十多年客栈，什么人面兽心、衣冠禽兽没见过？

"冯总不是住在您这儿吗？"

"是啊！不过现在不住了。"

"什么时候走的？"

"走了有一阵儿了。"

"我今天还跟他打了电话的！"

"你这姑娘！冯总来了住店，走了付钱，什么时候来，什么时候走，我还能给他掐表看时间呀？"

"那他去哪儿了？"

"他能去的地方可太多啦。听他说，想去外国转转，散散心。"

补玉希望自己帮了冯哥一个大忙，帮他断了对这女孩的念想，省得把抛弃—绝食—发烧再来一遍。这个女孩比其他的大小妖精更厉害；那些可怜的妖精只会做狗皮膏药，化在冯哥身上，黏得撕不下来。这位装起傻乎乎来装得真好，其实是深知男女之间战略战术的。她玩的是"敌进我退、敌困我扰、敌疲我打"。现在玩砸了吧？"敌退我进"，时间把握得不准，真让"敌人"退了，你看她大圆脸盘子上失算懊悔的表情！

"冯哥一直住着没走，就为了等你。他说他一走，你不知该去哪个地址找他。住我这儿，万一你改主意了，又回来找他，还能找着。"补玉说这些不是为了让她知道冯瘫子多稀罕她，多么多情；她是要让这大块头彪形姑娘更加地悔，让她明白她手腕子使过了头，放走了一个大钱柜子，而那大钱柜子差点儿把钥匙交给她。你就悔青了肠子吧！

彩彩让补玉从身后超过她，进了山居的大门，突然又赶上来，几乎和补玉肩挤着肩进的。补玉乜她一眼，意思是：怎么，我还能把个瘫子藏没了不成？老大个男人，瘫那儿也一大摊呢！

"你让冯总也等得太久了！好歹人家也是个亿万富豪，对不对？得准允人家有点儿脾气吧？"补玉还在幸灾乐祸。

彩彩跨进接待室，又想起什么，转过脸问补玉能不能用一下电话，她可以付电话费。补玉应允了，觉得彩彩规矩还是懂的。等彩彩刚进去，她便拿块抹布，在接待室窗子下蹲下来，食指顶在抹布里，仔细擦着白色砖缝。这么关键的电话她理所当然得窃听。曾补玉开店，连身份证都不劳驾你们出示，不靠窃听点儿谈话、电话，我都知道你们都是谁呀？能保障我这小地盘上哪天不发生杀人放火吗？一杀人放火我就得关门，那我一家老小吃什么去？这时补玉听见彩彩"喂"了一声。然后大声说："我是孙彩彩！真对不起，本来是请半天假的，现在得多请几天假了……对不住啊，我必须亲自把东西转交。特重要的东西，别人转交不了……实在等不了我，那只好就麻烦您转告姜总，让他另外聘教练吧……是是是，是不怪你们，当然不能跟您要工资……对不起！是、是，真是对不……"

电话挂了。一定是对方先挂的没容她完成最后一个道歉。补玉直起腰，快步往公共浴室方向走。走过的两间客房都是大通铺，一片麻将搓动的声响。补玉回头，看见接待室还是虚掩着门。就是说彩彩接着给另一个地方挂了电话。院子里葡萄架枯了一半，剪子下余生的葡萄紫黑紫黑，体积缩小了，几乎直接要成葡萄干了。住大通铺的文婷和老张在枯了的葡萄架下喝茶，各自都用那种酱菜或果酱瓶子改制的茶杯。他们身边放着拐杖和双肩背的包，包上插着火红的树叶子。大概刚从野外回来。补玉判断着。他们午饭后就出去逛秋景了，逛累了回来，却不能进屋。屋里是吵闹无比的一群年轻人。那群年轻人跑这么远，跑进最美的季节里，却关着门抽烟打麻将。补玉很想再回去听彩彩又和谁通电话。别是她的情哥哥。这个彪形姑娘有个情哥哥的话，一定更加彪形，一对彪形妞头合伙讹瘫子冯哥哥的钱财，跟杀人放火大案也就差不多了。但这对老鸳鸯现在正坐在那里望呆，谁走进他们的视野都会成为他们目光的靶心。她刚才从接待室窗下急匆匆撤离时，他们一定看见了，也一定犯疑了，这会儿她又急匆匆走回去，马上就会让他们明白，她补玉的耳朵是插在她客人生活里的。因此她捺着性子，把抹布冲洗一下，拧成个把子。她一边走一边将抹布抖开，同时对二位笑了笑。她这样就光明磊落了，不对吗？

她已经错过了一大半通话。彩彩的声音从补玉头上方的窗缝传出来："……我是说万一……一旦冯之莹从国外打电话回来，告诉她，她父亲的东西还在我这儿……父亲和女儿怎么可能不联系呢？……"

补玉听出彩彩很着急，嗓音一会儿撕破一个小口子。她是那种没有高音的嗓音，不看人你会认为它属于一个小男孩，唱旦角的男孩，正在倒仓，音调高不成低不就。

"……刘秘书，我知道您不愿让我知道冯总在哪儿，……行了，你也别辩解了！……我说行了！是不是冯总让你保密的，我不在乎！我真的……"

补玉听到"咔嚓"一声，电话筒又落回了机座。这回又是对方先挂的。一定也是没容她把最后一句无指望的辩解完成。她推门走进接待室。彩彩的大长腿支着身子，小半个屁股坐在藤沙发的背上。补玉心里一阵疼：那是她下了多大决心才花钱买来壮门面的藤沙发呀！好在这大块头心不粗，马上面露歉意，一张圆脸蛋儿赤红赤红。

"补玉姐这儿还有空房吗？"

"哟，我查查看。"补玉慢慢打开登记簿，目光佯装认真，在一个个房号上走动。还没等她耽误掉足够时间，想出一个利于冯焕的答复，彩彩又补充一句，说她明白秋天是旅游旺季，她不指望要单间，只要有个空床位就行。大通铺的床位也行。

补玉把目光又抬起，抬到彩彩脸上。这张脸真糊弄你呢——朴实得你想认她做大妹子。

"单人床位价钱也不低了。"补玉用警示语气、笑眯眯地对可惜不能成她大妹子的人说。

"那是，供不应求，肯定是要涨价的。"彩彩似乎是在说意料中的事。一副很是就绪的样子，任补玉宰一刀敲一笔。

补玉奇怪，这女孩的大度和大气是哪里来的。也许冯焕给了她不少钱，所以花钱住"补玉山居"这样山野小店是不眨眼的。

"那我得去看看，哪间房有空床位。我们这儿登记马虎，因为都是回头客。"补玉说着合上登记簿。

既然住店钱难不住彩彩，得想个别的办法把她赶出去。你悔青了肠子，想在我这儿往回找补，把冯焕等回来？办不到。彩彩冲着她的背影问，假如连空床位也没有，能否在这间接待室的藤沙发上让她凑合一两夜，周末结束，一定会有人退房的。

"难说，现在这些客人来这儿休年假的也不少呢！"补玉说，眼睛看看那姑娘身后的藤沙发，盘算着她真赖在上面她将开什么价。

"冯总好像说，他以后就不会来这儿了。在这儿你等也白等。可惜了房钱。"

"不会的。他在北京找不着我，肯定会找到这来的。"彩彩平直地看着补玉。

"他这么说的？"

"他老跟我说，老了就来这儿安家。他的度假庄园快盖好了，能不回来吗？"

彩彩越是平实沉稳，补玉就越是气不打一处来：看这大块头小婊子把冯哥怎么捏在手心里的。人可不貌相。你寻思她光长块儿不长心眼？她长这么大块儿也没耽误长心眼。她凭了什么把那么精明个冯哥制住了？

"他哪能住得了这破地方？也就是那么一说！"

"他喜欢这儿！"

"来我这儿住店的都喜欢这儿。都说赶明儿在这儿买地盖房。要是真的都来了，他们谁也不会再喜欢这儿了。这叫时尚。时尚我懂。跟我这件衣裳似的，绣着这些小珠子是这两年的时尚，兴许明年就不时尚小珠子了。时尚顶靠不住。这会儿他们城里人时尚来村里住，明年说不准流行去德国、法国住了。所以说什么都是那么一说，听呢，也就那么一听。冯总回这儿来干吗？见什么伤心什么。我真没见哪个男人那么伤心过，伤心伤到身子骨了。真让我长见识，人伤心就是伤身子。整宿地不睡，整天地不吃，身上都烂了。你要见到他病成什么样就明白我说什么了。"

彩彩的目光一闪，躲开补玉的逼视。

补玉又笑起来："反正伤都伤了，就随他去吧。你也别太多想了。他有那么多钱，找什么女人找不着？你先坐会儿，我给你看看哪个屋有空位。"

　　补玉走到院子里，看见后院的一对男女拎着行李出过来。他们说好晚上回北京。假如他们到接待室退房结账，孙彩彩可就真得在山居扎下了。她赶紧迎上去，说要跟他们一块回房间去，核点一下东西——上回两个客人走了，她发现席梦思床垫上有一个烟头灼痕，灼成一个深深的洞！这对男女不高兴了，说他们不抽烟、不喝酒、不唱歌，不是早就告诉老板娘把房子开得远离那帮抽烟、喝酒、唱歌的孙子们吗？老板娘这会儿找他们什么拐扭，耽误他们赶路？！补玉一看他们已经跟进后院，并且也瞥见孙彩彩从接待室出来，站在葡萄架下。紧接着老鸳鸯们和她可能会开始一场搭讪，所以她连忙跟那对男女赔笑脸，说对不住，请谅解，怪她老板娘忙晕了，房钱一共四百二，预付的是三百块，现在他们欠她一百二十块钱餐费。男的掏出四百元，又在裤子口袋和夹克口袋一通地摸。补玉心想，又是一对野鸳鸯。只要男方掏钱，多半都是婚外恋人。她说二十块就算了，算她付的广告费，请他们回到北京把"补玉山居"的电话散发散发。两人眉开眼笑，保证会在朋友里广泛散发补玉的厨艺，补玉的被单卧具多么白、地面多么光亮、上网多么方便……

　　补玉看见文婷和彩彩真的搭上话了。这是补玉对自己的山居得意的地方：进了这两进院子人们就找到家的感觉。只要品行、心性不是天壤之别的客人，都能处成好邻居。

　　文婷和老张能跟孙彩彩这样的女孩谈什么呢？她那伪冒质

朴在上年纪的人面前兴许挺吃得开。

补玉不止一次跟周在鹏嘀咕这对老鸳鸯。老周说他们走到远离人群的地方会勾肩搭背，到他们自认为谁都看不见的所在才相依相偎。他们不知道满山遍野乱闪的不仅仅是照相机镜头，还会有单筒、双筒的望远镜。就像他周在鹏揣在挎包里的那种，能把远景变成特写，再把它用记忆定格，用语言着色，以转述和复述夸大。老周认为这一对是大学里的同事。他们的气质既超群又落伍，跟他老婆刚刚跟他恋爱时比较接近。补玉的猜测和老周不同。随着他俩一次次来山居，她渐渐怀疑他俩不是一般人。哪儿不一般？说不好，反正不是居民楼里住着的一般老年小知识分子，就是一大早在小区空地上围着一架破立体声跳华尔兹跳成对儿的。周在鹏说补玉可是错了，他看见老张、文婷在河滩上走"慢三步"，好像是文婷老太太在教老张。

这时孙彩彩跟老情人们谈着话，补玉想，过去她以为自己猜字谜是个笨蛋，但猜人一猜一个准。现在四十岁一过，反而连自己都摸不透自己——她怎么从冯焕的对头一夜间变成了他的死党？（瘫子铆了多么大的劲儿才把宅基地的价提到六十二万），她怎么就替他记孙彩彩的仇了呢？……

这样想着，她朝正向她看来的大块头丫头笑了一下。

就让这丫头住下吧！

风跟剃头推子似的，一夜把树林推成了秃子。再有一周，山里该闲了。一闲就要闲到大雪下下来。从这批赏红叶的客人离开到头一批滑雪的客人到来，中间会有个把月空闲。三十四户人家比过去种庄稼更在乎气候，更盼山、水、林子应着节气变色、变样，随着四季提供给城里人好看的、好玩的、好吃的，城里人现在就是他们的一茬茬庄稼，一拨接一拨从车里下来，在他们看，就是一片接一片的好麦子应镰倒下，或者一大串一大串的白薯应锹翻起。从高速公路拐下来拐进山的小柏油路哪个周末若不载来大汽车、小汽车，这儿的人就像看着传送带空跑，上面没有他们翘首以待的一袋袋白面。

这是星期日的下午，车子们没精打采地往山外开去，背朝败了色的山，沿着几乎干涸的河，似乎景色也能被消耗掉，也是用一点儿少一点儿，被一车车人消费得一片狼藉。孩子们站在村口，凛冽的风把他们鼻子下面被鼻涕冲出的沟槽吹得鲜红。他们还想最后挣扎一下，从消费了他们的山水树林美景的都市人手中挣最后一笔消费：手里举着土鸡蛋和土鸡、一袋袋榛子、栗子。有的孩子学坏了，捧着叫卖的石头是用拙劣法子假造的：全用某种矿物质把石头染成"鸡血红"。

头一次把他引进山的，就是石头。婷婷是听他这么说的。那还是很早以前，早在人们还没有对他警惕，从而堵上围墙上那个隐秘的洞。早在婷婷还有个姓氏，人们常常是连名带姓叫她："喂，舒婷婷，你们家人看你来啦！"真的是很早了。现在文婷一想到"早"字，就像舌尖碰了一下糖似的。人岁数一大，日子就爱往回过，往"早"过。"早"是多甜的东西，小姑娘的后东西。她们可以对错过的恋爱擦擦泪说：还早呢，才多大呀？还会有比他更好的人的！

她和他坐在车的后排，两个人占着一个人的位置。粗鄙的人、咋呼的人也是好心的人，主动提出让"老爷子、老太太"搭车，只要他们挤着他的棒子和栗子。副驾驶座上的女人一面嗑榛子一面听歌，一会儿开一下窗把榛子壳扔出去。婷婷得用力按住他的手，不然他会用他纤巧白皙的手拍拍年轻姑娘的脑勺：喏，这儿有垃圾筒，同时递上自己的棒球帽。

最初，他分外的礼貌和分外的洁净让人注意到了他的病。后来他和她认识了，她发现每次他从围墙上的洞钻出去，办完他要办的事，再钻回来，会有好一阵龇牙咧嘴，手掌微张，问他，他会说外边真脏啊，他才不会恢复健康出院到外边去呢！

据说婷婷是两人中病轻的那一个。病轻的病人在院里高人一等，活动半径也大，尽管那样，她都没有条件在围墙上制造一个洞，可关可开。后来婷婷发现他就是个制造家，把馒头制造成跳芭蕾舞的小人，把铁丝衣架制造成列宁侧影，把巧克力刻成图章。在厨房工作的婷婷某次打扫饭厅，就看见一张餐桌上搁着一枚巧克力的图章。她拿起图章正在打量，他静静地在她身后的门口显灵了，做了个手势：舔舔那图章，捺在手心上。她照着做了，发现那是她的图章：舒文婷。婷婷见识过好的篆刻，但这枚图章是最好的。再过一阵，她又发现他开始向她卖弄了，刻了一个她的头像。她的侧影自己从来没看到过，但只要看看女儿那隆起的额头，微翘的鼻子就知道这颗小小的巧克力头像的工艺有多难得。婷婷把两枚巧克力篆刻好不容易保存了下来。她把它们包在纸里，装在罐头盒里，又在罐头盒外面包了布，绑上橡皮筋，放进厨房的冰箱。她在家人来探望时把它们拿出来，向他们卖弄。女儿和儿子一看，马上对视一眼。过了一会儿，他们装作漫不经心地夸了夸巧克力上的雕工，同时问它是谁的。她说是一个病友的。男病友、女病友？女病友。

谎话把她自己吓了一跳。她觉得自己可真是痊愈了，都长心眼子会撒谎了。儿子和女儿都被谎话稳住了，说没想到疯子里面还有高人。疯子里头什么人没有？还有一位大诗人，电影拍过的呢！这是婷婷告诉孩子们的。

就在婷婷得知了他的真名字之后，他失踪了。从福利院两百亩土地上失踪了。真名字是他自己告诉她的。这天她在厨房后面晾笼屉布，隔着黄白的纱看见他站在后门口。他的名字其实叫张书阁，而不叫张亦武。她问他为什么不用真名字过日子。真名字是干净的，哪儿能让那么多人叫？那么多人叫还不叫脏了？他说话文气秀雅，就像他手指下出的活儿。有一块白中透黄的纱布挡在中间，他的脸看上去可真年轻。

后来他们熟起来，爱起来，她问他知道不知道自己有病。那当然知道。怎么知道的？他似乎为她的怀疑伤了一会儿神，然后猛地一下，把左手伸到她面前。那是和右手互不相认的手，一根根指头弯曲丑陋，指甲只有两毫米，到处都是齿痕。这是证据，他告诉婷婷。怎么是证据呢？人家告诉他，这些指头是他用榔头一个个敲断的，可是他明明记得是几个人捺住他和他的左手，用一把锤子把那些手指一根根地锤断的。他说："你看，这就是我和客观世界矛盾的地方，我认识的记住的事实和他们的不一样。"

失踪了三天又复现的张亦武被关起来，整整关了一个月。他说自己哪儿也没去，就在床下面躺着，床单垂下来，谁也不费劲掀起它来看看床下，怎么能怪他失踪？他只让一个人知道他失踪到几十里外的美丽山景中去了，据说那里能找到一种珍贵的石头，叫鸡血石。他是这么对婷婷说的："小舒（他这样一称呼让两个人都感到回到了团小组），张书阁潜逃了。他让我带你也潜逃。"然后他右手展开，里面有块石头，珠圆玉润，平的一面刻了一个女子肖像。他的右手拿一盒印泥，把石头在印泥上捺了捺，往自己手心上一戳。"我女儿。"他对她说。

她问他女儿在哪里。他摇头不语。不在北京？他还是不语。她刚想问怎么从来没见女儿来看他。他的手突然碰了碰她的手，凉阴阴的一个制止。

现在坐在榛子和栗子旁边的婷婷想，五十五岁，好年轻啊，她就是五十五岁那年碰上张书阁的。

那个小年夜没什么探望的家属来。因为雪下得大，风也大。会见室只有两家子，舒婷婷和儿子、女儿，另外一家是父母来看他们二十来岁的疯儿子。婷婷和儿子亲一些，所以叫他是叫乳名

"豆豆"，而对女儿，她比较严肃，也比较胆怯，只是直呼其名"含笑"，有时是"许含笑"。"许"来自哪里，她是想都不愿去想的。

含笑给一件红色羽绒服穿成了个胖子，坐在那里，没话说都吵闹无比：羽绒服"咕嗞咕嗞"的摩擦声让她好紧张。原来"如坐针毡"是有噪声的。豆豆比含笑大两岁，却像是娘仨中唯一的成年人，交代母亲，点心要藏好，别让同屋女病友吃了，人家是疯子，偷吃了东西是白吃。少跟别的疯子聊天儿，疯子里有奸细，专门汇报别人的疯话，以证明自己比别人正常，别人更疯。豆豆二十七岁，疯子的孩子早当家，这一点让婷婷心里又甜美又酸楚。然后母亲像寄宿生那样，乖巧地问自己的晚辈家长们，春节是否接她出去过。春节放长假，好不容易能出门旅行一次，所以就不接了。十五来接吗？十五该上班了，宾馆该忙了。

"那什么时候来接我？"婷婷惶恐了。被家长们撂在全托疯人院，无期地撂下去了？

"再看吧。"含笑说。

这几个回合的问答是在母女间进行的。许含笑是宾馆前台的工作人员。五星级宾馆。于是许含笑就有了一种"宾馆微笑"。

"春节所有人家都会来接病人出去的。食堂都放假。冰箱全部要化一次冰。"婷婷说。

女儿和儿子对看一眼。从母亲的话中看出了疑点。口口声声说自己已经康复是没用的。冰箱化冰和整个事端有什么关联？疯不疯，就在于明明没关联的事你去瞎关联。

"十五我请一天假，"豆豆不忍心了，摸摸母亲的手背，"早晨来接你，出去吃元宵。"

"给鲁阿姨家拜年啊！"婷婷提醒两个孩子。

他俩告诉过她，曾经和她在东城区文化馆做了十多年同事的鲁阿姨两个月前突然得心脏病死了。鲁阿姨得去世前是婷婷的定期访客。鲁阿姨在世婷婷不会在医院过年。鲁阿姨也是唯一清楚婷婷真实病因和听过她全篇疯话的人。如今被焚化了的鲁阿姨随着婷婷的秘密灰飞烟灭了。

门口一声"吱呀"，走进一个人来。在儿子女儿眼里，走进来的人一定是个眉清目秀、毫无病态的小老头儿（不仔细看，镜片后面他过分专注、旁若无人的目光是看不出大问题的）。要不是他大衣里露出了白底蓝条的病号服，豆豆和他妹妹一定会把他当成另一个探病家属，或院方工作人员。就在儿子女儿的观察下，小老头儿朝婷婷微微一笑，扬扬手中的一块石头。他一面微笑一面还说他到处在找婷婷，因为他急着给她看他的新作品。

豆豆和许含笑马上又来看母亲：好一个不乖的撒谎的母亲！骗她的晚辈家长，说刚才两个篆刻是女病友的手艺！

婷婷一侧面颊给儿女的怒目瞪得发红，更加光润。她从住进医院到眼下，一年多没添一根褶子，似乎做疯人心智停止长进，反而返璞归真，老定了格。她也对他笑了笑，笑着她就想，糟了，不该用这种式样的笑！完全忘了儿子女儿眼睁睁看着呢！在这位小老头儿眼中，什么都是不可视的，隐形的，只有他正对面的婷婷和他自己存在。

"这位是？……"儿子捉拿到了什么似的问。

"张书阁先生。"婷婷对儿子、女儿介绍。

"张亦武。毛主席说'要武嘛！'那天我在天安门城楼下。"老张说道。

小老头儿是当年的热血青年。儿女们又相互对了一下眼神。

"西泠印社邀请我参加篆刻研讨会，"他对豆豆和含笑说，"去杭州。"

"什么时候去？"婷婷一下子从椅子上站起来。

"去年。我没去。他们要我自己掏腰包买飞机票。我就没去。不过呢……"他转向婷婷。

婷婷已经又坐回了椅子。豆豆和含笑是母亲心理活动的目击者：她怎样对老头儿先是紧张后是松弛，知道他不会突然去杭州了，一阵由衷的释然，从内到外的释然。并且还企图隐瞒真相。真相就是这个疯老头儿以篆刻向她献殷勤。婷婷是懂得自己儿女的，他们是她身上掉下的肉，她怎么不懂他们此刻怎样为母亲担忧？

那个春节前，她被迫出院了。豆豆和女朋友来为她办的出院手续。好突然啊，轮到她知道时就剩下"收拾一下东西，车在楼下等着呢"！

婷婷想起她进来时也相当突然。她在老张问她病情时，把自己如何入院的经过告诉了他。后来他还问：难道她真的会发歇斯底里？她不得不一再把据孩子们所说的情景告诉他：她在街上吃了一碗炒肝，回到家胃里难受，突然想到卖炒肝的人面熟。她琢磨那人接受了谁的指令，在炒肝里下了药，所以她一碗一碗地喝肥皂水，再一碗一碗地呕吐出去，谁不让她喝、吐，她就跟那人掰扯。她多次向张亦武叙述，却不告诉他那个买通了炒肝师傅的人是谁。她只说那是"一个姓许的"。老张问她相信不相信她孩子的话，她傻了。她从来没想过孩子们有可能不说真话，有可能诬告她"歇斯底里"。

婷婷来不及向老张道别，就被豆豆和女朋友接回家了。那不再是她的家，已经是豆豆和含笑的家。两个卧室一个挂着男歌星的照片，一个堆满电脑书籍、电脑部件——豆豆开了个电脑维修店，有时半夜也被电话叫醒去给什么网吧的电脑看急诊。婷婷的床摆在客厅兼饭厅里，所以准确地说半夜是她被电话叫醒而豆豆又被她叫醒。

春节没了她，老张更没了节日可过。婷婷想到这个仅仅交往了不到一年的朋友，眼泪就会汪起来。巧克力的头像和名字都融化得模糊了，也许她在他心里也会模糊。疯子把过去、今天、未来容易弄混，疯子们的记忆常常被人们否定，而人们一否定，他们自己就跟着否定了。她悄悄买了两盒点心，江米条、蜜三刀、开口笑，装成一盒，豌豆黄、艾窝窝装成另一盒。豆豆每两三天给她一点儿钱，由她掌管家里的食品开销，她便克扣一点儿，积攒起来，置办了这份礼。去探望老张不能没有点心匣子。

许含笑下班回家是哥哥去接的。哥哥是一家之长，所以负责接这个送那个。他有三万块的一辆车，妹妹就不用做汽车站上黑压压的、冻得直蹦的等车人群中的一员了。许含笑马上发现了藏在电视柜下面的两个点心匣子。她拎出它们来，剪开绳子，揭开盖子，一看，咯咯地乐了。谁会吃这么土的点心？在"哈根达斯"、"星巴克"年代，它们该是点心文物了。不过那也不妨碍她闲磨牙，她和哥哥的女朋友看电视正缺磨牙的，一晚上江米条就没了。

第二天晚上蜜三刀也没了。

第三天晚上兄妹两人都不回家。她把晚饭热了又热，终于等到了豆豆。豆豆自己去买了两大包菜，包括一截肠、一块卤猪肝、一只烧鸡。他是怕母亲再次从菜金中渔利。含笑回来时，身后跟着一个又高又胖的老头儿，秃头也又圆又大。相对儿子和女儿管老张叫"小老头儿"，婷婷在心里称他为"大老头儿"。她不知女儿怎么会跟一个大老头儿建立交情，所以连个座也不给大老头儿让。含笑介绍大老头儿姓魏，是某某出版社的退休编辑。婷婷发现女儿只对她一个人介绍，那就是说豆豆是不必介绍的，也就是说豆豆是认识（至少知道）大老头儿的，也就是说含笑把大老头儿带回来是冲她婷婷来的。

婷婷马上对自己的病情好转又有了新认识：她真的康复了哩，连儿女们的合谋都在数十秒钟内被她分析出来，识破了。

当然，婷婷是个乖母亲，她不会得罪老头儿从而惹儿子女儿生气的。连儿子女儿现在还把姓许的当爸，跟他亲热，她都不吭气。她深知自己是有病的人。认了自己的病就跟"文革"中中认了自己的罪一样，不乱说乱动，乖乖做人，争取早日回归到正常人（革命群众）的队伍里去。

姓魏的大老头儿坐下来和她以及儿女们一块儿吃晚饭。她的手在桌上被他的手碰了一下。她心里一惊：哪里是被手碰了？明明是被锉刀碰了。一把皮肉磨砺而成的锉刀，热乎乎的。儿子女儿都管他叫"魏老师"，而她心里想，他更像个"魏师傅"。

后来果真证明她虽然有病，判断人还是准确的。大老头儿在出版社的仓库工作，每天搬的书一个最有学问的人一辈子都读不完。他的手时刻要系绳子、解绳子，皮肉磨成钢铁。到了婷婷搞清楚这一点的时候，魏老头儿已上家里来过三趟：修水管一趟，修抽水马桶一趟。魏老头儿倒不虚，自己更正了儿子豆豆对他介绍的误差。

她只好跟儿子和女儿直言。她叫他们别费心了，自己奔六十的人难道不会自由恋爱？难道她长得跟"六必居"腌萝卜似的抽成一团了？

豆豆说她是有病的人，必须找一个魏老师那样厚道实诚又有把力气的人，不然把母亲嫁出去，他和妹妹能省心能不心疼能不麻烦不断吗？再说母亲一个月只能拿八百元，怎么独立门户一个人过？现在租最差的房也得上千。

婷婷第二天来到区文化馆。她在那儿工作已经是两个馆长之前的事。区文化馆的人告诉她，她并没有工资存在那里，全让她的儿女取走了。她知道自己得这样的病也像"文革"中的黑五类一样讨厌，总是连累家庭，所以儿子女儿用她那点儿工资给他们自己做点儿补偿也应当。她要自己做个很乖的母亲，千万不跟他们去提钱这件事。没钱就没钱吧，她两手空空也可以去看望老张。两手空空也是可以跟他一块儿守岁的。

于是她搬出了她曾经的自行车。好在孩子们都特别忙，顾不上管她，她可以偶然不乖一下。自行车老了，每个关节都痛，像所有老了的人类成员一样，它的每一个动作，那些关节都会大大作响。

她骑着有严重关节炎的老自行车往北去。北京冬天的风都是来自北边。她两个朝北的膝盖骨首先冷下去，越来越冷。冷冷就没知觉了。她朝着北的脸孔在口罩下由冷变热，口罩下开着个小澡堂似的，脸泡在热水里似的。听儿子和女儿以及朋友们讲过蒸汽浴，大概口罩下的脸就在享受蒸汽浴。

等她把两个多小时的行程告诉老张时，就变成了一句话："路上风挺大。"

老张是不多的几个留守病号之一。她没能陪他守岁。他和她都没法为自己做那么大的主，让自己在年三十这天晚上一块儿消失。消失到哪里也成问题。老张还不如她，连客厅里一张晚上能打开做床的沙发也没有。就好像从来不知道婷婷已经被强行出了院一样，老张见了她又是拿出一个新刻的石头，又是刻的人像，这回是爱因斯坦。她知道爱因斯坦长什么模样，曾经工作的区文化馆阅览室有他的传记，里面有他的照片。老张告诉过她，婷婷和他的女儿是他唯一篆刻过的小人物，他刀下一般都是大人物的头脸。她问他跟谁学的手艺。不用学，遗传的，就像病一样。年轻的时候就病了？病了一辈子了。

婷婷一听到老张如此坦然地谈自己的病，就会心生羡慕。他和她对病的态度完全不同。他对病就像对自己的长相、肤色、身高、天分一样，坦坦荡荡，长得不好看不能怪我吧？有病也不是我的事，你不能只要我有天分不要我的病吧？天分和病都是与生俱来，你怎么可以要一样排除一样呢？你怎么可以赞赏天才而歧视病呢？婷婷觉得长期和老张在一起一定会让她健康壮实，因为她也渐渐会传染上他对于病的态度，那种坦然无辜，甚至自信。她希望能长期地、永远地跟他在一起，那她就再也不会因为病而觉得低人一等，而问心有愧，而对街坊邻居同事以及儿女欠着情分。最主要是对自己的儿女。

骑车走在回家的路上，婷婷一再感觉着老张那只天才的手。手在她手上的那样一握。他和她是站在会见室的门口，门在他们旁边，马上要打开。有了那手的滚热的一握什么都定了：她也不能只要老张的多情，眉清目秀，罕见天分而不要他的病（据说老张要出去而社会不欢迎，因为他无家可归，是一种有着"三无"身份的人）。正如她的手不能只让他那只白皙纤巧的右手握，而不让他丑陋变形的左手握一样。她不能爱一部分的老张而歧视另一部分的老张。老张是不跟其他人握手的，因为他舍不得用那么多香皂去洗他被握脏的手。因此，握婷婷的手，在于老张，是个大事。在于婷婷，也是同等大事。

年三十的马路又空又宁静，这才显出它们的宽阔来。宽阔的马路上跑的全是婷婷对老张的思念，也跑着他和她的未来。未来是有一条狗、一只猫的。老张说他太爱动物了。他从来没有办法养那么一条狗、一只猫。为什么？因为没地方给它们待。为什么没地方？因为常住院的人是没地方给狗和猫住的。

婷婷回到家才想起来，她应该在两个多小时的路程上把谎言编好。关于她大年三十去了哪里的谎言。两个多小时应该足够她把谎言编得圆圆的，而她全花费在思念老张上了。她还想了如何去弄到一只猫、一条狗替他养起来，每次探望他的时候带给他看。她还想如何去租一间小小的屋，小得仅能搁下她自己和狗和猫，只是在接老张回来团聚时一家四口要挤一挤。只要有一间小屋，老张就从此不再是个没人接出院过节的人了。然而一切都晚了。她的钥匙一拧，门开了，一切都晚了，看看自己能临时招出什么话来对付儿子女儿的盘问吧！

"哟，回来啦？"儿子说。

迎着她脸的不是四只眼睛而是黑黑一片眼睛。迎面而来的不是两张面孔而是一大片面孔。儿子女儿魏老头儿未来的儿媳女婿的候选人以及魏姓的一个三世同堂之家，全迎着她。

"去哪儿了您？"含笑含着五星级酒店的微笑说道。

"去同事家了吧？"儿子说道。

她从门后面摘下一个长毛刷子，又走到门外，浑身上下地刷。

谁都能看出她这一趟走得够远，一身征尘。她想她可得赶快想出谎言来，儿子女儿等着她的谎言呢。当着魏老头儿和他的晚辈，谎言将是她唯一该说的语言。儿子豆豆已经替她编了一多半谎言，只需要她暗暗批个"同意"就行。

"我去了趟福利院。"她挂好刷子，转过身就吐了真言。

豆豆是什么表情她不忍心去看，但含笑的脸变得很不好看了。魏老头儿和他一家子对"福利院"三个字缺乏知识，想从豆豆那儿长点儿知识，但豆豆赶紧做了个话题向导，领人们去谈论春节晚会上某演员的私事。

整整一晚上，豆豆都是人们谈话的向导，从这个话题领到那个话题：买房子、拆迁、个体户税务……豆豆和含笑在拆迁房和拆迁户的话题上打了很久的转，跟魏老头儿一家急速问答，热烈讨论。直到客人走了，婷婷才悟过来，儿子是想让母亲了解一下魏家的好条件，一拆迁拆富了，将有三套房子等着呢，连魏老头儿娶孙媳妇儿都不愁没洞房了。

客人们酒足饭饱，睡眼蒙眬地看着春节晚会，婷婷悄悄站起来，往厨房收拾盘子碗筷。一只盘子碎在地上，这才提醒了主人客人，该送客的送客、该回家的回家。

含笑对厨房里哗哗直响的洗碗搓筷子声音说："妈，送送我魏叔吧！"

不是魏老师了？

婷婷要自己做个乖长辈，赶紧在围裙上擦了擦手，走到客厅里。

魏老头儿的脖子赤红发紫。他儿子也有那样的脖子。有那样的脖子就不该喝酒，而那样的脖子正是喝酒喝出来的。她觉得自己什么都可以干就是不能跟魏老头儿握手。洗碗精不会洗掉老张那只天才的手留下的清新和多情，但魏老头儿的手会毁掉它们。她就让自己两手一直留在围裙上，擦过来拭过去，手足无措。而她的手足无措在魏老头儿眼里一定是羞涩纯洁，一个待嫁的老女子该有的姿态。她看出魏老头使劲儿地看她一眼，想把她的模样看到心里带走。紫红脖子的领口开了，紫红一直往胸口洇染，他的心在一片紫红皮肉下面。

她突然又有了一种熟悉的感觉：谁在饭菜里下了毒，而毒正顺着食道下行，在胃里翻卷出一大片乌黑的云，如同墨斗鱼的墨囊被刺破。

可能魏老头儿是被买通的下毒人。那个姓许的还是不放过她。

她两只局促不安的手在围裙里搓弄得痛起来。然后门在一片"拜年啦！……谢谢！……慢走！……留步！……"声中关上了。

她克制自己，决不要马上就去削香皂，制造香皂水，以清洗胃里漆黑的毒液。等儿子女儿上床之后，等儿子和未来儿媳做完床上运动各自去了厕所之后，她有的是时间，好好地把胃洗白。老张爱清洁多么有道理。他连真名字都不让人的嘴去弄脏。那都是怎样一些嘴呀？牙齿被蛀、舌苔发臭、嚼街坊邻居舌根子、骂同事下流话、抱怨物价涨个没完、袜子不经穿、包子肉馅儿小的嘴，当然不能让"张书阁"这名字从那样的嘴里过往。

"妈，您这样做我们没法管您了！"含笑刹那降职为一个镇招待所的服务员，你付什么房钱我给你什么脸色。

豆豆和他的女朋友微蹙眉头，不声响地坐在了仍在欢天喜地的电视屏幕前。含笑的男朋友也随着魏老头儿一家告辞了？婷婷连他长什么样都没来得及看。

"魏叔叔人多好啊，人家不嫌弃您有病，您还想找什么样的？！"含笑这位晚辈家长可真让不听话的长辈惹火了。

"是啊，我们都觉得魏叔叔人不错。家庭也不错。"这是婷婷未来的儿媳在说话。

婷婷不敢动，也不敢吭声。只要她不多嘴，沉默认错，大家会让她很快过关的。

豆豆说也许妈妈不喜欢魏叔。含笑说这么大岁数还有什么喜欢不喜欢？人家条件多好？福利院那个只会刻石头的疯老头儿能跟他比吗？……

婷婷抬起脸，胆大妄为地看了女儿一眼。女儿眼睛后面有另一双眼睛在瞪着她。含笑一点儿也不像许家的人，但此时姓许的却在一个女儿的躯壳里渐渐现形。那样一种公然的无耻，那样一份放肆的卑鄙，就是她把那盒录像带放进放像机，画面上呈出一对无毛畜生的时刻，他从窗口现出的那张无耻的脸。画面上雄畜生的脸和窗子上的脸合而为一了，她把一杯茶泼上去，茶汁从无毛男畜身上流下，从他制造了她的一双儿女的玩意儿流下。她意识到他被电视的一层玻璃护住的，于是她把杯子砸上去。看什么还能护住你！窗子同时被砸开了，一个没被她砸死的无毛兽爬上去，说她"疯了"！

许含笑还在说，说。父亲的卑鄙神貌在女儿脸上一会儿一涌，冲破含笑姣好的面容。

"……再说魏叔叔家还有房子。这年头谁能有三套房子呀？……"含笑说。

"不过强扭的瓜不甜，含笑你认识的人多，再给妈找一个呗！"豆豆的女朋友说。

"她是被那个老疯子给迷了心窍！你找谁来她都不会要的！"

"我们单位有个老头儿不错，刚死了老伴儿……"

豆豆马上问他女朋友，她单位的老头儿是干吗的，工资高不高。是个X光技师，六十三岁，身体好着呢！有房吗？应该有吧。得打听打听，没房的不要。行，赶明儿问问。长得不太难看吧？咳，老头儿长得都差不多。

于是就是一片咯咯的笑。

这时外面的鞭炮和焰火开始了。婷婷两手在洗碗池里搅动，面朝着一会儿一团光焰的夜空，她的晚辈家长们在她身后的笑声使她感到再也忍不住了，得马上用肥皂水冲洗毒素。姓许的到底买通了多少人给她下毒？但她知道她不能马上行动。自己灌自己肥皂水给他们一解释就成了"犯病"。那个录像事件爆发，她的病也爆发，那时人们称其为"发病"或"得病"，而后来她一旦不乖乖行事做人，人们就说她"犯病"、"病又复发了"。

"……你看我妈是不是跟正常人一样？要不说你看出她有病吗？"

这是许含笑在向未来嫂子夸奖母亲呢！

"就是啊，你们太老实，何苦告诉魏叔叔呢！我下次介绍那个X光技师，什么都不对他说！"

这是未来儿媳对未来婆婆的肯定，以及对她的推销计划。

真该马上去吐一吐。姓许的好狠，买通所有人来给她下毒。毒化她婷婷的生命生活。她现在一定要熬住，不能去吐，因为一旦他们知道他们下毒成功，都会把罪责推到她头上："看看，又犯病了吧？"然后顺理成章地，他们又会把她送回医院。这是晚辈家长们跟她没商量的事。一旦回到医院，她就不可能租一间小屋，养一只猫、一条狗，逢年过节接老张出院，接到小屋里，一家四口挤一挤……她为自己的清醒而惊喜。欠缺一点儿健全的脑筋能做出如此逻辑的分析，有如此的"小不忍则乱大谋"的意志吗？

豆豆埋怨自己女朋友，怎么不早把X光技师介绍给母亲。听说给他介绍老伴儿的人不少，还有一个是过去的老电影明星呢。哪个明星？谁知道，他们那一辈人演的电影我父母都没看过，太老了！那希望不会太大了。管他呢，先介绍呗，最多花一顿饭钱。

"没错，请技师来咱家吃饭，顺便显摆一下我妈的厨艺！"

这是豆豆的声音。一锤子定音了。

　　大年三十因为缺乏管理人员，福利院把病房楼加了大锁。除非家属探视，病员不得到楼外去，平日排着队出去晒太阳或干活儿的活动全部暂时取消。剩下的病员不多，却把四层楼的电视都打开了，各播各的晚会，新闻、脱口秀，音量都开到了极限，让电视们楼上楼下地吵架，比病号满员时还热闹。

　　他对自己说：从现在起我就叫张书阁了。因为有一个人值当他把这名字交给她，由她珍藏爱惜。这个人是干净的，她的嘴叫"张书阁"三个字绝不会把它弄脏。

　　从会见室回病房的路上，他便飘飘然地这样想着。他也用右手——那只天才灵秀又白又净的手去摸了摸她的手。她的手真纯洁、真幼稚，无名指和小指上各有一个浅浅的酒窝。

　　所以从这个时刻起，他就可以恢复自己真实的身份：一个叫张书阁的篆刻天才。他在疯人院隐名埋姓地度日，让那个张书阁只活在院外的世界上。张书阁去各地参加篆刻展览，得名次，挣奖金。奖金不少呢，一枚章有时能挣几百块。工资才多少？才五十八块。还是车间的四级车工的工资。那个真人张书阁是不露相的，进入各个展厅和颁奖大会都是隐身的，仅仅那张印着他篆刻的纸作为他活着。真正活着的生命往往无形无态，而有声有色的不见得是生命。这是他从会见室往病房走的一路上想到的。那个无形的却是真实的生命并不在这疯人院里，而跟着她走了。她叫舒婷婷。不过他叫她文婷，文雅的、亭亭玉立的。

　　据说他恋爱过几次。头一次很早很早，"从前有座山"那么早。

"从前有个小伙子，会在木头、石头、肥皂、萝卜上刻花鸟虫鱼"，老乡们这样流传着。"从前有个小姑娘，也是北京学生，和他相好上了"，老乡们把故事传给后人。"从前有一种人叫知识青年。啥知识也没有，还不如过去教书的李先生，李先生好歹会写对联"，"那个会刻石头的小后生是个疯子，下来第八年疯的"，"他爷就是疯子，也会刻石头"，"整天把人都刻成石头，不是疯子是啥？"，"把毛主席也刻成石头，鼻子都叫他刻掉了"，"后生就是那么疯的"。

张书阁不知道自己的故事，可别人都知道。别人知道，可告诉他的又都不一样，他也不知该信谁的，所以他等于还是不知道自己的故事。比方关于他的女儿，故事就有好几个。老乡们说"从前有个男知青搞大了一个女知青的肚子，生下了一个小知青"，"女知青把闺女丢给一个婶子，自己回北京了"。"那个男知青再也没找着他的闺女，所以就把石头刻成他闺女"。

工厂的人讲他的故事也讲得好。"张亦武是失恋疯的。病退回北京进工厂的。跟他女徒弟要结婚了，女徒弟发现他不对劲儿，赶紧逃婚。他呢，就又犯了疯病。"……

现在他在会见室到病房的路上。星星出来了，稀疏昏暗，不过强似没有星星。据说北京没有星星，没有星星好些年了，没有星星算是天吗？

"你在说什么？！"后面跟上来的人问他。

他扭头看着这个人。人们把他自己和自己说话看得了不得，是发病的兆头。人找不着合适的谈手，把自己当谈手有什么不对吗？为什么要遭到他们下药的待遇？！

"我跟你说话呢！"他笑眯眯地看着对面的人。一个值班护士，虎背熊腰，负责押送他去会见室。他爱逗医护人员，玩他们的脑筋。

"我听你说半天话了。"

"是啊。我知道你跟着呢！"

"你刚才说什么？什么不算是天？！……"

"好话不说二遍。"

虎背熊腰的男护士看着他的病人。他可不知道这个病人忽然想到一个妙极了的办法，可以和文婷做正常恋人的办法。他看着虎背熊腰的护士，忽然想到了那个山村，三十四户人家，一个叫"补玉山居"的农家客栈。他去那里找过石头。虽然鸡血石是仿冒的，那里的秀丽山水可半点儿不仿冒。他面对着男护士年轻宽阔的脸膛，心想这扇门他一定会打开的。堵上围墙的洞也难不到他，他可以在这宽阔年轻的血肉之躯上挖墙脚。

"你跟我来。"他对男护士说。

男护士以"你干不出什么好事"的警惕表情一直跟他上了五楼，进了他的病房。五人病房现在只剩他一人。男护士一脚在房内一脚在房外，全身各就各位，以防他的疯狂突然朝他袭击。

"你进来啊！"

"你要干吗？"

世上的人全都怕疯子。所以做疯子可以所向披靡。

　　他从口袋摸出一块石头。石头猛向他一翻。男护士的眼睛猛地一亮，看见了石头上的人像，非常逼真的爱因斯坦。他跟男护士将要靠这个达成第一步合谋。

　　"知道吗？它可以卖钱。"张亦武朝男护士进了一步。

　　男护士朝后退一步，问他卖给谁。

　　"知道卖给谁我找你干吗？"张亦武说道，"你认识琉璃厂吗？上那儿找个谁，一定能卖掉。"

　　"能卖多少钱？"男护士问。

　　男护士进来了，也不怕张亦武突然用爱因斯坦砸他个脑浆四溅了。

　　"跟他们要五百！"他用丑陋的左手比画出"五"。

　　合谋初步达成，男护士将从五百块中提取三百。因为那将是很辛苦、很窘迫的工作，就像北京大街上讨厌的推销员；推销美容院广告、足疗广告、房地产、星相手相……

　　男护士第二天把推销的结果告诉了他：只能通过一个卖石头的小贩去推销，几时销出去，几时三人分利。因此张亦武的利由两百变成了一百二。

　　过了五天，男护士又来了，满脸喜洋洋的红光。他把两百元放在张亦武面前，问他下一个爱因斯坦什么时候出世。张亦武拿出一块石头，又那么朝男护士一翻。男护士朝上面瞪着眼，一个陌生人的头像啊！不陌生，是拳王阿里呀！拳王阿里不好卖，还是爱因斯坦好卖！可是阿里难刻呀！因为他是黑皮肤，黑皮肤上刻五官，太不容易了！谁管你容易不容易，人家就要爱因斯坦！刻他上百个爱因斯坦就发了！不想刻爱因斯坦……不是爱因斯坦卖不了一千块！那就少卖点儿。能多卖为什么要少卖？！

"我就是不想再刻爱因斯坦，你爱卖不卖。"

这是一句不容商量、没有争论余地的宣言。张亦武听很多人告诉他，典型的疯子就是他这样的，不留任何余地，极端至极，不可理喻。他现在又在男护士脸上看到正常人和不可理喻的人打交道时的表情了，就是这种笑容，他是成年人而你是小孩儿的这种笑容。

男护士答应拿着拳王阿里去试试，看看小贩肯不肯出五百块买下他。他用正常人那种不坑人白活的思路考虑问题，对张亦武说拳王阿里一定难出手，但只要小贩一把掏出钱就行，事后他卖不出去是他的事。

结果第三天拳王阿里就以八百块卖了出去。

"快刻快刻，看来咱要发财了！"男护士说，替他摩拳擦掌。

"我刻不出来了。"

"……怎么了？"

他这时候躺在自己床上，其他四张床的病友仍缺席。楼道里在重播春节晚会，据说疯子疯得狠就成孩子了，什么东西都反复看反复听，越看得熟悉越喜欢。张亦武从这一点分析，断定自己不属于特别疯的，因为他从来不喜欢重复的东西。好东西都是偶然生发的，好比艺术作品和孩子，都是不可重复的。激情也是个好东西，也是不可复制的。对一个女人的激情，对一件艺术品的激情，都不可能被复制出来，用于另一个女人，另一件艺术品。他因为那不可复制的激情而制造了不可复制的女儿。事后，一切都证明了女儿的独一性，再也没法有第二个一模一样的女儿。其实他从没见过女儿，但这不妨碍她具有最尊贵的独一性。就像爱因斯坦，就像拳王阿里。就像他刻画他俩时的冲动——他是为了文婷而刻画他俩的。在文婷款款地走向他时，他身上另一个人——张书阁就复活了。文婷在一个医生、一个男青年之间，款款走着，他从楼上窗口看着她，同时对张书阁说：该你出场了。

"为什么？！"男护士问道，"你没石头了？"他往他病床下看看。

"跟你说不清楚。"他在心里叹口气，对张书阁说，你看，他以为激情就是驴和马配种下骡子的东西。

"什么？！"男护士问。

他听见张书阁以极其文雅、几乎小说中的语气说他太粗鄙，配种这种话不可以脱口而出。张书阁还说，他应该去读读书，读了书会有创作灵感。比如读《静静的顿河》、《带阁楼的房子》、《叶甫根尼·奥涅金》。

"好的。"他答应了张书阁。

"你需要什么样的资料？时尚女性杂志到处有卖的，就是太贵，成本得算分摊。"男护士说。

"好的。"他听张书阁又提出一部书名：《老人与海》，它会让他懂得，被常人理解的疯狂是一种最好的境界。

"刻一个莫文蔚，要不章子怡？"男护士说，"那个小贩说女明星肖像好卖。"

张亦武跟张书阁说，人们要他刻他从来没见过的人物，这不苦死他了？

"反正女的比男的好卖！"

"好的。"

张亦武闭上眼睛。这下他可以一个人静静地看看文婷。他紧紧闭住嘴，也希望张书阁闭嘴。这样男护士就不会听见他俩的对话，就不会把他俩的对话当成一个人的自言自语。他自认为装打鼾的功夫是不错的，而男护士却说："少他妈装丫挺的，想让我走就说一声！"

到了大家都过完节回来的这天，他还是不想操刻刀。男护士一脸讨好，塞给他几包烟，问他刻得怎样了。他突然对男护士说："放我出去。"

男护士东南西北看了看，看看有人听到他的话没有。

"出去干吗？"

"出去找好石头。现在我这些石头都不灵。刻起来没情绪。石头好了，价钱也能卖得好些。"

他心里得意极了：谁说他有病？他的话多么在理，理由多么难以驳倒！

"没有家人为你办手续，怎么出去？"

"看你的了。"

男护士站在那里,头顶一根枯槐枝,一点点风那枝子就成了教鞭,在他帽子上指指点点。他终于被指点得开了窍。他说他去活动一下荣宝斋的领导,让他们出一封介绍信,请篆刻大师张亦武去现场献艺。没想到领导们一听说篆刻大师是福利院的"三无"病员,都相互踢球,直到三月份,事情还没有眉目。

三月份却是个好月份,是文婷来看望他的好月份。灰糊糊的冰开始融化,下面黑乎乎的河水从裂缝溢上来。文婷真美,头戴一个紫色绒帽,大口罩上的眼睛又大又干净。男护士这次立功了,把文婷放进了楼道。

文婷进了他的病房,跟另外四个面无表情的病友打了招呼,又向他们散了烟。这也不帮忙,他们照样面无表情,照样不让地方,全都原地坐在各自床上。这是个春天的上午,南来的阳光照在桌上,一瓶蓝色墨水成了老大一块蓝宝石。北京既没有太阳也没有蓝墨水,文婷告诉他。她把一个老录音机放在他床头,又从包里拿出一堆磁带。都是她喜欢的音乐:西贝柳斯、勃拉姆斯、门德尔松……她尽量遗忘谁让她喜欢上音乐的。那姓许的在文化馆给人上音乐课,用音乐勾引了她。她开始给老张放音乐。用耳机,不会影响别人。她说着看一眼无动于衷的面孔们。喏,这个耳机插孔不灵敏,得使劲儿用手抵住它。文婷示范着,自己把耳机套在头上,又摘下来,套到他头上,一面拉起他丑陋扭曲的左手,抵紧耳机和录音机的接口。她看着他的脸,看看他是否听出神听入迷了。然后她相信他听入迷了，因为他盯着她眼睛的眼睛昏昏然醉醺醺。她拿过耳机，往自己头上套，想听听哪一段让他那么入迷。结果发现耳机里一片死寂。她围着录音机转了半圈，又转回来，突然想起什么，对他说，她们文化馆的同事对她说，如果机器犯毛病，打几下。她打了几下，声音果然出来了。又过了十多分钟，又需要揍一揍机器了。她这次让他自己来打。可他打得不得法，机器顽固地不服从。她拿起他的左手，一面拍打机器，一面对他说打也是有讲究的，不能打木头那样打。而他的左手只能像打木头一样打这个敏感而情绪化的机器。她放下他的左手，抓起他的右手。

他一下子挣脱了她。

四目相对。似乎一个世纪过去了。

然后他把右手抬起，无力地交给她。她抓着它，明白了什么。他和文婷相互间明白的许多事就是这样的，通过一条内线、一道电波，发出和接收是同时的，因此万分之一的误差都没有。就像他的感觉和他的右手，感觉到的右手便接收了，体现在每一道刻画上。一般的人和人之间是没有这条内线的，他们得靠语言，语言怎么能靠得住？像他和文婷这样以那条内线交流，谁都无法截获他们信息。

文婷明白他的右手该做它使命规定的事。因此她只是捧着瑰宝那样，看了看，就放下了。揍录音机不该它来干。她又放了他的右手。疯子必须和疯子相爱，他和一个不疯的女子，怎么可能建立这条内线？

他和文婷散步到黑乎乎的河水边。这还归功于他长期在那男护士的原则性责任感上挖墙脚,因此他特批他们单独去河边走走。河反正是福利院的天然防护。河水纯黑,你跳进去试试,它马上把你沤烂。

"我告诉你,我们可以一块儿去一个好地方。"他对文婷说。

"去哪里?"文婷小姑娘问。

"我存了不少钱,够咱去那地方了。"

他身后的秃头杂树后面,一些眼睛在盯着他俩。一块灰色的残雪。他用一根树枝写了四个字:补玉山居。

她明白了,脸蓦然绯红。

他赶紧用左手抠起带字的雪来,团成一个球,就像团掉密信似的,把雪球扔向黑乎乎的河水。

文婷赶紧把他接触过冰雪的手拿过来,用她的手绢仔细地擦。让杂树后面的眼睛看去吧!

文婷把眼睛转向黑乎乎的河水,因为她不想再被他追问。他们疯人处不好时是一个个谁也打不破的独立堡垒,处得好就成了她和老张这样,处成了一个人,谁也打不进来。像正常人打不进聋哑人的堡垒,也像身材健全的人打不进侏儒的堡垒。

她骑着自行车北上的一路,都在准备一个悲哀的通知。她未来的儿媳把她介绍给了一个 63 岁的 X 光技师。因为头一次儿女们做媒她违抗了,这次她认为该听话一些。但她一见到老张就想再做一回不听话的长辈。豆豆的话多恳切呀："你不是自由恋爱过吗？结果不好吧？找的人最后干出那种事，不然您还得不了这个病。"

自由恋爱使她"当局者迷"，那时都"迷"，现在还用说？晚辈家长们更不放心她自己再来一局了。有这个病，更得迷得找不着北。

可她一见老张就情胆包天（想到这个词她脸发烧），想到这辈子还剩多少日子？让她再迷一迷吧！关键是得逃出儿女们的监管。

老张在灰色坚硬的那块残雪上写下了四个字"补玉山居"，他说那是个好地方。这个好地方在地图上不存在，她用高倍数放大镜都查不出来。她正伏在儿子的书桌上查地图时，门开了，含笑的声音嚷着："哥，她又去哪儿了？"

含笑把自己母亲叫"她"。

从门口到儿子的卧室还有十多步，足够她藏起眼前正做的工作。她一把揉掉了地图。老张就是这样一把揉掉了写在残雪上的秘密地址：补玉山居。

含笑听见质地良好的纸张被揉搓的响声，马上向豆豆的卧室走来。"哟，您干吗呢？"女儿看着"她"。

"没干吗！"

"……您怎么不脱鞋呀？"许含笑一时间没找出什么破绽，但也得尽监察职责指摘"她"一点儿什么。

婷婷看着自己二十五岁的家长。对呀，路上对这个秘密地址

"补玉山居"太心向神往，过于切切，进门把脱鞋的家庭纪律给疏忽了。

"你也没脱鞋。"她下巴指指含笑的脚。

"我是看您的自行车不在，着急了！……"她又回门口去脱鞋。

婷婷把自行车停到对面楼洞里去了，因为家里的楼洞前停了一辆汽车，挡得她和自行车都进不来。她的自行车失踪就会让许含笑如临大敌。不过儿子和女儿毕竟忙碌，对她家教再严也总有空子给她钻。女儿加班加点的时候越来越多，因为她已经开始买公寓了。一套公寓从不存在时期就开始出卖，于是人们得陆陆续续把它买到手。有人（比如许含笑）要花三十年时间，才能把一套房陆陆续续买完整。

"您到底去哪儿了？"

"出去了。"

"什么地方？"

"出去走了走。"

她已经发现了正常人问话答话的要领，不直接答：貌似在问答，其实各说各的。如果你句句话都太较真儿，那就是她这种人，被正常人说成有病。现在开了春，她常常出门，每次出门都听到正常人之间相互说"有病"！

许含笑把严格管教这桩事留到哥哥回来后一块儿做。豆豆比较诲人不倦，再三告诉母亲并不是限制她的自由，但希望母亲不要泛用自由，并且在用完自由之后撒谎。

"我们会搞清您到底去了哪里的，"许含笑说，"假如您不说实话，以后您就不允许单独外出。"

婷婷向含笑眨着眼睛。她认为自己在女儿脸上看见了厌恶，就是家长们看到自己的孩子犯低级错误、装傻也装得低级时生发的厌恶。可她没有办法不眨巴眼。

"只要给福利院打个电话，就知道您是不是撒谎了。"许含笑又说，一面真的去拿话筒。她把话筒交给哥哥，自己却始终看着母亲。

婷婷依然眨巴着眼。在这些年轻家长面前，她一定是个讨厌愚蠢的长辈。

未来儿媳都受不了未来婆婆的谎言破产，赶紧从电视前站起，回她和豆豆的小窝去了。她要成为婆婆未来的晚辈家长，现在最好避开婆婆被管教的场面，否则将来她的正式出场会缺乏威力。

婷婷理解未来儿媳的善解人意。X光技师的媒是她做的，她一旦看到婷婷心不甘情不愿，看到婷婷被儿女管教时的狼狈，回到X光技师那头，会理不粗气不壮，会在替婷婷美言时言不由衷。

豆豆接过妹妹递给他的电话，按茶几玻璃板下压着的一个电话号码拨起号来。儿子眼睛跟姓许的长得一模一样，但姓许的永远不会有儿子这样真诚直接的目光。

婷婷等着一切真相大白，等着一通谆谆教导。儿子女儿是真心为她好的。自己可真不争气。

儿子已经和院值班室通起话来。值班医生大概懒得管本分外的事，说他只值晚班，白天谁来过他不清楚。他建议他们把电话打到第三病区，因为他们想了解的病号张亦武属于那个病区。

婷婷心里缓缓地升起希望。人人都像那个值班医生，懒得负责，多一事不如少一事，她有可能逃过一次惩处。

含笑不耐烦地从哥哥手里夺过电话，又拨了一遍福利院的总机。然后她请求总机转接第三病区，看来拨通了。她在沙发上挪挪屁股，坐稳当坐舒服，同时抬起眼睛，目光把母亲罩住：看您往哪儿跑。

含笑的眼睛是婷婷的。可婷婷认为自己永远不会有含笑那样自以为是的目光。那目光姓许。姓许的在追求婷婷时，也把局面弄成是婷婷追他，因为他自以为是。他说他若不懒惰就是世界上一流的乐评家。他要勤于写作的话所有当今评论家都会羞死。他要不那么痛苦地清高的话，他早就可以得到住房而不住到婷婷文化馆分到的两居室了。他要是愿意和人们一般见识，站到婷婷那个水平线上的话，他就会为他牺牲自己拍摄所谓"黄色录像"的动机辩护了。可他拉倒了，宁愿蹲两年大狱。

电话没人接，这是晚上八点。含笑告诉哥哥，先吃饭吧，一会儿再打。

饭是婷婷做的。为了她这一天的出轨和谎言以及可能得到的责罚，她准备了四个菜、一个砂锅。她自己一口都不吃，她一吃就会忍不住呕吐。姓许的无所不在，下毒的手法千般百种。至少许含笑已经彻底被他收服了。

三个晚辈家长竟然没注意到她捧着碗在做戏，其实一口也没吃到嘴里。许含笑说砂锅的豆腐炖得太烂，也太咸。未来儿媳往凉拌萝卜丝里加了几滴醋、一撮盐。豆豆吃到最后了，说应该有个汤啊！

婷婷立刻起身向厨房走。她去做汤，就去做。她可以离开餐桌了。

"算了吧，赶紧吃完收了餐桌，还得打电话……"含笑的话被碗碎的声响打断。

三人同时安静下来。一定是六只眼睛在切磋：这是碎的第几个碗了？看她又像犯病了！这么碎下去谁家碎得起呀？……

婷婷的背朝着那些激烈发言的眼睛，黯然拾起碎成三瓣的碗。地擦得好干净，白米饭落下去是白的，拾起来还是白的。

当她开始洗碗时，许含笑又在拨电话。她停下动作听着女儿问白天的值班护士是谁。熊护士？怎样能找到这位熊护士？1—3—9—1—1—0—5—6—9—8—1。

婷婷看见自己的手在水管下发抖，抖得水流都乱了。熊护士那边若接通，她的谎言就会破产。这一晚上还了得？三个家长为她的不乖要开家长会呢！

"请问是熊先生吗？……我姓许，是您病号的家属。哟，对不起，您这么早就睡啦？"含笑咯咯地笑起来。年轻女孩子以这种笑跟谁都敢淘。谁又能拿特淘的年轻姑娘怎样呢？所以姓熊的男护士一定已经开始向着许含笑。他一向着许含笑，老张和婷婷就完蛋了。

婷婷一动不动。胃里空空的，那毒素仍漆黑地漫卷开来。墨斗鱼又黑又臭的墨汁开始充灌她的全身。等家长会开完，她会削一大块香皂，泡一大杯香皂水，好好地洗一洗，把自己洗个里朝外，里外都洗白。

"真没来过？"含笑的声音严厉起来。

那一边在说什么？让许含笑翻了脸？

"您作为一个护士，可不能隐瞒病人的行为哟！"含笑说道，"你们病区的张亦武，我们都了解过情况。他和我母亲来往不正常……这您也知道？保护他们俩是医院和我们家属共同的责任，您说是不是？"

婷婷出神地听着女儿含笑的声音。她也有一副婷婷的嗓音，比较圆润。不然她凭什么从工厂调到区文化馆？凭什么组织业余演出？凭什么让姓许的追求她？可婷婷永远不会有许含笑那种家长口气。

"下次您一旦看见我母亲去找张亦武，劳驾您立刻跟我联系。我哥哥也行。不过他常常出去维修电脑，不如我好找。……那就谢谢您了。"

老张告诉过婷婷，那个虎背熊腰的男护士是可靠的。事实证明，他果然可靠。

"妈，您怎么一直开着水呀？水涨价了您不知道吗？"许含笑大声叫道。

"哗哗"的流水声戛然而止。是她自己关掉了水龙头。她太不乖了。

很快婷婷发现监察圈紧缩了。她的钥匙首先被豆豆收了回去，说母亲不出门，用不着钥匙，先让未来儿媳拿着，配了富余钥匙再还给她。她的退休工资和养老金被全部没收，许含笑说她替母亲开了个账户，零存整取，母亲有饭吃有衣穿，反正是不必花钱的，不如过一两年存出个整数目来。自行车也被没收了，豆豆说这车哪儿能骑呀？太破了，关键时刻掉链子说不定会出危险呢！

他们还想没收她的身份证。但她多了个心眼，把它早早就藏在了一个谁也发现不了的地方。这地方在豆豆书桌的抽屉上面，她用透明塑料胶带把它粘上去的。除了谁把头伸进扁扁的抽匣，再偶然把脸向上扭转，否则是不可能发现身份证怎样被粘在抽屉的天花板上的。

她有了身份证才能按步启动她的逃亡计划。北京没人要做的工作多得很，大楼里擦地板的、酒店厕所里鞠躬赔笑递擦手毛巾的、花店里修剪花枝插花的……婷婷走进第三家就被录取了。职介所根据她曾经的工作证把她介绍到一个豪华歌厅去做清洁工。工资六百元。五十元在一间地下室租一个床位，跟混北京的农村女孩们做室友。等她存了一定的钱之后就熬到头了，就可以跟人合租一个小单元，自己独占一个小屋。多小都没关系，能和老张以及一条狗、一只猫挤一挤就可以。

豆豆和含笑一定会急坏的。他们会去找警察。就像豆豆小时候走失，她流着眼泪，语不成句地向警察描述："……穿天蓝衣服……胸……胸前有一架……飞、飞机……留这么长的头发……因、因为他头发好，生下来没、没舍得剃……"现在换了豆豆向警察去泣不成声了。豆豆是母亲的法定监护人。

婷婷奋起拖把，擦过去擦过来，擦得夜深人静。

进山的路有点儿颠簸，不是把他颠到她身上，就是把她颠到他身上。他撩一把她的短头发。她说风景好美。

点烟的时候，他看见文婷脸避向一边。他知道了，再抽烟他就躲开她。有次躲到"补玉山居"大门外去抽烟，让老板娘曾补玉狠狠瞅了一眼。补玉那样瞅他，是笑话他怕老婆。能把文婷当个老婆怕就好喽，他事后跟文婷这样说的。文婷看他一眼，非常非常地小姑娘。

"你说，曾补玉要是知道咱俩是什么人，会向警察报告吗？"文婷问。她想起豆豆说的，监护人必须每三个月向片儿警汇报一次情况，使病人不危害社会治安。

他说他怎么知道。他觉得曾补玉也可能作为第二个姓熊的男护士，逐渐站到他这一边。那次去小铺买烟，他发现老板娘已经站到他这边了。为了他她几乎把河南人的小铺给砸了呢。其实他特别想告诉老板娘，钱对于他是没什么意义的，是可多可少的东西，人家那么贪恋热爱，就让人家多挣一点儿。他的"三无"身份一辈子都不用发愁，可以永远吃国家、喝国家、住国家。他的钱只有一个开销处，就是隔一阵到"补玉山居"来住一住。再说他还有一只天分极高的右手，七八年来，全国多少个篆刻大赛给过这只手荣誉？

他和文婷一有钱就把它花在"补玉山居"。他头一次来全凭姓熊的男护士跟他里应外合，姓熊的男护士用了三个月终于从琉璃厂某领导那里弄到一封信，盖着鲜红大公章的官方邀请信，邀请他出席即将举办的篆刻艺术现场表演大会。自从出席了一次那样的大会，一封封邀请函跟来了。原来人们挺欢迎他这只天才的右手，尽管不太欢迎他本人。他无所谓，反正只拿邀请信做假条用。从福利院请准假他就搭上长途车到北京，去文婷做清洁工的那个歌厅，接她一同进山。进山的路上，他和她会做好度假的准备，去超市买饮料、买胶卷，他喜欢看文婷唧唧喳喳，快乐的管家婆似的。那是他们最欢乐、最奢侈的时光。

进了山，文婷跟他天天上山下河找石头。让所有人当他们瞎逛吧！他要找一块能让他产生强烈冲动的石头，刻一件伟大的作品。找什么样的石头，刻什么，还不知道，但一旦找到了，一切全明白了。

"就像你一样。"他对文婷说，"在找你的时候，我不知道在找什么，那天下午你来了，一个医生和一个男青年押送你走到我窗下，我马上知道，找的就是你啊！"

文婷把头倚在他肩上。她比他稍高一点儿，因此这样倚并不省力。跟文婷在一起的这个张书阁真有艳福，你看看文婷那样子！

一副渴望再多听几句动听情话的样子。正常的人怎么会懂得他和她的幸福？他们之间的幸福也是通过两人之间那条内线给予和接收的，一种秘密电波，波段只有他们俩能播出和接收到。

有时候他觉得非人类的生命也能接收到。比如鸟，比如牛、羊、猪，以及猫和狗。山村里不少人家门口都拴着狗，第一次他和文婷走近时，它们狂咬，但他们站定下来，跟它们的目光一接上，它们就安静下来。等他抱着建交的良好愿望上去，它们已经娇滴滴的邀宠了。他和文婷听它们哼哼唧唧地控诉主人们的凶狠功利不公道。接下来，就是他替它们做主——把拴它们的绳子解开。当然，主持这样的公道得悄悄地，文婷得为他放哨。

当文婷和他自己看见村子里到处跑着获得自由解放的狗时，他们俩就觉得把他们自己给解放了一样开心。

但有一次，当他正用小刀割狗绳子的时候，那家男主人的脸从墙头上冒出来。男主人扭住了他，在送他往村委会去的路上，文婷不断地求情。那男主人对文婷的求情报以"呵呵"的笑声，说到处割狗绳子把狗放得满世界乱跑，满世界乞讨拉屎引起游客抗议并使游客流量减低的罪魁祸首终于给捉拿归案了。

文婷求那男人手别那么重，别拧他的右手，拧左手就行了。

这个男村民一听，本来是左手右手一起拧的，这下立刻释放了他的左手，全身劲儿都用在拧他的右手上。

文婷用一张一百元救下了他的右手。他都没看清文婷什么时候从兜里掏出的钱。她可够快的。这是他们第六次来山村，她就学会了拿钱开路，拿钱买"私了"。而村里人学得远比他们快，早知道"私了"可以卖高价。一百块就想买"私了"？做梦吧！山村里现在一天见多少北京游客？那个法式度假庄园工地上，光北京来的工程师经理包工头就十好几个，村里人谁还像十多年前那样，没见过一百元？所以男村民又朝文婷"呵呵"了几声。文婷飞快地亮出另一张一百。男村民看看文婷的假皮革包，四个角磨破，皮癣似的，盘算"私了"还能涨多高价。这时已经有人把事情传开了。三十四户人家的村子有点儿消息走得快着呢，坏消息走得比好消息更快。曾补玉套着两只护袖、围着围裙跑来，叫那男村民先等等，请他有话好说。男村民说跟这个搞破坏的老头儿没啥说的，让村委会跟他说去。搞啥破坏啦？不就是帮着放放狗吗？挨家割绳子，那不叫破坏叫啥？人家那叫动物保护懂不懂？现在西洋人兴这个！谁整天用绳子绑狗，那叫虐待动物，才该上法庭！人家老张那是文明人！……

　　曾补玉嘻哈打趣，只用了一篮柿子，就把"私了"给买下了。

　　可是这一次来"补玉山居"，老板娘曾补玉说：村里成立了联防队，以后所有客人都得用身份证登记。北京市公安局的规定。出什么事了？事倒是还没出，不过离"奥运会"不是还有两年了吗？像这样的山区旅游点人员越来越多、越来越杂乱，让公安们操上心了呗！

　　他眼睛一直打量着垒花坛的几块石头。它们有点儿意思，尤其是最底下那块大的。颜色是高粱馒头的颜色，高粱面和白面掺和揉成的花卷，揉得不规则。好就好在不规则，能用它刻一个好东西，从来没有刻过的一件大作品。可是，刻什么呢？……怎么把它取下来？找一块同样大小的石头，偷换下它来。得在晚上，得用电筒。不用电筒他也不会弄错，他早就认识它了。认识了山上山下所有的石头，最后在眼跟前找到了要找的一块。"补玉山居"，不是白叫这名字呢！

文婷坐在他身边，轻声地在说话。在和另一个女子说话。他回过头，看见文婷对面站着个大个子姑娘。等大个子姑娘被曾补玉带去开房间时，文婷告诉他，大个子姑娘姓孙，叫彩彩。第二天，他找到了一块尺寸合适的石头，打算去偷换那个巨大的"高粱花卷"，文婷对他说："我都跟她说了。"

他顾不上问文婷都跟谁说了，说了什么。他正急着找理想的工具去起"高粱花卷"。最下面一块石头，要完整地起下来，再换一块石头上去，也不那么省劲儿。等他摸着黑顺利完了工，才想到文婷的话。他跑到文婷住的女生通铺房间，敲敲玻璃窗。门轻轻开了，文婷站在门口冲他乐。他问她怎么知道敲窗的是他。那还能有谁？才敲三下就敲醒了？根本没睡呢！为什么没睡？……

"那你为什么敲窗子？"她偏偏脸。

秋天的月亮可真亮，文婷笑得一嘴月光。

"你下午说，你全告诉她了。告诉谁了？"他问。

"所以我等你敲窗子。"

他想，夜里他和她是这世界上的正常人。他们怎么会有病？

一问一答都从白天延续到深夜。这就是他们往往在深夜谈话的缘故。深夜最干净，话吐进去，不会被弄脏。不像白天，所有人的话都飞在空中，如尘土和坏气味。

然后文婷告诉他，那个叫孙彩彩的姑娘把自己的事告诉了她之后，她也把她和他的事告诉了彩彩。

这就是为什么他和文婷离开"补玉山居"时，彩彩追到柏油公路上，给了他们一张照片。是一张从报纸上剪下的照片：十九岁的彩彩只有脸没有胸部，因为胸部在一大堆鲜花和一个大奖牌后面。报纸上了岁数，又黄又脆，但不妨碍照片上的人脸年少新鲜。文婷说她觉得自己和这个叫孙彩彩的前散打女冠军有缘分。

老板娘曾补玉给婷婷装的几个卤鸡蛋被婷婷一直带到了歌厅。拿出来的时候，发现它们全挤裂了。她请了四天假，歌厅的前台小姐又换了新人。不仔细看是看不出的，因为生脸熟脸都被同样的挑钩眉、粉白脸、黑眼圈弄得一模一样。婷婷是被她不客气的口气提醒，才发现她是个陌生人。她问婷婷往里瞎蹿什么？这里是歌厅！花了三分钟时间，婷婷才让这个新小姐明白她几年前就蹿到这歌厅了，远比小姐蹿来得早。她吃了两个扁了的卤蛋，换上工作服，看看手表，还有半小时才上班。可在清洁工具仓库里也没什么好待：四周风景是拖把扫帚吸尘器，人和洗厕剂交换呼吸，不如早点儿上班。

婷婷刚从仓库出来，迎面碰上一个人。灯光朦胧，那人大声叫道："妈！"

婷婷站住了脚。马上，她觉得眼泪冲下了面颊。儿子穿着胸口上带飞机的外衣，留一头又厚又密女孩儿式头发，站在警察身边。警察只要一撒手，他就会跌跌撞撞扑过来。什么做妈的？！逛个庙会把儿子也逛丢了！……

婷婷已经抱住了她失而复得的儿子。都是妈妈不好。做妈的人，玩心还那么重！玩了这么一大圈，玩到山上河下，一玩玩了好几年。把儿子玩丢了这么久！她心碎成两半，给老张的那一半，永远在山上河下和他玩去了。

然后她听见豆豆粗而低的声音说："谢谢您了！要不是您打电话，我们真以为再也找不着她了。"

婷婷猛地抬起头，看见儿子身后的陌生人。再一看，不陌生，是租地下室床位给她的女房东。

不久婷婷已坐在了儿子的车里。不再是稚童气十足的QQ，是一辆成年的车，像儿子一样，不可挽回地成年了。豆豆不仅成年，而且已出现了老相。坐在驾驶座上，后脖梗下和背之间凸起一砣肉，胸下面凸起第二砣肉。等一等，姓许的不也有这样一两砣肉？早知道三十岁以后姓许的除了增长无耻下流还要增长两砣可恶的肉，她无论如何也会逃出他的追求。再看儿子一眼。姓许的真阴毒啊，他把自己长期埋伏在儿子身体中，埋伏三十多年。这可真是个胜利的大埋伏！

豆豆却说母亲埋藏得多么好，埋藏在北京日日流来窜去的三百万人当中，连警察都奈何不了。那三百万变幻莫测的人口暗流中，埋藏着凶手、妓女、毒犯子和吸毒者，人贩子和他们的"货品"，还有像豆豆的母亲这样逃避正常体面生活的人。而三百万人的人口暗流天天大浪淘沙，大鱼吃小鱼，像她这样的虾米天天处在被大鱼小鱼、乌龟王八共同吞噬的危险处境中。

婷婷听着豆豆的婉言教导，一句话也不敢插。离家出走是能够导致家长给予最严厉惩罚的行为，辩争是抗拒，抗拒从严。她这几年的出逃，让她的晚辈家长们由愤怒到失望，由失望到心灰意懒，这从豆豆口气里是能听出来的。婷婷做了几年让儿女家长们心灰意懒的长辈，她对自己都要心灰意懒了。因此，她不说不动，眼睛看着前面（一个人更多车更多的北京，一个暗暗滚动着三百万流动人口的大都市），两手规规矩矩平放在大腿上。结束她的暗藏，从三百万莫测的人口暗流中冒出头，她发现这个北京是别人的北京，每个空地上都栽着一幢新的高楼。

她的晚辈家长住在摩天大楼的空隙中，他们曾经的四层楼如同趴在原地的井底之蛙。

准确地说，豆豆和另外同楼的几户邻居是摩天大楼形成的深井之底的蛤蟆。

豆豆和他的媳妇孩子没法跳出深而陡的井壁，几乎被困死了。这是婷婷到家后从豆豆和许含笑的对话听出来的。许含笑春风得意，对母亲不搭不理，连教训她的情绪都没了。她早已搬进自己买的公寓，每月付贷款，工资不喂自己也得喂房子，但她喂房子远比喂她自己劲头高，态度神圣。婷婷对世上各种时尚行情都是门外汉，但歌厅里工作了那么几年知道女孩子们现在喂自己最马虎，第一是怕把自己喂肥，第二是逮着机会就让别人喂自己一顿。兄妹俩吃着婷婷做的晚餐，一面认真谈论。婷婷渐渐明白她的地位突然显要起来。这幢七十年代末建筑的楼年底要夷平，豆豆所住的房子还在婷婷名下（婷婷于是悟到这是进入区文化馆工作之前棉纺厂分给她的房），所以只有婷婷自己出面，才能用这套破房赚两套新房。许多邻居已经办好了这桩交易，欢天喜地搬了出去。

许含笑现在的动作极其雅致，也是五星级了。她雅致地把米饭和菜夹在一只瓷勺里，左手三个手指尖捏勺把，剩的两个手指翘在空中，然后再用筷子把勺里的饭菜轻盈地送进嘴里。一小口菜和饭，还要在中途加一个过场。她小时候直接把下嘴唇接在碗沿上，直接把面条或米饭扒拉到两排牙之间的舌头上，这是什么样的教化长进！她增加了这个从碗到口的过场，就可以非常从容地谈话。大概人们谈交易、谈合作、谈改善你国和我国关系、谈情说爱都得用这个过场。你看含笑不正是需要这个过场，跟哥哥谈合作和交易吗？她说兄妹俩从母亲那儿得到两套房，花的这几十万她可以设法先掏，但将来她的产权就不能是二分之一，应该是三分之二。她的嫂子马上谢谢她，说自己的娘家答应借一部分钱给自己和豆豆——三分之二的房产权？呵呵，房子又不是蛋糕，将来怎么切呀？

"将来"在婷婷儿时到青年时代的词典上都是个积极向上的词汇。几乎是"希望"的同义词。现在呢？她听了老张对她和他将来的设想，从中年之后不再美妙的词汇"将来"再度恢复了它的积极向上意义。老张说，将来他们可以做一对"三无"，同住一个福利院，他常常去看望在厨房后面干活儿的她，她也可以常常看见被成群结队带到院子里散步、晒太阳或者种树、编织各种球网的他。等他的篆刻一挣到钱和假期，他就带她去"补玉山居"度假。是个值得盼望的将来。几乎又和"希望"这个词同义。现在看来，她永远做不了"三无"了。这份房产（一套变了两套！）将永远钉在她的名下，或者反过来说，她和她的名字将永远被钉在它的下面。它是她的十字架。它摒除了她自由恋爱和自由生活的可能性。在回到这五十八平方米的"井底"之前，她以为她的自由是无边无际的。

这次回来，她就被牢牢看住了。儿媳在家里照看孩子和婷婷（其实是婷婷照看孙子，做清洁和做饭），顺便照看豆豆的电脑维修生意，接待偶尔上门的客户。豆豆开车出去，去客户公司和家里上门服务，每天骂骂咧咧地出出进进，完全被不堪重负的生活败坏了活着的胃口。连她三岁的孙子都会叫喊：奶奶站住！……只要她往大门口迈一步，谁都可以叫她"站住！"

可她跟老张约好，等第一场雪一下，就进山里去呢。她也跟叫孙彩彩的女孩子说过，一旦去"补玉山居"，就给她打电话，大家可以相约同行。上次在"补玉山居"跟彩彩姑娘谈得很投机。彩彩叫她文阿姨（彩彩并不知道她不姓文，文婷只是在"补玉山居"和老张面前使用的名字），把她作为长辈请教。彩彩问她，假如一想到跟一个人永远分开，她就想流泪，那是她在怜爱自己，还是在为那个人痛心？婷婷回答不出来，只告诉彩彩，她和老张在一块时，她觉得谁都让她怜爱。一只猫、一条狗、一只羊、一个脏兮兮的孩子，都让她怜爱得心抖。甚至她会怜爱让她惧怕的亲生儿女。为什么怕自己的亲生儿女呢？因为儿女们是对的呀！可为什么要怕他们呢？因为他们在理，他们知道什么是真为了母亲好，为了母亲长远的安宁、稳定、健康，这三样加起来应该就是幸福吧！彩彩不懂了，说老张难道不是很好的人选，还有那么天赋的一双手。可是老张和她自己一样，都是受人监护的人，是一不小心就会给社会带来危害的人。她告诉彩彩，她是背着儿女和老张私奔出来的。说着说着，她有点儿忘乎所以了，告诉彩彩，她攒了一千多块钱，等到够两千了，就够付租房的押金了。她会租一间便宜的小屋，每礼拜把老张从福利院接出来过周末。等再有一些钱，她就开个小铺子，专门展销老张刻的人物肖像。不过那是几年后的事了。这样一个大计划得容她攒一阵子钱。等到他们的小铺赚了钱，他们会常常来"补玉山居"。在"补玉山居"就没人计较他们的被监护身份，山村的人肯定不会检举他们。只要他们说话当心，行动不出大格，山村里的人不会发现他们那种令人难堪的病史。婷婷记得彩彩听她说话时使劲儿看着她，然后转过脸，看着一块墙壁，好久不说话。婷婷问她怎么了，她说没事，婷婷又追问，真的没事吗？有什么事她和老张看可以帮忙的。彩彩转过脸，眼睛还是不看她，说自己从来没想到过，人到了这个岁数还会恋爱，并且还挺疯狂的。她被彩彩说得心跳脸红，但还是接了一句傻话，说对呀，"老"是个很可怕的东西，有了爱情才能不怕它。

现在雪都脏了，她连门都出不了。豆豆和含笑全都在盼着雪化，好搬家，搬到新楼里去。含笑有一大柜子衣服和几大箱子儿童时代的东西还存在豆豆家（其实是婷婷家），所以要亲自来搬家。她和哥哥的交易做得不成功，因为她的嫂子和她亲兄弟明算账，说有病的婆婆将和儿子媳妇儿住一块儿，按说这是落到谁头上谁倒霉的事，没跟含笑多要一份房产权就非常客气了。许含笑说那可不一定，将来母亲受不了儿媳的气，说不定还会去跟她闺女住的。将来的事谁说得定？！都住嘴，别烦了！……

这是豆豆气急败坏地在打住两个娘儿们的扯皮。

"将来这两套新房子肯定卖价不一样！"许含笑说，"你们那套在十七楼，我这套在十二层，你的把边儿，厨房厕所都有窗子，明卫明厨，肯定卖价儿高啊！"

豆豆保证，一旦卖出新房子，多卖的那点儿钱肯定兄妹半儿劈。

婷婷想，"将来"在他们那儿似乎不是个什么美妙的词儿。并且，他们所谈的将来，跟婷婷词典上的"死亡"是同义词。等婷婷的死亡一发生，他们谈的那个将来才发生。现在两套房死死钉住的是婷婷，他们无法"半儿劈"。要不是她想将功赎罪，从此做个乖老人乖病人，她真想对他们说：别等将来了，现在就半儿劈吧！

又是一年的第一场雪。没下多久就开始融化，化成一小洼一小洼的水，又结成黑色的冰。儿媳出去买菜了。婷婷站在十七层高的楼上，纵横交错的小区街道在她脚下。儿媳戴着羽绒服上的帽子，皮球一样滚动，滚动。

孙儿会哭到他妈妈买菜回来。婷婷心揪得直痛，但她想到还有一个人为她心痛，痛得更剧烈。她失约了整一年。婷婷身无分文地出了门。

上了往北去的公共汽车，婷婷马上举报自己无票混车。她说她是回福利院的。对于那个福利院围墙内的人，外面世界都是好奇、嫌恶，而且稍有恐惧，因此售票员立刻赏了她免票乘车的福利。

又是这间会见室。老张一见她便说，下第一场雪那天早晨，他到她上班的歌厅找她，要和她一块儿进山，可谁也不知道她去了哪里。她笑笑。今年的雪和去年的雪在老张那儿融成了一片。他对于年份时间一向不计较。他又说他今天可能走不了，因为上次他去歌厅用的是一封假邀请函，盖的是假公章——他自己刻的，本来真假没区别，可他填日期填错了，填成了 1976 年。连姓熊的护士都没注意去看那日期，直到他出了福利院，坐上去北京的公共汽车院务处才发现，日期错了。错少一点儿问题不大，错太多了，错了三十年，错出个正常人和精神疾病患者的区别来。

她告诉他，她好不容易从家里跑出来。

他直着眼，盯着桌面上的一个点。那个点上飞速闪过他的计划。然后他让她到大门外等着。他走了十多步远又转身，朝她挤挤眼。押送他的护士也跟着他转脸，但他已经把脸上表情及时收起了。

在等老张时，她在冻成生铁的地上飞快地来回走动。她丢下三岁多的孙子逃出来的时候太急了，蹬进一双鞋就走，进了电梯听见孙子在门里大声喊"奶奶"！她也没顾上看看脚上穿了什么。现在她发现自己穿的是一双儿媳的尖头皮鞋，单薄而风骚，上面闪闪烁烁缀的东西都跟碎冰块似的，光是看着就冻脚。

她想到曾经和孙彩彩的约定。她问传达室的看门人，能不能麻烦他把电话借她用一下。看门人说，麻烦她到五里路外的街上去花钱打公用电话。

等了一个多小时，她的脚从疼痛到麻木。老张终于出来了，戴个大口罩，又戴了顶鸭舌帽，还围了一条五十年代的花格子羊毛围巾，眼镜被摘了下来。他特意伪装了一番。

在进山的路上，他告诉她发生了什么。他叫熊护士给琉璃厂随便谁打个电话，请那人用电话向病区值班医生告半天假，然后请熊护士签字担保他暂时离院。假如熊护士不合作，他就把熊护士长期以来盘剥他的劣迹举报给院领导。熊护士马上合作，并且合作成功。幸亏值班医生是刚分来的大学生，对张亦武这样狡猾顽劣的老病号油子缺乏经验，也幸亏他不用功没责任心，不好好读张亦武的病历和所有医生的值班日志，因此对他私刻公章自己邀请自己出院开会的案子毫不了解，他很快批准了老张半天假期。在老张，半天时间很经花，可以变成好几天来花费。

进山的路竟非常拥挤。不逢年过节，人们仍然能给自己放假去山里滑雪。公共汽车被堵在两山之间的柏油路上，婷婷已经挨了一场冻的脚现在作痛起来。

"你怎么了？"老张问她。

"脚……"她苦苦脸。

她的位子靠窗，老张让她转过身，把后脑勺抵在窗子上，这样她的脚就可以在他大衣里了。隔着走道坐了一对穿滑雪服的男女，他俩看看他们。那对男女大概二十五六岁。老张也看看他们，似乎对他们说：恋爱这桩事你们能做，我们也能做，我们只会做得比你们好。

"将来老了，我就这么给你焐脚，啊？"他轻声说。

他把老还看成"将来"。他把老永远都看成将来。一个值得期盼、永远到达不了的好去处，和"希望"完全同义。一路的车子都给堵火了。最火的一辆是银色奔驰，一般来说大奔驰是车子里最爱发火的。

银色大奔驰渐渐接近了婷婷和老张乘坐的公共汽车。再过一会儿，它就跟婷婷所在的窗口平行了。大奔驰加了塞儿，所以把对面的车道也占了，朝相反方向开的车也都动弹不得。大奔驰恼火得快疯了，不停地叫，长叫短叫，婷婷想象着暗色玻璃后面的人一定捶胸顿足、口沫四溅。

大奔驰的前车窗落下来，里面出来一个声音，命令公共汽车司机再往边上靠靠。司机说大奔驰加塞儿进来，它还让别人靠边儿！反面对行的车上，也有人大声指责大奔驰加塞儿加得太他妈土匪！又一个人怪修路的人：全是他的过儿，怎么修这么窄一条路！

婷婷看见大奔驰的后门一开，闪出个女人来，又关上了。这个是中年美女，步伐十分矫健，一双高跟儿黑马靴看上去皮质柔软，并很少在一般人走道的地方走道，因此纤尘不染。中年美女头发微黄，几缕金色又浮在微黄的头发上，这种花头发婷婷在歌厅见过，但始终看不出美来。中年美女的皮毛大衣架在肩头，走到公共汽车的另一边，然后走回来，对司机笑着，说了句什么。司机便开始往路边一寸寸地移动着蠢笨的大轿车。

大奔驰后面的窗里，一个男人叫道："李欣，别站那儿啊！"

叫做李欣的中年美女开始往回走。车里的男人呵斥她："那么多车！别让车撞着！……"

婷婷见迎面走来的中年美女朝奔驰车里的男人笑笑。婷婷在心里深深地羡慕，但愿自己能有那么美丽的笑。

"补玉山居"变了不少，大通铺房间减少了，增添了四间带浴室和抽水马桶的标准间。老张在路上想好了，这次他要跟文婷住同一间屋，带双人大床的，带电视的。那种房间上次他问过，一百二十元一晚上。他的钱付了两张车票，还要刨去两人每天三餐的餐费，再刨去烟钱，正好够住两晚上。

进了村他就发现变化非常大。村口一家度假酒店，河边又一个豪华度假庄园，生意火得很，这从两个停车场上停泊了多少车就看得出来。村口那家全是标准间的酒店翻修了外观，所有窗子全都上圆下方，自称西班牙风格。明年奥运会要开幕了，所以店主先弄起洋噱头来。河对岸的法式度假村看上去一点儿不法式，一座座三角形玻璃房子仅仅是罗浮宫玻璃金字塔的粗糙模仿，丑不堪言。听说庄园的主人是个瘫痪者。瘫痪者异想天开，毁掉环境的和谐美，他觉得自己不该生那么大的气。

这时他听说，那一幢莫名其妙的玻璃房子包一礼拜要七八千块。他一辈子也没见过七八千块钱。他旁边的文婷大概也没见过。

"七八千块！城里哪儿来这么多有钱人？！"补玉的丈夫谢成梁愤愤然地笑着。

谢成梁正在给一对年轻男女登记。这对男女很面熟，但他想不起在哪儿见过他们。他把脸上的疑问转给文婷，文婷对他耳朵咬了一句，说人们曾经怀疑那男的是施虐狂，现在看来不是，人家挺斯文的。老张想起来了，那男的姓夏，女的叫季枫。

谢成梁把身份证一一归还客人们，嘴还不停，但也不指望谁搭他的茬儿："一夜两千块，不就睡一觉吗？地暖？哪儿有咱火炕暖？！地暖就值两千？我们一间单间才两百！……"

文婷忽然拍拍他的腿，悄声问他听见没有："补玉山居"的单间涨价了，涨到两百了！

他不明白她为什么把他往门外拉。外面是硬邦邦的冬天，风都是砍过来的。

"把钱给我。"文婷说。

他从口袋里掏出叠得平平展展的大小钞票。文婷四下看一眼，用缩在袄袖里只露出指头尖的手飞快地点数一遍钱。然后她微微仰起脸，嘴唇上出现些细小动作。他看着她的脸和嘴唇上的细小动作，那么好看。

"你忘了把回去的车票钱算进去。"文婷看着他，嫌他出了小纰漏那样眼睛一斜，抿嘴一笑。

文婷的表情真多，不过你要仔细看，才能品味。

"我算了一下，回北京的车票，加上回福利院的车票……咱今天只能住大通铺。"文婷说。

"为……什么？"他攒钱攒假期，都为了他和她能住一个屋，躺一张床，说一枕头话，睡一个一分钟也不闭眼的觉。

"因为……"文婷赶紧闭上嘴，因为刚才登记的那对男女走出了接待室，手里拿着带房号的钥匙。等他们走进两个院子之间的门，文婷才又说："喏，你看，这是餐费，这是车票钱，这一点儿——咱总得有点儿花销吧？得留三十块吧？……二十块！可还是不够哇。你没听见，单间客房涨价了！"

他傻着眼，请教文婷："他们怎么这么坑人？！我们大老远赶来的……"他把钞票又点数一遍。

文婷懂他的委屈，因为她也好委屈。她的委屈就是一个悲剧女英雄的微笑。

他往接待室走，文婷从后面叫住他。他是想去求谢成梁，给他们一个打折扣的单间。或者让他们赊账，以他们这么长时间的好信誉，难道赊一晚上账，谢成梁会不答应？不答应就去找曾补玉商量。补玉是生意人，手辣心热，薄情达理。

"咱们住不起单间，住大通铺也可以啊！"文婷说。他看出她在哄他。她一定是怕他委屈坏了，出现个什么举动，让别人归结为"有病"。不进那福利院的人随便怎样撒泼撒野，都被认为是正常情绪。

这时候曾补玉匆匆走过来，进了接待室，说了句什么话又出来，眼都忙直了。老张从文婷的按捺下蹿出去。

"单间怎么涨价了？！"他问道。

补玉转过身，围裙雪白，油乎乎的两手支在空中。

"没事，补玉，你忙你的去。"文婷说。

"咱这儿的旅店都涨价了，咱不能不涨。柴米油盐涨得多快呀？"补玉笑嘻嘻地说。

文婷又拉住他的手，眼睛严厉起来。他从来没见过文婷严厉的样儿。他赶紧收回讨公道讨到底的姿势。他的手在文婷手中软下去，变得消极被动。他把自己交给文婷，爱他往哪儿领都行。

"快做你的饭去吧！"文婷对补玉笑着说。

补玉一走，文婷把他领到廊檐下。雪被扫除了，没扫净的地方留着笤帚梢的划痕。文婷赤裸的脚背从晶莹剔透的鞋面上露出颇大一块儿，淡紫色，血管深紫，让他想起拱出地面的树根。这么好的脚给冻得没了脚样儿。

"咱不跟人添乱，啊？"文婷说。

"我烦死他们了！大通铺的人都特别讨厌，跟福利院的病房里一样。我住哪儿，哪儿就有好些人！"他看她把食指放在嘴上"嘘"了一声，便改用气声继续大发牢骚："为什么我就不能跟你躺一块儿？就咱俩？"

"等咱的钱够了，再住单间。以后再住……"

文婷突然不说话了。

"不高兴了？"

"谁不高兴了？"

"听你的，下回再住单间，行了吧。我不添乱了，啊？"

文婷还是不领他的情，不给他一个笑容。

"我把那个大石头刻出来，肯定能卖几千块。我自个儿到琉璃厂卖去，不让人层层盘剥。"他觉得这是说话间就能实现的事。"多刻几个大作品，咱们就上这儿来盖个小房子。无商不奸，连曾补玉都这么奸！咱们自个儿盖了房，愿意住多少天单间就住多少天！"他感到文婷领情了，使劲儿拉拉他的手。

他不知道她脸上现在的表情算作什么，她可从来没有过这个表情。他想起了，她那表情叫作自卑。还应该有个词儿，叫作……自惭形秽。所以他也顺着她的目光抬起眼，看见一个穿皮毛大衣的女人，一团香雾地走来，走过去。女人站在三步远的地方，敲了敲接待室的门。没人应她，她再敲。她不懂这个山居的规矩，接待室的门是不必敲的，只需吆喝一声："掌柜的在吧？"或者："谢成梁，我又来啦！"连文婷和老张都学着吆喝："补玉忙着呢？"

谢成梁从里头"哐当"一下拉开门，"谁在敲门儿？！"

"你好。"

"……你是李……李欣？"

"啊，补玉不在？"

"她做饭呢！"谢成梁对李欣这样的贵气女子拿不准态度似的。"您进来等？我这就去叫她！您老没来了啊……"

老张见文婷眼不眨地看着叫李欣的女子。半夜开放一朵昙花，她一定就这样盯着看，生怕一错眼花就没了。花的分分秒秒都有审美价值呢。但老张觉得那女人哪里有文婷好看。那女人依靠了那么多衣装容妆，她敢不好看吗？

叫李欣的女人说："别去叫补玉了，就告诉她，我专门来拜访过她。等空了我再来。嗯……对了，温强，他最近来过没有？"

"去年还来过。带着一家子，还有一条大狗，开着大吉普！"谢成梁说。"我问他，温宝马怎么又变成温吉普了？他说他最讨厌宝马车，宝马是专为你李欣买的！进来吧，外头多冷！看看咱这儿，重新装修了！"

李欣只好进了接待室。

"你觉着她特好看？"他问文婷。

"我觉着她肯定特幸福。"

"你呢？"他拉起她的手，装在自己大衣兜里。

文婷又小姑娘起来，嘟囔一句："说我干吗呀？"她脸从黄白到粉红，太阳穴上一块浅咖啡色的斑像不当心把酱油吃那儿去了。

等李欣走出来，走远了，文婷的眼睛还跟着她溜光水滑的皮毛大衣脊背。她在廊檐下站了一会儿，看看柿子树上和石榴树上结着一样的冰挂，又看看枯成一张网的葡萄藤上打捞了不少雪。文婷的眼睛跟着她走。

"嘿，嘿，往这儿看。看她看傻了？"他问文婷。

"肯定是个特有福的女人。"

女人走过来，跟他俩点点头。烂鱼网般的枯干葡萄枝和藤蔓下面，石凳子是他和文婷最爱坐的。

文婷在半夜把老张叫到葡萄架下。火炕烧太热了，她觉得浑身都出燎泡了。她要好好劝他，一个人回疗养院安心生活，安心做"三无"老人，别再惦记她了。她已失去了做"三无"老人的资格。

老张兴冲冲地从男子大通铺出来，说他就等着文婷敲窗呢！

文婷想，让他先兴冲冲一会儿，五分钟之后再跟他说实话。

他却一直兴冲冲的，话也是东扯西拉，一口气说了好几个西洋有名浮雕。再说下去，火炕给予身体的热度就冷却了。但她一再推迟跟他实话实说的时间。他渐渐冷起来，上牙磕下牙，却仍不耽误东扯西拉。他说刻了那件大作品，肯定能挣几千块，这会儿他知道钱是好东西了，得好好待它，下次就能用它来住单间。

她想，没下次了。她的晚辈家长们再不会允许她有下次。她也不愿再让他们对她心灰意懒。她从小到大，都乖得可人，都给人省事。从此，她要做个乖老人、乖病人。从此，她要按照儿子、女儿、儿媳的安排，一个个去见魏师傅、X光技师之类的老光棍儿。

她转向他，以冰凉的手摸摸他冰凉的脸。她要讲的怎样都不能启口。那就让他永远把她当一个失约的伴儿！。

滑雪时尚起来是在三年前。去年开了滑雪营，架起滑雪索道，滑雪的人可以乘缆车进山里去滑雪。还在镇上建了直升飞机场，两架直升机随时待命救援滑雪滑出意外的人。直升机在不执行任务时，可以载客游览，机票相当昂贵。

滑雪的人一多，补玉下的兔夹子就常常空着。兔子们都学精了，快变种成狐狸了。

补玉越来越没出息。对自养的鸡和兔，她的手越来越捏不动刀。有一次，她早起忙完客人的早餐，就在厨房的水池边刷牙洗脸，谢成梁和他妹子绑了四只兔子，把八只耳朵吊起，准备下了刀直接剥皮。她端着漱口缸就跑，带哭腔地叫唤："就不能等我刷完牙出去，你们再行凶吗？！"惹得几个进山画雪景的美院研究生哈哈直乐，说老板娘立地成佛了。

她一清早上山，看看下的夹子有没有收获。竟然一只兔子、一只野鸡都不犯傻。它们一定闻出了空气中充满的人味，往更密的林子更远的山里跑了。这种时候她只好打发女儿去肉铺买些冻兔子来充野兔。谢成梁老是笑话她心疼家养的兔子不心疼钱，肉铺的冻兔肉一年涨了三回价。

补玉进了厨房的门，撩下羽绒服的帽子，一面跺着棉鞋上的雪。婆婆跟补玉是心和面不和，嘴上谁也不饶谁，给补玉做的棉鞋绝对好面子好里子好棉花，轮胎底子经穿把滑防水。她一抬眼看见了夏之林和季枫从棋牌室出来，嘀咕了一句什么，季枫的肩膀猛一扭。就是女孩子被强迫去做什么而死不愿意的姿态。

她想，尽管她跟两人打过不少次麻将，但她跟他们一点儿都近乎不了。世上什么样的人你近不了他？自视太高的，精神病患者，逃犯。这一对男女属于哪一种？

从厨房的窗子看出去，季枫被说服了，虽然两个肩还拧巴着，脚已经顺从地走回了棋牌室。他们要在这里长住一阵儿，却又不属于这些时尚游客。冬天来此地的时尚游客和夏天、秋天不同，大多是滑雪健儿。

周在鹏过去很喜欢参加补玉的"身份猜谜"游戏。猜对了他兴奋不已，猜错了他更加兴趣盎然，可老周现在成红人了，顾不上陪补玉玩这游戏了。他连见补玉都顾不上。那时法式"琉璃庄园"刚落成，被冯焕卖给一个酒店经营公司，刚刚开张不久，补玉见到变成个驼背小老头儿的周在鹏。他偷偷摸摸住进了琉璃庄园，让补玉心里好一阵不得劲儿。后来一天，他给补玉打了个电话，像做错了什么大事似的直赔礼道歉，反而把补玉给逗乐了。他说他现在红得发了紫，紫得发了臭，所以电视剧摄制组给他在琉璃庄园包了一座玻璃金字塔，把他押在塔里改写电视剧剧本。他告诉补玉，现在只要补玉看到哪个特臭、特受欢迎的电视剧，八成是他写的。补玉说不会的。会的会的，曾经对文字文学的崇高追求已经放弃了！不会的，因为她自己从来不看电视剧，好的臭的都不看。

老周在电话那头如释重负，又大失所望。

然后她说，想吃烤全羊、豆腐席，只管上"补玉山庄"，什么时候没他老周一双筷子？他没搭话。但补玉想，或许他胃口也升了级，吃惯琉璃庄园里玲珑剔透的膳食了。但她没想到老周第二天真到了"补玉山居"，吃了一餐豆腐全席。那次他跟补玉聊了很多，说起自己十几年前头一次来"补玉山居"（那时还不叫"补玉山居"）的真正目的：就是让"下海"逼的。前妻要他跟别人学学，学自知之明和实惠，放下三流作家的架子，去做一桩实实在在的生意。比如不少人去河北、山西贩煤发了，再比如一些人做传销发了，还比如一些人去沿海投机创业发了。他跟前妻立了军令状，假如他再花家里粮钱、肉钱、酒钱喂自个儿，一喂喂一年多，写的书仍然默默无闻，他就乖乖下海。他把自己的小说梗概给了几个图书出版商，他们都看到了它的浩大市场，很有可能会像可口可乐一样层层叠叠码在超市里，而买他书的人也得排超市的大长队。当他要求书商们预付他一半稿费，书商们答应得相当爽快。他用预支的稿费从老婆那儿买了清静（也是从那笔预支的稿费中，他借了补玉一万）。一年过去了，他交不出稿子。不是他没稿可交，是他不愿交。一交了稿，小说成功就罢了，不成功他就从老婆那儿失去了最后的回旋余地和最后的借口，承认自己是个三流作家，必须放下架子，下海弄潮。十多年前，他头一回来这山里，就是拿这里的山，拿补玉的小栈做他最后的防线。他躲在最后防线后面，想把稿子尽量改得无懈可击，使它一问世就轰动，从而不被他心爱的女人一脚踢下海。

当然，他那部小说使他更进一步默默无闻。更加默默无闻的三流作家是保不住老婆的。老婆和他都很通俗，跳不出基本路子相同的成千上万的通俗悲剧的结局，离婚了。为了还书商的预付款，没老婆踢他他自己也得下海捞钱去还债。那一次，成了驼子小老头儿的周在鹏感慨地说：补玉头一次见的，是"失身"之前的他，他的"春闺梦想"纯洁得很，就是两袖清风一生写作。写得好的人可以热爱写作，写得不太好的人难道就不可以热爱写作吗？

那次老周在法式琉璃庄园里住了一两个月，常常遛弯儿遛到"补玉山居"，不吱声地四下看，丝瓜也看，葡萄也看，就像他的初恋结束在这里似的。有时他会说，他写电视剧是为了还债，等债还完他就投资"补玉山居"，实现他对它的设计，把它翻盖成古雅质朴的四合院，把什么乱七八糟的假西班牙、假法国全打垮。他说他将来跟补玉一块儿来开店。

谢成梁听了老周的话却说，"补玉山居"已经有两个掌柜的了，不缺三掌柜，倒是缺个看车场的，愿意看车场就入伙吧。补玉使劲儿瞪了丈夫一眼。本来老周的话她只是爱听而不相信的，人和人之间，谁不说些过头话表达个善意、美意？但谢成梁对老周一场妒忌十好几年不休不止，让补玉瞧不起他。难道补玉还是个山村傻闺女，巴望谁抬举她去做城里太太？难道她会不懂老周写电视剧写得大红大紫，身边短不了小妖精、老妖精？大红大紫的日子连正人君子都挺不住，何况老周不是正人君子。

就是老周真和她搭伙，投资翻盖"补玉山居"，她曾补玉未必服帖他，任他去给山居改样儿，任他把他的喜爱强加到她头上。花一百万修四合院？别逗了！所有客人一来都是先问，有没有标准间。连张亦武老先生结账时都说，下回来一定先预备好足够的钱，豪华地住它一回标准间。

现在补玉的四个标准间都客满。最靠东那间住着季枫两口子，常常从他们房间里传出吵闹的声音，但最后终归是言归于好。他们原先的红色富康现在换了一辆马自达，两人订房一订一个月，预付一个月房钱眼都不眨。那么就是说，他俩是天天休假不必上班的人。可马自达动一动就要钱啊，油钱涨得不成话，他俩怎么养得起它？

把兔肉腌上，又备好几样素菜，离做晚饭还有两个小时。一般补玉会香香地睡两个小时，把早起晚睡给身体留的亏空补上。刚洗了手，搓着护手油走出厨房，一个客人从棋牌室跑出来，向各屋大声问："谁有云南白药？！"

"怎么了？"补玉问他。

"胃出血！吐了一地！……"客人仍是在跟各屋的听众说话，"有人有白药没有？救命啊！……"

补玉跑进棋牌室。一屋子灰色的烟，没人看的电视在自讨无趣地自言自语。她一眼看见弓身坐在地上的夏之林，再一看，他腿上侧卧着季枫。季枫的脸就是一张白纸，既没血色也没表情。地面上一摊乌糟糟的液体，大概是吐出的血。

补玉开店十好几年，从来没见过如此垂死的客人。她转身便向门外走，夏之林在她身后叫了一声："干吗去你？！"

"去打120啊！"她回答，一点儿也不想掩饰她的怕事，谁开旅店愿意摊着个死客人？

"你等等！"夏之林吼道，声音比他放开五音不全的喉咙高歌还可怕。

"再不救她命，该出事了！"补玉声音也大起来。

"放心，不会死你这儿的！"

"哎，你这人说话怎么这么好听啊，这不是想帮你吗？"旁边一个女人说。

"用不着帮！"

旁边几个牌友也被夏之林的不近情理弄蒙了。其中一个轻声劝补玉，让她别理夏之林，赶紧去打电话。

不知什么时候季枫已把自己竖直了，尽管站立得风雨飘摇。她说她这就回屋吃药，老毛病了，惊着大伙儿真不好意思。显然她是在帮夏之林大事化小。

补玉觉得事情比所有人能看见的更大。刚才夏之林那样垂死绝望地吼叫，阻止救援，似乎是出于更大的恐惧。比惧怕重病更加惧怕。她有些不甘让让这桩不可捉摸的大事被化小、化了，跟在夏之林和季枫后面，微微张着两手，好像不放心季枫把性命交在她的男人手里，自己随时要插手插足。

"没事了，她这是老毛病，我们带着药呢！"夏之林转向补玉，脸放松了，眼里漆黑的神经质把眼神绷得非常紧，绷得要断了。

这是他在拦她，不让她再跟下去。补玉只好站在院子里，看着季枫两脚踩棉花地被她的男人扶进了房间。门关上了。他们的窗帘从来没打开过。补玉的客房封锁着的是别人的真相。客人走了，真相也就被屋子吞咽了，消化了。

夏之林有过好几个名字。就在他被曾补玉和谢成梁仍然当作夏之林来接待、登记时，他在外面世界已经不叫夏之林了。连季枫都不知道她最初认识他时，他是否用的是真名字。

季枫在做季枫之前，也做过许多个其他人。不过她是迫不得已。最初的女高中毕业生是个真人，后来一系列其他人——年轻的休闲夫人、甜蜜蜜的小母亲、麻将桌上的牌迷，都是假的。做母亲的时候，她真的甜蜜过，但后来知道了真相，发现那甜蜜小母亲根本不是她自己。成千上万的高中毕业生中，总会出现一些不安分的，满怀痴心妄想，认为故乡太小而自己命定是属于大地方的女孩子。在十年之后，当高中毕业生成了胃出血的季枫，被丈夫关在一个叫"补玉山居"的客房中时，她才明白自己这样的故事天天发生。从八〇年代到二〇〇七年，才二十多年，和她类似的故事，已经是老掉牙的故事。这类故事早就耗尽了记者们的同情心，一听便会说：噢，又来了一个呀。她们这样的故事连都市里找不着故事去编电视剧的写稿匠都不耐烦，会说：再想想，还有什么新鲜的细节……这段就不必说了，我是说新鲜的！

当季枫还是一个叫赵益芹的高中毕业生时，她是个爱笑、爱哭、爱吃、爱唱歌的小姑娘，很漂亮，也知道漂亮是女孩子很大一笔老本。她在安徽老家已经知道了灰姑娘的故事，她就是以灰姑娘的眼睛，看着南下的火车窗外的一切景色的。跟她同车出门去沿海城市的五个姑娘都称得上好看。她们家乡丑女是稀罕物。她后来知道她们每个人都是把自己当作灰姑娘，一脚踏进当代的蛮荒，东莞。要到她住进"补玉山居"，认识了一个叫张亦武的老先生之后，她才会知道，曾经美国就有过类似的蛮荒，那块蛮荒叫旧金山，全世界人都像野兽争食一样在那里抢金子。

一天做十四个小时的工，高中毕业生们仍有精力消耗在东莞那片霓虹闪烁的蛮荒上。不久，一道出门的两个女孩悄无声息地辞了工。剩下的女孩瞧不起她们：无法坚持灰姑娘梦想的人，只能沦落成"小姐"。又是不久，所有同道来的女孩子们都不再做工。连那个十六岁的小姑娘柳亚兰也进了歌厅。被工友们叫作小赵的女孩是唯一要把灰姑娘做到底的。她才十九岁，急什么？唯一让她遗憾的是，每天打饭排一小时的队伍时，再也没有几个小老乡轮流占位子，相互聊天解闷儿了。

她真的像灰姑娘一样朴实无华地等到了她等候的上流男子。那是个星期天，累死累活的一周里唯一的假日。像以往一样，她补了长长的一觉，下午四点走到繁华拥挤的街上。她穿一条白色牛仔短裤，一件蓝色无领无袖汗衫，赤脚蹬一双低跟儿凉鞋。到街上就看见远处一蓬黑烟。再往前走一段，人群迎着她热烘烘地跑过来。黑烟起处，某个餐馆遭了火灾。这里人一结下仇就会你烧我房子我放你血，罪恶之后，一跑了之，再到另一个无法无天的沿海城市去白手起家。

她还没想好往左还是往右挪，就被人群裹挟到一个小街上。这里晚上极其繁华，下午四点钟却还是瞌睡朦胧、无精打采。一家挨一家的美容院谁都知道它们真正的服务项目是什么。楼上的窗子开了，露出小姐们蓬头散发的倦容。小姐们把瓜子壳嗑到楼下，把烟灰直接弹到避火灾的人群头上。有人斥骂，她们也不急不恼，厚颜地回敬一句带笑含痴的双关语。

一只手拉了她一把，说她怎么站在这儿傻听那些脏话？那些话比茅房还脏！

她看见拉她的人是个比她大不了太多的男子，两道漂亮的眉毛。多少女孩会希望把这两道眉移植到自己脸上。他的个头不太高，但绝对不矮。灰姑娘等待的不该是个矬子王子。他的洁白衬衫，笔挺的卡其色布裤子让他跟街上所有汗流浃背，不洗澡但穿着港式、台式时髦衣着的人群马上区别开来。

她在他拉她的同一时刻，就做了挣脱的努力。但他不由她挣扎，把她拉进了一个小店。仔细一看，这是一家租言情、武侠小说的小店。方圆几里，这是唯一能看见带字的纸的地方。

"你知道那些女人是什么人吗？"

"知道。"她还在打量他，还在一样一样地发现他长相上的优点。唯一缺点是他的眼睛。假如它们又大又深，就真的是灰姑娘等待的人了。

"你懂她们在说什么？"

"……不太懂。我不太懂她们的口音。"

"你个傻丫头。站在那儿，马上会有人把你也当成她们那样的女人。你要不肯，还会得罪那些坏男人，说不定会伤害你。"

她朝他慢慢眨着眼。

过了一会儿，他和她已在商场一家冷饮甜食店里。她觉得她正经历的，越来越像灰姑娘。多年后，她成熟起来，也玩世不恭起来，会明白自己十九岁那个下午是怎么了。事物的表象可以随着你的主观愿望变。事物都是变色龙，可以随你的主观愿望变出你想要的表象。因此她坐在甜食店白色铁椅上，看到的是自己美好的主观愿望——一个受过国外教育的年轻男子。九十年代，留学归国，就是王子。

"我叫林伟宏。你呢？"坐在她对面的青年说。

"赵益芹。"她的手握在冒冷汗的冰点杯上，湿漉漉的，她便用指尖上的水珠在玻璃上写下了自己的名字。

从那之后，叫林伟宏的青年也开始叫她小赵。每晚下了班，林伟宏就开车带小赵到厂外去吃冰点。他的车在东莞不是最豪华的，也不是最朴素的，就像他的为人，适可而止。

他们关系的进展也跟其他类似的男女差不太多。开始她收到的礼物是高档服装，然后是首饰。收到首饰的同时，两人已经山盟海誓，已经并蒂比翼了。她知道如今一个处女的消失不是什么大事情，市价是十万，但两情相悦，就可以无价。在火热的恋爱中，他许了她一个无忧无虑、丰衣足食的后半生，她多做一阵处女有什么意义？就在他来厂里接她出去吃甜点的那个星期，她从女孩变成了女人。

伟宏非常爱她，任何人都能从他看她的目光相信这一点。他把新居的钥匙交给她，把银行的卡片交给她，把两个手机的号码也交给她，似乎还没交完似的，长久地看着她，似乎要她提醒，还要他交出什么。要他交出性命，他都会交的，那就是她在他眼睛里看到的。那才是她要的恋爱。真爱总是有那么一点儿悲剧感，有那么一点儿性命攸关的沉重。

当她真的提醒他还有什么没向她交出时，他又模棱两可，得拖且拖了。她要他交出的是他父母的名字，他童年的相片集。他说等有了时间，他会带她去见他们的。他们远在江西，工作也很忙，副省长和他做大学党委书记的太太比他自己还忙。

春节放假，全国人都不忙，只忙着串亲戚逛山水，总该去看望二老了吧？她提醒他。他说好的好的，但必须打个电话先问一问。电话他是当着她面打的。内容她一字不落地听见了。秘书说他的首长父母去某疗养院疗养了，不希望任何人打扰。

后来她才发现主观愿望有多大魔力，它不让你看清事实，你是无论怎样也看不清的，即便假象千疮百孔，破绽处露出大片事实。主观愿望可以致幻，有酒精或毒品的功效。

从十九岁到二十岁，她锦衣玉食，唯一的痛苦是无聊和寂寞。她在健身房、游泳馆、美容院（真正的美容院）碰到和她身份类似的年轻女人，过着和她一样的美中不足的日子。其中少数人说，等有了孩子就好了。这个好是指消除了的寂寞和更正了的地位。孩子有时可以导致婚姻。婚姻是所有类似她的年轻女人的夙愿。

而伟宏让她实现了这个夙愿，就像带她去甜食店吃一次冰点那样轻易。他在一次出差回来，亲热一场之后说：要不要结婚？

她想，这就是那些年轻女人天天娇生惯养着自己，时时花枝招展地期盼的那件事？它怎么就这样发生了？一张纸就使她名正言顺地享受下去，永远过一模一样的寂寞无聊的好生活了？

其实还是有了些变化。首先她不再住门挨门墙贴墙的公寓了。伟宏在远郊拥有一栋独立别墅，大得够装她在安徽老家的半个村的乡亲。别墅的花园虽然很大，却像一片大荒田，所以整整半年她用了无聊去开荒，栽种花草，还种了几垄蔬菜（到底是农家女儿，看见好土地就想让它吐出实惠东西来）。无聊头一次不那么难受，不让她胃口减低，睡眠不实。

周围别墅的主人们谁也不搭理谁，似乎间距拉那么大，图的就是搭不上讪。只有一次，一个三十岁左右的女邻居敲开她的门，说要借一把削土豆的刨子。她从来不吃土豆，但很高兴终于来了串门人，就把她请进门来。就在那个时刻，一个月没回家的林伟宏突然回来了，见了那个女客人就放长了脸，客人赶紧告辞。那是她头一次真正领教丈夫的脾性。他说别墅区里的男人、女人都是男盗女娼，眨眼间就会把他的老婆诱惑走。

那次伟宏在家住了一个月。她从来没有那么幸福过，天天跟他冲着五颜六色的花草、几垄蔬菜喝茶。一个月之后，他走了，她怀孕了。

生下女儿的那段日子也是她的天堂生活。林伟宏虽然仍在外头忙，但回来得比过去勤得多，哪怕只回来看一眼女儿吃一顿晚饭再走。这天他刚进家就声明不吃晚饭，只是看看她和孩子。她嗔他以后回来汽车就不必熄火了。他皱着眉，似乎对她的娇嗔不解风情。那天她逼他在家吃晚饭，饭后又逼他陪她哄孩子睡觉。孩子一向睡觉很乖，给个橡皮奶嘴就睡着。可偏偏那天晚上拧来翻去像条毛毛虫，只有抱在怀里才安静。她看他又要起身，便把女儿往他怀里一塞。他只得坐立不安地抱着她。

电话铃响了，是找林伟宏的，他接了电话就要把女儿放回小床上。但只要孩子一离开他的怀抱，就哭喊挣扎，小手揪住他领子一角。她在一边痴痴直乐，他已经正颜厉色，说自己公务在身，一刻也不能再耽搁。她却跑得更远，笑得更幸灾乐祸。他突然在女儿背上狠狠揍了两巴掌。她停在一个笑弯腰的姿势上，抬起眼睛：这个男人怎么变得她不认识了，一脸横肉，两眼凶光。

随着那刚落下去的两巴掌，他顺势把孩子扔在了床上。六个月的女儿。

孩子安静了至少十秒钟，就像进入了一个短的休克。是恐惧疼痛造成的休克。休克过后，真正的惨号开始了。那是一个一向受呵护宠爱的婴儿第一次面对凶恶和强大。那是她第一次知道凶恶和强大势力的存在。她哭喊，是她还不甘认下自己作为弱者的地位。

年轻的母亲和她一样不知天高地厚，自不量力。她扑上去，头撞在他胸口。她老家的村子里，女人们跟男人们拼打玩命，就把最致命的部分（也是最坚硬的部分）做武器。他横着一巴掌，打在她一侧脸上。耳朵进了水一样，什么也听不见了。他在出掌同时，另一只手也配合得很好，以拳头从另一边夹击，她的下巴似乎飞了出去。

当她在地上回过神，发现自己下巴完好，而一只耳朵的确背了气。她一边往起爬一边咒骂：做什么生意？不就是偷盗奸杀，无恶不作？！省长的公子？哼，黑社会的高干子弟吧？……

她一边出气一边暗暗吃惊，长期以来，自己从来不允许往坏的方面去想林伟宏，从来都是一次次打消自己的狐疑：相随心变，怎么看他的相貌都是正的。而这时她吐出的每句话，都不再是怀疑，都是证据确凿的审判。女人对自己的男人，认识和发现，往往是刹那间完成的。越是爱，对他的发现就越彻底。

坐在地板上，一面腮帮像掺入了速效发酵粉一样迅速膨胀起来。她就拿这张一边胖一边瘦的脸长久对着他，目瞪口呆。她心理上的"长久"，其实也只是一个相互对视的冷场。她在说穿了他是什么人之后，就进入了一个冷场。

冷场中，孩子渐渐安静下来。哭喊渐渐变成了小病狗的那种哼哼。

她马上后悔自己把事情说穿。一切事物说穿了都没什么大意义。更何况本来就丑恶的事物。不说穿它，它就可以不那么丑恶。她认识的那些游手好闲的宠物女人，谁的幸福优越满足堪被说穿？宠物被说穿，就是狗、猫、鹦鹉、热带鱼。狗被说穿，就是四足、犬科家畜、杂食类，在自然界吃大兽残剩和粪便。

于是她希望从被她说穿的那一刻逆转。

逆转出现了。或者可以勉强叫它逆转。林伟宏走上来，跪下，双手托住她的腰，把她抱起。他身上没有烟味、酒味，只有一个正直男人的清爽气味。他即便作恶，也是正正经经、兢兢业业去做的。做歹徒也不必破罐子破摔地做啊，这是她在他面孔上、身上看到的。同时她又在心里急促呼唤，快否定我快否定我，说我胡扯，说你不是个歹徒！……

他果然否定了她。否定了一半。他的忏悔情真意切，说自己太虚荣，太想博得她欢心，就冒充了高干子弟。他的父亲仅仅是个县一级的干部，他家庭八辈子的荣耀都来自他的出国留学。但她其余的指控，全是凭空臆想。一个寂寞的女人，对常常外出的丈夫胡乱猜想，非常正常。这个别墅区基本上每栋房子里都住着一个胡猜乱想自己丈夫或情夫的女人。而她们中的不少人，猜到的都不算胡猜乱想。

主观愿望使她马上接受了他的忏悔，马上融化在他那句"我真心爱你"之中。她还是住在巨大豪华城堡中的灰姑娘，这一个基本点是没有变的。

为了弥补他给了她的一巴掌、一拳头，他竟然留下哄她睡觉了。一个肉体狂欢节，一次性潜力的相互挖掘。她睡着之后，两个多小时突然惊醒。幸福的醉意还使她晕晕然，但她觉得她把他从一件大事中拦了下来。一件天大的事。他在她身边睡得死沉，一条胳膊搭在她腰上有一千斤重。一个闹睡眠荒的人才会睡这么死。连手机响了他都没听见。女儿睡在隔壁，中间的门没关严，她怕女儿被惊醒，手机刚一响她马上抓起它。这时他也醒了，第一个动作就是上来夺她手里的电话。但她在半秒钟前已经捺下了答话键。她用背抵挡他，使他够不着手机。

"……一车货都给警察截走了！阿六经不住审，恐怕要把我们都咬出来！……"

原本以为是另一桩可怕的事。也就那么几桩可怕的事会导致男人的手机在半夜两点响起。这个别墅区的大多数房子里，也许都住着一个要么是半夜把可怕的电话打出去、要么是被可怕的电话惊醒的女人。但她没想到这是另一桩可怕的事。更加可怕。

其实她也想到了。一个忙成那样的男人不可能是忙正职的。

尤其是那种行踪不定、神出鬼没的忙法。

等他电话一挂断，她立刻拧开了床头灯。他眯着眼，脸皱成一团。一小团灯光对他来说都亮得成了折磨。

"关上灯！"他低声呵斥。

"干什么光明正大的事？灯都不能开？！"

他和她甜言蜜语的世纪结束了。他们从此会应用你咬我咬你式的谈话风格。

"你以为我不知道你在外面搞什么鬼？你以为你给我住豪华房子、买金银珠宝我就真把你当成功企业家了？"她每说一句话，自己额头上披落下来的一绺卷发就狠狠一抖，在眼前像个抖动的阴影。

他不说话，急急忙忙穿衣服。一面穿着，又想到什么，走到衣帽间，把一个箱子拿出来，从衣架上扯下她的两身衣服，扔在箱子里。

"你干什么？"

"把你的首饰装进去！"

"我们不会跟你去死的！警察来了我怕什么？我什么都不知道！你是把我骗到手的！"

他不理她，动作飞快地抓了几件孩子的衣服，又扔了一大摞尿布在上面，然后把它们塞进箱子。

她跑过去，把箱子踢翻。他看看箱子，又看看她，转身便走。她不知愣了多久。"哇"的一声，女儿哭起来。她追到走廊，见他已经抱着女儿到了楼梯口。细软都拽不走她，他怎么早不想到女儿可以做根绳？她即便是头牛，这绳子也能把她牵走。

她果然被牵走了。唯恐他不牵似的，跌着爬着也要跟上去，跟着挤进车里。她刚一进车门，他便锁上了儿童保险锁。车子从车库开出去之前，她还叫喊、撕扯他的后脖领，把他衬衫领子变成绞索，他两臂马上没了力气，但车子已从车库倒退出去。一旦进入公共地界，她便撒开手。她看着棕榈树一棵棵往后退，奶油糖球般的路灯挨着树立着，一下子觉得她不能没有他。她被关在门内关得太久，关得没了用场，早就不是那个一张火车票就敢离家三千里闯荡的女毕业生了。一个没有任何社会功用的年轻女人，拖着一个孩子，什么样的下场等在前面，这可一点儿也不难瞻望。

车子开到一个纺织品集散地小镇。小镇的坏名声比它的商业效应大得多。凌晨三点多，等于其他地方的初入夜时分，人们吃了第二次夜宵，冲了三次凉，街上一片无事生非的生机。发廊门口，粉红灯光照出歪斜着的窈窕剪影，一个个食档一会儿一声油腻腻的"嗞啦"声。

伟宏转过身。她抱紧女儿，直眼相向。

他摸摸她的头发，又摸摸孩子的脸蛋儿。他细长的眼睛柔柔地含着感激。她明白了，她无意间留他过夜，救了他，不然他现在会跟他的同伙们蹲在警察的拘留室里。

伟宏说他必须把危险引开，以至警方不会来伤害她们母女。他从口袋掏出皮夹，从里面拿出一沓钞票。假如他不再回来，用她的现金卡把银行所有现金提出来，用那些钱哺养孩子和她自己。

钱不多，但他无能为力了。孩子长大，姓赵，改个名字，随母亲的心愿改就行。

她不知怎样已抓住了他的手。不知怎样，他的手背已成了她拭泪的帕子。她的泪怎么会为一个罪犯洒，并洒个没完？

他轻轻拍拍她的后脑勺。他万一逃脱，回到她身边，就把一切真话都告诉她。

她把脸搁在他手背上想：还是假话好。这个臭名昭著的纺织品集散地是没几句真话的，但人人快活，谁也不较真儿。

他叫她去不远处的酒店住下。那个酒店是附近一带的高尚去处，日本、韩国、香港人的地盘。

她在天蒙蒙亮时居然睡着了。睡得孩子饿醒，哇哇直哭，她都睁不开眼。她把孩子放在胸前，由她吮奶，自己又靠着床头睡了过去。中午她起床时里外一新，觉得长痛短痛都过去了，现在该是她打算新生活的时候。她和孩子长长地洗了个澡，在冲浪浴的大浴盆中，她和六个月的女儿玩水玩成了同辈。过一会儿，她心里跑过一个念头：好了好了，这下好了，谜散了阴影没了心病去掉了什么都好了……

等她和女儿都是一身干净的衣裙出了门，来到月亮当空的小镇深夜，看到夜里亮着粉红灯光的窗都拉紧窗帘。她感到自己的健康和幸运。她的命运可以像窗帘后的任何一个女孩子。她们太缺乏灰姑娘的信仰。她自己虽然错嫁到黑道上，毕竟也是黑道上的灰姑娘。

她去了银行，却没有按林伟宏的嘱咐，把所有现金提出来。现金是存在她的名字下面，她看不出有提取它的必要，一共三十多万，回到老家盖栋房，做个小康寡妇，足够了。那是她的退路。老家的人不好辜负。看着她一个人带着女儿回去，多少会让他们觉得受了辜负。从她小时，他们就给她吃炒米花、煮包谷、咸茶蛋，说她大起来是要嫁贵人的。他们对于她，以炒米花、鸡蛋、夸奖、喜爱、摸一把脸拍一下头投资了那么多年，假如她孤身一人抱着个不明来历的女儿，走回他们中间，他们多少会觉得投资不慎，亏空了。

她把提取出来的两万元钱汇给了父母，要他们买些好吃的、好穿的。她明明知道父母一文钱也不会动她的，会为她积攒起来。她结婚后寄回家的钱母亲都存着，一分都舍不得花。父母是没说的。命运让她摊上了这样的好父母。

过了两天，她又去银行，发现账户里多出五十万来。就是说，林伟宏没有遇到麻烦，或者已经从麻烦里脱身了。她还没有分析出自己对这个新情况是欣喜还是担忧，账户里又进了二十几万元。她黯然神伤：一个天天把脑袋掖在裤带上过活的男人，挣了钱先想到的就是妻子。他希望她过得一如既往，衣食无忧，就是他不在人世，他的关照依然会在，他给她的无忧无虑一直能延续到她和他在另一个世界相见。他是个多情汉呢！

在另一个世界？难道到了那里她还会理他？一个冒牌王子，一个跟法律和警察作对的恶棍（她是世俗的，所受的教育使她认为警察的对立面就是她的对立面）。

在那个酒店住到一个礼拜时，她怀抱里的孩子都挡不住男客人们朝她抛来的投石问路的微笑。日本男人、韩国男人、香港男人似乎都不介意跟一个年轻的小母亲吃一次下午茶，或一顿晚餐，尽管谁都明白这样的茶和餐会导致什么。

她想无论如何也得离开酒店了。可她从来没有感觉到自己如此无用，连东西南北也找不着。从酒店到长途汽车站不过两公里，她都感到赤地千里，无从始步。像她这样的美丽寄生虫在曾经的豪华公寓和别墅小区都不少，而到了外面，她意识到从人到虫的退化可以很快，而从虫向人再进化，几乎不可能。

她好不容易乘上出租车，到了长途汽车站。上长途车的人浑身汗泥，斜叼烟卷，自己的鞋底印印在了别人的背上或肩上。出租汽车司机建议她直接坐他的车去东莞。她跟他上了道才想到，价钱不问，到时他狮子大开口怎么办。可她绝对不敢在半路上问价。问价有用吗？他开出天价她也只有乘他的车，不然她和孩子就会被他扔在烈日炎炎的高速公路上。这几年她只坐过自家的车，从来没发现出租车司机原来一脸匪相。她怎么会上他的车，孤儿寡母的被他拉到高速公路上？……这一刻她觉得公共汽车站那个拳打脚踢、浑身汗泥、满口粗话的人群多么安全。

她小心翼翼地编着谎言，跟出租车司机闲聊。人可以不说一句实话地把一场对话进行到底，这是她的一大发现。司机是河南人，河南人是当地的出租车行当中的最大帮派。司机所有的话题都是在讲这个镇上的丑闻。丑闻在这里是正常事，而一个像小姐这样有气质、有身份的女人出出进进倒引起人家闲话。什么闲话？闲话多了！……

她渐渐听出自己在发廊窗帘后面那些浓妆重彩的眼睛里是什么样儿：那个名牌包包肯定是真货！还戴钻石呢！又进银行了！要有她那么多钱就好了！现在老板、当官的把二奶都养在酒店里？那多费钱？她不像二奶，像从海外回来探亲的。嫁给日本鬼子了？说不定嫁给韩国鬼子了呢！她穿的衣服像韩国的……

车把她开到东莞时，她已经是个不该在乎价钱、教养第一的日本人太太，或韩国人太太。她把钞票交到河南司机伸不展的手上，心里给剜了一样疼。她从来没学会洒脱的太太作风，每一分钱怎样花出去，她都看得到一根清清楚楚的轨迹。如此稀里糊涂让一大笔钞票从钱包里消失，她的心情为此低沉了很久。

她在安静的近郊租了个一居室公寓，刚放好行李，就下楼去逛超市。她要从美丽的寄生虫再次进化成人。在超市门口，她一面颠着背上的孩子，一面看各种培训班广告。原来只要有愿望，什么年纪都能做学生的。可学的那么多，速记、电脑、文秘……她比站在一格格的新鲜瓜果前面还眼花缭乱，莫衷一是。

最后她选定了两年的财会学校。她并不急着以学历换饭吃。感谢林伟宏，提供了她一辈子的饭票，假如她只吃尖椒炒肉丝、豆豉炒苦瓜的话。她没有顿顿吃龙虾的奢望。

她打定了上学的主意之后，就开始物色保姆。她想到曾经一块儿出村的女伴儿们。她会付一份优厚的工资，比她们在夜总会让青春腐烂要强多了。

一家家夜总会打听下来，她找到了一个姓吴的同乡。其他姐妹呢？去广州、深圳了，记得柳亚兰吗？她死了。啊？她还不到十八岁呢，怎么死的？吸毒死的。怎么吸上毒了？谁不吸毒？都吸。柳亚兰吸过头了。

她赶紧不再提请这位同乡做保姆的事。吸毒在她话中是那么正常的字眼儿，"吃喝拉撒睡"当中该排进个"吸"，有什么了不得？吃得不当还吃死人呢！吸死的人自然是太仇恨自己，往死里吸。什么事也经不住你往死里做。

告别的姓吴的同乡，她回到一居室的小家。这一辈子，那个"吸"可别想排入她的正常生理活动，她不是为自己不吸，她为自己和女儿不吸。

成人学校开学前夕，她找到一个中年妇女为她照看女儿。中年妇女的儿子开一家杂货铺，丈夫帮着打杂儿，女人在最忙的时间也帮着卖几瓶啤酒或几盒烟，但一般来说她只做家里的后勤。

开学半个月左右，一天晚上她刚出校门就看见女儿被一个人抱着，迎面走来。抱着女儿的人在路灯下看很像林伟宏，但走近了，发现他像林伟宏的哥哥（假如他有哥哥的话），老一大截儿。女儿已经开始嗫嚅不清地叫"妈、妈、妈"了，这一会儿竟在他怀里叫起"勃、勃、勃"来。显然刚刚被教会。

再走得近些，抱着女儿的人笑了。她背上竖起的汗毛"唰"

地一下泌出了冷汗。这个人就是林伟宏，但他把相貌改了，垫宽了下巴，割了一双又深又大的眼睛。原本她认为他的眼睛是他五官的美中不足，现在看一个脸搭配什么样的五官是有着如何内在、如何逻辑的道理！你想擅自修改一样、两样，不行，这张脸成了好几位造物主各行己见的产物，五官之间，谁跟谁都不亲，谁跟谁都撕扯。

林伟宏说他料定她会回东莞来。他到了东莞，找她找得很苦，但这天傍晚突然看见一个小杂货铺门口坐着自己的女儿。那位中年妇女死活不让他接近孩子，他又是掏身份证又是掏工作证，她才相信了他。

她想反正他高兴做谁就有谁的身份证，什么能难到他？但他见到她后眼里含的泪是真的，泪后面劫后余生的狂喜是半点儿假也不掺的。他能活着见到她，是他所能期待的最好的事，比他逃过警方追捕，逃过法场还要好。她发现自己从来没有真的做好他不回来的准备。她要独立，要一个人带大孩子，过干干净净的生活原来是她自己跟自己赌气说的。否则他回来她怎么马上就又跟他和好如初，又过成了一家子？马上就把他那张新面孔看顺眼了？

他戴上一副无边眼镜，气质文弱儒雅。坐进酒店的餐馆，跟服务员说话嘴里一半英文，她只有一会儿一瞪眼的份儿。

一架钢琴在远处奏响。那是无人弹奏的钢琴。刚来此地时她对它特别好奇，凑近盯着它那排键子起起落落，真像琴凳上坐着个幽灵，他的隐形手指一个音符都不会弹错。

他们点的菜来了，服务员也像幽灵一样，无声息地摆上盘子倒饮料，这里的客人花大价钱，似乎买的就是幽灵，幽灵式的服务，幽灵式的钢琴演奏。

他们谈的都是女儿。女儿在某一天会叫"妈妈"，某一天会听着音乐扭头摆屁股，某一天突然露出一颗小牙。她发现他一面吃饭，一面不停地向餐厅门口张望。假如警察把那里堵住，他从哪里逃？他是没有逃亡之路的。她会眼看他饮弹倒下，在他自己迅速大起来的血泊中蹬腿抽搐。

"她看见我，两只小手就举在头上，抓痒痒一样！"他说。也许从窗子可以跳出去？他伸出食指，摸摸女儿涎水长流的下巴。

"她肯定认出你了！一般她见了生人就哭！"她用纸巾轻轻擦擦孩子的下巴。那窗外是通道吗？跳出去摔瘸了反正也要落网。

手机响起来。他还是甜蜜蜜地看看她，看看女儿。

"手机响了。"她用下巴指一下他的西装口袋。

他把它拿出来，然后关了机。把危险、奔波全关闭了似的，他扬起眉，舒一口气。她可千万别去提他的脸。这还用问吗？他企图把那个在逃犯的面孔丢在手术床上，让警察贴出的通缉令上的面孔碎掉，碎成血污的棉球、纱布和垃圾一块被焚烧。

"我是来接你和女儿的。"他等她吃了半碗饭时说道。生怕说早了她吃饭不香，或消化不良。

"去哪里？"她皱起眉。

"哪里都有成年大学，顶多也就是扔掉一学期学费。"

"什么时候走？"

"吃了饭。"

她马上放下筷子。这句话一出来，还指望她吃吗？已经吃完了，吃得胃都疼了。

"我不跟你走。"

"这里太危险。"

"我怕什么？我什么也没干，什么也不知道。"

幽灵把钢琴弹到人的伤心处。她希望自己有种到底，就在这里一切了断，不许哭，不许婆婆妈妈。

"你已经干了。"他意味深长起来，假冒伪造的大眼睛碰上不知情的人，还是会被它们盯得心乱的。

她不傻不迟钝，被他这副意味深长的目光一提醒，就渐渐看清了这是怎么一回事。几年来她冥冥中一直对他疑神疑鬼，现在能用上她的神经质了。一定是这样：他把他的"货"藏在她的箱子里，由她天真无邪、无知无畏地拎着到处走，现在"货品"已经闯过种种关卡，安全抵达彼岸。在推拉那个箱子的时候，她怎么蠢得感觉不出它奇特的重量？

他在她的脸上看出了她推演的程序，答案的得出，以及答对了多少。答案正确，但不全面。他轻声说那只是她做他帮手的第一步。她还替他接收了汇款，难道她不是他的好帮手？她惊得人在椅子上抽紧，自己也搞不清是想一蹴而起逃跑还是报案。

她那潜伏的动作也被他看到了。别去报案，这是说不清的，有一个逃犯的妻子可能不合谋吗？警察都是套路思维，从普遍看个案。

他见她还是盯着他的眼睛。她把刚才的答案作废掉了，演算重来一遍：他利用了她携带毒品。仅仅是安全转移吗？不会吧。他是个讲究效率的人，一个行动往往达到多个目的。等一等，她的账户接收了钱之后，就该由她送货上门……难怪她那么巧地就碰到了一个合适的保姆！中年女人操着一口湖南话，穿过马路来夸奖她的孩子，非常顺利成章地，两个女人就谈起当地保姆难雇的家常琐事。主雇关系由此建立。她每天送女儿去杂货铺由中年女人照顾四小时。四小时消耗两张免洗尿布。怪不得从别墅紧急撤离时林伟宏塞了那么一大堆尿布到箱子里，似乎尿布比妻子的细软更值钱。

妻子、女儿。他一个不放过，全都成了他称职的批发员，把毒品一次次送进杂货铺，再从那里零售出去。和她一起走出村子，曾像她一样健康活泼的小姑娘柳亚兰大概就是在这样的零售网点上得到充足稳定的供应，得到热情周到的服务，最终给这个网络伺候死了。也就是说，送她命的很可能就是林伟宏。差一点儿，送她命的就是跟她一块儿出村的赵益芹了。

她什么也没干，已经罪恶深重。

变了相貌的林伟宏也变了名字和身份。当他出现在厦门那带廊檐的人行道上时，是一个姓洪名伟的药品公司副总经理。名片上这么说的你不信？有身份证和毕业证书为证。他的毕业证书是英文的，上面盖着美国某专科学院的钢印。这一点并不假。他向妻子倒出全部真话时，拿出了他在美国加州照的毕业照，背景的一座教堂绝对不可能在中国土地上伪造。他在美国制药公司实习的时候就被人培养成制毒专家了。他去过哥伦比亚和墨西哥，看到一个地下世界多么井然有序，科学严谨。实习结束，他突然想明白了。如此之大的利润如此之大的风险，他到头来是替别人冒险替别人赢利。假如真像老板们所说的那样，他对化学有天分，生性又勤勉，他何必冒别人那份风险，而不为自己赢利？

偶尔认识的一个客户是台湾人，告诉他中国大陆再次成为全世界冒险家的乐园，想有大作为，应该回国去。他回到中国，建起第一个工场。他的制毒工场可不是草台班，简直像核基地一样一丝不苟。第二年，他的供销网络已经运转自如，而这个网络里的人，包括接近核心的骨干，都不知道他们的主子究竟是谁。

他得到的利润除了投资一些房地产，就是投资再生产。就是在风调雨顺的第二年，他碰见了她。他想要的她都有，美貌、年轻、不高不低的文化水平，缺乏见识和人生经验，胆子不大不小，总的来说是深藏得住的可任意驯化的依人小鸟。他可不去找那些主张大、见世面广的女人。更不敢找读过许多书，对正义、邪恶一脑子概念的女学者（再说女学者都是中性人）。

到了第三年，网络中出现了叛徒。当然，在警察审训室里难得有人不做叛徒。供销网络被警方击破多处，不久层层的背叛就把火烧到了大本营。他忙着组织救火，冷静从容的他第一次发现丢盔弃甲是多经典的成语。好在他一直有远见，投资再生产时，选择的工场地点都很隐蔽，一些工场被摧毁，另一些接着投入生产。但一贯低调再低调的他还是被骨干出卖了。几个月前他们撤出别墅不久，警察就赶到，端掉了他最后的后方。

除了个别幸运的马仔，眼下斯斯文文坐在一家药品公司副总经理大办公室的洪伟是那个精密缉毒计划的唯一漏网之鱼。

在后来的日子里，变成季枫的女人相当怀念他们初到厦门的时光。那是一段难得的好时光，就是天下世俗女人都期盼的丈夫按时下班、周末全家出游、到生日过生日、到节日过节日、吃穿无忧、偶尔奢侈的好时光。

那段时间她都快忘了自己的真名字，乐不思蜀地在邻居女人中响亮地应着"晓益"这名字。她的身份证上面明明白白印着赵晓益。在美国留学四年的洪伟学的东西可真不少，偶尔在地铁上翻看别人扔下的报纸，被一幅大照片吸引了。那幅占半个版面的黑白照片是这样一个画面：人群里每张面孔都朝着你，只有一个背道而驰的影子，戴了顶礼帽。标题是：每年××万人在人海中消失。读完文章，他为这种"自我消失"的技巧着了迷。一个人在墓地上找一个和自己年龄相仿的死婴记录，用他（或她）的生日去登记申请一个新身份证，然后假造一个自杀（投海、投湖之类）现场，留一份遗书，编造出令人信服的自杀动机，他（或她）就可以使原先的自我消失，使一个新自我诞生。因为死去的婴儿往往只有出生登记而少有死亡登记，一旦用了某死婴的出生登记，就等于让一个死婴复活，而他（或她）便在这死婴身上附体，替这死婴走完人生。赵晓益是赵益芹病故在童年的姐姐，完全把姐姐的身份字据用在妹妹身上，就是认真查起来，也难发现破绽。

做副总经理的丈夫乘公共汽车上班，下雨天会给自己升成出租车待遇。妻子住在中档小区里，勤俭持家，一斤豆角、二两木耳也会跟菜贩子计较，还在厨房阳台上摆了几个大花盆，种着青葱、生姜、香菜。被女邻居们拉去打麻将，都是先问"大牌小牌"，打大了，她会不情不愿，输了牌便说："老公知道了非杀了我不可！"晓益是小区里的乖乖夫人，戴一样小首饰都会跟女伴儿们交代交代："看看，刚买的，还不知怎么跟老公报账呢！"有时晓益也会把她老公拽来一块儿打牌，为了晓益出错牌而输了的几块钱，老公还会挖苦她几句，她若不服，再顶撞几句，一场不软不硬的拌嘴就开始了。她若说："不才几十块钱吗？"老公会说："那也是一天坐九个钟头办公室挣来的！"女人们常常为晓益委屈：晓益已算没花销的老婆了，看看小区里其他女人，玩六合彩的，去澳门赌场的，用名牌化妆品的，晓益输的钱还不够那些女人抹在脸上的呢！这时晓益的老公会甜蜜知足地一笑，说："知道她不是那样的败家子我才娶她呀！"晓益这时也会甜蜜地斜老公一眼："人前都不装装门面！"老公会说："我在美国读那么多年书，美国人就不装门面。"或者说："门面里子都一样，自己轻松嘛！"

回到家，门一关，两人会像进入幕后的演员，卸下披挂妆容，喘一口气，相互一笑。他们的搭档是黄金搭档，演出的一对平庸夫妻十分逼真，观众反应得多么良好他们已经看见了。进了家门他们会发愁，什么时候去买辆车，买一辆什么车，会让周围人感觉两人是从牙缝里省了几年了，好不容易攒够了钱，才痛下决心的。怎样闲置着几百万现款而做出捉襟见肘的窘迫。怎样在把女儿送到高级昂贵的托儿所的同时，让女邻居们相信他们是"勒紧腰带也要给女儿最好的教育"。总之，真正勒紧腰带的人装阔佬不好装，反过来由阔佬假装勒紧腰带同样要下功夫，一不当心就会露马脚。比如一次在麻将桌上，女人们谈起钻石的市价。香港两克拉是多少钱，澳门又是多少钱。晓益脱口就冒出一句：不对，澳门是多少多少，还是什么什么质地、什么色泽、什么切工。女牌友们一刹那都给她震住了。几秒钟后才有人问：晓益怎么这么清楚？网上看的。没事上网上看珠宝？偶然的嘛！……她抵挡住了进一步的集体盘问。她之所以脱口报出准确价钱，之所以行家里手一般说出质地切工，因为洪伟刚刚给她买了一颗钻石。

将近一年的平静生活使她微微发福，更加胸无大志。她觉得只要谁也不来揭下洪伟的假面具，还他以林伟宏的罪犯真面目，只要谁也不来点儿穿他的罪迹和在逃身份，她就有指望把这平庸快乐、胸无大志的日子过到底。洪伟和林伟宏确实是很不同的，成熟老到，动作也去掉了年轻人的毛躁。他在手术床上获得的新五官渐渐旧了，已和他曾经的脸亲和起来，不再撕扯。这样下去，新旧容貌很有希望融为一体，酷似天然。女儿在所谓的贵族幼儿园学了娇嗲无比的英文，爸爸妈妈不再被她称为爸爸妈妈，而是

"爹地妈咪"。这就进一步帮着他们的新生活和旧生活脱钩。

　　所有的老照片都毁掉了。她随身只带出来四五张老照片，两张全家福放在她的钱包里，其他两三张是女儿的，是她从别墅撤离时从客厅墙上抓下来的。这天出去买菜，下起大雨来，掏钱时手太毛躁，把钱包落在了水洼里。回到家她把里面的钞票和照片都摊平在厨房的瓷砖灶台上，一个女邻居来串门了。她马上熄了炉子，停下烧到一半的红烧肉，把她请进门。女邻居偏偏是来借生姜的。她马上说自己家也缺生姜。女邻居说不对吧，你厨房的小阳台上不是种了几花盆嫩姜吗？她马上说全吃完了。她冒着在邻居中做"抠门儿"的大风险，也要把女邻居抵挡在厨房外面。那两张全家福可不能让她新生活中的新熟人看见，她们看见了，旧生活就找着了缝隙，会顺着缝隙浸染过来，毒化她的新生活。光是照片上那个被洪伟替代的林伟宏，在女邻居那里就是个大悬疑故事，好好的男人不会破坏自己颇好的面容，去让手术刀手重新雕刻一个假相貌。

　　女邻居似乎暂时还没有把晓益看成连一块姜都不舍得给的抠门儿。她坐在客厅里，把两只涂得花花绿绿趾甲的脚架在沙发凳上，双手托着后脑勺，东家长西家短起来。谁谁的丈夫是酒鬼，谁谁的女人是二奶，谁谁的婆婆公公家产万贯……晓益心里一阵又一阵的后怕。如果刚才不及时堵住女邻居进厨房的路，让她看见了晓益旧生活里带出来的全家福，晓益一家的故事，马上就会在一个个大同小异的客厅里广为流传。女人们会同样慵懒享福地半躺在那些客厅的沙发上，架起每个趾甲都做得像一枚首饰似的脚丫子，说着"那个赵晓益的丈夫，脸是假的！做出来的！""为什么呀？"……说着说着，她家的故事就将成为小区最有悬念的、最诡怪的故事。

女邻居还在张家李家地点评，洪伟回来了。他只是微微一抬手，表示了一下他的礼貌，就拧开了电视。女人们谈这类话时是享福的，他不能阻止她们享福。一会儿他进了女儿卧室。再过一会儿，晓益听见女儿大声喊："Mommy, I'm hungry！"

这才让女邻居告辞。她把她送到门口，回来，关上门，刚进厨房，洪伟就跟进来了，说跟这样的长舌妇来往，早晚出事情。她说还有什么事可出？只要没人出去找事！一面说着，她把两张全家福从过分平坦光滑的瓷砖台面上往下揭。

"那是什么？"

"相片呀！"

厨房是窄长条，一个人站在里面，另一个人想从他身边错过相当不容易。

"我看看！"他说。

她把身体往后让一下，让他看见那两张被水打湿又粘在大理石上的全家福。

"这些照片怎么还留着？！"他动作比话还快，一只手已伸到照片上了。他的动作、神色、语气都不是在对付两张照片，而是两颗被拉了弦的手雷，不及时采取措施它们会造成重大伤亡。

　　她刚才是向后让一步，以使他的视线能通过她身前的空间，伸进厨房，伸到灶台上。现在他一出手，她身体立刻前倾，双手同时护在照片上。一张照片是女儿满月时三人合照的。就坐在别墅的客厅里，后面的墙上是张富丽堂皇的工艺画，画着几个傣家姑娘和浓郁的芭蕉树林。另一张照片是纪念女儿满百日，她穿着一件红缎子和尚服，戴着红色虎头帽，三人还是坐在同样的画前，同样的沙发上。晓益把上半身都压在照片上。她的过去只剩下这么一点儿证据；赵益芹在顶替已做鬼的姐姐赵晓益之前所过的幸福生活就剩了这么点儿证据，他还要毁了它。她发出一声长啸。

　　女儿跟着大哭起来。

　　洪伟一只手揪她的头发，想把她从照片上拉起来，另一只手使劲儿抠她捂在相片上的手，然后脚一伸，把厨房门踢上了："咣！"女儿的哭声像是被捂了盖子。

　　她说不就是两张照片吗？能怎样啊？！他说事情常常坏在蠢娘儿们身上，再好的安排让蠢娘儿们一插手全部前功尽弃。他的手抠得她的手指生疼。他的右手撕扯她的头发，让她不由自主地去看墙上瓷砖和天花板的接壤处，渐渐地，瓷砖也看不见了，只能看天花板，被炒菜油烟熏得微黄的天花板，薄薄沾着一层小康人家人间烟火的天花板……她的手与脖子之间的距离越来越大，手不得不松开。女儿哭得邻居们开始敲门了。

　　照片已到了洪伟手里。他拧开煤气，蓝色火苗跳跃起来。就剩下这点儿证据了，一烧了它们，她曾经那自欺欺人的好日子，那初为人母的甜蜜光景就完全不算数了。她没有了声音，扑上去在他肩头咬了一口。貌似瘦削文弱的洪伟竟有厚厚一口精肉给她咬呢！

他痛得轻声吼了一下。以为她咬咬就算了，没想到她咬个没完。他一拳过来。这一打开，就好了，长时期来夹着尾巴做人，人前伪装所积累的劳苦疲惫，都可以好好舒放一番。

她也不示弱，抄起什么什么就是武器，只要能砸他个头破血流，她才不心疼。

门外的邻居开始还给门内的大人留面子，小心翼翼问两岁半的女儿，是不是爸妈把她一个人丢在家里？会不会开锁？只要开了锁让叔叔阿姨进来就行。孩子感到父母太危险，一边哭一边真的就向大门靠近。

洪伟大声喝住女儿。

邻居们便不再顾及门里面两个大人的情面，"砰砰砰"地敲门，叫他俩打架要顾忌孩子，别把孩子吓坏了。

这个时候洪伟已经后悔，已经开始后怕。但晓益把他的休战当自己进攻的好时机，拖把、扫帚、锅铲，只管照着他砍，追着砍。每砍一次，他都躲得很好，而女儿却会哭得冒高一个调。

"叮咚！"门铃响了。

她手上拿着一只钢精盆，呼呼大喘气。

"保安！请开开门！"保安用南腔北调的普通话叫道，"快开门！"

她看见他赶忙扶正平光眼镜，抹光打乱的头发，拉拉衣领。

她笑了笑，大概那就叫狞笑。这个无法无天一人玩一群警察的货色又要做假人出去应付世界了。

她看他从客厅穿过，回头对她使个眼色，既独裁又哀求。她也整了整头发、衣服，找回一只拖鞋。她的样子一定是可怕而可憎的，既可以被看做虐待孩子的后妈，也可以被当成一场家庭暴力的牺牲品。

"怎么了？"洪伟隔着门问保安。

"你们家怎么了？！快开门！有人举报你们虐待孩子！"保安说。

从来不知责任为何物的保安这一会儿倒权威十足。邻居们的议论从隔音很差的墙外渗进来，一片喊喊喳喳。

洪伟看看女儿。女儿已经没声了，抽泣却十分猛烈，抽泣一次能把她自己小小的个头都抬离地面。他拉开门，把众人的目光引到女儿身上。

"娇娇，叫叔叔阿姨好。"洪伟说。

女儿当然谁也不叫，把脸埋在他裤腿上。他一偻腰，把孩子抱起，外面灯光颇亮，谁都看得见孩子完好无缺、纤毫未损。刚才屠宰孩子般的哭喊尖叫似乎是人们的臆想。

洪伟又说："跟她妈妈闹了点儿小矛盾。对不起，惊扰大家了。"他给门外一圈人点头鞠躬，一个个地鞠，过分周全，像个读书快读成废物的小男人。晓益想，什么本事让人生存或逃生，人就会长那样本事。现在好演技能让洪伟活下去，他的演技就飞速进步。谁会相信他不是他演的这个假人呢？

谁知道？也许这个读书读废了的男人是个真人，而过去造孽不眨眼的毒枭反倒是戏中人？

从那次之后，打架吵嘴的事便经常发生。洪伟回家的时间也渐渐变迟，有时十点钟之后才回家。回到家他打开冰箱，想自己热点儿剩饭剩菜，常常见到一整顿晚餐存放在里面，大多数时间是洗净切好没有下锅的，有时已经烧好盛进了一个个盘子，但显然母女两人一口也没动。每逢这时晓益就一身睡衣，抱着胳膊晃晃悠悠跟在他身后，话和笑都很风凉："又开始忙啦？忙就告诉家里一声，我也不必费劲儿买呀做的。你不回来，我跟女儿吃也吃不出什么家庭气氛。"

她看见他的火气飞快往眼里冒。现在可不比几年前的眼睛：那么大，冒起火气吓死人。

"我忙工作！公司里人人都忙，规定营业额了你懂不懂？"他说。

她没什么好说。她还没抓住他的狐狸尾巴。

这天她吸尘的时候发现一间屋的声响特别大。硬木地板似乎成了个共鸣箱，把吸尘器的马达声放大了若干倍。她终于发现了一块被启开又装回去的地板。撬开那块地板，下面空空的，什么也没有。可地板被启开，不可能什么也不放。她坐在那个狭长的地板洞边上，左看右看看不出名堂。或许是装修时留下的毛病，一块地板没有铆上茬口？她想起刚买下这套公寓时，洪伟不喜欢原来的地板，他自己去建材市场挑了这种白橡木，说他在美国住的房子就是这种白橡木地板。然后他请了包工队来安装，指点他们把地板铺了上去。她还是心不甘，伸手沿着地板洞边沿摸了摸，也没摸出名堂。她找来手电筒，往地板洞里照，但电筒的光不会拐弯，她还是看不出蹊跷在哪里。

这时她已经胸腹贴地伏在地板上了。她用一根筷子伸进去，拨拉过来拨拉过去，横的直的斜的，似乎碰到了什么，拨拉了几下，那东西被拨拉出来了，是一个小球。就是露天市场上卖的那种塑料玩具球，里面一包糖汁似的。她刚要放弃，突破性的发现出来了：小球拖了一根钓鱼线。一扯那鱼线，她马上明白它牵拉着什么。

几分钟之后，她把用鱼线系成串的一小袋一小袋白色药粉给牵拉了出来。

什么都清楚了。人家是忙里偷闲，她丈夫这几年是闲里偷忙。那些个周末夜晚，他们一同去邻居家打牌，他一定把家门钥匙交给了马仔，马仔便老鼠搬家似的，一次次地把货品从工场运进来，在地板下建起了一个小毒库。多聪明啊，就用一根钢丝推着小球滚动，让它把成串的毒粉盘起来。

有了新面孔新名字新身份，搬到了新城市，他仍旧要做旧人旧事。也就是说，这桩旧事是魅力无穷的。她撕开一小袋白色药粉，慢慢伸出舌尖，跟那据说会令人神魂颠倒的粉末发生了一下似有若无的接触。基本是中性的滋味，还有微凉的触觉。就是它令人性命不顾、天理不顾地去制造、去贩卖、去购买。什么也挡不住，学问地位尊严，碰到它就是一片崩溃。碰到它，那个原本还有长长的活泼泼生命的柳亚兰就死了，化做一捧灰。柳亚兰死的时候还不到十八岁。

也是因了它赵益芹变成了赵晓益。现在这个赵晓益要晓得一下它的厉害。等女儿睡着之后，她走到主卧室，冲着刚刚上床的洪伟一笑。洪伟见她的这种笑，知道事情不好了，今晚的太平没了。她边往床前走，边从口袋里掏出那一小袋毒粉。

"你怎么弄到这个的？！"他一下子跳起来。

"教教我怎么吸。"

"你疯了？！"

"自家产的，不吸多冤枉？"

他看着她。过一会儿说："我也没吸过。"

"我不信。"

"在美国的时候，干过几回。觉得意思不大。真的。"

现在的局势挺可笑，她捏着了他的七寸，他怕她似的。他说"真的"，她倒是不怀疑。害人不害己，这像他干的事。

"我就尝尝，别以后让你连累了，丢了性命，连它都没尝过，那可太不值了。"

"只尝一次。"

"行。"

尝了一次，什么也没发生。又尝一次，还是什么也没发生。她说什么感觉也没有不能算，总得让她欲仙欲幻一回才算数吧！

又一次尝试之后，她等着什么发生，还是什么也没发生。洪伟说晓益可能是亿万人中最不幸的一种，对致幻剂天生免疫。她可不甘心做最不幸的那种人。她要他跟她到海边去，她要在海边尝最后一次。

刚刚下了楼，走在小区院子里，她看见所有的灯光晶莹闪亮，闪得珠光宝气。她慢慢坐在了一个长椅上，再过一会儿，她发现自己的头枕在洪伟腿上。所有窗子的灯光都那么好看，她从来没有发现普普通通的夜景可以像一个巨大的珠宝柜台。

尝试成功了，这是洪伟事后宣告的。她不属于亿万人中间那个不幸的极少数，或说那个幸运的极少数。

第二天孩子去了托儿所，洪伟上班之后，她再次撬开那块地板。

洪伟一回来就发现了她的异样。公文包都没放下他就往书房跑，看着那块地板，对她宣布，她已经上瘾了。前几次的尝试并不是没有效果，只是效果发生得过于徐缓逐渐，她的理性拒绝承认罢了。她问他该怎么办。他说乘她还没有和毒处得难舍难分，马上戒了它。

这天晚上他在书房里轻声打电话。她耳朵贴在门缝上也听不清他在说什么。很晚了，女儿已睡熟，电话铃响了，她赶紧抓起床头的话筒，听见了一声："喂？……"这是一个男人的嗓音，只是一个"喂"，她就听出他母语不是闽南话。书房的话筒是被同时抓起的。洪伟眼巴巴盼这个电话盼了一晚上。然后她听见洪伟说："晓益，放下电话，是找我的。"她只好把话筒搁回机座。

这个家已经是个毒穴。她和女儿都是毒穴的守护人，情愿也好不情愿也好。她听见书房门开了，洪伟朝主卧室走来。三岁的孩子熟睡着，其实是在前沿上，掩护他伤天害理。她把脸转向朝窗子的一面，用后脑勺对着轻轻进来的洪伟。让他在她乱蓬蓬的后脑勺上看她的情绪吧！她的眼珠在闭得十分吃力的眼皮后面快速走动，错乱的钟摆那样。她得尽快想出办法。办法无非以下几个：告发，逃跑，同流合污。告发他？告发她真心爱过或许是她此生唯一爱过的男人？……

第二天上午，她穿上一套裙装，化了淡妆，走在小区的林荫道上想，今天早上洪伟不知道他见我的那一面是今生的最后一面。她知道有几班飞机从厦门飞往广州，也知道有几班飞机从广州飞往南京。从南京只有一班慢车去她老家那个镇子。对不起，父老乡亲们，我带着来历不明的孩子，从一个说不清道不明的闯荡经历中回来了。对不起你们从小对我的种种厚爱，对不起你们为我设想的好前程，我辜负你们了。

父老乡亲们一定会把她看成一个谜，那就做一团谜了此一生吧！

银行排队时，她把一张张陌生人的面孔都看成了故乡那些叔叔婶子大妈大伯。心里排演着一句句未来的对话，计算着给每个乡亲带一样什么东西作为心意。队伍排到她了，她还愣愣的。柜台里的人问她需要什么服务。她说要开个新账户。她递上女儿的身份证件。要给孩子把将来的教育经费都存下来呢。以后女儿是要出国读博士的哦！很多人用孩子的教育基金投资，等他们大了，投资可以有几倍的回报呢！……

她和银行女职员一个里一个外地闲扯。现在她每天说的真话极其有限，但几分钟之内就可以流畅地说出成篇的谎言。账户开好，还要什么服务？请把这个账户的钱转入新账户。请稍等。好的。请输入密码。对不起，密码不对。不对？！请再输一次，仔细点儿。好的……

连输三次密码，都错了。

洪伟是舍不得她的。他换了新密码，以此留住了她。她晕晕乎乎地走在太阳里。他就这样卑鄙下流残忍地把她挽留下来，留给了他自己。他是什么人？闭着眼走棋都明白她下面要走的若干步棋，都早早设防，以防为攻，她还没拿起棋子，他已将了军。并且她输得牢骚都不敢发，晚上照样做一桌菜，摆出水晶葡萄酒杯。她活活是个吃了黄连满脸苦笑的哑巴。

他也是个吃了黄连脸上堆笑的哑巴。明知她又撬开了地板，偷做了一会儿小神仙。她和他都在各自知道谜底的哑谜中谈话，举案齐眉。他们的谈话内容主要是关于孩子。孩子坐在自己的高凳上，一会儿一个"NO"，拒绝母亲或父亲夹给她的一块鱼或一块蛋。孩子哪里知道，父母可以用这种打哑谜的方式冲突，或说相处。

有时他回来，看到她一脸的与世无争、自得其乐、两眼空泛，把世间一切——包括他和女儿都看作俗物，他就会小声说一句：

"吸少点儿！"她现在才不会和他计较语气和态度。学佛得学多久才进入得了梵境？她不学佛进入的这个超凡脱俗的境界也不低吧？在麻将桌上打牌，她觉得自己也是另一个境界，似乎也在一个隐形小空间里，她可以一点儿也不和那些女人一般见识。

这天她又去撬地板，却发现那块地板被钉死了。她把家里能用的工具都找出来了，还是撬不开。她一头汗，拖鞋东一只、西一只，手上两个水疱。她在那个封死的洞边上坐着，像只快饿死的猫又焦急又绝望地等着水里的鱼自己跃到岸上。

她突然跳起来就往门外跑。得去找一个适用的工具。世上的东西只要能闭合就能开启。王八蛋钉死的是口棺材今天也得启开它。她进了电梯，里面有一对老夫妇和一个保姆似的女人，他们三人看见她就去相互对视。她偶然抬起脸，看见电梯铮亮的不锈钢墙壁映出个人影;蓬头散发,满脸苍白,并且只穿了一件汗背心。这个没人样的女人把老夫妇和保姆吓着了。电梯停在一楼，她却没下去，又捺了上行键，乘着电梯回去了。

回到家她直奔储衣间。一捺亮灯，她发现镜子里的自己比在电梯墙上看到的人更可怕。因为那死白的脸上静静地埋藏着一股暴力，似乎下定决心要去对谁下毒手，或者对自己下毒手。

她原本是打算去物业办公室借工具的。但她一看镜子里这个女人，便打消了念头。换了她是物业的管理员，也不会借工具给镜子里这个女人的。

她走回到那个地板洞边，围着它转了转，走到厨房，拔出厨刀。她有一套好厨刀，从宽到窄，从平口到尖口再到锯齿口。洪伟对西方厨刀更加欣赏，所以花大价钱买了这套德国厨刀。她把尖头厨刀插进地板缝，再用榔头去敲刀把。刀在榔头下顺利地进入了缝隙。她扔下榔头，开始用双手去扳刀把。也是很顺利地，刀断成两截。好钢！她被它弹出去，刀柄狠狠杵在胃上。死了一刹那，活过来，她疯了似的用另一把刀插进刚才的缝隙。这棺材钉得够牢，下面的国宝还真不容易掘出来呢！

哪止是什么"国宝"？简直就是她自己的魂。她必须撬开那块板，取出自己的魂来。否则她就是在镜子里看到的行尸走肉。电话铃响了，门铃响了。爱什么响就响去吧，她挖掘灵魂要紧。

她是用带锯齿的厨刀把这项工程完成的。现在她可以听听门外的人在喊什么了。小事一桩：楼下的人想打听一下，他们头顶上的巨响是什么引起的，这种不让人活的噪声还要持续多久。

累得软绵绵的她懒得答理他们。反正她马上可以进入自己神仙境界，跟凡人们啰唆什么？她把那根带钩的粗铁丝拿出来（她为了在地板洞里自取自足，做了一根好用的专门工具）。但铁丝在里面钩来钩去，始终没有东西上钩。小球呢？……不对，她不是要让小球上钩，她要的是小球后面的东西。

她的魂系在那根似有若无的透明钓鱼线上。

她可不能没魂。

电话铃响成一根线，断不了了。门铃也响成了一根线，也断不了。电话铃和门铃连接起来，拧成一股，滴滴滴、叮叮咚……

拧得越来越有劲儿，越来越结实，断不了⋯⋯

"砰"的一声，门开了。她抬起头，见面前无数张面孔。

"你怎么了？！"一张面孔问道。

一个没人样没有魂的女人坐在一个地板洞旁边，还能怎么了？不是明摆着吗？

"你家孩子被幼儿园的车送回来了，你也没在大门口接，所以我把她带回来了。以为你不在家，邻居说你在家，家里一直有响动。"

她看清说话的人穿着制服。另一个人抱着自己的女儿，站在人群前面。这是个舞台，自己忘了化妆道具台词动作出现在拉开的大幕前，出现在目瞪口呆的观众前。这是个演员的噩梦中的舞台。

"在修地板吗？"

有提词的了。台上台下总不能这样面面相觑下去，总得垫一两句词儿，风马牛不相干也没关系，得让一个僵局破碎。

"找一个球。"她被人提了词，由衷地感激让她抬头朝那人笑笑。

"什么球？"另一个人急于推动剧情。

"就是⋯⋯孩子玩的。"

她的回答似乎给所有人的提问填了空。假如是选择题的话，她这项填空似乎离题八丈，接下来会引出提问者更多的疑惑，更大的不满足。人们就是带着越来越大的不满足离去的。他们刚走到门口，洪伟就回来了。小区物业有每个业主的单位电话以及手机。洪伟接到电话就飞车赶了回来，因为物业管理员告诉他，他妻子不知出了什么人身灾祸，只听房间里有响动，却怎么也叫不开门。

洪伟迎着人群进来，人群七嘴八舌地告诉他"没事了，没事了"，他等人走光之后，走到书房，看了一眼地上七七八八散乱的各种工具、厨刀，又看了看散乱一摊的女人，什么也不必问不必说了。人群被他辞退了。他替她谢了幕。

他照顾女儿吃了晚饭，又打开电视，拨到动画频道，把音量拧得大致能盖住他和她下面要进行的谈话。

"吃饭吧！"他和颜悦色，令她大惑不解。

她坐到了餐桌边。两个剩菜加上一碗黏成一团的挂面，他却吃得狼吞虎咽。他吃了一半似乎才发现她在盯着他吃，并研究他怎么吃得下去。她大病似的哼唧着。

"这没什么奇怪。可惜的是，我们又得搬家了。"他吃着一大口隔天隔夜的炒菠菜说道。

她用脚尖狠踢着餐桌的腿。踢得桌子往他的方向移动，他又把它推回。

"你怎么不问我，那些东西给转移到什么地方去了？"他说。

她现在要抓起厨刀来逼他，他会不会把她的"魂"还给她？

他笑了笑。他什么时候增添了一副老谋深算的眼神？

"不仅转移货物，也得转移我们自己。恐怕我已经给盯上了。那些盯我的人跟这个小区一接头，马上就会对我采取行动。"他慢慢地用力地咀嚼。咀嚼着一个前景、一个计划。

她顺着餐椅往下溜，下巴渐渐高过自己视野中的洪伟。她的样子已经告诉了他，她打算死在这儿，烂在这儿。她已经烂得差不多了。有本事他再把她搬走试试。

"这个是给你今天的定量。"他说。

她把滑到底的身体往上挪了挪，眼睛使劲往下看。"噌"地一下，她坐直了。她的魂在桌上。在小塑料袋里。白色粉末状的魂。

下面什么都好商量。

十二点多时，她发现一个无牵无挂的身躯躺在洪伟身边，就是她自己。洪伟斜靠在一摞枕头上。然后他说起似乎打了腹稿的一席话：

世界上大部分人都是下三滥。因为他们那么容易被主宰。独裁者、法西斯、上帝、真主、钱财，你不拿毒品去控制他们的心灵肉体，他们反正是把心灵肉体拿给那些东西去控制的。他们会为了那些东西去奉献精神生命以致奉献肉体生命。有这种巨大的先天残缺的人类就是会战争不断。在疯狂的自相残杀时，他们各自的"主义"和致幻剂有什么区别？"砍头只当风吹帽"，难道不是致幻剂作用下的一种血腥浪漫？因此战争不可能休止。没有战争，就让致幻剂来杀死他们。是否要拿出自己的心灵肉体，让毒品来杀，这纯粹是个人的自由选择。一个人假如弱到了让毒品选择自己，这种人是活该灭亡。没有意志、没有为自己选择的力量的人其实不叫人，叫零。就是各种战争、各种宗教迫害政治迫害中挂在主宰者后面的一串零。零们在挂钩之前，等于零，在挂上钩被拖着跑的时候，就可怕了，零的所及之处，血流成河，残垣断壁。因此，假如零们在被任何主宰者选择之前，被挂上钩之前，假如他们愿意被 K 粉冰毒鸦片海洛因选择，那是不足为惜的。来是个零，去是个零，至少还没有形成对其他生命的伤害。有意志的，能为自己进行各种选择的人是不可能让药物来选择他的。这种人选择命运，选择政党，选择候选人。而零们，他们什么时候能承担选择这样大的责任？从最高领导到穿什么颜色式样的衣服，他们都不知道自己是有选择权的。他们只是看看周围，其他的零选谁做领导，选什么颜色式样的衣服，那就照搬吧！

"我为什么要在乎这些零的死活？他们死了和活着有什么区别？！"他说。

她明白了。现在她在他眼里，也成了一个零。她接着还明白了一点，就是最大的坏人像好人，也像好人那样，很讲道理，很讲道理地干坏事，祸害你。你看他就是在这样的道理后面，干了这么多年的坏事。原来最大的坏人是要好好地去做的，不能吊儿郎当，不可消极怠工，必须做得理直气壮、正正派派。

第二次逃亡更是万分惊险。好在之前洪伟做了安排和准备，把孩子先寄放到郊区的一个熟人家里。那个熟人是他手下马仔的堂姐，一个开宠物医院的本分老姑娘。

那是个礼拜六，两人准备一块去银行取些现款就去飞机场。

他和她换上运动服，背上网球包走到楼下。人们眼前，是一对和谐健康的年轻夫妇，准备到俱乐部去打球。

但她觉得他牵着她的手使劲一捏。她沉住气，不马上抬头，东张西望。几秒钟之后，她发现两个男人在花坛边修理无懈可击的栅栏。物业的人他们都认识。这两个生人突然出现在这里，干着物业管理员本职内的工作，洪伟马上有数了。警方的行动比他预料的要快。

幸亏他脑子够用，让她换上最不像出门的衣服。也幸亏他把大部分款子早早就转移了，那次她去银行打算带着女儿卷款回老家之前，他已经把钱划到另一个账户里。又一个新人格在那时已经诞生。而这个叫洪伟的旧人格，正在人群中渐行渐远，行将消失。

洪伟大声对她说："还是开车去吧！你在这儿等着，我去开车。"

"没地方停车，周末俱乐部人多！"她很配合地说。

原本他们以为不开车是金蝉脱壳，只要他们的房在车在，别人会认为他们走不远，走不长。可洪伟突然变了计划。

上车之后，她问他为什么要开车。他说会下雨的。他用眼神告诉她，车里说不定有窃听器。车子停在地下车库，公安假如愿意，可以设法在车上装微型窃听器。他把一张摇滚 CD 放进去，一捺键子，汽车里发生枪战都没人听得见了。他布置下面的步骤，先吃早点，观察一下有没有人盯梢。

她从副驾驶的位置盯着后视镜。果然，早晨宁静的马路上出现了一辆尾随的车。

他把车停在一家西餐早点店门口。他让她先下车，他开车到前面的路口买一份报。

也许这又是一次他引火烧身以掩护她撤退的战术。也许他一个人利索，逃亡起来方便，带上她，反而会落个双双落网同归于尽的下场。也许这是他给她一次机会，让她承担起选择自己未来的责任。

她下了车，突然转过身，朝他招了招手。她感激他的信赖，信赖她能够负起责任来，为自己和女儿选择一个未来。车子猛地加速，早晨宁静的空气被扯裂了。

但跟在后面的车也停了下来，跳下一个人，车子继续向前开去。

原来洪伟的掩护救不了她。这个人跟着晓益进了早餐店，里面一个人也没有，服务生上前，问晓益和跟踪者是不是一道的。这真是令人难堪的事。

"我还要等一个人。"她说。

服务员把她领到一个靠窗的位置。跟踪者坐到了餐馆中间。她在亮处，他在暗处，看不清他的模样。但刚刚两人前后脚进餐馆的大门时，她瞥了他一眼。似乎是个很年轻的男人。一个大男孩。假如她没有和洪伟（林伟宏）的关系，没有他强加给她的罪过背景，她倒不反对这个大男孩投给她的注意力。她甚至可以主动和他搭搭讪。

一旦她和他搭起讪来，他会怎么说？她这样一想，几乎有点儿心痒。他会说，别装了，我们知道你跟你丈夫是同谋，你这些年来一直帮他运毒、窝毒，替他打掩护方便他隐姓埋名，把一个个制毒工场建立起来，把一个个贩毒网络编织起来。

可她是被迫的！她是被他骗进了套，被套住了。假如说这桩罪恶不包括她的女儿；她的女儿无知者无过，那她的无过程度，应该跟女儿差不多。

她点的一杯咖啡来了。她刚喝一口，就呛得咳嗽起来，咳得猛烈至极，似乎那一滴误入了气管的咖啡是辣椒水，呛得她满胸疼痛。这滴咖啡提前开始刑讯她吗？就是面对刑讯她也是这些话，她是无辜的！唯一的过错是染上了毒瘾，但这是能戒掉的——政府国家人民，不是总在帮助无力自拔的人戒毒吗？

坐在暗处的盯梢者被她猛烈的咳嗽惊动了，不安地朝她看过来。

她期待他问一句：你没事吧？

她会回答：有事。

从那个回答，一切就好办了。她相信他们不会冤枉她，会搞清一切，证实她说的是真的。她会接回女儿，母女俩相依为命，回到父老乡亲们中去。也许在重新过起芸芸众生的日子之后，她会遇到一个好男人，有着芸芸众生的优点或缺点，有着芸芸众生的好恶和爱憎，那时候，她会惜福。从灰姑娘的噩梦中醒来的人，才知道作为芸芸众生一员的幸福。

他好像要站起来，向她走来了。

门铃一响，她抬起头，见走进来的一个新客人是洪伟，手上拿了一份早报。难道他真的只是去买报纸？他坐到晓益对面，朝服务员一招手。服务员走过来，拿着一份菜单。他对服务员说，看见客人进餐馆，别等他招手就应该马上迎过来，走路脚步还那么拖沓，才多大呀？十八九岁，就这样走路？小伙子该去看看美国的服务生，特别是当服务生的中国留学生，他们在餐馆走路，跟戏曲里跑圆场似的，那步子走得叫漂亮！洪伟完全是个脾气好、精神好的顾客，十分善意地调侃。然后他仔细读了菜单，又仔细选择了自己的早餐。

晓益想，那个正在盯梢的大男孩警察对洪伟的一系列行为是什么观感。不论他的观感如何，她自己叹为观止。一个人做社会公敌也做得如此漂亮，如此临危不惧临阵不慌，那得什么样的勇气和心理素质？洪伟这样的大坏蛋不是什么人都能做的，他是有理论、有章法、有信念地做着一桩桩天大的坏事。他那番大道理难道不是道理？一切逆来顺受的人，一切让命运、他人、毒品选择自己而自己放弃选择权力的人，是活该灭亡。

她和他和早餐来了，他把气氛造得多好？这个星期日不过是无数星期日中的一个。也是寻常夫妻的星期日，没有费劲儿制造对话的必要，他边吃边看报，看到一则房地产广告，不经意地对她说：这房子能遥望鼓浪屿。要去看看吗？看它干什么？又买不起。很多东西都买不起，什么钻石、宝石之类的，那也不妨碍你们女人去看啊！他把报纸递给她。

她发现报上根本不是房地产，而是某某毒贩被公安逮捕的消息。她又看见他圈下的一行字：某购物中心秋季大减价。她明白了，他要带她到那里去，从那里脱身。机场肯定不能去了。天罗地网，机场是个收网口。

她的心跳到了喉咙口，每一口咽下的食物都要被顶回来。她用刀叉切下一小块煎蛋，再用叉子送到嘴里，叉子当的一声落到盘子上。他非常沉得住气，看都不看她一眼。这个男人可以是个伟大的革命者，也可以是个天才的间谍，或者可以是个了不起的科学家。他的理性健全得可怕，对可能发生的危险和失败如此坦荡。

这是一餐悠闲的早餐。急什么？每天的日程安排充满了"必须"的人，这一天是一个"必须"也没有的。没什么事是必须要做的。时间也不是必须要珍惜的。所以他们花了一个多小时在早餐上。他几乎读完了报纸的每一个版面。

走出餐馆，太阳已经很高了。街上的人和车多了好几倍。他们上了车，在摇滚中他对她说：假如他自己逃不出去，她怎样也要独自脱身。他说着把车开上了在马路。

他看着后视镜告诉她，警察们今天肯定带着逮捕证和手铐呢！本来他们还想再等他自我暴露，抓个人赃俱在，现在来不及了，怕他像曾经消失掉的林伟宏一样再次消失。他们现在还不敢确定，林伟宏和洪伟就是一个人。

她想自己怎么变成了美国电影中追车剧情的主角了？而追

车会发生枪战，一般都是前后一夹击，被追的车里人员中弹，车子腾空而起，一片火光和爆破，挡风玻璃，四扇车门，后盖前盖，轮盘轮胎，碎成无数片的车子礼花似的飞起，落英缤纷……她的孩子长大以后，也会去看这样的美国电影，那时会不会有个坏心眼的人告诉她：她父母的肉体和生命也是这样给放了礼花？

车子在那个购物中心的地下停车场停下来。车库已停了八成满。洪伟拿起报纸，打开车门，跳下去。她长长地喘了两口气，正要开门，门已从外面被拉开了，她浑身血液马上冻结，但一抬头，见为她开门的是洪伟。除了他平光眼镜后面的眼神绷得极紧，随时要绷断，他仍然保持着洪伟这个人物一贯的性格动作，事无巨细，面面俱到，像是读书读过了头，读得大大超过他平平的智商所能接受的量。

跟踪的车子停在了一排车的后面。他们还等什么？该冲上来，喊一声"不许动"！事情不就可以收场了？

她和他往电梯方向走。不用回头，那两个人会跟上来的。电梯也是个好地方，电影里是渲染悬疑的。她感觉自己的手不知什么时候已被攥在了洪伟的手心里。电梯来了。他的手使了使劲儿。是在促她做好一切准备。电梯门前站了五六个准备抢购减价货的人，一片芸芸众生的快乐。

两人中的一个跟着他们进了电梯，另一个留在停车场，防止他们窜回车上溜走。洪伟捺了四层的键，那人也捺了四层键。到了一层，又上来一群人，老老小小，唧唧喳喳，说上错了上错了！

电梯是往上走的！电梯里已经一股浓郁的汗气。电梯的门在第二层刚一打开，人群便大乱，所有上错电梯的老老小小乱成团地往外挤。她被洪伟拉了出来。那不顾一切地突围动作，几乎把一大群老人小孩给撞倒。

不用回头也知道跟踪者没下来。洪伟的动作比一阵心血来潮的念头更使人意外。这个警察太缺乏经验，对于一个老奸巨滑的有九条命的大毒枭，怎么可能不防他来这一手？

现在成了她拉着他走。购物中心是女人的世界，无所事事的晓益在两年多里逛遍了厦门的每一个购物中心，又逛遍了每一个购物中心的每一家店。

有一家珠宝店她常常来，知道它的一个侧门是独立朝街上开的。进了那个珠宝店，等于就走了条捷径上大街。店里灯光、镜子、珠宝，卖东西的人远远超过买东西的人。年轻的警察从四楼下了电梯，又顺着电动滚梯冲上来，两眼瞄紧他俩，跟着也到达了珠宝店门口。他一定以为只要守住门就可以笃定地守株待兔。他这时一定是一面监视，一面用手机跟另一个警察沟通。从玻璃门和玻璃橱窗窥视店内，他的视野一定会被门上的招牌、珠宝、镜子、人影切割得零零碎碎。

晓益的侧面这时对着橱窗。她的侧影就是那个跟踪者的视野。她使劲儿盯着一块钻石链坠，嘴巴却说："快走，柱子后面有楼梯，下到一楼，有个门，朝大街的！"

他愣了一刹那。也许他没想到最后的生路是晓益给他留的。晓益见一个售货员殷勤地走到她对面，她便指指那个链坠，又把柜台上的椭圆镜子端了起来。她和镜子能挡住洪伟的行动吗？试试吧！

"快点啊！"她说。

售货员吓一跳，马上加快手上的动作，拿出那个项链坠。洪伟闪到了柱子后面。

她在心里暗数：一、二、三、四……数到二十，她觉得时间够了，把链坠摘下，说了一堆它如何不如她意的话。她又指指另一款项链。又数到二十。这下洪伟该下到楼下了，该到街上了。脱险成功吗？街上正好有出租车开过来的话，他就该算初步脱险了。那她该做什么？他们抓不着洪伟，抓起她来，事情会怎样？……

"您说呢？"售货员问道。他似乎一直在问她什么，她也一直在给予回答。鬼知道她的回答怎么把他给逗得如此高兴。

"嗯？"她把镜子放下来。

"填上您家的住址、电话。"售货员指着柜台上的一张纸，"这里填工作单位电话，抽到奖品，我们马上通知您？"

"什么奖品？"那不再是她的家。警察会很快占领它、捣毁它。

"从十分钻坠到马来玉戒指。您买的这个钻石坠子可以有两次抽奖机会呢！……"

现在洪伟一定已乘上了出租车。至少也能挤上一辆公共汽车。她可以撕毁这个售货员莫名其妙跟她达成的协议，从店门出去。迎着跟踪者走出去。下面该发生什么？他会手往口袋里一插，掏一对手铐来吗？

她从珠宝寒光四射的背景中走出来。那个年轻的跟踪者朝她身后看了一眼，一脸不解。看来他业务不怎么样，连地形都没摸清。他刚才站在门口，有五六分钟可以利用起来，研究研究这个购物中心的地形地貌，一研究就明白这个珠宝店是二层楼的。

她从他肩头望去，现在她的位置离电动滚梯有二十多步远，快得话她可以在十来秒钟就混进下滚梯的人群。跟踪者也许并不年轻了，她把他看得年轻是因为她自己老了。她二十五岁的年纪也许真的就是她一生的长度。她只要往滚梯方向一跑，后面来一颗子弹就可以给她的生命圈下句号。

晓益头也不回地往滚梯方向走。跟踪者看了她一眼。心里矛盾至极，该不该喝一声"站住"！或该不该把她当个大龙套放她一马？该不该追上来，逮一个是一个？……他在十秒钟的犹豫之后，推开了珠宝店的玻璃门。那一刹那他就明白了，她不是个这场戏里的龙套，或许这场调虎离山正是她这个温馨小女人策划的。

他放弃了晓益，穿过珠宝店，追踪他们的终极目标去了。

晓益顺着电动滚梯向下奔跑，最后一瞥目光看见珠宝店的玻璃门关上之后还闪动了两下。那是擦得像珠宝一样晶亮的玻璃门，退路被它切断。

退路之门如此瑰丽。

回到父母身边，她常常对那次脱险惊讶不已。那些行为似乎发生在另一个人身上。是另一个人，一个早就化为一坛子灰烬的赵晓益。回到村里，她似乎是从几年的冬眠中醒来的赵益芹。那个全村人的宠儿。

她就那样牵着女儿，拖着大红色的旅行箱下了火车。三天前她逃出购物中心之后，马上就用公用电话跟那个开宠物医院的老姑娘联络上了。她声称自己的父亲病重，想见自己的外孙女一面。老姑娘结结巴巴地问她，难道不正是她父亲病危，她和丈夫赶去探望才把女儿寄托给她的吗？她顾不上前一次谎言和当下谎言的出入，马上说老人坚持要见孩子，所以她专程赶回厦门来接女儿。她左一个拜托右一个恳求，让老姑娘把女儿送到火车站。老姑娘还要啰唆，她立刻想到钱这样好东西。她告诉老姑娘，自己意识到托养一个孩子的费用有多么高，所以她会再补付一笔费用。老姑娘这才停止了核审事实的盘问。

她带着女儿乘了一天一夜火车到达上海，又乘飞机到达南京，再转换轮船回到县城。在上海为所有亲戚老表买了礼物，又给自己和女儿置办了几套能够体现"衣锦荣归"的行头，所以当她款款迎着父老乡亲走来时，几乎不名一文。母亲是第一个发现她的经济危机的。母亲在她回到家的当天晚上对她说，某某医生该送一份礼，因为父亲生病住院时，得到过那个医生的不少好处。某某邻居也该送一份礼，因为他为赵家盖房出了不少力……渐渐地，她意识到她不在家的七八年中，父母的人情债债台高筑，一共有二三十份礼需要她去补置，都是"随便买点儿什么，一两条好烟就行"。到了第二天，母亲还不见她有所行动，便悄悄地说："你存在我这里还有几万块钱，先拿给你用吧？"

她对父母和一切亲朋好友都谎称做老板的丈夫太忙，所以不能陪她回家省亲。

父母用她陆续寄回的钱盖了新房子，虽然不是村里最好的房，也足够他们"比下有余"了。躺在竹床上，她一次次回想几天前那个星期日的"警匪片"片段。叫赵晓益的女人怎么可能那么爱憎混乱？吃早餐之前，她几乎要向那个年轻警察靠拢，要向他坦白一切。而几十分钟之后，她就成了个女好汉，一股"我顶着，你快撤"的无畏气概，掩护了洪伟，跟年轻警察反目成仇，永远地做了他正义捍卫者心目中的狰狞敌人。

躺在竹床上的她叫赵益芹。但真正回归为赵益芹怎么可能？在珠宝店的那一刻，她把路走绝了，把回归成本分清白的赵益芹的路切断了。赵益芹可不是现在这位为了满足毒瘾什么都干得出来的女人。她从母亲手里接过存折，取出的第一笔钱不是去买礼品，还父母欠的人情债，而是买还魂草那样急切地给自己买了毒品。

她发现只要你吸毒，你就会很快找到供给来源，并以此建立起真正的社会关系。和她随身所带的不多的一点儿货品相比，这个内地县份的地下网络所提供的货色相当蹩脚。这使她不由得怀念起洪伟来：那是个多么科学、多么学者化的制毒大家！

一天她突然接到一个快递包裹，寄件人叫夏之林，寄件地址是湖北某县。她拆开包裹时，心跳得又快又重。她并不认识洪伟的笔迹，因为洪伟几乎不用笔写东西，他是个早早进入了电子时代，依赖电子手段做一切事的人。

包裹里装的是一套高档护肤品。她当然明白世上不会有谁莫名其妙替她的脸部保养操心。她把各个瓶子盒子翻过来掉过去地研究，又举起它们来对着光线打量。什么名堂也没有。她只好打开一瓶护肤霜，用一双筷子插进去翻搅。名堂出来了：一个小塑料袋。还用打开它吗？她太熟悉它了！

以同样的方式，她在日霜、晚霜、底彩……每一个瓶子里都发现了一个小塑料袋。她还是不甘心，觉得寄件人不会不寄几句问候的。但她没有找到片言只语。

她按照寄件地址寄回一件男式汗衫，里面夹了一条小条，说礼物收到，不过没有说明书，请尽快把说明书寄来。

叫夏之林的寄件者在四天之后又寄了一个快递包裹。里面还是一套护肤品。这次每瓶日霜、晚霜都只是两毫米的掩盖，下面才是真正的货品。

按快递信封上的电话打回去，那边说机主已停机。她无法确定寄件人是不是再次逃脱法网的洪伟（或林伟宏）。也无法确定，洪伟是否已投胎成夏之林了。

从此包裹源源不断地来了。她在镇上和县城开始打听，如何建立一个化妆品推销网络，而她真正在经营的，却是一个毒品供销线路。每周一次到达的快递包裹成了她养活自己，养活父母和女儿，养活毒瘾的唯一经济来源。回到故乡的第二个月，她再次迁移，因为县城人少市场小，利润和风险相比，显得微不足道。

她搬迁的地方是长江边上的一座中型城市，她在码头附近租了一个单元，和女儿住了下来。在此之前她以快件把新地址告诉了她神秘的"老板"夏之林。快递包裹随即到达了她的新居。曾经在县城认识的一个吸毒社会成员给她介绍了在这座城市的关系。不久她开始有所进账。又过了不久，她以诚信和货品质量富裕起来。离开厦门一共三四个月，她独撑门庭，一双柔弱的肩担当了杀头的风险，把一份份毒品从各大酒店的快递柜台寄出去。利润在父母的银行账户中日夜增长。她一直渴望从美丽的寄生虫进化成独立自主的人，几个月时间，畸形的进化完成了，她浑身是邪恶的本事。

长江边上这个中型城市有若干星级大酒店，如果某酒店的某个职员注意，他会留心到一对令人赏心悦目的母女，常常出入大堂，在一侧的甜点茶座吃两客点心，或到礼品店买一块巧克力或一罐七喜，然后便去快递柜台办事情。非得要十分在行的眼睛，才能看出这位年轻的母亲一副病态，淡妆下皮肤苍白干枯。行家才能看出她的病态来自过量的用毒。

这天下午，她刚从一场自我纵容中大获满足地醒来，门铃被捺响。她赶紧咬咬牙，让自己收紧骨架和浑身肌肉，把涣散的神志也归拢一番，才问道："谁呀？"

没人回答。

她从门上的窥视孔往外看，看到的是一个穿米色夹克的背影。

几乎每个中年男人都有这样一件米色夹克，它可以让任何长相气质不同的人随大流。

"请问您找谁？"她已经认出了这个妄想随大流的背影。

还是没有回答。

她的手伸向门锁，又放下。她发现自己非常可笑，难到开不开门还由得了她？

门一开她便栽入了他的怀抱。剃了板刷头，摘了眼镜，这个新人格是仿照谁制造的？仿照下岗工人，还是科室小职员，还是县级中学里被学生们捉弄取笑、被起了一堆绰号的班主任？她打量着他，眼泪禁不住地掉下来。

洪伟果真消亡，并投胎成了夏之林。

夏之林：男，33岁，生化研究所研究员，毕业于美国堪萨斯州州立大学，曾工作于美国马里兰州国家健康研究中心。

夏之林的妻子名叫季枫，27岁，婚前就职于外企。所以眨眼间成了季枫的女子，没法继续在同一个公寓楼，同一个邻居群落里生活。又要搬？必须搬。为什么？！为什么还用问？！……又要搬！又要搬！！

一小时前还热泪盈眶迎接他到来，现在她却恨不得他已死了。那些无用的警察，为什么又让他再次脱身，再次改头换面，再次毁掉她的安宁？她现在已经不吃他的、喝他的了，她依靠自己的大胆妄为，建立了自给自足的生活。

夏之林提醒她，她有今天，全凭他的"远程培训"，他遥控得多么好，否则她怎么会有今天的优异成绩？他的辛苦栽培遥遥远远地搀扶她起步，鼓励她独立。他本来早就可以从遥控导师的位置后面走出来，走回她身边，但他一忍再忍，直到他认为她已经被栽培成才，已经能独当一面，在将来的日子里，即便他有不测，她也可以靠他遥控培训中教授的课程，独自活下去。

她叫他滚，永远从她和女儿的生活中消亡，他不出现一切都很好。他说她不仅不好，而且已落下了终生残疾：她的肉体和精神都瘫痪了，而毒品一直是支撑她的拐杖。瘫痪在迅速恶化，支撑她的便不再是拐杖，而是一副肩膀。她自己的精神和肉体已经渐渐在让位给毒品，毒品渐渐取而代之去做女儿的母亲。这样一个靠毒品的当家的女人，是不可能看到女儿的变化的：女儿是幼儿园所有孩子中的落伍者，她对周围一切的无动于衷和她母亲一模一样。

她当天晚上观察女儿。四岁的女孩子从饭前到饭后，始终对着电视。把电视关闭，她便对着一片空白的屏幕。她以自己对周围的漠视来回敬环境对她的漠视。

她说这也比跟一个背着死罪到处藏身的逃犯在一起要幸福，她可不要孩子看到长辈怎样像过街老鼠一样瞎窜，让她看到长辈如何死期已近。她长大以后对她父亲的记忆就是他一颗脑瓜开成两个瓢！她问他还等什么？迟早要成瓢还整天把脑瓜当宝贝，这个洞藏到那个洞，早些交给政府，大家都太平了，趁女儿还小，还不必参加收尸！……

他一拳打在她胸口,她跟跄几步,栽倒在床上。他拉起她来,一口气抽了她四五个耳光。她不屈不挠,毒咒和带血的唾沫一块涌出嘴唇。

从那天夜里,她和他的谈话方式改变了,往往都是谈着谈着就成了咒骂,最后以拳脚告终。这种沟通形式也会很快成瘾,她动不动就要招惹他一块儿来过一把瘾。她在咒骂和拳脚中渐渐向赵益芹告别,深知这一回赵益芹再也不可能让她借尸还魂。赵益芹比烧成灰的姐姐赵晓益消亡得更彻底,连一把火、一缕烟、一捧灰的步骤和形式都没有。

她要尽快和她新投胎的人物熟识起来。这个叫季枫的女人,大学毕业,粗通英语。在她渐渐走进季枫的形骸时,她最后看了一眼赵益芹:还是十七八岁的好学生,还明确懂得善恶好歹,唯一值得反省的是太虚荣。十七八岁的女孩子,美丽聪明,谁又能苛求她不虚荣呢?赵益芹难道没资格贪图世上本该属于美丽姑娘的一切吗?灰姑娘之所以成为经典的女孩榜样,是她冥冥中懂得她的美貌、美德都将得到回报。并且赵益芹成为不可救药的季枫也不尽是她自己的责任,她的父母和弟弟也该负责。假如父母平等看待她和弟弟,平等地把继续求学的机会给予姐弟俩,事情就完全不同了。正是他们那句话使她开始了由赵益芹到季枫的蜕变。他们那句反反复复念叨的话:"益芹要是男孩就好了,女孩子读书读那么好有什么用?"顺延慈爱长辈的逻辑,姐姐就该南下打工,挣弟弟的学费。村里是留不住十七八岁的女孩的。一年一年,女孩到了十七八，就一批批奔向县城火车站。那个火车站是美丽女孩的集散地。十七八岁的女孩们一走就很少有人回来，定期回来的是她们的汇款。年年远行的女孩们渐渐形成了这些村庄的传统。新传统改变了老传统：重男轻女，母以子贵的几千年寿龄的老传统。从此，这些村庄里再也不见那些生不出儿子就没完没了地生下去的女人们，为了留住一个生男孩的机会把女孩扔进马桶或扔进水塘或扔到火车站候车室。再也不见那些带着低声下气的女儿们的低声下气的母亲们。十多年改变了上千年的传统，村里人渐渐变得重女轻男。

变成了季枫的女人在大都市里稍微逛一逛，就能认出自己的同类。服装饰品的大市场的一个个货摊后面，房地产公司出售租赁的服务台后面，头发养护和指甲美容的躺椅旁边，都是这种通过可怕的途径见了大世面的年轻女人。她们见的世面可比出国留学的女学生们大多了，因为她们走通了十八层人间。

变成夏之林的男人是在南方缉毒最紧的时候来到安徽的。他现在找回的季枫不仅是妻子，更是好帮手。南方破获的制毒贩毒网络只有一位神秘的首领在逃，因此法网便由南往北撒过来。因此夏之林在一次对季枫拳脚相向时告诉她，本来想低调一阵，把风声躲过去，这样打闹，哪里藏得住呢？！

她马上看着他，准备砸向他的一只小凳落了下来。

他说她不是一直向往改邪归正吗？现在他们可以到北方的大都市躲藏下来，容他去找一份职业，像千千万万个人闯大都市的人那样白手起家。时间一长，张在他们头上的天罗地网总会放弃，他们就得以逃生了。他是一个目光远大的大反派，总是不惜放弃已打下的江山，已建立的王国。那一个个地下王国中的臣民多么忠心于他们的主子（虽然他对他们绝大多数从来是神秘莫测，几乎是一个英勇传奇）！为他吃尽苦头，在不得已的情况下，吞下一个个蜡封的毒品丸，用自己的胃肠做运输工具，把一个个飞机场连接起来，让血肉的传送带顺畅从警察缉毒犬眼皮下通过，再以催吐剂和泻药使毒品丸安全抵达目的地。

都市越大越利于他们隐藏。北京这样的大都市作为藏污纳垢的所在太理想了。想租房，马上有几十个捎客在你面前献殷勤，什么都好说，一切都可以通融。他们在一个黄蜂窝般的小区里住下来，耳朵里灌入的语言除了北京话什么口音都有。谁知道一个个蜂穴似的屋子里都住了什么男盗女娼？关起门嫖娼、赌钱、策划杀人越货拐卖人口的一定都很齐全。吸毒？！吸毒算个屁！谁也坑不着只坑害自己！

"你看看你的样子，还能做母亲吗？"叫夏之林的男人说。

自从战略转移到北京，女儿就被送进了寄宿幼儿园。北京许多家长赚钱的目的之一，就是要把儿女从小送进据说是很贵族的学校，据说那些地方会把他们的后代培养得非常贵族以致将来很可能对他们父辈的粗鄙和缺乏教养大为愤怒。

叫作季枫的女人破口大喊，叫他还她的女儿！做畜生也有养儿女的权利！就是一只母老鼠，它肚里钻出的小老鼠也不会嫌弃它！

　　他把一面小镜子放到她前面。照照吧，看看里面是什么？她照也不照，把镜子摔在地上。不用照她也知道那是一把人渣。谁让她走到这一步？让毒品选择她、熬炼她，熬炼得只剩了这一把渣子。她突然感到一阵牙痒，扑到他身上就咬。

　　他动也不动。他根本不是人，人不可能对自己的皮肉像对待身外之物。她劲头马上没了。他想做什么做不到？对他自己的皮肉都能做到这一步，他是什么都能做到的。他可以做呼风唤雨的大毒枭，可以做一丝不苟的毒品配方员，可以做读童话、捏橡皮泥的称职爸爸，也可以做夹起尾巴的狗。他在北京一所大学的附属中学里，做那个老实巴交、混饭混日子的代课教师不是神似吗？有时他混得恐怕连他自己都不分真假了，竟然混在同事里喝酒唱歌，让所有人认为他不仅是老好人，甚至有点儿缺心眼儿。只是中学的领导看了他的履历，觉得他好歹算个海归人士，想把他合同教师的身份提拔一番，给他转正，他才发现自己的戏过了，事与愿违了。原来他只想做到不起眼儿，以至于天长地久地随大流，从而引起普遍忽视。没想到夹尾巴夹得太好，被当成了可以长远共事的人。他只好辞了职，去一个化工研究所，披起另一套伪装，扮起一个研究人员的角色。这回的角色是不易亲近的怪诞科学学者，勤恳敬业，但上级刚想表彰，他便无端旷工，刚刚要给予他警告处分，他又拿出一项成果。他让上级下级同级都意识到，一个搞科学的人可以没有爱因斯坦那样大的天才，但可以有爱因斯坦那样大的怪癖。他古怪到了下班穿着别人的米色夹克回家。

当他把夏之林这个角色表演得百分之百可信之后，他已经在山西、河北建立了制毒工场。同时也建立了供销网络。大都市就是好，上流人士下流人士都受不住大都市生活的压力，因此都得找些省事省力的方法缓解。野心和欲望的压力就在首都污浊的空气中。所有大楼的地下室里，住满漂流到北京的年轻人和不怎么年轻的人，以"不成功不还乡"向自己残忍施压。他们的头顶上，那些带壮阔景观的豪华公寓中，住着他们梦想成为的人们，而那些人的压力更大，任何一个比他们更成功的邻居，熟人或非熟人都是他们的压力。成名成功，那简直就压得人活不了。天天有新的成名成功者出现，你不突破原先的功名，世界就去逢迎他们。世界越来越薄情寡义、见异思迁，你的财富和名望很快便为它所不屑，因为新的财富和名望分分钟在争夺它的宠爱。地下室的居民羡慕成功者的一切，包括成功之后那非人性的压力。

因此给这些地上地下的居民们减压，是人性的。让那些给压力压得时刻要崩溃的人忘乎所以一下，不是很人性吗？夏之林对季枫演讲道。他面前似乎不是他患难与共、同流合污的妻子，而是审判席和陪审团。

在他成功地建起制毒工场和贩毒网络的过程中，他和她达成了协议：只要她戒毒，他可以把女儿从寄宿学校转到走读学校。但她发现这完全不可能。她总是从送出去的货品中偷偷扣一些。而她在送出的货品中做的手脚很快被他发现。他对她说：送出去的东西有质无量、缺斤少两，怎么能指望供销关系长此以往？监守自盗，非常非常的愚蠢。

她有什么辩白？当然没有。只能以赖抵赖，拍拍她空了的胸腔子："怎么了？就是偷了！你能怎样我？"

他看着她。他不是看着一个人，而是看着一堆糟粕。不用怎样她，只是让女儿继续在贵族学校继续寄宿，周末假期也免了。无非是大把钞票捐出去，那种学校对肯捐大把钞票的家长都奴才得很。

有一次女儿一个月没回家。把她接回到家里，她像个串错了门的客人，窘迫而紧张，当母亲把她紧紧抱在怀里时，她似乎屏住气在忍受，希望骨肉团聚的老一套快些结束，好让她一个人回到她自己的房间里，面对电视上随便什么画面。就在这个周末，做母亲的只教训了她一两句话就引出她一个脏字眼儿。是个非常非常肮脏的字眼儿，让她的母亲想到村庄里几个孩子的妈，骂这类字眼儿时可以脱自己衣服助兴。贵族学校样样领先，连下流语言都是跃级的、一步到位的。

她这次要跟夏之林拼了。必须把女儿带回她身边，不然她这一夜就要和他你死我活。不答应没关系，她可以找警察告发，让法官裁决她是不是全国著名制毒家的牺牲品。他一边朝她挥拳一边请她快去，顺便也告发她自己每次怎样把毒品送到某某洗浴中心、某某夜总会、某某酒吧。她已经是最优秀的毒贩，一身绝技，有几次碰到警察突袭搜查，她把自己的胃做了紧急转移点，把几百克毒品蜡丸暂时库存在那里。要向警方交代，千万别忘了这个精彩细节。

她两只手在空中狂抓，他的脸一再从她五彩指甲的利爪下躲过。她的声音鬼叫一样，说一切都是他的教唆，她的毒瘾和她的贩毒伎俩都是他亲授的。

这种吵闹格斗总是不了了之。日子还会照常过下去。她照样被他派遣出去，送货、收钱、打点该打点的人物。现钞一摞摞收回来，塞在壁橱的一个手提箱里。那些钞票似乎带着手汗、残酒、体油，一摸它们她就恶心。手提箱装满了钞票，叫夏之林的人往里面搁了些樟脑球。这种蜂窝般的楼房连蛀虫都是共享的，别人家的蛀虫成了飞蛾，便从窗子飞到你家，在衣橱里筑起殖民地。这个小区每家跑着别人家的蟑螂、耗子。夜晚，并不只有人在进行不见天日的串通。他们不能随便花这些钱；他们的生活水平不能高于小区里的普遍水平。低调、冷静，才能引起忽略，广漠的忽略才是他们的安全避难所。

每天她都面临同样的挣扎：吸，还是不吸。最后总是毒品选择她。每次她都对自己说：吸吧吸吧，这是最后一次，你最好吸个够，享受个够，因为下回就没了。她给自己的最后通牒没有效，下回之后还有下回。因此其他的部署根本谈不上。那些部署她也是天天在心里谋划，如何戒了毒，偷出钱，带着女儿，远走高飞。她既然让最大的坏人选择了她，让毒品选择了她，让乌糟糟的日子选择了她，她就别无选择地继续过一日算一日。过一日，就死去一日。每一日的逝去，她的灵和肉就死去一部分。她照样穿扮得像人一样，把毒品装在女式皮包里四下分送。她牢记夏之林的教导：行动要不拘形式，没有规律。她可以亲手送货，也可以打电话给私营快递服务公司，让他们到某某小区去取。她的发货地点除了自己小区还有周围的几个小区，有时，她甚至到很远的小区给快递公司打电话编造那个小区的一个门牌号做发货点。货品的伪装也常常变化，有时装在掏空了心的书里，有时装在点心匣里，有时装在儿童玩具里。

这天晚上，她把货品放进"银翘解毒丸"的纸盒，来到一家私人会馆。它在一个酒店的顶层，上千平米的空间，里面的人几乎谁和谁都认识。会馆包间无数，走廊纵横交错，到处竖着屏风，路不熟的人走不远就走傻了。灯光华丽至极，每个平面上又都有蜡烛，因此不习惯的人马上就会天旋地转。

她来过几次，然而天旋地转的灯光仍然让她不适。她每次来都能碰上这个国家的几张著名面孔。这些面孔时而出现在杂志报章上，或者电视屏幕上。她突然会想到夏之林这恶魔的英明，有几个人能承受成功成名的折磨？她一看就明白他们多么需要她皮包里的货色。会馆的买家们欢迎她的货色，因为它纯度高，价格公道。

她看见那位买家向她打了个手势，她便款款地向他走去。走几步，她站下来，掏出粉盒和唇膏，往嘴上补了点儿唇彩。这是见男客户该有的礼貌。从镜子里，她看了看左肩的后面，又看了看右肩的后面。两个男人正在窃窃私语。会馆的入口处，站着第三个男人。她一眼看出三个男人不属于这类场所。敌情出现了。

她专注地涂着唇彩，然后收起粉盒，朝左侧的女洗手间走去。现在马上往外走就会暴露。因为他们一定看到她刚进来不久。会馆只有一个出入口，一把手枪就把它封锁了。

她走进女洗手间，一个穿窄裙的乡下女人迎上来，为她拉开一个马桶间的门。她得尽快干完她要干的，不引起这位伺候人如厕的大嫂怀疑。好在她有所准备，皮包里装了一瓶水。有水吞咽就会减少一些痛苦。她取出蜡封的毒丸，一口两个，一口两个地往下吞。五百克毒品全部进入她的胃囊，一共才用了两三分钟。她感觉自己的眼珠微微凸突，眼泪鼻涕口水从她麻木的脸上流淌下来。她按了一下马桶的抽水扳钮，胃被撑得这里薄那里厚，有些地方快要撑破，发出一阵阵尖锐的疼痛。

她踩在两只钉子般的鞋跟儿上，走出女洗手间。疼痛在加剧，但步伐还得仪态万方。她的胃让她不当脏器来用，已经有多次了。她可以把那些蜡封的毒丸倒进马桶，但那就倒掉了一大笔收入。那两个便衣分头在和人们打听什么，他们以为这里的人会向着他们。她走到一张桌前。这桌上有三个男人在喝酒聊天儿，其中一个是大鼻子、蓝眼睛。她问了一声可不可以占据剩下的那个座位，大鼻子大而化之地朝椅子甩甩手。她大致像个正经女人，风韵犹存，格调不低。

假如她一个人坐一张桌的话，目标就比较大。这样的场所一个独坐的女人不会干什么好事。她的背对着出入口，凭感觉知道敌情越来越严重。警方一定在会馆招降纳叛，买通了耳目，今晚一定要打个里应外合。这时包间也许都被监控了，然后他们会一间一间地搜查。

她点了一个鱼排、一份蔬菜沙拉、一杯红酒、一大杯咖啡。不能不吃不喝地干坐。一定是有着不正派使命的人才会在这里不吃不喝地干坐。警方破获的毒案不少，一定知道毒贩子冒生命危险以胃肠秘藏和携带毒品，这种人体毒库是不能进食饮水的，不然胃肠的蠕动可能造成毒品的包装破裂，下面就给警察省事了，也省了一颗子弹。

她痛不欲生地把一块鱼肉放进嘴里，斯文地嚼着。大鼻子瞥了她一眼，这才发现她很有看头，目光聚起力度，把她被年岁和毒品抹去的青春美丽挖掘了出来。他对她举了举杯，她也不是多年前刚出村子的土包子小姑娘，颇解风情地也举了举自己的那杯红酒，在他别有用意的微笑中喝了一口酒，抿嘴一笑。然后她端起一大杯浓混的咖啡，把半口鱼肉、一口红酒吐了进去。大鼻子又朝她笑了笑，似乎她刚才的吃与喝都是买他的面子。然后他又回到和两个同伴的交谈中去。

警察们下一步要做什么？假如包间里搜查出"瘾君子"，会不会逼供出毒品供应源？她和她的买家是单线联络，那个买家的下家是谁？是这个会馆的某位领班？某个侍应生？或者干脆就是老班？……她急促地猜想，警察们还要攻破几道防线，才能最后围剿她。

这时她看见一伙人向门口走去。为首的一个是全国人民都熟悉的，他著名的音容笑貌据说价值千金。他以昂贵嗓音跟把守出入口的便衣大声打招呼："忙着逮人哪？"

同桌的两个中国男人激烈地悄声议论起来。

她把一整块鱼排都陆续吐进了咖啡。咖啡已快从杯口漫出来了。咀嚼也能使胃肠蠕动？她感觉胃动得十分生猛，像是动着动着会分娩出一个活物来。她不能继续坐在这里，可现在离开目标又太大。她招了招手，一个服务员走过来，她拿出三张一百元钞票，告诉他不必找钱了。

大鼻子看到她掏钞票，立刻投过来一个挽留的眼色。她微微一笑，是那种含着话语的笑。额头上痛出的汗冷下去，她想世上最大的病也不会如此折磨人。胃在强有力地一伸一缩、一松一紧地疼痛，不久它会找到个出路，把怪胎分娩出来。她得用吃奶的力气克制住自己，不让痛苦弄歪脸蛋儿。她站起身时，又朝大鼻子投去一束花似的笑容。

大鼻子接住了花一般的笑容，竟也站起身。他一面和两个同伴咬耳朵，一面朝她看着。两个中国男人马上也转过脸看她。他们把她当成哪一种女人，她心里很清楚。大鼻子走到她身边，替她拿起挂在椅背上的皮包，交给她，一手微微张在她后腰，似乎随时在护卫她，又似乎随时要把她搂入胸怀。

她和大鼻子通过出入口时，那个把门的便衣一副警察脸，小小的眼睛飞速在他俩身上上下扫描，没有拦住他们。

应该说她已经脱险了。大鼻子却突然开了口，用胡乱拐弯的中国话说："你好吗？"

她看看自己的恩人，这回笑得比较由衷。她刚想说："谢谢，再见了！"突然听见背后的脚步声。那是追捕者的脚步声。

她赶紧拉住大鼻子的手。

一个便衣简短地说明了情况：他们得到可靠消息，这个会馆有人贩毒，因此他有权抽查这里的客人。她装出楚楚可怜的模样，抬头去看大鼻子。似乎中国的事情反而需要大鼻子来给她作解释。大鼻子当然不懂警察们说些什么，对他们又是耸肩又是摇头。几杯葡萄酒下肚，他晕乎乎的对谁都没脾气。

其中一个警察一面问："可以吗？"一面从她手里拿过皮包。难怪他们对她的皮包感兴趣，这个包和她的装束毫不搭调不说，简直就是一件小型行李。到这种会馆的女士背一个行李般的大包，非常扎眼。

大鼻子开始不乐意了。他的酒意也帮助他蓄集怒气。他"哇啦、哇啦"地说着什么，但没人理睬他。北京早就没有洋奴了，惹外国人不高兴的事常常发生，并且发生了就发生了，没有重大后果。

打开皮包，便衣那只戴胶皮手套的手伸进包里。一样样东西被拿出来，仔细看一遍，再放回去。深蓝色的粉盒被里外看了个遍。警察原来那么熟悉女人贴身小物件的机关暗道。化妆品真不少，一件件都可以藏罪证。她委屈地沉默着，大鼻子委屈地吵闹着。包里还有几个没启用的快递大信封。再往下，是一双包在塑料袋里的运动鞋。她到这种场合来之前，一般在车上才换上高跟儿鞋。警察现在打开的是她的皮夹。那是个名牌皮夹，不是仿冒品。她买得起好东西而用不起它们，一用容易露馅儿，因此她只有少数几件昂贵用品。皮夹子里面有一摞百元钞票、身份证，还有一些票据。警察一张张票据地过目。她庆幸里面没有买家手写的欠款单之类。

警察把所有东西一样样放回她的皮包。他们登记了她的身份证号码没有？站在侧后的那个警察是不是用他手里的手机在摄像？

警察一面摘下手上的胶皮手套，一面请大鼻子和她开路，毫无歉意地说着抱歉的话。进了电梯，大鼻子捺了一下捺钮：二十二层。他是这个酒店的住客，很方便上到顶层，有枣没枣打两竿子，运气好的话便捡一个女人回来。她就是他有枣没枣打两竿子打来的。电梯往下降，他的笑容越来越充满泛国际语言，或说跨物种语言，任何生物求偶的语言都包含在他此刻的笑容里。到了二十二层了，电梯停下，他做了个"请，女士优先"的绅士手势，她先他一步走出电梯，就在他跟着步出电梯而两扇铮亮的门正在合拢时，她一步跳了回去。她只看到一个模糊的懵懂面孔，上面一个红红的大鼻子。

她出了酒店大堂就跳上一部出租汽车。她让司机把她载到东二环路上的一个三星级酒店。她付了一夜的房钱，上了楼，打开房门。门在她身后沉重地关闭，她还未来得及把门卡插进插口以接通电源，人已经倒在地上。她拖着半死的躯体爬进厕所，把食指整个插进喉咙里。一声怒吼，她细长的身体抽动成了一条虫，喉咙口顿时打开，痛苦和快感使她浑身战栗，一堆蜡封的毒丸裹着黏糊糊的胃液落在白瓷砖上。再来一下，她的大半个手都被喉咙吞没了。接连两声吼啸，喉咙口像产道一样柔韧，弹性大得惊人，将几百克毒品分娩出来。胃就要痛出洞来了，最后一口呕吐，什么也呕不出来，只有一口带血丝的黏液。

她喘着气，下巴上挂着黏液拉成的丝。点数一番毒丸，还差四分之一左右。一定已经进入了更深的消化系统，必须顺着肠道走一大圈弯路，才能跟其余毒丸会合。她下一步要做的正和前面相反，得大吃大喝。

因为没接上电源，屋子此刻陷入黑暗。她听见走廊里有人说说笑笑地走过去。一旦碰到紧急情况，她都是找这种中档旅馆暂时落脚，等确定了老巢没有被端，身后也没人跟踪，才决定下一步往哪里走。

她等胃里的疼痛缓和下去，便从地上爬起来，手扶着墙。只有一盏夜灯开着，微弱的光投进浴室，她看见镜子里一条哆哆嗦嗦的影子。连她自己都让这毫无人气的影子弄得汗毛立正。她闭上眼，扶着墙休息了一会儿，慢慢摸索到门口，拾起落在地上的门卡，把电源接通。

等她打开送餐菜单，眼睛定在"雪菜肉丝面"几个字上，一个念头击打了她一下：警察打开她皮夹时，会对里面的几张快递收据怎么想？他们会想，这个女人究竟是干什么的，整天发快递？他们会不会在那么短的时间里看出蹊跷：邮件不是从同一个地址发出去的，发件地点是几个不同的小区，还有一个咖啡厅。假如他们看清了发件地点，一定会想，这个女人难道在这些小区都有房产？否则怎么可能发一个快件换一个地点呢？

她的脑子绷得紧紧的，回忆两个便衣当时的每一个动作、每一个神色。每一个动作的过程多长，她都一一记起来。他们把随意折叠起来的快递收据打开，看了看，又折回原来的形状。打开、过目、折回，没有足够的时间让他们看清上面每一个字。除非那个戴胶皮手套的警察有超人的记忆力。大鼻子的抗议无效，但他毕竟起了分神的作用。真得好好谢谢那个素昧平生的大鼻子，他让警察把事情的性质理解岔了：一个外国男人在那种会馆勾搭了一中国女人。北京发生的丑闻，无非那么几桩。但他们那天的任务恰恰跟那一类丑闻无关。

她点的雪菜肉丝面送到了。服务员把小脸盆大的面碗往折叠桌上一搁，才来看她的脸。中档酒店的服务员一定见过十八层人间的各色成员，但她还是把他吓了一跳。她的脸一定没有人色，刚经历的惊吓和疼痛一时还散不了。服务员问她是不是不舒服。她说胃有点儿疼，大概是饿。她看出自己在服务员眼里远不止"胃有点儿疼"，她已经奄奄一息，差一口气就是每天出现在大都市各个酒店、客栈、角落的神秘死亡人数中的一个数目。

服务员出去后，她开始吃面条。面条的味道她尝不出，但没关系，它们是作为排泄的推动器被她吞下的。一两个小时之后，兜了远路的毒丸也会如数从她体内降落。受尽她摧残虐待的身体至今从未辜负过她，总是把毒丸完好地分娩出。

手机响了，她看一下号码，是夏之林打来的。她不想进一步败坏自己的胃口，捺了一下关机键。这是一个上不沾天下不挨地、没有过去没有未来的空间。她有这样一个空间容易吗？当然不能让任何人破坏它。让那个恶棍去着急踱步，让他当一会儿热锅上的蚂蚁吧！等她一口接一口地把一小脸盆面条送进麻木的喉咙，她打开手机。一拨通他的手机，他便问她情况怎么样，关机在搞什么鬼。

她软绵绵地说她正等着警察去端他的老巢，几支枪一块儿开，把他打成个筛子呢！

他对她的恶毒诅咒早已习惯，问她怎么了，说她听上去一点儿底气也没有。

她哼哼唧唧地说胃疼着呢，一个胃整天做行李包它能不痛死痛活吗？！有什么狗屁本事？拿自己老婆的身子做运输车辆，送到枪林弹雨里去。他马上警觉了，问她到底碰到了什么意外。她把警察袭击的事简略地告诉了他。

"你怎么把收据放在皮夹子里？！"

"那放哪里？"

"那么危险的东西你随身背着？！狗脑子还是猪脑子？！一个整天发快递邮件、地址一会儿一个变化的人，是什么人，警察一分析不就清楚了？"

"万一邮件出了误差，能凭收据上的号码把它追回来啊！"

"没有让你毁掉收据！是问你有没有蠢到那个程度，把它们带着到处跑？！"

她不是不想强词夺理，骂一句"你个狗日做什么事后诸葛亮"，她不吭声是因为脑子太忙，推算警察会在多长时间里跟那几个快递公司取得联系，搞清楚一批批内容可疑的快件尽管从不同地点发出，但发件人是同一个。

"你现在在什么地方？"

她说在一个酒店的房间里，但她绝不想见他。

"告诉我酒店的名字。"他口气温柔了。

她不说话。

"为什么不想见我呢？"

她又关了手机。她要好好地泡一个热水澡，好好地过一把瘾。她可不要他把埋伏在老巢四周的警察带到她身边来。怎么能确定警察没有在他们的小区里设埋伏呢？即便没有埋伏他也是她不欢迎的人。隔壁传来男人、女人叫床的声音。这种中档酒店的大部分私密空间都在进行着不三不四的行为，住着来历不明的过客。跻身于他们之间真好、真亲。

她在热水盆浴之后，打开一个蜡封的毒丸。没有工具也没关系，她现在是老毒客了，很快凑合齐一套代用工具。

等她四仰八叉躺在大床上，已经满身幸福。幸福最初从她意识深处、那最黑暗的底部浮动起来，极其细小，你得全身心地去捕捉。渐渐它顺着血液温存地游走，走到之处一片福地。你幸福得要撒手人寰了：什么不值这样的幸福？死也值了……

在宾馆醒来的上午，她不知身在何处。从她自己意识的空白程度，她确定昨夜的瘾过大发了。怎么没有在那种时刻死去？那样的死是个不错的了结。一个微微厌世的上午总是跟随着一夜纵容。她用摇控器打开电视，里面的人说着什么、做着什么她都懂，却又都不明白什么意思。嘴巴枯干得像大旱灾，但她毫无意愿站起来，给自己倒一杯水。

突然一声"叮咚"，她不知怎么已经站在地上了。一个声音说："打扫房间！"这是一个外地女人的口音。别以为一个老毒贩那么轻信，会放便衣进来"打扫"。她口齿伶俐地和门外对话，说暂时不需要打扫，一面已经把毒丸抓进了被窝。门外又问她是否今天退房，因为还有半小时就到十二点了。她钻进被窝，用身体孵着全部毒丸，同时回答门外，她今天不退房了，门外还没完，似乎是为她好，叫她赶紧去前台补付押金，不然前台会把她的房间取消。

她草草地洗漱化妆。看来只有敌情能让她灵敏。敌情可能就在门外。似乎预感到她又要摧残它一回，胃已经开始排除异己，绷得硬邦邦的，别说吞咽固体东西，连一口水它都抵制。一横心，她看着所有蜡丸落进了马桶。她一遍一遍地捺抽水钮，直到最后一个毒丸被旋涡卷进这个吞惯了一切污物的管道。还是不放心，她用盛装冰块的塑料桶接水，一桶一桶冲进去，然后再拆开一个衣架，拽下铁丝，插入马桶管道。什么也掭不出来了，她才喘息着站起身，把那个残废的衣架从窗口扔到楼下。好了，现在她可以开门，去应付敌情了。

到了前台，她发现没有任何人盯她的梢。她结账时，听前台小姐说，退房晚了十分钟，以后延迟房要提前打招呼。她看着小姐微微一笑，以后？谁跟你还有以后？

在街上漫无目的地走了一阵，她感觉好了起来。抽水马桶帮她吞咽了所有的毒。她是抽水马桶救下的一条命。这么些年她和毒品做欢喜冤家，谁也不能没有谁，但沾一块儿前景就是个死。她跟夏之林（林伟宏、洪伟）难道不是冤家？前世就是冤家，没有纠缠打杀出分晓，这一世非要血淋淋地纠缠到底。

此刻她站在一个银行的大门边。冤家双方得有一方退出这场爱憎混乱的紧密相处，对于夏之林（林伟宏、洪伟），也对于毒瘾，都是如此。

走进银行，一个保安上前，她心里猛一忽悠。她已经经不住这类惊吓了：任何穿制服的都让她经历末日临头的一刹那。保安问她需要什么服务，VIP不用排队……人家好心好意，并且仅仅是个男孩子。

她把银行卡和身份证一块儿放进柜台收件口。身份证马上被退了回来。取钱不用身份证。取全部钱呢？柜台里的女职员看看她。她像一个席卷家里存款逃跑的人吗？一定不像。因为那个女职员请她输密码，笑眯眯的。明年要开奥运会了，北京突然增添了一些笑眯眯的人脸。

女职员告诉她，账户里一共只有四万八千块。都要取出来吗？都要取。销户吗？不用……

把空空的账户留给他？她并没有那么损，她同时把满满一提箱现款也留给了他。不是她惦记那一箱子散发着樟脑球的卫生气味的钞票，钞票的一部分是她以胃肠做运输载体挣来的。但她要斩断她和他、她和毒瘾的冤家关系，只能牺牲那些钞票。

她拿着钱，打的来到女儿学校门口，一眼看见他的车停在马路对面。一辆红色QQ，风挡玻璃后面，吊着一只绒布熊。他们半年前买这辆车，首先为讨女儿欢心，因为她看见QQ车就不眨眼，其次，在黄蜂窝般的小区里，开三万来块钱的车，好人歹人都不惦记。

皮包里有一把QQ车的钥匙。她有一搭没一搭地学驾驶，始终没考驾照，但此刻她顾不上可能发生的车祸，可能犯的交通法，以及警察的盘问等，改变原先的计划，先只身逃脱。只要她结束了跟夏之林和毒品的纠缠，抑或说由她了断了他和它对于她的纠缠，她总是可以找回女儿的。

女儿将见到的是一个会跟她一块儿唱童谣，跟她玩跳绳、躲猫猫，和她坐在地板上搭积木的母亲。母亲再见到女儿，会耐心温存地纠正她说脏话的毛病。那个母亲会真正参加到女儿的生活中，这样女儿就不会整天只参加到电视上的生活中。女儿将有一个不富裕，但跟左邻右舍的孩子们一样的亲爱妈妈。

QQ在车流中受着挤对、斥骂和欺负，她却不在意。半小时后，周围的车稀少了。树多起来。现在夏之林明白了？大侃什么选择命运而别让命运选择你是多么傻，她的第一个伟大选择就把他选成光棍儿。

QQ像个初生牛犊，不知惧怕地跑在机场高速上。有一次贩毒，在一个洗浴中心听见两个女人聊天儿，聊到某山区的风景如何美丽，她便搭了两句讪，女人之一非常热情，把那山村的地名告诉了她。从机场高速拐下来，绕到机场后面，上了一条往平谷去的公路。树更多了。她不知道自己这些年在没有树的水泥丛林中怎么活下来的。

自从第一次去"补玉山居"，她就觉得那个在山的摇篮里躺着的小村子十分安详，她也可以和她的秘密一块儿躺在那里。尽管她的第一次脱逃被夏之林破获，她还是常常去那里。因为她觉得去那里的人都在逃脱什么，她只是在逃脱者的群落里随大流。有一次从"补玉山居"回到北京，她去那个寄读学校看女儿，发现女儿转学了。她在校门口就用手机给孩子父亲打电话，问他把孩子转到哪个学校去了。一个更好的学校。在什么地方？想知道啊？那就先戒了那玩意儿吧！到底是哪个学校？！别急，北京的寄宿学校多得很，找警察帮着慢慢打听……

回到家里，他在电脑前写着什么。一个特好的角度和机会。只要一下他就会倒下来。她打不动了，否则她会把那个十公斤的哑铃抡上去。她回到卧室，打开电视，不断地换频道，里面的人都来不及说完一句话，已变成了另一个人在唱歌，歌声又衔接到警笛上，警笛再跳到女人笑声中。一个声音突然插进来。一口带南方口音的普通话。

"放心。等你像个母亲的时候，孩子会回来的。"

她关了电视，急匆匆抓着干燥瘙痒的小腿。她一听他说话身上某个地方就会奇痒。他看着她抓。

"你看你还像个母亲吗？"他说，"你连个人都不像了你知道吗？"

"知道。"

她的痛快回答使他大大意外，哑了。她扭过头，见他站在门口，两手插在裤兜里，看着她。他可以以这副神情看一捆破报纸。她想起他有关零的宏论。这个自我珍惜，只毁别人不毁自己的超级坏人。她想她会很快从网上查出北京所有的寄宿学校信息，然后一个一个地去查找。或者，更简单一些，等女儿回家时她直接从孩子那儿把校名问出来。

但她发现女儿几乎已经不认她了。周五下午，她听见父女俩有说有笑地走出电梯，赶紧打开大门，叫着女儿的名字就迎出去。女儿顿时站住了，那个想往父亲身后躲藏的企图冻结在她的姿态里。她觉得自己是世界上最尴尬、最贱的母亲，对孩子笑着，厚颜地说："怎么连妈妈也不叫啊？"女儿从她旁边走过去，走进家门，脱下鞋子。她的父亲跟在她细小的身后，也脱下鞋子。她像个非请自来的不速之客，趁人没来得及关门尾随着走进去。还得自己给自己找台阶下，所以无所谓地继续叫着女儿的小名，问她晚饭要不要去吃麦当劳。女儿回过头。她终于理睬母亲了。

"叫谁呀？我又不是娇娇。"七岁的小姑娘说。

她愣住了。

"我早就不是娇娇了。"

她转头瞪着他。还嫌他在母女俩之间离间得不够，连她给孩子起的小名也取消。他说转学是个好机会，可以把老名字改了，这样更安全。她当然懂他所说的安全。改名字改身份改头换面的勾当终于轮到七岁的孩子头上。安全现在是他的空气和水，安全对于他就是健康、舒适、营养、美味。住在芸芸众生的两居室公寓里，混在赵钱孙李中间，壁橱里一皮箱充满樟脑气味的钞票所能买到的生活都不豪华，只有谁都不会多看一眼的平庸无奇才是豪华。好不容易才经营起来的这座叫作安全的城堡可以说破就破：她病入膏肓的模样，女儿在同学中有关她父母的谈论，都是缺口。为了保卫这座叫作安全的城堡，他似乎改邪归正了，从来是单位一家，两点一线，任劳任怨地做个枯燥的上班族男人，在好事的同事和街坊四邻眼里，甚至在她做妻子的眼里，行为上很少出现灰色地带。他能那么老实，证明警方的风声又紧了。他有内线。他能那么老实可不容易，犯罪造孽跟天分才华一样，是种特殊能量，不释放出来会憋出毛病。

他们又一次搬家，搬到东四一带的一个中高档公寓。搬家前，她拿出老家村里乡亲那一套，在餐桌上搁一个盆，水盛得半满，再用小刀割破自己的手指，把血滴到水里。然后她用三个筷子竖在水里，一面往筷子梢上淋水，一面请筷子们站住、站稳，假如它们听得懂她的誓言，为她不吸毒的誓言做证，就站住。她还说，筷子们应该记住，假如她毁誓，人鬼神都会毁灭她。筷子若有灵，就站住、站稳。他在客厅读报，听见她叽里咕噜地满嘴是话，却又听不清词句，便走到和厨房相连的餐厅。刀子割得太深，手指上的血流粗大，顺着她的手背留到小臂上。他听她讲到过这个愚昧的赌咒法，因此他问她在咒谁。她不理他，重复给筷子们喊操令，让它们站住、站住。筷子喝足了她的血，变得越来越重，站住了。它们比人还听令，站得比人毕恭毕敬。

她向他转过头。从他的眼光里，她看出自己是可怕的。她就那样一动不动，整个厨房都是魔气。她要他答应，一旦她戒毒时间到了两星期，就证明她成功了，他必须把女儿的学校告诉她，周末由她去接孩子。他说好啊，那就太好了。笑什么？不相信人？人他从来都是相信的，只是不相信毒，在人和毒的官司里，人可以不找毒，可毒会找人。

就在筷子们仍站在变暗的血水里时，毒已经多次来找她了。她用锡箔纸捏了个器具，给自己破了戒，大过了一场瘾，事后一切罪证污迹都被她毁灭一净。那以后，她每天跟他做戏，偷偷地吸，再灭除罪证。筷子始终站在那里，看她做戏。一天、两天、三天……七天过去，十天过去，三根筷子仍然站在正在变质，生出微生物的半盆铁锈色的水里。

　　她已经在网上查出了北京所有的私立寄读小学，并已开始侦查。但此类学校的保卫制度很严密，连校门都休想进去。一天下午，她围着一所有不少外国孩子的学校转了几转，发现学校后面有个拆了一半的小吃店，成堆的碎砖烂瓦。她稀里哗啦地攀上废墟，借她的高度翻进了学校墙内。校园里很静，操场上的运动器械色彩鲜艳。她钻进教学楼，想寻找一年级班级的教室。孩子们合唱般的读书声让她陶醉，她几乎忘了来此地做什么。一楼看过之后，她顺着楼梯慢慢往二楼走。　楼梯上空无一人。她走到两组楼梯之间，听见一声吆喝："哎！干什么呢你？！"

　　她抬起头，见一个男人在楼梯顶端突然现形。他似乎一身军事化着装，一夫当关的架势。她说她来看看自己的女儿。男人不搭腔。两人持续着一攻一守的架势。后面也有人说话了，是另一个男人。他问她是怎么进来的。就这么进来的。这么进是怎么进的？走进来的呗！她还想卖个俏，笑出她二十来岁的笑容。那种笑容曾经可是通行证。可是好久不用自己的风姿，用起来非常生涩。真是走进来的？那还能怎么进来呀？在楼上镇守的男人一个一个梯阶往下走。楼下那位往上走。两双脚是经过同一个教官的训练，节奏一模一样，速度也一模一样。她现在腹背受敌，前进或撤退都是妄想。楼梯上的男人的眼睛特别大，她身后的窗子映在一对大眼珠上，一个窗成了两个，都很完整。窗台上还有几只鸽子，窗外露出一根树枝，都映在眼珠上面，都成了双份。包括她自己，映在上面也是一个成俩。要不是离开家之前足足地过了一回瘾，她才不会这么好抓获，两人叫跟着走就跟着走。这两人运气真不错，要是碰到她犯瘾，自己鼻子都碍自己事的时候，他们来惹她试试！现在她安安静静地听这两人提出他们对她的强烈疑问：在学校周围绕了半天，翻墙头进到里头来，能是看自己的孩子吗？她看看自己裤子和衣服，灰土一片，把一个极小比例的小吃店废墟沾来了。两个保安还在说话：北京的同类学校可是发生过绑架孩子事件哟！要不是她过足了瘾，她绝不会有这么好的态度来迎接审讯。他们很快弄清，她的女儿不是这个学校的学生。她的良好动机基本可以被排除出去了。两位保安叫来他们矮小老成笑里藏刀的保安队长。了不得了，这个学校可出了大事了。孩子们的家长花大价钱让他们的子女进这所学校，他们居然让一个有绑票嫌疑的女人混进了校园。他们给她三小时，不老实招供就送到警察那儿去。

　　一个多小时过去，她皮包里的手机响了。保安队长客气地替她接了电话。对方一听立刻抱歉，说自己打错了。保安队长叫他别急着道歉，也许他并没有打错，只是他要找的人不方便说话，因为机主小姐正在接受某某学校保安队长的正式审问。她斜着脸微笑，保安队长要把替她接电话的差事当到底，就由他去。对方大概坚持说自己打错了，不断地道歉告别，好像跟电话保安队长挺依依不舍。保安队长叫他等等，别急着"拜拜"，他还没告诉他们，打电话找这个在押女嫌疑犯有什么事，以及他和她什么关系。对方显然已经挂了电话。

保安队长刚刚合上手机，她笑笑说，孩子他爸爸下班回家，一看没有晚饭吃，急了。保安队长问她，怎么知道那是孩子父亲。怎么会不知道？天下没第二个人礼貌起来像他那么啰唆，他能把你给客气死。保安队长似乎对女嫌疑犯的丈夫来了兴趣，问她他是做什么工作的，在哪里上班，哪个大学毕业的。当她告诉他，他在美国学的是药剂学，他看看那两个手下，意思是，看把她美的！拣好听的吹呢！等她的丈夫真出现了，他们的态度都不再那么对立；他们面对的确实是个文质彬彬，蛀烂了一座书山的学问虫子，礼貌得把人累死。领着被释放的老婆走出去十几步了，又走回去，掏出名片，说刚才自己忘了自我介绍，也忘了好好说声谢谢。他用了五分钟就让保安们相信了他的解释：妻子身体太差，正在住院，所以他乾纲独断地把女儿送进住读学校。不告诉妻子地址的原因是怕她一想孩子就往学校跑，既影响她的健康，又影响孩子的学习、作息以及情绪。他笑容斯文、左右开弓地给保安们鞠躬，一个躬一句歉意真诚的话："给大家添麻烦了。"她看着差点儿没笑出声，他鞠躬鞠成日本鬼子了。

当天晚上，几个电话打进来，他刚一接，对方就挂断了。一定是那些保安们想核实他们留下的地址电话。那么核实一次就行了，干吗打好几次电话？第一次第二次学校保安打来的，后面的有的是警察打来的，有的是小区保安打来的。扯得再圆的谎，都会有破绽。他们一定看出了什么破绽。认真起来，警察会从网络上查出他们伪冒的身份证件。这几年警察们很辛苦，追捕他追了大半个中国。

所以他决定放弃刚刚建立起来的平庸美好的中高档生活，先躲到"补玉山居"去看看势头。

第二天，他们收拾了行李，打好了包裹。她问他什么时候去接女儿。他说先进了山再回来接。她立刻拉开旅行箱的拉链，把它翻过来往地上一扣，胡乱塞进去的首饰、衣服、化妆品、鞋子散了一地，她一面踢着她的什锦家当，一面告诉他，她不走了，在这里热烈欢迎警察，让警察帮她把女儿找回来，她可以帮他们破获让他们辛苦了若干年的制毒贩毒大案，以此争取宽大。当女囚犯也不错，至少警察不会剥夺她做母亲的权利。说良心话，她现在真觉得自己跟警察挺亲的，比跟他这个横在女儿和她之间的丈夫亲多了！

他只好妥协。协议是这样：她先开车出发，在进山前的县城和他以及女儿会合。因为女儿这天必须在学校打预防针，他得等她打完针再带她走。并且一家三口分开走，目标会小些。

她在第二天下午来到全家会合的长途车站。他却一个人从长途车上走下来。他说他再三考虑，觉得不能把女儿带在身边。她知道他在说谎，他根本就没打算把女儿带来。她奇怪自己没有破口大喊："骗子！从你把我骗到手的那天你就一直在我跟前行骗！"她跟着他上了QQ，坐在副驾驶座上，眼睛看着公路两边的山，下了雪，它们白白胖胖，陌生得很。不宽的柏油路上车子摩肩擦背，轮子都酱在雪污里，再洁白的东西也架不住这样的践踏、碾压。

到了"补玉山居"之后，她有点儿害怕自己了。她会如此乖顺地吃他一记闷亏？受了骗就算完了？她发现自己很专注地搓着手掌下麻将牌，把那一块块四方形从冷的捏成热的，然后狠狠抛出去。她牌运不错，连赢了五把。她越来越觉得自己可怕，连拿张锡箔纸凑合成一个器具吸上几口的生命必须都淡去了。直到一大口血冲出口腔，人们慌乱地叫着"云南白药"，她才明白自己一直在忍耐，为了一个大图谋而忍耐。她看着吐在地板上的血——她的忍耐是如此的血淋淋。

她看着自己的身体被抱起来。看看抱她的这双手，它们真像干好事的手啊！她闭起眼睛，让人们误认为她昏过去了吧。进了屋子，关严了门。他们这间屋的窗帘从来不打开。但愿里面的秘密永远被保留在里面。他正要直起身，把双手从她身子下抽出来，她喃喃地跟他说起话来。都快死了的人，还不让她见见女儿吗？死不了的，放心吧！真毒啊！必须毒一点儿，不然无济于事，连那么毒的咒语都无济于事。他从来没怀疑过她的意志糟过豆腐渣，一直坚信她做戏的本事，自己做戏就罢了，还难为几支筷子陪着她做戏。一阵羞死人的停顿，她撒娇地嘟囔起来，请他原谅，原谅她的豆腐渣意志，原谅她做戏的本事。他瞅她的眼睛柔和了一些。她知道自己在继续做戏。她说他至少该让她知道女儿在哪个学校，好让她放心，即使她不是个人可她仍然是个母亲。畜生野兽爬虫，母亲总归是母亲。他沉默了一会儿，说孩子暂时住在一个远亲家，请了三个老师每天给她私下授课，等到他们的局势稳定了，再去给孩子找合适的学校。怪不得找了那么多个学校，也没找到孩子，反而把警察找来了。

她翻过身，和衣而眠。至少在他看来，她疲惫得连衣服都脱不动就睡过去了。他又回到棋牌室去，接着假扮正常人，找世俗之乐去了。

她看看表，晚上九点二十三分。滑雪回来的年轻人都还在热腾腾的大炕上聊天儿贫嘴，还有几个人在歌房吼叫，消费白天没消费完的体力精力。她走到院子里想到，都市人朝乡村蜂拥就像乡村人往都市跋涉一样荒诞，也是徒劳。这里如此苦冷，都市人还要来假扮几天乡村人。假如当年不赶乡村的时尚奔往都市，她也许会成另一个曾补玉，让都市和乡村在自己的院子里错位。这时她站在厨房里面。往右拐，面向窗子，再往左边一伸手，就摸到了一溜儿刀把。第三把是她最中意的。一步都没有错，因为她在白天就把一切都看好，计算出来了。本来想假托上厕所溜出棋牌室，快速取下一把刀，藏到房间里，再回到牌桌上。现在时间宽裕多了。她在关键时候发作胃出血，老天助她也。

她原样躺回床上，胃里一阵阵钝痛。她像是安抚一个宠物那样，轻轻地抚摩它，要它忍耐，再忍耐。它是比她自己更敏感、更创伤累累的活物。她却拿它做秘密行囊，贮藏和携带不可见天日的宝贝，一次又一次。她是对不住它的。它比狗还忠厚，比狗更多地分担她的紧张愤怒伤心。每一次她紧张或痛苦，它会跟着紧张或痛苦，不，远比她更紧张、更痛苦，以致痛到流血。

　　他回到屋里时，大概是十二点过了。他以为她已经睡熟，把他的大衣脱下来随便地扔在床上。似乎她不值得他放轻动作。然后他开始大声地漱口刷牙，把在棋牌室烟雾里呛出的老痰都彻底清理了一番。他已经不再像曾经那样在意她、疼她，有她在床上睡着，他却犹如入无人之境，白天他被礼貌外表束缚累了，这一会儿可得使劲儿张扬抒放。

　　他沉沉睡去了。他的睡眠一贯是宁静的。睡着后他可真像个好人。他的一头头发还那样浓密。她都开始有白发了，而他的头发一直那么黑，黑得像秘密。那黑而浓密的头发下，那一层颅骨下，储存了多少漆黑的秘密。她从床的另一面悄悄爬起来时稍有点儿不舍。屋里的暖气很足，补玉没必要烧那么多炭，让她出汗。他的手机放在枕边，里面存着他那个远亲的电话号码。那是个常常使用的电话号码，从通话记录里找出它来不会太难。他那个旧皮箱是靠对号上锁开锁的，不过那挡不住她撬它。箱子可是不轻，里面装得满满的，除了钞票就是毒粉，还有一些樟脑球。这时她已进了厕所，撸起袖子，伸胳膊到抽水箱，把那把厨刀捞了出来。她回到床边。刀子够利，她看见过谢成梁用它剥兔子皮，刃刀之处，一声声冷冽的沙沙响，眨眼工夫，兔子就肉是肉皮是皮了。她要为所有"零"们除一大害。他在刀下拼命扭动。好在她的前半生是村姑，挥镐抡锄扬锹，童子功是不错的。他还在他自己的血里扭动。好大一条鱼，不甘被放上案板。

曾补玉一直记得季枫头一次来的模样。头上戴了一条花丝巾，脸上包着巨大的口罩，像个刚刚从坐月子床上挣扎起来的女人。后来她再来，补玉觉得她相当亲和，是那种寸分拿得很好的女人。

下午她胃出血，补玉骑车跑到镇医院，为她开了些药，补玉去送药时，夏之林开了窗悄声说季枫好多了，正睡呢。但补玉在窗跟前偷听时，明明听见里面有动静。

周在鹏这天傍晚遛弯儿过来，见补玉和女儿在厨房里洗碗。现在补玉把厨房的灯泡换成了一百瓦的，所有人进出都能看见厨房多么干净，碗和盘子的清洗过程多么讲究。补玉腰上系着雪白的围裙，头发全盘在脑瓜顶上。她笑着说了一声"吃过了？"同时就用脚把一个矮木凳踢到他跟前。

老周坐下来，自在得跟一个从没进过城，又不稀罕进城的老农一模一样。

谢成梁一步跨进来，手里拿着揩布，对老周说："哟！老没见了！"

补玉知道丈夫是看见老周进厨房，临时拿起揩布跟进来的。大概补玉跟他说起老周现在如何著名、如何家喻户晓，让他更觉得有必要帮助老周，别在自己媳妇儿身上犯错误。

周在鹏还像过去一样，只跟补玉有话讲，连敷衍谢成梁的力气都舍不得花。他跟补玉说起琉璃庄园设计上的种种傻事，"透明金字塔"耗多少电在空调上，耗多少煤气在取暖上就不去说它

了，那么小个房间还分楼上楼下，楼上只有一张床大，上面的人
夜里没法撒尿，因为下来的梯子跟地面垂直，灯的开关又在楼下，
睡迷糊的人摸黑下那九十度的梯子，一定会摔断胳膊腿！他哈哈
大笑。是替补玉大笑，替她幸灾乐祸。

所以老周决定要跟补玉连手打败琉璃庄园。补玉说打不败
的，现在山居来的客人几乎都是没住上琉璃庄园的。听说琉璃庄
园还要扩建，把村里一片果林地都要平了，盖更多的透明金字塔。

老周说他已经想好了。下个月他就可以让投资到位。什
么投资？就是改建"补玉山居"的投资啊！得多少投资？
一百五十万，足够了，可以修两个大院，最经典式样的四合院！
房间都盖大一些！等一等！……

周在鹏看着让他"等一等"的谢成梁，又说他自己当然不会
投那么多，他的女儿还要出国留学。他可以投五十万。

"补玉你听见没有？他让咱投一百万！麻子跳舞——转着圈
儿地坑人哪？上次冯总才给了咱六十二万，还了三十多万的债，
还剩不到三十万。哪儿弄一百万去？"

"补玉，你一分钱不用出。"老周说，"你的山居就是你的股份。
用五十万现金，再加上你现在的资产——你的客源、名声，都是
你的无形资产啊！用这些，咱们就能去贷款！"

"听听，补玉，他的钱咱还没见一根钱毛儿呢，他就咱们咱
们的了！"

"小谢，我就说你这大男人不如你媳妇儿！看你媳妇儿，听

到我这话，手上的盘子、碗都不带多响一下的！那才叫能共大事的人。"周在鹏从凳子上站起来。

"人家能贷给咱吗？"补玉问。

"我帮你呀！"老周说。

"都说现在贷款难着呢！"

"想办法呗！"

老周走后，谢成梁警告妻子，绝不贷款，绝不冒风险。补玉也是不愿意负债。开店这么多年，她没有负担，多赚多花，少赚少花。就这样被两个大度假酒店挤对，山居挣的钱仍然够公公婆婆偶然进高级医院瞧病，也够女儿进中学。连她自己学城里女人那样往脸蛋上、头发上花钱，也花得起。贷了款她的日子就不会这么好过了。

晚上十一点多，补玉想最后巡走一遍山居，看看客人们还需要什么，然后就回家睡觉。走进大门，她听见接待室有声响，灯却黑着。

她站了一会儿，确信里面有人。推推门，门是锁着的。她掏出钥匙，插进撞锁的匙孔，一拧。门打开了，里面却一片静悄悄。

"是我，补玉。"一个女人的声音就在她右侧。

补玉已经听出，那是季枫的声音。

"怎么一个人在这儿？！……也不开灯？"补玉摸索着，在墙上摸着了电灯开关。

灯光里，她看见季枫坐在靠墙的沙发上。再看一眼，发现季枫衣服上有血迹。

"他又跟你动手？！"补玉慢慢走到季枫面前，蹲在她对面。

"没……没事。"季枫笑笑。

凑这么近，补玉看出她最多三十岁。她再次笑笑。这个难以捉摸的女人似乎是为你着想才笑的，不然你眼前的脸上什么也没有，太空白、没看头。

"他打你哪儿了？"补玉手伸上去，要撩季枫的裤腿，因为那上面也有血迹。

但季枫两手一搂胸部。补玉猜测，伤可能在那里。伤了那儿可是麻烦。她不知还说什么才好，只是看着她。

"他对你那样，你怎么还跟他？"补玉问道。

"他开始不那样。"季枫低下头。灯光里，她耳朵上两只耳坠闪闪的，泪珠儿一般。

"那后来是怎么变的？"

"不是变的……他原先就是那么个……人。"

补玉听她在咬"人"字时，迟疑了一下。似乎拿不准把"人"这称呼给他确切不确切。

"你不是说，他开始不那样？"

"刚碰到他，他装成另一个人。后来才发现，什么都不是真的。"

"他把你骗到手的？"

"嗯。我活该。"

"那时候你多大？"

"十九。"

"那他什么时候变心的？"

"他没有变。全怪我。"

"他这么虐待你，你娘家人知道吗？"

"我也虐待他。"

补玉糊涂了，不再吱声。

"补玉，有没有这样一句话：不是冤家不聚头？"

"我就知道，你们是一对欢喜冤家！"补玉笑着用食指点了一下季枫的额头。

"哪里有什么欢喜？只有罪孽。"季枫阴沉地说。

补玉马上又紧张起来："别瞎说八道。"

"真的。他这个人不得好死的。拐骗无知小姑娘，再让她跟他一块儿造孽。"

补玉觉得自己明白了什么。几年前老周头一次看到季枫，就说她吸毒过量。

"别那么说。你补玉姐我见的人多了。来我这儿住的人，你以为个个守法？也有吸毒的。只要戒了，就没事了。"

季枫开始还吃惊，慢慢就松弛了。

"可是，戒不掉。"

"慢慢戒，人是活的，它是死的，活的还能让死的给治住了？"补玉用力拉拉她的手。

"有他在，就戒不了。"

"他敢逼你吸毒？！咱告他去！"

季枫看着补玉，欲语又止。

"每次来我这儿，你是不是想戒那玩意儿？"

"他是我命里一劫。没有他，我心里挺清楚的，该干什么，不该干什么，都清楚。跟他在一块儿，明知罪过，你还是要犯，鬼使神差一样。"

补玉很意外。倒不是季枫说的话让她意外，是季枫会有这么多话跟她说，让她意外。也许季枫没什么亲近的人可以说这些话。也许正因为这些话不能跟亲近的人说，她才跟补玉这样反正会匆匆错过的陌路人诉说。

"他就是个鬼。他能钻到你肚里，你想什么他都知道。我第一次到这里来，以为他再也找不到我。没几天他就找来了。因为有一回我跟他提到这个地方，说风景怎么怎么好，还说买了车开车去那里玩玩，他都记住了，就找到这里来了。"

季枫的样子不再好看，眼睛特别呆，上嘴唇往上一掀一掀。都是些她不能做主的奇怪动作。

"我们找政府！政府肯定能帮你！"补玉说。

"太晚了。"

"我陪着你去。"

"政府能怎样？给他一枪。他挨一千刀都不屈，你信我不信？"

补玉想，明天一早，她就跟镇派出所打电话。万一叫季枫的女人真让那个魔头祸害死，就真晚了。

"要是能死我也早死了。我死了我女儿怎么办呢？她还那么小。还有我弟弟，上海上大学呢，我死了谁给他学费？还有我爸我妈。我姐姐病死了，再没了我，他们还活什么呢？"

季枫说话时，眼睛一直像盲人那样，平静而呆滞。一点儿光也没有。

补玉又劝了她几句，她没有反应，耳朵也失聪了似的。补玉出门时让她离开接待室的时候关上灯，撞上门。

回到家，谢成梁已经睡熟。补玉开了小桌上的灯，翻开一个本子，记下明天必须做的事，必须买的东西。第一件事，她写下："镇派出所，老姜，电话，村长有。"但等她把那一页纸写得半满时，她又回到第一条，想了想，把它画掉了。她觉得季枫把话告诉她，是她看上了山里人老掉牙的信条，就是不叛卖别人性命攸关的秘密。

谢成梁在妻子夜晚办公的各种响动中呼呼大睡。包括她接周在鹏的电话。老周问她想好没有，想好他就开始做企划书，去游说信用社、银行。写烂电视剧让他声名大泛滥，贷款一定有希望。补玉只是简短地回答了几句，说还得再跟丈夫好好合计，并让他别尽熬夜。

办公办完，她还是不瞌睡。季枫的话和那副样子现在在她脑子里满处跑。一个十九岁的闺女，被人骗了，她和骗子一待待了十来年。十九岁的闺女，又长得好看，她不被人骗谁被人骗？骗子没碰上她曾补玉这样的厉害角色，谁要骗了她曾补玉的童贞、青春，诱拐她曾补玉吸毒犯罪，就简单了，就是一把刀子白的进去红的出来。

她推了推谢成梁，让他挪挪地儿。丈夫肩是肩、背是背，肚子紧绷绷的，睡着都那么有棱有角。她摸了摸他的腮帮子，手心像在钢锉上抚过，这小子又两三天没刮脸。客人一多，他对自己更马虎。"补玉山居"提供条件，让一对对男女来这儿尽情地"色"一番，她和自己男人都累得顾不上"色"了。她的手慢慢移到他胸口，他就是不醒。她偏偏想惹惹他。突然他一下扑上来，转眼间已经把她捺在身下。

"你惹我，看我惹得起惹不起！"他咬牙切齿地亲热。

她在床上往往是让他当家的。在床上他们还可以很年轻。

等两人"色"完了，她把季枫说的话告诉了他。他马上跳下床，边穿衣服边往门外走。她也跟着这个前武警"紧急行动"，穿衣蹬鞋，一面问他到底想干吗。

"你起来干吗？睡你的。我去接待室睡，顺便盯着点儿！"他在门口弯腰拔鞋。

"就你？还盯着哪？比猪睡得还死！"她已经穿戴得差不多了，两脚塞进鞋里，一手抄起被子。

两个院子都走了一遍，什么异样也没有。棋牌室还亮着灯，说笑和搓牌的声音在夜里清晰透亮。夏之林和季枫那间标准间熄了灯，声息全无。补玉站在两个院子的连接处，看着丈夫脚步又轻又快地从季枫窗子下离开，朝她走来。

她和他走进接待室，两人并排倚在长沙发上，合盖一条棉被。她的头靠到丈夫宽宽的肩上。她问他，能出什么事？要出事就是今天夜里。会是什么事？等着吧！

补玉觉得这会儿她全听丈夫的。

不知睡了多久，补玉被狗咬的声音惊醒。似乎是自家的狗先咬的，带动起全村的狗。现在几十条狗全在咬，赛着咬。她跳起来，走到接待室门外。狗咬得她心慌。看看月色，大概是三点钟左右。她叫醒谢成梁，叫他听听，狗怎么全疯了。

谢成梁走到大门口，一摸门锁便说，有人出去了，因为大门的撞锁从里面锁上是加了保险的，那人出去后，从外面没法再加这道保险。

补玉和谢成梁在院子里走了一圈，最后来到季枫的房间门口。门关得好好的。廊沿上的一盆月季花却滚翻到廊沿外面来了。被人撞的，而那人顾不上扶起它来。

谢成梁敞开嗓门儿说："哎呀，季枫怎么把它给碰翻了？两口子又打架了？夏之林那小子真不是东西！跟媳妇动手的男人就不是男人！……"

一个屋里传出骂骂咧咧的声音，说谁他妈大半夜嚷嚷？什么素质！……

谢成梁对妻子打了个手势，让她用钥匙开门。补玉问他，半夜开客人的门不犯忌讳吗？他不理妻子，从她手里夺过那一大串钥匙，把门打开了。

里面没有人，只有一股古怪的气味。开了灯，两口子发现不仅人跑了，床上的床单、被子全跟着跑了。节能灯泡慢慢增加亮度，他们发现赤裸的席梦思床垫上有一摊血迹。古怪的味道来自人血。

补玉想到了季枫裤腿上和衣襟上的血。

"赶紧打报警电话！"谢成梁说。

"先别！……"

"要是出了人命，咱们可说不清！"

"要是真出了人命，咱们就得关门、停生意。"

夫妻俩默默站在着。谢成梁转身向门外走去，补玉又看一眼床垫上的血迹，心想，狗一定嗅到血味了。

她跟着丈夫小跑，从月光温凉的巷子跑到停车场。季枫他们的车不见了。

"这小子，看着挺斯文的，能把媳妇打成那样？！"谢成梁看着那辆车留下的空洞，抱着膀子。"你说他会拉着个打伤的媳妇儿去哪儿了？去急诊室？"

"伤能流那么多血？"

"我看也是。十有八九是死了。这他妈的王八蛋，让警察逮住他，要他抵命！……"

"他已经抵命了。"

谢成梁猛一扭头，看着妻子。

"恐怕抵不了,"补玉又说,"杀他一千刀都不屈。"

"你都听说什么了？"

"什么也没听说。"

补玉转身往回走,走得飞快。巷子没铺沥青,垫的土被雨水冲过,再被各种汽车轮子碾,坑坑洼洼,上面一层没扫净的雪又上了冻。但补玉把道走得实在太熟,不用看,步子自己会拿主意,该躲的躲,该让的让。

叫季枫的女子在十九岁时落到那孽障手里,跟他生下一个女儿,她一定是在女儿出生以后明白她的男人是个什么魔头的。她染上毒瘾,成了牺牲品又去牺牲别人。不是她不想逃脱,不想重生；她逃不了,因为那男人也是她的毒瘾。戒掉双重毒瘾,只有最后这一下。

换了她曾补玉,她可没那么肉,早就给他来这一下了。

补玉快步走进大门,听见丈夫跟着进来。撞锁"咔嗒"一声。狗还是叫个不停。斩断了双重毒瘾的女人大概没走远。她弱不禁风,但她毕竟是个农家女,从小吃苦出苦力,习惯了,一旦需要她吃苦出苦力,她劲儿大着呢！她把车开到柏油路尽头,把那冤家拖到山后面,深深地刨个坑,把他扔进去,严严实实埋了他。她动作可千万得快,万一天亮起来,碰上上山摘野黄花菜的女孩,找石头冒充鸡血石的男孩,就难办了。

狗吠渐渐被鸡鸣替代。

补玉已经发现厨房的刀少了一把。下回剥兔子皮就该缺少一把好使的家伙了。

　　谢成梁一直坐在小凳上抽闷烟。补玉知道前武警还在琢磨报案的事。

　　"季枫有个七八岁的女儿。女人都这样，做了娘一多半儿就为孩子活着。"她漫不经意，犹如自语地感叹。

　　她知道丈夫也有所感叹。报案能改变什么呢？最大的改变让世上多一个七八岁的孤儿。谢成梁可受不了那种设身处地的想象：自己的儿女一旦成了孤儿是什么样儿。

　　"季枫在高中是优等生，她是为了弟弟能考大学，自己到南方打工去的。现在她给弟弟交学费呢！弟弟在上海哪个大学里读书，读了两年了。还挺出息的，是不是？"补玉仍然嚼老婆舌头那样闲扯，手里飞快地揉着面，离早饭时间还有两小时，她得把花卷蒸出来。

　　"要是咱们关了店，咱闺女长大也得打工。咱可供不起他俩都上大学。到咱儿子上大学的时候，还不定得交多少万的学费呢！"

　　"干吗关店？"

　　"哟，这你都不知道？出了血案还会有人来住？本来那个琉璃庄园一开门，咱们这点儿生意就是捡它的狗剩儿！它还得扩建，还得多盖一半儿的玻璃房子。吃狗剩儿都危险了，还架得住出血案？"

　　"谁能断定他一准儿就死了呢？"谢成梁从矮凳上站起。

　　"谁说他死了？不就一摊血吗？能证明什么？"补玉一副跟村里人吵架的神气。

"一摊血怎么了？上回一女客人子宫崩漏还脏了咱一张床垫呢！"谢成梁帮她吵架似的，"凭什么让咱关店？！"

"那后来咱们怎么处理那张床垫的？"

"没处理。就把它翻了个个儿。把带血的那一面翻到下面去了。"

补玉想，下面她就不必多教唆他了。

秋天看红叶的人比往年少。也许是人们对这山区的热情已过去了，也许汽油涨价，大家都不想花油钱开车跑远道。另一个原因是气候。气温不高不低，霜下得不透，叶子也就红不透。总之，琉璃庄园的停车场只停满三分之一，那家仿西班牙酒店几乎没什么客人，酒店派出模样不错的女服务员到村口散发广告，广告上印着触目惊心的红色折扣价。村里人说她们像当年的曾补玉一样"拉客"。

"补玉山居"更加惨淡，只有一个客人。他还占据着原先那间屋。只不过现在它已经改成标准间了。他的房门整天关着，偷听惯了的补玉在他窗边能听见他的手指在电脑键盘上走得行云流水。

周在鹏帮助补玉申请的贷款被拒绝了。但他让补玉别急，他会想出办法来再次让"补玉山居"出名。

这天早上，补玉照看着老周吃了早餐，自己顺着柏油路往村外走。当年她能"拉客"，现在为什么不能？但她不愿意让村里人看见她和几个十八九岁的女孩竞争。她走得远远的，走到水库的转弯处。这里常常有游客下车观景和照相。夏天，对岸的裸游场也成一大名景，被游人观赏和摄取。

　　补玉的拉客还是有所成就，站了两天，拉回一车七八十岁的老太太，她们是由居委会组织的旅游团，本来是打算当晚回北京的。补玉告诉她们，山得往深处走才好看，而往深山走至少两天。老太太们全是老寡妇，家里没有老头子等着，商议一会儿，决定住一夜。

　　这天补玉带着一大团毛线，坐在水库弯处的土墩上边织边等她该拉的客人。几辆车停下，拍照、观景，但对于补玉的口头广告，都是反感而鄙夷。其中一个女人总算搭了句腔，问她的山居是标准不是。补玉回答有四个标准间。才四个呀？其他也是单间儿！……

　　女人已经回到车上了。

　　这天补玉拉到的客是个熟人。温强正朝对岸的裸游场沙滩观望，补玉从侧面就认出他来。

　　"看什么呢？又不是夏天！这会儿裸泳还不冻死！"补玉笑着对他说，同时摘掉头上的女士帽。

　　"小曾！"温强认出补玉，老远伸出手。

　　坐着温强的大吉普回村，温强夸了补玉一路，说她如何驻颜有术，老远看跟个少女似的。补玉一口一个"得了吧"，"谁信哪？"

　　进了村口，温强不夸了。他看看四周，说完了完了，难怪这儿生意清淡，到这儿图什么呀？不是跟城里差不多，就是比城里落后二十年！还山清水秀，世外桃源呢！全让那个冯瘫子给糟蹋了。补玉告诉他，冯瘫子早把股份卖给了别的公司。温强感叹：谁能精过冯焕？一定是已经预料到他的计划失败，一定早明白城里投资商跑来把山清水秀的好地方糟蹋完之后，城里是不会有多少人来的。

"你看看这些红红绿绿的游乐场，什么玩意儿？你瞧这水上乐园,把好好的水都污染成这样了！……"温强骂着拐进了巷子，把车停在老地方，他和李欣来停车的地方。

温强走进"补玉山居"，看看树上的柿子、石榴，玫瑰都长成了小树，一树树的花。葡萄架上还剩一些晚结的葡萄，让霜打蔫儿了。他这样看着，你觉得他心里在哼歌。

"噢对了，李欣后来来过吗？"温强问补玉。

"来过一回,没住咱这儿。她专门来打听你呢。你俩怎么了？"

"后来呢？"

"你从咱这儿走了，手机都停了，成梁就这么告诉她的。你怎么连个信儿也不留？"

温强笑了一下，借那笑叹了口气。他搬了个凳子，坐在葡萄架下。就是在那个位置，他听李欣拿话筒唱了一首又一首歌。

周在鹏此刻从屋里出来："听见你声音了！"他说着朝温强走过去。

"哟，你不会是那个中央电视台刚采访过的著名编剧吧？"温强从凳子上站起来，握住老周的手。"采访的时候你说，你要写个乡村客栈？是补玉山居不是？"他转脸朝已回身进厨房的补玉叫道："小曾，分他稿费啊！"

"哎！"

"他肯定把你写成女主角啦，跟他要一半钱！"

"好嘞！"补玉响亮地回答温强，手已经开始切菜了。

温强只住了一夜就走了。补玉有个感觉，他来山居的主要目的是打听李欣的消息。

周在鹏住到秋游结束，山里空寂荒凉起来才离开。在这里成为旅游热点之前，空寂从来不显得荒凉。但现在有了仿法式、仿西班牙式楼房，到处是红瓦蓝瓦的民营商店市场，河里漂着打捞不完的垃圾，人走楼空之后，反倒无比荒凉。

老周派头很大，让北京派了一辆车来接他。

"写完了？"

"差不多了。"

"真是写补玉山居？"

"嗯。当初我给你起名字，就知道这名字会成一出戏。所以戏的名字我都不改，就叫'补玉山居'。"

"等《补玉山居》成电视剧了，名声大震，我就把后院拆了，修个小二层楼，全部标准间。省得那些人一问没有标准间，掉头就走。"补玉说。又成了那个赌气好强的年轻补玉。

老周在司机给他打开的车门边站着，想跟补玉说什么，一迟疑又不说了，但那强烈的反驳一直在他脸上，等他坐上车座，反驳不见了，就剩了伤感和惋惜。他大概想说，他那个"补玉山居"的名字，绝不是起给不伦不类的二层楼、标准间的。就因为世界在标准化，人们才渴望"补玉山居"。

补玉跟着老周的车往前走了几步。她想告诉他，他多浪漫都没关系，但她不行，她得做生意。她的生意将来是女儿和儿子的学费，是公公婆婆的医疗费，是补玉和谢成梁成了老两口时的一切。